Das Weingut zum Glück

Linn Greve stammt aus einem kleinen Ort an der Mosel und ist dort auf einem Weingut aufgewachsen. Sie studierte Anglistik und Französische Philologie in Trier, absolvierte ein Verlagsvolontariat und promovierte anschließend in Sprach- und Übersetzungswissenschaft. Nach Stationen in Nancy, Frankfurt und München lebt sie in Heidelberg, kehrt aber immer wieder gern an die Mosel zurück.

LINN GREVE

Das Weingut zum Glück

ROMAN

emons:

Bibliografische Information der Deutschen Nationalbibliothek
Die Deutsche Nationalbibliothek verzeichnet diese Publikation in der Deutschen Nationalbibliografie; detaillierte bibliografische Daten sind im Internet über http://dnb.d-nb.de abrufbar.

MIX
Papier | Fördert gute Waldnutzung
FSC® C083411
www.fsc.org

Umschlagmotiv: mauritius images/Andreas Harbarth/Alamy/Alamy Stock Photos
Umschlaggestaltung: Nina Schäfer
Gestaltung Innenteil: DÜDE Satz und Grafik, Odenthal, nach einem Layout von Nina Schäfer
Lektorat: Susann Säuberlich, Neubiberg
Druck und Bindung: CPI – Clausen & Bosse, Leck
Printed in Germany 2024
ISBN 978-3-7408-2099-2
Roman
Originalausgabe

Dieser Roman wurde vermittelt durch die Literarische Agentur Kossack GbR, Hamburg.

Für meine Familie

Im Weinmachen liegt Wahrheit

1

Die Leute tun dauernd so, als könne man was für seine Gefühle. Für seine Taten kann man was, meistens zumindest. Dafür, ob man Sport treibt, für notleidende Menschen spendet, im Kirchenchor singt, den Job wechselt, die ganze Flasche Sekt leer trinkt. Gut, wenn man sie getrunken hat, kann man für einiges, was danach passiert, nicht mehr viel. Aber ganz sicher kann man nichts für seine Gefühle.

Sie überfallen einen, wabern ins Gehirn und dringen tief unter die Haut. Sie sind wie Hunger oder Durst. Nein. Schlimmer. Bei Hunger isst man was, bei Durst … jaja, schon klar, Wasser, keinen Sekt.

Doch bei Liebe?

Hoffnungslos. Sie überkommt dich wie das Spanische Fieber, packt dich wie ein Krake und lässt dich nicht mehr los. Du stehst morgens mit ihr auf, nimmst sie mit zur Arbeit, zum Einkaufen, zum Treffen mit Freunden. Abends sitzt sie mit dir auf der Couch, kommt mit dir ins Bett, schleicht sich in deine Träume, schrecklich.

Ich hatte ganz bestimmt nicht vorgehabt, mich in Daniel zu verlieben. Allein schon, weil er sehr nett ist, Humor hat und unverschämt gut aussieht. Die Kombination ist absolut verhängnisvoll. Es ist das Ding mit dem Edelpilz und der riesigen Horde Trüffelschweine.

Der Wald, in dem ich mich mit mehreren Hunderttausend anderen witternden Schweinen befand, war Köln. Das … nein, die Frau, die den kostbaren Trüffel ausgegraben hatte und für sich beanspruchte, war meine Chefin Viola. Marketing Director ihrer eigenen Agentur.

»Katharina, ist alles klar für das Meeting um neun Uhr dreißig?«

Ich zuckte zusammen und sah auf. »Was? Ja, natürlich.«

Viola stand in der offenen Bürotür und lächelte auf die ihr

eigene, leicht ironische Art. Ihre Eckzähne waren spitz, die aschblonde Mähne trug sie immer offen. Ich wusste, dass sie stolz auf ihr Haar war – ich wusste es von ihrem Mann Daniel.

Daneben hatte ich noch etliche andere Dinge über sie erfahren. Zum Beispiel, dass sie unter ihren Designerjeans mit Vorliebe Daniels Unterhosen trug. Und dass sie im Bett Mascha genannt werden wollte.

Mit dieser Art von Information ist es so eine Sache. Kennst du sie, denkst du *immer* daran, wenn du die betreffende Person siehst.

Mascha mit den karierten Boxershorts.

»Ist die PowerPoint fertig?« Fragend hob Viola die akkurat gezupften Brauen.

»Äh, ja, klar. Ich habe sie schon auf dem Präsentationslaptop geöffnet.« Bekräftigend nickte ich.

Viola nannte Daniel im Bett manchmal Henry. Genauer gesagt nannte sie seinen *Henry* Henry. »Das ist aber echt schon länger her«, hatte mir Daniel offenbart. »Seitdem ich dich kenne, ist mit Viola so ziemlich der Ofen aus.«

Ich war mir nicht sicher, ob er die Wahrheit sagte. Und auch nicht, was genau »so ziemlich« hieß. Meiner Ansicht nach hatte Viola-Mascha immer noch die Zügel in der Hand.

»Du weißt, wie wichtig der Auftrag für uns ist.« In Sekundenbruchteilen konnte sie von ihrem ironischen Lächeln zu Strenge wechseln. Sie war herangekommen und stand neben meinem Schreibtisch. »Ich verlasse mich da auf dich.«

»Du, Viola, mach dir keine Sorgen. Sicher treffen wir mit unserem Konzept genau die Vorstellungen des Kunden.« Ich setzte mein Kompetenzgesicht auf. Das konnte ich gut, es war neben der Unschuld vom Lande, dem Shades-of-Grey-Luder und dem Ich-fasse-es-nicht-wie-konntest-du-nur-Gesicht meine Spezialität.

Viola verschränkte die Arme vor der Brust und musterte mich von oben herab. Zum einen, weil sie stand und ich saß, zum anderen entsprach es ihrer Grundeinstellung, dieses Auf-jemanden-Runterschauen. Sie konnte es sogar, wenn sie einen USB-Stick an einem unter dem Tisch stehenden Computer einstöpselte, während der Beäugte an der großen Präsentationstafel stand. Ein Phänomen. Die angeborene Giraffe.

»Du weißt«, sagte Viola mit ernster Miene, »wir verkaufen keine Werbung, wir entwickeln produktbezogene Lebensgefühle.«

»Der *positive framework* für das Shampoo steht«, antwortete ich im Expertenton, dabei ließ ich einen Kuli zwischen meinen Fingern tanzen. »Geheimnisvoll, erfolgreich, unwiderstehlich.«

Viola warf ihre Mähne zurück. So wie ich, drückte die Geste aus. Ich sah aus dem Fenster auf das gegenüberliegende Bürogebäude.

»Dann bis gleich im Besprechungsraum.« Mit elegantem Schwung drehte sich Viola um und verließ das Büro.

Pheromonshampoo – garantiert hatte sie es schon ausprobiert. Die, sagen wir mal, »Datenlage« zu diesen Sexualduftstoffen beim Menschen war äußerst dünn. Nichts Genaues weiß man nicht. Das war aber nicht ausschlaggebend. Unser Job war das Marketingkonzept.

Mein neben der Tastatur liegendes Handy gab einen Signalton von sich. Ich nahm es auf und ließ meinen Finger über das Display gleiten. Eine Nachricht von Daniel.

»Hey, mein schnittiger Schlitten«, las ich.

Daniel war Autoverkäufer. Er arbeitete in der größten BWM-Niederlassung der Stadt. Viola tat oft so, als gehöre ihm der Laden. »Sehen wir uns heute am frühen Abend?«

Mit pochendem Herzen legte ich das Telefon zurück auf die Schreibtischplatte. Natürlich hatte ich Lust, ihn zu »sehen«. Natürlich ging es um mehr, als sich gegenseitig anzugucken. Obwohl ich das auch ziemlich gut fand, ihn zu betrachten und einfach schön zu finden. Sein welliges Haar, das markante Kinn, die meerblauen Augen, dieses jungenhafte Schmunzeln.

Ich zwang mich, nicht sofort zu antworten. Selbst für mich als Affären-Neuling war klar, dass die Angelegenheit schnell ihren Reiz verlor, wenn man immer sofort »Ja sicher, Schatz« sagte. Ich würde nach der Präsentation ein lässiges »Könnte passen, melde mich später« losschicken.

Ein versonnenes Lächeln flog über meine Lippen. Daniel und ich waren uns vor zwei Monaten an Violas Fünfundvierzigstem nähergekommen. Sie hatte eine Grillparty in ihrem Garten ausgerichtet, die ganze Agentur, Freunde und ein paar wichtige Kunden eingeladen.

An einem schmalen Biertisch sitzend war mir eine gegrillte Garnele in hohem Bogen aus ihrer Schale geflutscht und gegenüber auf Daniels Teller gelandet.

»Hoppla.« Grinsend hatte er mir direkt in die Augen gesehen. Dann hatte er das Tierchen auf die Gabel gespießt und sie mir über den Tisch hingestreckt. »Bitte schön. Guten Appetit.«

Mir war das Blut in den Kopf geschossen. Verlegen öffnete ich den Mund, Daniel schob behutsam die Garnele hinein.

Vermutlich war es die beste, die ich je gegessen hatte, und gleichzeitig hatte ich das Gefühl gehabt, vor Aufregung daran zu ersticken. Ich hatte mit einem großen Glas Weißwein nachgespült. Zwei oder drei Cocktails waren später auch noch im Spiel gewesen und ein bisschen Prosecco.

Viola hatte sich angeregt auf der Veranda unterhalten, Daniel goss mir beim Small Talk mit den anderen Gästen immer wieder nach. »Fisch muss schwimmen.«

Bereitwillig hatte ich mein Glas hingehalten. »So ist es. Nicht fliegen.« Die Garnelen lagen in meinem Magen längst im Alkoholkoma, ich war auf dem besten Weg zu folgen.

»Interessierst du dich für Autos?«, hatte Daniel irgendwann mit rauchiger Stimme gefragt.

»Klar«, antwortete ich voller Überzeugung, ich konnte gar nicht anders. Im Prinzip musste mich das Ding auf vier Rädern nur von A nach B bringen, doch das war in der gegebenen Situation definitiv die falsche Einstellung. »Ich hab sozusagen Benzin im Blut. Mein Papa hatte eine Autowerkstatt.« Frei erfunden, aber gute Güte, bei meinem Job kein Wunder.

»Ich zeige dir meine beiden Schätzchen in der Garage.« Daniel machte eine auffordernde Handbewegung. »Komm.«

Zwischen einem Mercedes SL aus den sechziger Jahren und einem BMW-Coupé war die Sache außer Kontrolle geraten.

Ich hatte überhaupt nicht begriffen, warum Daniel mich küsste, doch vor lauter Verwunderung war mir nichts anderes eingefallen, als den Kuss zu erwidern. Wieso tut ein Mann, der eine Frau wie Viola hat, so etwas?, hatte ich mich den Rest des Abends, die Nacht und viele Tage danach gefragt. Erst später hatte ich verstanden, warum.

Ich sah auf die Uhr, es war kurz vor halb zehn. Seufzend griff ich nach meiner Handtasche, nahm Lippenstift und Kosmetikspiegel heraus und besserte ein wenig nach. Ich mochte meinen Mund mit der vollen, geschwungenen Oberlippe. Wenn ich etwas hätte austauschen können, wären es meine Ohren gewesen.

»Mein kleines Fledermäuschen«, hatte meine Mutter mich früher manchmal genannt. Zum Glück fallen meine Locken drüber, dachte ich noch heute.

Ich klappte den Spiegel zu, dabei rutschte mein Blick zum Handy. Wie ferngesteuert folgte meine Hand und griff nach dem Gerät.

»Total gern. Ich freu mich, um halb sieben bei mir?«, tippte mein Daumen von selbst ins Nachrichtenfeld. Zack, schon flog die Botschaft zu Daniel.

Mist. Fehler. Aber mein verliebter Daumen konnte nichts dafür. Die Kilos, die an ihm dranhingen und deren genaue Zahl ich grundsätzlich nicht wusste, wenn ich verliebt war, waren ebenfalls unschuldig.

Ich stand auf und machte mich auf den Weg.

Auf dem Gang begegnete ich unserer Grafikerin Ariane.

»Morgen, Katharina.« Ihr blonder Pagenkopf vibrierte in einem angedeuteten Nicken. »Wie war dein Wochenende?«

»Super. Sehr schön. Danke.«

Ich hatte den ganzen Samstag darauf gewartet, dass Daniel sich meldete. Vergeblich.

»Na, meins auch.« Ariane verzog die Mundwinkel. »Mein Freund hatte Magen-Darm.«

»Oh.« Mein Oberkörper bog sich ein Stück von ihr weg. »Shit.«

»Kann man so sagen.«

Gemeinsam gingen wir über den hell ausgeleuchteten Gang zum Besprechungsraum. Die Flurwände waren mit gerahmten Fotos von Produkten verziert, für die wir Kampagnen gemacht hatten – Lakritz, Autolack, Duschgel, Katzenfutter, Damenbinden ... Manchmal versuchte ich im Vorbeigehen, die Dinge miteinander in Beziehung zu setzen. Bei Autolack und Damenbinden gelang mir das irgendwie, der Rest war schwierig.

Mit einem frischen »Guten Morgen« betraten Ariane und ich den Raum. An dem großen ovalen Glastisch saßen ein kahlköpfiger Mann und eine Frau mit burgunderrot gefärbter Kurzhaarfrisur, Herr Metzger und Frau Torf von der Firma X-Ray Beauty. Viola goss Ralf Metzger gerade aus der chromglänzenden Thermoskanne eine Tasse Kaffee ein.

Freundlich begrüßte ich ihn und seine Kollegin. »Katharina Korn, wir haben ja bereits telefoniert. Das ist unsere Grafikerin Ariane Marker.«

Ralf Metzger rieb über seinen blanken Schädel. »Genau. Schön, Sie zu sehe. Jetzt simma escht g'spannt, was Sie für uns Feines g'zaubert henn.«

Grundsätzlich hatte ich nichts gegen Dialekte. Wobei einige einen Mann – und sei es der Zwillingsbruder von Brad Pitt – in ein Neutrum verwandelten.

»Ich bin sicher, unser Konzept wird Sie überzeugen«, erwiderte ich und begab mich nach vorn zum Präsentationspult. Der Laptop lief schon, ich schaltete den Beamer an.

Frau Torf, ihren Vornamen kannte ich nicht, griff nach einem Keks, schob ihn zwischen die schmalen Lippen und kaute.

»Wir sehen das Alleinstellungsmerkmal Ihres Produkts, des neuartigen X-Ray-Shampoos, natürlich in seiner Wirkung«, begann ich, die erste Folie der PowerPoint öffnend. Viola saß mittlerweile mit übereinandergeschlagenen Beinen am Glastisch, ihr rechter Fuß wippte in einem Acht-Zentimeter-Stiletto.

»Elektrisierend, fesselnd, unwiderstehlich. Mit zwei verschiedenen Ausführungen des Shampoos sprechen wir einmal Männer und einmal Frauen an. Das heißt, wir haben auch bei den Werbemitteln eine klare Zielgruppentrennung nach Geschlechtern:

das Produkt für den Mann, der auf Frauen wirken möchte, und umgekehrt.« Ich zwinkerte Ralf Metzger zu. »So weit logisch.«

»Und was ist mit den ganzen Lesben und Schwulen?«, warf Frau Torf ein. »Gerade hier in Köln wimmelt's doch davon.«

»Guter Punkt.« Ich hob den Zeigefinger. »Diese Zielgruppe adressieren wir nach erfolgreicher Markteinführung in einer zweiten Phase, vornehmlich über Anzeigenschaltungen in einschlägigen Print- und Onlinemedien.«

Ralf Metzger nickte zufrieden und schlürfte einen Schluck Kaffee.

»Zunächst zu dem Produkt für die Frau, ›X-Ray Tamara‹.« Ich klickte die nächste Folie an, eine dunkelrote, phallusartige Shampooflasche wurde an die weiße Wand hinter mir projiziert. »Das ist unser Verpackungsentwurf«, erklärte ich. »Klare Linienführung, assoziationsstarke Haptik, Eyecatcher im Supermarktregal.«

»Ui.« Anerkennend klappte Ralf Metzger die Unterlippe nach vorn. »Da kommt schonemal en gewisses Interesse auf.«

Seine Kollegin nahm noch einen Keks.

»Sie sagen es«, bestätigte ich. Neben Frau Torf setzte Viola ihr leicht spöttisches Lächeln auf.

»Für den Werbespot fahren wir ein stringentes Konzept«, erklärte ich weiter. »Die Kernfrage bei der Ausarbeitung war: Wovon sind Männer am meisten fasziniert?«

Ich dachte an meine Freundin Valerie. »Ach Kat, Männer sind eher einfach. Mehr so wie Pflanzen«, pflegte sie zu sagen. »Stell sie ins Licht und gib ihnen zu trinken.«

Mit einem Klick auf die Fernbedienung blendete ich die nächste Folie ein. »Die Antwort ist klar: Fußball und Autos.«

»Na ja.« Frau Torf blickte skeptisch. »Da gibt es schon noch ein paar andere Dinge, die …«

Viola unterbrach sie. »Sicher, sicher. Erfolg, eine schöne Frau, ein nettes Eigenheim.« Mein Mann hat das alles, schwang in meinen Ohren bei ihren Worten mit. »Doch diese Männer sind nicht unsere Zielgruppe. Sie sind versorgt und wenig abenteuerlustig.«

Wenn du wüsstest, dachte ich.

»Im Kern sind Fußball und Autos die Themen des Mannes, den wir mit X-Ray adressieren.« Viola stand auf und stakste auf ihren High Heels nach vorn. »Einfache, starke Konzepte. Doch der Clou ist: ›X-Ray Tamara‹ ist stärker.« Sie machte eine auffordernde Geste. »Bitte, Katharina.«

Ich ließ die nächste Folie an der Wand erscheinen. »Hier sehen Sie, grafisch skizziert, das Setting für unseren Werbespot.« Meine Stimme klang verheißungsvoll. »Eine gut besuchte Eckkneipe, ein Hort männlicher Geselligkeit. Auf einem Großbildschirm wird ein EM-Endspiel übertragen. Es steht unentschieden nach Verlängerung, das Elfmeterschießen beginnt. Die Spannung erreicht ihren Siedepunkt, die Kneipe gleicht dem Heizraum der Titanic. Das Testosteron läuft förmlich die Fensterscheiben runter, geballtes Hoffen und Bangen, gefletschte Zähne.« Ich hielt inne. Seiner Miene nach zu urteilen wusste Ralf Metzger genau, wovon ich sprach. Einige Sekunden ließ ich die Szenerie wirken. »Unser Protagonist«, fuhr ich fort, »wir dachten an den Typus George Clooney in jung, starrt wie hypnotisiert auf den Bildschirm. Und dann …«

Ralf Metzger hatte den Mund halb geöffnet. »Und dann?«, fragte er gespannt.

»Dann kommt *sie*.« Ich klickte auf die Fernbedienung, die Folie wechselte. Arianes Visualisierung der nächsten Szene erschien. »Die ›X-Ray Tamara‹-Verwenderin. Wir dachten hier an den Typus Frau Müller, durchschnittlich attraktiv, Mitte, Ende dreißig. Sie öffnet die Kneipentür, kommt rein, schüttelt ihr brünettes Haar. Suchend schaut sie sich um. Unzählige Männeraugenpaare huschen kurz zu ihr hin und wieder zurück zum Bildschirm. Frau Müller kommt auf George zu. Als sie neben ihm steht, hebt er den Kopf, nimmt Witterung auf, wendet sich vom Fußballspiel ab. Gebannt sieht er sie an.« Ich fixierte Ralf Metzger. »Die Blicke der beiden hängen aneinander fest.« Mein Blick klebte an dem kahlen Kopf von Ralf Metzger. »Es ist pure Magie. ›Ich habe einen Platten‹, sagt Frau Müller. ›Können Sie mir helfen?‹ – ›Natürlich‹, haucht George und erhebt sich mit fasziniertem Ausdruck. ›Lassen Sie uns gehen. Ich habe nichts anderes vor.‹ Wie in Trance verlässt er mit Frau Müller das Lokal. Eine kernige Männerstimme, untermalt von Saxofonklängen, intoniert unser Motto. ›X-Ray – du bist stärker‹.« Ich klickte auf eine Taste, an der Wand erschien der Slogan in purpurroter Schrift auf schwarzem Grund.

»Donnerwetter.« Ralf Metzger hob den Daumen. »Des isch stark.« Er wischte ein paar Schweißtropfen von der Stirn. G'kauft, tät ich sage.«

2

Es war mir nur knapp gelungen, rechtzeitig aus der Agentur rauszukommen. Ich hatte mit einem anderen Kunden eine Verabredung zum Mittagessen gehabt, danach lag der übliche Schreibtischkram an. Und als ich gegen siebzehn Uhr aufbrechen wollte, kam Viola in mein Büro. Es ging um Kinkerlitzchen, denen sie den Stempel »dringend und wichtig« aufgedrückt hatte. »Katharina, das muss heute noch erledigt werden, kümmerst du dich bitte darum?«

Es war nicht das erste Mal gewesen, dass ich vor einem Date mit Daniel von Viola aufgehalten worden war. Das ungute Gefühl, dass sie Verdacht geschöpft haben könnte, war wieder aufgekommen.

Vor einer Weile hatte ich Daniel darauf angesprochen. »Meinst du, sie ahnt etwas?«

»Ach was. Viola ist mit sich beschäftigt und von sich überzeugt. Eine betrogene Frau zu sein, kommt für sie überhaupt nicht in Frage. Und ganz sicher käme sie nicht auf dich.« Er hatte kurz aufgelacht und an meinem Ohrläppchen gezupft.

»Wie soll ich denn das verstehen?«

»Du sollst gar nichts verstehen. Küss mich.«

Es gab eine Redensart, wonach man, beschönigend ausgedrückt, seinen Haufen nicht dorthin setzen sollte, wo man seine Nahrung aufnahm. Mir war klar, dass ich mit dieser Daniel-Affäre nicht nur mein Seelenheil, sondern auch meinen Job riskierte.

Abgehetzt schloss ich die Tür zu meiner Zwei-Zimmer-Wohnung in der Kölner Südstadt auf und trat in die Diele. Es duftete nach Zimt, ich mochte diesen Geruch – auch im Sommer. Er erinnerte mich an meine Mutter.

Ich ließ meine Handtasche auf die kleine Kommode fallen, an dem Spiegel darüber hing ein Foto meines Katers Tobi. Er war immer angetapst gekommen und hatte mich begrüßt, wenn ich zur Tür hereingekommen war, darin war er einem Hund ähnlich gewesen. Oder einem Mann, der sich freut, dass seine Liebste wieder da ist.

Letztes Weihnachten dann hatte ich Tante Elfie, eine Cousine meiner Mutter, zum Essen eingeladen. Ein schlimmer Fehler, wie sich herausgestellt hatte. Sie hatte einen Fisch für Tobi mitgebracht.

»Ist der auch ohne Gräten?«, fragte ich.

»Aber natürlich, Kindchen.«

Noch immer habe ich Tobis Röcheln im Ohr. Während Tante Elfie den Truthahn tranchierte, kotzte er auf den Wohnzimmerteppich, japste und schrie. Sein Maul krampfte, die Augen traten aus ihren Höhlen.

»Oh, mein Gott! Luftröhrenschnitt!«, schrie Elfie. Als ehemalige Krankenschwester sprang sie beherzt mit dem Truthahnmesser zu Tobi. »Halt ihn fest!«

Ich war starr vor Schreck.

»Los, mach! Der erstickt sonst.«

Zitternd hatte ich versucht, den panischen Tobi zu fixieren. Er wehrte sich und kratzte, blutige Striemen liefen über meinen Unterarm, ich fühlte keinen Schmerz. Elfie kniff die Augen zusammen, zielte und stach das Messer in Tobis Kehle.

Ein noch nie gehörtes Kreischen war in meine Ohren gedrungen. Unmittelbar darauf wurde mit einem pfeifenden Geräusch Luft durch den Schnitt in die kleine Katzenlunge gesogen. Der nächste Atemzug folgte, dann weitere. Ich starrte Tobi an, sein getigertes Fell, das Köpfchen, die weißen, spitzen Zähne. Nach einigen Sekunden schien sich sein Körper zu entspannen, er schlug nicht mehr um sich, wurde ruhiger, atmete fiepend ein und aus.

»Wir müssen in die Tierklinik«, hatte ich gestammelt.

»Und der Truthahn?«

Ich hatte geglaubt, mich verhört zu haben.

Ein paar Minuten später waren wir mit meinem Wagen durch die Stadt gerast. Als wir bei der Klinik ankamen, war Tobi bereits sehr schwach gewesen. Er hatte es nicht geschafft.

Elfie hatte ich seitdem nicht mehr gesehen.

Ich ging in mein Wohnzimmer und warf die eben aus dem Briefkasten gezogene Post auf den Esstisch. Die Uhr an der Wand gegenüber zeigte zwanzig nach sechs.

Frisch machen, Make-up erneuern, Wohnung aufräumen, Wein entkorken, Häppchen richten, entspannt aussehen … illusorisch, in zehn Minuten nicht zu schaffen. Prioritäten setzen. Erstens: auf Toilette gehen.

Gerade hatte ich mich dort niedergelassen, als es klingelte. Unverrichteter Dinge stand ich wieder auf, zog meine Jeans hoch und sauste zur Sprechanlage neben der Wohnungstür.

»Hallo?« Es war erstaunlich, wie viel sinnliche Vorfreude man, selbst mit voller Blase, in fünf Buchstaben packen konnte.

»Ich bin's.« Es klopfte an der Tür.

Die Stimme war knarzig und definitiv nicht Daniels. Allerdings war sie mir ebenfalls gut bekannt. Ich öffnete.

Mein dreiundsiebzigjähriger Nachbar stand auf dem Gang und hielt mir eine Glasschale hin.

»Herr Wientapper. Was fehlt denn diesmal?«, fragte ich.

»Ach, Fräulein Korn, hätten Sie etwas Mehl für mich? Ich wollte Pfannkuchen machen. Die Eier habe ich schon aufgeschlagen, da hab ich bemerkt, dass …« Das faltige Gesicht wirkte ratlos, die wasserblauen Augen hatten einen verschwommenen Glanz.

»Ja, sicher. Moment, ich hole welches.«

Ich hastete in die Küche, öffnete einen der Hängeschränke, fing eine Packung Pfefferminztee ab, die mir entgegenfiel, und griff auf Zehenspitzen gereckt nach dem Mehl. Damit kehrte ich zu der offen gelassenen Wohnungstür zurück – Herr Wientapper war verschwunden. Mal wieder.

»Hier bin ich«, kam es verhalten aus meinem Wohnzimmer.

Klar, dachte ich und betrat den Raum.

Ernst Wientapper saß zusammengesunken am Esstisch, vor ihm stand ein kleines Fläschchen Underberg, das er vermutlich aus der Tasche seiner braunen Cordhose gezogen hatte. Er drehte ihm den mit Papier umwickelten Hals auf. »Mir war gerade nicht so gut. Ich dachte, ich setze mich kurz hin.« Zitternd hob er die kleine Flasche an seine dünnen Lippen und trank.

Ich nahm neben ihm Platz. »Das tut mir leid. Wieder wegen Ihrer Frau?«

Traurig nickte Ernst Wientapper, sein grauer Haarkranz lief um einen altersfleckigen Kopf herum. »Es ist so einsam in meiner Wohnung ohne Maria.«

»Das kann ich gut verstehen.« Mitfühlend legte ich meine Hand auf den Ärmel der fusseligen Strickweste.

»Ich weiß.« Ernst Wientapper sah auf die Tischplatte. »Deshalb fehlt mir ja so oft was in der Küche.«

Ich konnte ihn wirklich verstehen. Nach dem Tod meiner Mutter war ich wochenlang wie ferngesteuert durch die Gegend gelaufen. Ich hatte nicht mehr schlafen und nicht mehr essen können, die Trauer hatte in meinem Körper wie Säure gefressen.

Mein Blick huschte zur Uhr, hörbar atmete ich ein.

»Herr Wientapper, ich bekomme gleich Besuch. Aber ich könnte später noch einmal kurz bei Ihnen vorbeischauen.« Mein aufmunterndes Lächeln geriet etwas schief. »Es wäre toll, wenn Sie mir einen Pfannkuchen aufheben würden.«

Ernst Wientapper griff in seine Westentasche, ein weiterer Underberg-Zwerg kam zum Vorschein.

»Och, nee, Herr Wientapper. Das ist doch auch keine Lösung.«

Schon knackte der Drehverschluss, mein Nachbar kippte sich den Schnaps in den Hals. »Wenigstens macht es warm im Bauch«, sagte er matt.

Vom Flur her schrillte die Klingel, ich sprang auf. Daniel war pünktlich. Was allerdings daran lag, dass er meist auch pünktlich wieder gehen wollte.

Dazwischen kamen einmal »Ferrari« und einmal »Limousine«.

»Pfannkuchen im Bauch wärmt auch«, meinte ich noch zu Herrn Wientapper, drei Sekunden später stand ich an der Sprechanlage.

Mein »Hallo« hatte dieses Mal eher Paketbotenqualität.

»Ich bin's.« Daniel klang ausgesprochen gut gelaunt.

Ich drückte auf den Öffner, zog mir den Zopfgummi heraus, schüttelte mein Haar zurecht, klopfte mir ein bisschen Röte in die Wangen und riss die Wohnungstür auf.

In trainiertem Sprint erschien Daniel am Treppenabsatz. Er spurtete über den Gang, stürmisch drückte er mir einen Kuss auf den Mund.

»Gut siehst du aus.«

Und du erst, dachte ich. Fatal gut. Sein Haar war zurückgegelt, die oberen Knöpfe des seidigen hellblauen Hemds standen offen.

Im Dunst seines Hermès-Dufts, der allein schon ausreichte, um mich ihm vor die Füße zu werfen, betrat er die Wohnung.

»Ich brauche erst mal ein Glas Wasser.« Schnurstracks begab er sich ins Wohnzimmer.

Seinen trapezförmigen Rücken und den knackigen Hintern bewundernd folgte ich ihm dorthin.

»Hallo?« Fragend schaute er zu Herrn Wientapper, dann zu mir.

»Das ist mein Nachbar. Er wollte gerade gehen.«

Herr Wientapper blieb sitzen.

»Gell, Herr Wientapper«, sagte ich auffordernd.

Zögerlich erhob er sich. »Gut, dann will ich mal.« Er griff nach seiner leeren Glasschale und schlurfte zur Tür.

»Stopp, Ihr Mehl.« Ich schnappte die neben den zwei Underberg-Fläschchen stehende Packung vom Tisch und reichte sie ihm.

»Ach so, stimmt. Danke.«

»Bis später.« Lächelnd nickte ich ihm zu. Anschließend verschwand ich in der Küche, um Mineralwasser und zwei Gläser zu holen. Die Wohnungstür fiel ins Schloss.

Zurück im Wohnzimmer, stellte ich Flasche und Gläser vor Daniel. Er saß mit breit ausgestreckten Beinen am Esstisch.

»Stilles Wasser hast du nicht?«

»Oh. Nein, gerade nicht. Leitungswasser könnte ich dir bringen.«

»Nee, lass mal, geht schon.« Er goss sich ein und trank, die Schlucke glucksten in seiner Kehle, der spitze Adamsapfel hüpfte auf und ab.

»Bin gleich wieder da«, säuselte ich und eilte ins Bad.

Kurz darauf rauschte die Toilettenspülung. Leider war das

eher unromantisch. Zu Beginn einer Liebesbeziehung möchte man am liebsten ein Wesen ohne Ausscheidungen sein. Ist biologisch aber schwierig.

Erleichtert kam ich wieder ins Wohnzimmer. Daniel saß da, er grinste herausfordernd. In seinem Mund befanden sich eindeutig die schönsten Männerzähne, die ich kannte. Mir wurde warm.

»Ich habe heute ein 8er Coupé verkauft.« Er klang so was von unanständig.

»Ach.«

»Allerdings. In Sunset Orange metallic.« Demonstrativ leckte er über seine Oberlippe. »Cognacfarbene Ledersitze, 530 PS, von null auf hundert in 3,7 Sekunden. Höchstgeschwindigkeit zweihundertfünfzig.«

»Das ist schnell, oder?« Unschuld-vom-Lande-Gesicht.

»Acht Zylinder, 4,4-Liter-Motor. Modifiziertes Kurbelgehäuse, Turbolader, Benzin-Di-rekt-ein-sprit-zung.« Kommher-du-Luder-Gesicht.

»Oh«, hauchte ich.

»Doppelquerlenker-Vorderachse, Fünflenker-Hinterachse bei maximaler Steifigkeit.« Auf Daniels Stirn glitzerten Schweißtropfen, sein Becken schob sich auf dem Stuhl ein Stück nach vorn. »Der Schlitten geht ab wie die Luzzi. Allererste Sahne. Liegt auf der Straße wie ein Brett.« Er verengte die Augen zu Schlitzen. »So hart.«

»So hart?«

»Wie ein B-r-e-t-t.« Langsam stand er auf und öffnete seinen Gürtel. »Ein PS-Bolide. Ein Wunderwerk der Technik, spektakuläre Optik, engagiertes Fahrwerk, knackiges Heck.« Die graue Anzughose glitt an seinen Beinen entlang zu Boden, in der dunkelblauen Boxershorts zeichnete sich eine beeindruckende Beule ab. »Willst du ihn dir ansehen?«

Verlegenes Backfischgesicht. »Wenn ich darf.«

»Nur zu.« Forsch zog mich Daniel zu sich heran, meine Hand wanderte zu seiner Körpermitte. Kurz darauf lagen wir auf dem Teppich.

Der Rennbolide riss mich in einer wilden Fahrt mit sich.

Mein Körper verschmolz mit Daniels, mit seiner warmen Haut, den kräftigen Muskeln, eine unglaubliche Energie durchlief mich. Ich war gleichzeitig hellwach und völlig woanders. Das Gefühl war nicht von dieser Welt, und manchmal machte es mir Angst.

Einige sagen, dass sich eine Frau spätestens in einen Mann verliebt, wenn sie zum dritten Mal Sex mit ihm hat. Demnach hätte ich schon am ersten gemeinsamen Abend mit Daniel keine Chance mehr gehabt.

Nach ein paar Minuten lagen wir erschöpft nebeneinander, Daniels Atem klang heiß an meinem Ohr.

Die Abendsonne fiel durchs Fenster und kitzelte meine Stirn. Das Licht war mild, es gab Daniels gebräunter Haut den Ton von Waldhonig.

»Ich hab heute nicht so viel Zeit.« Seine Fingerspitzen strichen über meine Schulter. »Viola hat für halb acht einen Tisch im ›Eclaire‹ reserviert. Sie will irgendwas mit mir besprechen.«

In meiner Magengegend grummelte es. Gleichzeitig stieg Enttäuschung auf.

»Keine Ahnung, um was es geht. Vielleicht um unseren Sommerurlaub«, fügte Daniel an.

Die Teppichwolle juckte an meinem Rücken.

»Sie hat mal was von Barbados gesagt.« Daniel neigte den Kopf zur Seite und schmunzelte. »Mir soll's recht sein. Mit meiner Provision von heute können wir dort schon ein paar Rumcocktails trinken.«

Meine rechte Hand schob sich nach hinten und kratzte. Dabei verdrängte ich aufkommende Bilder von Daniel und Viola, wie sie Arm in Arm am Strand entlangschlenderten.

»Wie war's bei euch heute?«, hörte ich ihn fragen.

Meistens sagte er »euch«, und meistens störte es mich. Wollte er wissen, wie es bei mir gewesen war oder bei Viola? Oder saßen sie und ich zusammen im selben Job-Topf, und er wollte einfach hören, ob die Tagessuppe gelungen oder versalzen war?

»Gut«, antwortete ich. »Meine Präsentation kam super beim Kunden an. Wir bekommen den Auftrag für dieses Shampoo.«

»Toll. Das ist klasse.«

Ich glaubte, Erleichterung in seiner Stimme zu hören.

Er drückte mir einen Kuss auf die Schläfe. »Du bist überhaupt klasse.« Seine Lippen rutschten herunter zu meinem Hals, er begann, sanft daran zu saugen. »Ich bin ein echter Glückspilz«, flüsterte er. »So eine klasse Frau zu haben.«

Meine Hand kam zwischen Teppich und Rücken hervor. Behutsam griff Daniel danach und lenkte sie zu seinem Bauch. Dann tiefer. Unverkennbar wurde die Limousine aus der Garage gefahren, bereit für den Sonntagsausflug.

»Lass uns rüber ins Schlafzimmer«, hauchte ich. Ein bisschen mehr Bequemlichkeit konnte nicht schaden.

»Gern.« Daniel stand auf.

Einige derangierte Kleidungsstücke hingen an verschiedenen Stellen meines Körpers. Mir kam eine Vogelscheuche in den Sinn. Charmant lächelnd drängte ich den Gedanken zur Seite, richtete mich auf und streifte überflüssigen Stoff ab. Daniel reichte mir seine Hand, um mich ins Schlafzimmer zu führen.

Ich fand es etwas befremdlich, nackt Wege zurückzulegen, einzig mit der Absicht, am Zielort Sex zu haben. Gehen diente sonst immer anderen Zwecken, einkaufen gehen, spazieren gehen, zur Arbeit gehen, ausgehen. Zum Sexzielort hingegen müsste man eigentlich schweben oder sich hinbeamen.

Mein Bettzeug lag so da, wie ich am Morgen herausgekrochen war, die Daunendecke formte noch eine kleine Höhle. Hätte ich vorhin mehr Zeit gehabt, wäre das Plumeau jetzt aufgeschüttelt, frisch gefaltet und … zack, egal, ich lag schon drauf. Mit gierigem Blick hatte mich Daniel auf die Matratze geschubst, unmittelbar darauf presste sich sein Körper auf meinen.

Der gefederte Jaguar Sovereign schnurrte, die Fahrt begann.

Er glitt durch üppig grüne, hügelige Landschaften, an einem schattigen Wald entlang und durch kleine verträumte Dörfer. Ich genoss es in vollen Zügen, die Sonne schien, am blauen Himmel standen weiße Schäfchenwolken.

Irgendwann erreichten wir einen funkelnden See. Daniel parkte den Wagen, stieg aus und hielt mir die Tür auf. Hand in

Hand liefen wir zu dem kleinen Ruderboot, das am Ufer schaukelte.

Kurze Zeit später trieben wir aufs Wasser hinaus. Es war magisch. Gemeinsam sprangen wir über Bord in die Fluten und versanken aneinandergeklammert darin.

»Hättest du Lust, übernächstes Wochenende mit mir nach Hamburg zu fahren?« Daniels Stimme klang von weit her.

»Hm?« Einen Moment lang wusste ich nicht genau, wo ich war und ob wir mit unserem Bötchen tatsächlich bis zur Elbe kämen.

»Ein kleiner Ausflug. Nur wir beide. Ich habe dort eine Verkaufsschulung.« Er drehte sich auf die Seite, seine Miene war zärtlich und entspannt.

»Echt?« Über dem See ging förmlich ein Feuerwerk los, ich freute mich riesig. »Natürlich. Wahnsinnig gern. Endlich haben wir mal ein bisschen mehr Zeit für uns.«

»Na ja.« Über Daniels Nase kerbte sich eine Furche ein. »Tagsüber werde ich beschäftigt sein, womöglich auch den Samstagabend, essen gehen und so, du weißt, wie das ist. Aber du kannst durch die Stadt bummeln, ein bisschen shoppen, ins Café …«

Eine der Feuerwerksraketen plumpste ins Wasser, ohne zu zünden. Der romantische Wochenendtrip hatte kleine Schönheitsfehler.

Egal.

Es ging ums Prinzip. Daniel wollte mehr von mir als kurze, heimliche Treffen.

»Die Sekretärin der Geschäftsleitung hat für mich nur ein Einzelzimmer reserviert«, fuhr er fort. »Ich schaue, ob ich noch was für dich im selben Hotel bekomme.«

»Wie? Schlafen wir nicht zusammen?« Rakete Nummer zwei zischte kläglich und blieb in ihrer Abschussvorrichtung stecken.

»Machst du Witze?« Daniel lachte auf. »Natürlich schlafen wir zusammen. Was denn sonst?«

Er bemerkte meine kritische Miene, sanft küsste er mich. »Du bist hinreißend. Ich bin verrückt nach dir. Nie im Leben hätte ich gedacht, dass es mich so erwischen würde.«

Puff. Ein riesiger Goldregen funkelte herab. Ich schmiegte mich an Daniels Brust, die Haut duftete nach seinem Eau de Toilette.

Mein Ex-Freund Tim hatte im Bett oft nach Zwiebeln gerochen, einmal hatte ich ihn darauf angesprochen. Er war tagelang beleidigt gewesen.

Wir hatten uns im letzten Jahr an Karneval kennengelernt, Tim war als Spaceshuttle verkleidet gewesen und ich als Rotkäppchen. Immerhin hatte es bis zum Karneval in diesem Jahr gehalten. Allerdings war die Beziehung so eine gewesen, die man hat, damit man eine hat. Freunde, einen Job, eine Wohnung, Urlaubsreisen, zwei, drei Leute, die man nicht leiden kann, Figurprobleme, Partyeinladungen, eine Beziehung …

Das mit Daniel fühlte sich völlig anders an.

Leise seufzte er auf. »Ich wünschte, ich könnte ewig hier liegen bleiben.«

»Dann tu's doch.« Versonnen strich ich über sein Brusthaar. »Wir lassen uns eine Pizza kommen, und du rufst Viola an, dass du noch in der Firma zu tun hast.«

»Bitte, Katharina, du weißt, dass das nicht geht.« Behutsam schob er meinen Arm zur Seite und sah auf seine Uhr. »Ich muss los. Viola hasst es, wenn man zu spät kommt.«

Ich kräuselte die Lippen. »Fühlst du dich nicht komisch dabei, mit einer Frau das Bett zu teilen und kurz darauf mit der anderen den Tisch?«

»Och, Kati, nicht schon wieder. Ich hatte dir das doch erklärt.«

»Hattest du?«

Daniel stand auf. »Ja. Viola und ich sind eben ein gutes Team. Ein eingespieltes *power couple*. Etliche meiner Kunden verdanke ich ihren Kontakten.« Sein Ton war trocken. »Nenn es Win-win-Beziehung.«

»Und was bringst du ein? Naturalien?« Ich konnte mich nicht beherrschen.

»Pfh.« Daniel verließ das Schlafzimmer.

Schmollend zog ich die Decke bis zum Kinn hoch. Das war noch so eine fiese Sache an der Liebe. Es machte einen schier krank, zu teilen oder auch nur einen Krümel Mann abzugeben. Im Prinzip hielt ich mich für einen großzügigen Menschen. Aber beim Verliebtsein hörte der Spaß auf.

Angezogen kam Daniel zum Bett zurück. Er beugte sich zu mir und gab mir einen Kuss auf die Stirn. »Tschüss, Süße.«

»Mrrh«, murrte ich. »Grüß Viola.«

»Mach ich … nicht.« Er steuerte die Tür an und hauchte mir von dort einen Luftkuss zu. »Ich freu mich auf Hamburg.«

Gegen meinen Willen flog ein Lächeln über mein Gesicht. »Ich mich auch.«

Augenzwinkernd verschwand er.

In seinen Duft gehüllt lag ich da, die Decke umklammernd, als sei sie sein Körper. Ich ließ meine Gedanken treiben, sie wanderten Richtung Norden. Daniel und ich saßen zusammen in einem kleinen Café an der Elbe, mächtige Schiffe zogen an uns vorbei, eine sanfte Brise spielte mit meinem Haar.

»Kati, ich glaube, ich lasse mich scheiden. Im Gegensatz zu Viola wollte ich immer eine Familie gründen. Wir könnten zusammen ganz von vorn anfangen.«

Der Kellner kam heran und stellte zwei Gläser Prosecco vor uns. Ich stieß mit Daniel an und versuchte, meine überwältigende Freude im Zaum zu halten.

»Arrgh!« Die Phantasie schickte mir Schauer über den Rücken, ich vergrub mein Gesicht im Kissen und biss hinein. Ich wollte Daniel so sehr wie noch keinen Mann zuvor.

In einer Mischung aus Vorfreude und Verzweiflung schälte ich mich aus den Federn und tappte auf blanken Sohlen ins Wohnzimmer. Staubteilchen tanzten in den durchs Fenster fallenden Sonnenstrahlen. Ich griff nach Daniels Wasserglas und trank es leer.

Meine Fingerspitzen streiften den kleinen Stapel Post auseinander, der auf dem Esstisch lag. Zuunterst kam ein beiges Kuvert zum Vorschein, »Amtsgericht Bernkastel-Kues« stand als Absender darauf. Verwundert setzte ich mich und öffnete den Brief.

3

»Geerbt? Von Ihrem Onkel?« Ernst Wientapper überflog das auf dem Tisch liegende Schreiben. Ich spießte ein Stück Apfelpfannkuchen auf die Gabel und steckte es in meinen Mund. Es schmeckte ausgezeichnet, nach heiler Welt an einem gemütlichen Nachmittag. Wer brauchte schon Pasta mit Périgord-Trüffeln und teuren Rotwein?

Daniel und Viola.

Weg mit dem Bild.

»Sieht so aus«, meinte ich. »Onkel Balthasar war der Bruder meiner Mutter, aber wir hatten so lang keinen Kontakt, dass ich mich gar nicht richtig an ihn erinnern kann. Ich weiß nicht, was mich bei dieser Testamentseröffnung auf dem Amtsgericht erwartet.« Kauend runzelte ich die Stirn. »Sie waren doch bei der Stadt beschäftigt. Können Sie mir sagen, um was es da geht?«

»Nun ja.« Ernst Wientapper schob das bedruckte Blatt Papier ein Stück von sich weg. »Offenbar liegt dem Amtsgericht Bernkastel ein Testament Ihres Onkels vor. Der Rechtspfleger hat die in Betracht kommenden Personen zu einem Eröffnungstermin geladen. Dabei wird der Letzte Wille des Verstorbenen verlesen.«

»Vorher erfahre ich nicht, was ich geerbt haben soll?«

»Im Prinzip nicht. Nachdem Sie es erfahren haben, bleiben Ihnen sechs Wochen Zeit, das Erbe anzutreten oder auszuschlagen.«

»Eine ziemliche Wundertüte.« Ich griff nach meinem Pilsglas. Sein Goldrand war stumpf und abgerieben, aber das Bier schön frisch. Ein ordentlicher Schluck floss meine Kehle herunter.

»Womöglich schon«, sagte Ernst Wientapper. »Einfach ist es natürlich mit Barvermögen, Schmuck, Aktien. Da sagt man selten Nein. Bei Immobilien kann die Angelegenheit schon anders aussehen, sie sind aber oft ein Gewinn.« Er hielt inne und trank ebenfalls, sein faltiger Hals erinnerte mich an den eines Leguans. »Heikel sind Unternehmen, kleine genauso wie größere Betriebe.

Damit verbunden sind Personalverantwortung, laufende Verbindlichkeiten, mitunter schlechte Bilanzen. Manchmal erbt man einfach einen Berg Schulden.«

»Tolle Aussichten.« Ich strich über die gemusterte Wachsdecke des Küchentischs. An der Wand gegenüber hing ein großes gerahmtes Foto von Herrn Wientapper und seiner Frau. In die obere rechte Ecke war eine goldene Fünfzig geklemmt. Kurz nach der Goldenen Hochzeit war Maria Wientapper gestorben.

»Haben Sie gar keine Ahnung, was Ihnen Ihr Onkel Balthasar hinterlassen hat?« Ungefragt landete ein weiterer Pfannkuchen auf meinem Teller. Somit musste ich morgen wieder ins Fitnessstudio.

»Nun ja, ich habe im Internet nachgeschaut. Balthasar Glück besaß ein Weingut.«

»Oha.« Ernst Wientapper trank noch einen Schluck Bier.

»Das heißt?«

»Es gibt solche und solche. Wo liegt es?«

»An der Mosel.«

»Hm.«

»Was hm?« Etwas nervös beförderte ich einen großen Bissen Pfannkuchen in den Mund.

»Maria und ich waren mal dort. Damals mit unserer Clique, auf einer Weinprobiertour. Zweiundachtzig war das, glaube ich. Nein, dreiundachtzig. Im Herbst. Der Wein war nicht schlecht, schön süß. Maria hat sich die Finger nach einer Beerenauslese geleckt.« Ernst Wientappers Blick wanderte zu dem Goldhochzeitsfoto, die Augen wurden feucht. Er nestelte ein kariertes Stofftaschentuch aus seiner Cordhose und schnäuzte sich.

»Ich habe so eine vage Kindheitserinnerung«, beeilte ich mich zu sagen, um ihn vom Weinen abzulenken. »Wir waren einmal zu dritt bei Onkel Balthasar, als Papa noch lebte, ich war acht oder neun. Das ist fast dreißig Jahre her. Ich erinnere mich, dass wir bei einer Schweinekälte in einem richtig steilen Weinberg standen und klamm-feuchte Trauben in Bütten gepflückt haben. Die musste man hinter die Weinstöcke klemmen, damit sie nicht auf Nimmerwiedersehen den Hang runtergerollt sind. Die Reben waren tropfnass, ich konnte meine Hände kaum bewegen, und auf der Erde unter den Stöcken gab es unzählige kleine Nacktschnecken.« Überzeugt schüttelte ich den Kopf. »Wenn Sie mich fragen, eigne ich mich überhaupt nicht zur Winzerin.«

»Ja, die Hänge an der Mosel sind steil«, pflichtete Ernst Wientapper bei. »Das macht eine Menge Arbeit.«

»*Meine* Menge Arbeit wartet in der Agentur«, erwiderte ich. »Dort ist es warm und trocken, und unter dem Schreibtisch leben keine Tiere.« Ich brachte das Apfelaroma in meinem Mund mit einem Schluck Bier zusammen. »Ihr Pfannkuchen schmeckt übrigens ausgezeichnet.«

Ernst Wientapper lächelte wehmütig. »Das Rezept ist von Maria.«

Schon wieder trauervermintes Gebiet. »Ich habe versucht, mir Onkel Balthasar in Erinnerung zu rufen«, sagte ich rasch. »Er war älter als meine Mutter, ich habe ein Bild von einem großen, kräftigen Mann im Kopf. Er wirkte auf mich streng und nicht besonders freundlich. Wir haben in dem Weingut übernachtet, das Haus war riesig und kalt. Ich habe mich in der Dunkelheit gefürchtet und bin über knarzende Dielen aus meinem Zimmer in den Flur geschlichen. Aus dem Erdgeschoss klangen Mamas und Balthasars Stimmen hoch, sie stritten.« Während ich sprach, wurde das Gefühl von damals seltsam greifbar. Ich presste meinen Rücken an die gepolsterte Lehne der Eckbank.

In Herrn Wientappers Küche schien die Zeit langsamer zu laufen, das Leben war gelebt, und für den unbedeutenden Rest gab es keine Eile mehr.

»Irgendwie hatte ich das alles vergessen«, fügte ich leise an. »Diesen Besuch an der Mosel. Balthasar ist nicht auf der Beerdigung meiner Mutter vor sechs Jahren gewesen und hat auch nichts von sich hören lassen. Ich habe mich darüber gewundert, stand aber selbst so neben mir, dass ich mich nicht weiter darum gekümmert habe.«

»Und nun erben Sie offenbar«, sagte Ernst Wientapper nachdenklich. »Fahren Sie am Freitag zu der Testamentseröffnung?«

»Habe ich denn eine Wahl?«

»Sie müssen nicht. In dem Fall ist das Erscheinen freiwillig.«

»Ach so?« Eigentlich ändert das aber nichts, dachte ich. Ich bin viel zu neugierig, um nicht zu fahren.

»Doch, ich werde hingehen.«

Verklärung trat in Herrn Wientappers Züge. »Es könnte sein, dass damals an der Mosel unser Robert entstanden ist.« Er kicherte leise. »Maria hat seinerzeit so etwas angedeutet.«

Robert. Soweit ich wusste, war der Sohn der Wientappers Manager bei einer größeren Firma in Süddeutschland und hatte wenig Zeit für seinen Vater.

»Ich würde so gern noch mal an die Mosel«, sagte Ernst Wientapper sehnsüchtig.

Was aber nicht bedeutete, dass *ich* Zeit für ihn hatte.

Die Vorstellung, mich bei dieser Fahrt ins Ungewisse auch noch um meinen trauernden, schnapsaffinen Nachbarn kümmern zu müssen, schreckte mich ab.

Ich aß einen letzten Bissen und schob den Teller von mir weg.

»Puh, ich kann nicht mehr. Außerdem muss ich wieder in meine Wohnung, um noch ein paar Sachen zu erledigen.«

»Ich packe Ihnen den Rest ein.« Ernst Wientapper deutete zur Servierplatte, auf der noch zwei fette Pfannkuchen lagen. »Der schmeckt auch zum Frühstück gut.«

»Nein, nein. Bitte nicht.« Energisch winkte ich ab. »Ich trinke morgens nur einen Detox-Smoothie.«

»Bitte was?«

»So einen Saft.«

»Das reicht doch nicht.«

»Doch, da sind ganz viele Nährstoffe drin, Mineralien und …«

»Unsinn.« Erstaunlich flink erhob sich Ernst Wientapper. Er angelte eine Rolle Frischhaltefolie aus einem der Hängeschränke und zog eine durchsichtige Haube über die Servierplatte. Mit strengem Gesicht reichte er sie mir.

»Mitnehmen. An Ihnen ist ohnehin nichts dran.«

Widerstand erschien mir zwecklos. »Okay, danke. Dann noch einen schönen Abend.«

»Bis bald.« Ernst Wientapper blinzelte mir zu, er wirkte, als sei ein Funken Leben in ihn zurückgekehrt.

Wenig später kamen die Kalorienbombe und ich in meiner Wohnung an. Ich stellte den Pfannkuchenteller auf dem Esstisch ab, um sofort nach meinem danebenliegenden Handy zu greifen. Junkie Katharina. Seit zwei Monaten abhängig von Nachrichten eines gewissen Daniel S.

Tatsächlich hatte er geschrieben.

»Das war spitze eben. Ich denk an dich.« Dahinter standen ein Kuss-Smiley und eine Rakete.

Sofort durchströmte mich wieder diese Wärme. Zu gern hätte ich Daniel angerufen, um ihm die Neuigkeiten mit der Testamentseröffnung zu erzählen. Doch vermutlich war der Zeitpunkt gerade unpassend.

»Magst du Moselwein?«, fragte ich geheimnisvoll zurück.

Gespannt auf seine Antwort trat ich ans Fenster. Unten auf der Straße herrschte wie immer Betrieb. Menschen eilten ihrem Ziel entgegen, Autos verstopften die Fahrbahnen, jeder wollte irgendwohin. Mein Blick blieb an einer Frau hängen, die ein kleines Mädchen in einem geblümten Kleid an der Hand hatte.

Ich überlegte, versuchte, Bilder und Eindrücke aus meiner Kindheit hervorzuholen und einzuordnen.

Nicht allzu lang nach unserem damaligen Besuch bei Onkel Balthasar musste Papa gestorben sein. Er war oft von zu Hause weg gewesen, arbeitete bei einem großen Unternehmen, das Asphaltmischanlagen herstellte. Bei der Inbetriebnahme einer Anlage in Tunesien war er abgestürzt und tödlich verunglückt. Er war einfach nicht mehr heimgekommen.

Wahrscheinlich war es für meine Mutter damals schlimmer als für mich gewesen. Ich kannte Papa fast nur von gemeinsamen Urlauben oder den Weihnachtsferien, den Rest des Jahres war er dauernd unterwegs. Nach seinem Tod lebten Mama und ich allein. Manchmal hatte sie so traurig ausgesehen, dass ich alles getan hatte, um sie aufzumuntern.

Heute wusste ich, dass der Schmerz, einen geliebten Menschen verloren zu haben, tatsächlich nicht mehr wegging. Doch ich hatte gelernt, damit zu leben. Die Trauer riss mich nicht mehr als Monsterwelle mit sich fort, mittlerweile war sie eher ein plätschernder Bach, der nur noch ab und zu anschwoll.

Auf dem Fensterbrett vor mir stand meine kleine Kakteensammlung, ich hatte sie von Mama übernommen. Den drei größten hatte ich Namen gegeben: Torben, Rita und Fiffi. Der dicke, runde Torben hatte eine pinkfarbene Blüte bekommen. Sie war noch nicht geöffnet, ich freute mich darauf, sie demnächst in ihrer ganzen Pracht zu bewundern.

Kakteen konnten ziemlich alt werden, einige bis zu zweihundert Jahre. Meine Drillinge schafften es bei guter Pflege vielleicht bis zur Volljährigkeit.

Ich griff nach der kleinen Messingkanne und gab jedem von ihnen ein paar Tropfen Wasser.

Mein Handy piepte. Sofort stellte ich die Kanne ab, huschte zum Tisch und ließ meinen Finger über das Display gleiten.

»Brrr. Nee.«

Daniels Antwort.

»Bin gerade auf der Toilette«, kam es hinterher. »Im Resto wartet ein satter Bordeaux auf mich.«

Ich nestelte die Folie von Herrn Wientappers Teller und riss ein Stück von dem obersten Pfannkuchen ab, um es in meinen Mund zu stopfen. Kauend schlurfte ich zur Couch und ließ mich darauf fallen.

Eine mitteljunge, berufstätige Singlefrau sah sich am Abend einem bunten Strauß häuslicher Aufgaben gegenüber: Wäsche waschen, bügeln, aufräumen, putzen, etwas Leichtes zu essen richten ... Ich schluckte den süßen, fettigen Pfannkuchenbrei runter, griff nach der Fernbedienung und schaltete den Fernseher an.

»Innerhalb der einzelnen Gruppen gibt es häufige Sexualkontakte mit wechselnden Partnern, mitunter auch im Austausch gegen Nahrung.«

Gebannt starrte ich auf den Bildschirm.

»In rund einem Drittel der Fälle erfolgt die Kopulation mit zugewandten Gesichtern, unterschiedlichste Stellungen werden praktiziert. Es gibt Zungenküsse und Oralverkehr.«

Vor einem grünen Blätterdach betätigten sich zwei kleine Affen in einer eindeutigen Position.

»Man geht davon aus, dass das Sexualverhalten dem Abbau von Spannungen und der Bestätigung von Hierarchien innerhalb der Gruppe dient. Es erscheint als völlig selbstverständlicher Teil des Soziallebens.«

Die beiden Affen lösten sich voneinander und sprangen in entgegengesetzte Richtungen davon.

»Bei einer Kopulationsdauer von zehn bis fünfzehn Sekunden erfolgen die einzelnen Akte beiläufig zwischen Nahrungsaufnahme und Körperpflege.«

Eigentlich müsste ich mir noch die Haare waschen, dachte ich. Morgen früh ist wieder keine Zeit dafür.

Ich schaltete den Fernseher aus und hievte mich von der Couch. Im Vorbeigehen nahm ich den Rest des obersten Pfannkuchens vom Teller und aß ihn auf.

4

»Ähj, das ist so eine Scheißschinderei.« Valerie keuchte auf dem Crosstrainer neben mir, Schweiß lief ihr das puterrote Gesicht herunter. »Ich hasse Sport. Am liebsten würde ich's lassen.«

»Dann tu's doch.« Meine Beine taten weh, mein Puls erreichte demnächst zweihundertzehn.

»Damit ich noch fetter werde?«

»Du bist nicht fett.«

»Als meine Freundin musst du das ja sagen.« Sie japste nach Luft.

»Als deine Freundin muss ich dir die Wahrheit sagen.«

Es war die Wahrheit. Valeries Figur war weiblich gerundet, Ecken und Kanten zeigte sie nur in ihrem Charakter. Die Kurven standen ihr ausgezeichnet, wäre ich ein Mann gewesen, hätte ich mich sofort in ihr Dekolleté und ihren Hintern verliebt. In die inneren Werte sowieso.

Sie schüttelte eine weizenblonde Haarsträhne zurück, die sich aus dem geflochtenen Zopf gelöst hatte. »Danke schön. Aber warum *du* dich in diesem Laden quälst, ist mir nach wie vor ein Rätsel.«

»Erstens, weil ich deine Freundin bin, und zweitens, weil ich drei Tonnen Apfelpfannkuchen davon abhalten muss, sich auf meinen Hüften niederzulassen.«

Das Surren und Klackern der Fitnessgeräte erfüllte den Raum. In heller Neonbeleuchtung schindeten sich etwa zwei Dutzend Städter nach einem hektischen Bürotag an unterschiedlichen Foltermaschinen.

»Wenn du bald im Weinberg stehst, brauchst du ein paar Reserven auf den Hüften.« Valerie kicherte. »Und von dem ganzen Auslesetrinken wirst du eh aus dem Leim gehen.«

»Haha. Vermutlich erbe ich nur ein paar alte Fotoalben oder allenfalls das Familiensilber«, erwiderte ich außer Atem. Der Schmerz in meinen Beinen wurde stechend. »Offenbar hatten

Mama und Balthasar kein gutes Verhältnis zueinander. Warum sollte er mir irgendwas Wertvolles vererben?«

»Stimmt auch wieder.« Valeries Armbewegungen wurden langsamer, sie schaltete einen Gang zurück. »Hast du Daniel schon die Neuigkeiten erzählt?«

»Nee. Er hat sich seit gestern Abend nicht mehr gemeldet. Violas gute Laune heute im Büro fand ich reichlich ätzend.« Ich wollte das Thema wechseln. »Wie war's bei dir in der Praxis?«

»Och, über gute Laune konnte ich mich nicht beschweren.« Valerie reduzierte ihr Tempo weiter, mittlerweile wirkten ihre Bewegungen wie in Zeitlupe. »Mir ist ein Sechser abgebrochen. Die Reste rauszuoperieren, hat mir total den Zeitplan versaut. Dabei guckt der Alte mich an, als sei es meine Schuld, dass die Zähne des Patienten so marode waren wie aufgegebene Plattenbauten.«

Der »Alte« war Dr. Rudolph Schneidmüller und Valerie eine in seiner Praxis angestellte Zahnärztin. Ihr zufolge unterbezahlt und ausgebeutet.

»Eine eigene Praxis wäre was«, meinte sie zum wiederholten Mal. »Wenn bloß diese horrende Finanzierung nicht wäre.«

»Reich heiraten«, stieß ich hervor.

»Phh. Wenn ich reich heirate, überlege ich mir zweimal, ob ich noch arbeiten gehe.« Sie hielt an. Mit dem um ihren Nacken gelegten Handtuch wischte sie über das schweißglänzende Gesicht. »Hängt ein bisschen von den Aussichten auf eine reiche Scheidung ab.«

»Falls ich ein Vermögen erbe, teile ich mit dir.« Abrupt hörte ich ebenfalls mit dem Arme-Beine-vor-Zurück auf. »Mir reicht's. Lass uns was trinken gehen.«

»Jep.«

***

Etwa eine halbe Stunde später saßen wir frisch geduscht mit glänzenden Nasen vor unseren Cocktailgläsern.

Genüsslich schlürfte ich ein Schlückchen Strawberry Margarita über den gezuckerten Glasrand. Das Tolle an Alkohol nach dem Sport war, dass schon nach kleinsten Mengen die rosa Watte im Kopf aufpuffte. Man wurde quasi von Millilitern angenehm beduselt und konnte am nächsten Morgen ohne Kater ins Büro.

Natürlich waren hinsichtlich Kondition und Kalorienverbrennung Cocktails nach dem Sport wie die Echternacher Springprozession: zwei Schritte vor, einer zurück. Andererseits wäre es ohne den Cocktail danach motivationstechnisch womöglich gar nicht zum Sport gekommen.

Valerie und ich hatten zwei Plätze am Tresen ergattert. Das »Saga« war eine unserer Lieblingsbars. Dunkles Holz, gemütliche Ledersessel, eine schummerig warme Beleuchtung, attraktive Gäste in den Dreißigern und Vierzigern. Und heute ein neuer Barmann hinter der Theke.

Valerie war in Stimmung, der gute Mann fiel in die Kategorie »Schnittchen«. Sie drückte ihren Rücken durch und brachte den wesentlichen Teil des Oberkörpers zur Geltung. Nachdem sie einen Schluck getrunken hatte, leckte sie über ihre Lippen und lächelte vielsagend. Der Barmann lächelte zurück. Sein kaffeebrauner Teint ließ die weißen Zähne regelrecht leuchten.

Valerie setzte den Schlafzimmerblick auf. »Sie haben wundervolle Inzisivi.«

Im Leben weiß der Typ nicht, was das ist, dachte ich. Ich wusste es nur, weil meine Freundin den Spruch nicht zum ersten Mal gebracht hatte. Normalerweise funktionierte er gut, um ins Gespräch zu kommen. Nach einer kurzen Erklärung freuten sich erstaunlich viele Männer über das Kompliment zu ihren Schneidezähnen.

»Danke schön«, sagte der Barmann ohne einen Anflug von Überraschung. »Sie auch.«

»Ich bin vom Fach«, hauchte Valerie.

Mit gesenkten Lidern trank ich einen ordentlichen Schluck Erdbeerglück. Manchmal war es mir ein bisschen peinlich, wie Valerie ranging.

»Ich auch«, sagte der Barmann. »Zehntes Semester Zahnmedizin.«

»Ach. Tatsächlich?« Ihr Interesse steigerte sich hörbar. »Wenn das kein Zeichen ist.« Glockenhell lachte sie auf. »Also, ich praktiziere seit drei Jahren selbstständig in einer kleinen, nun ja, mittelgroßen Praxis …«

Ich drehte mich auf meinem Barhocker zur Seite und klinkte mich mental aus. Beiläufig lockerte ich mit der linken Hand mein Haar, griff mit der rechten nach dem Cocktailglas und hob es an die Lippen. Dabei sah ich zur Eingangstür. Sie öffnete sich.

Eine Sekunde später drohte die Erdbeerbrühe in den falschen Hals zu fließen. Hustend knallte ich das Glas auf die Theke, Tränen schossen in meine Augen.

Im Eingangsbereich des Lokals stand Daniel – in Begleitung einer auffallend attraktiven Rothaarigen.

Er bemerkte mich offenbar nicht, galant leitete er die Frau zu einem freien Stehtisch. Wie hypnotisiert starrte ich meinen Geliebten an, der wiederum fixierte seine Begleiterin. Er reichte ihr die auf dem Tisch liegende Karte, dabei sagte er etwas.

»Oh, gern«, las ich von einem Paar sehr roter, sehr voller Lippen ab. Die Frau warf ihr Haar hinter die Schultern und legte die Karte weg.

Daniel sah zur Bar. Unsere Blicke trafen sich.

Mein Herz raste. Das Erstaunen in Daniels Ausdruck war unverkennbar, das angedeutete Schmunzeln kam für meinen Geschmack deutlich zeitverzögert und geriet schief. Neben mir gurrte und säuselte Valerie, sie unterhielt sich blendend.

»Der Bereich der Ästhetik ist zunehmend interessant am Zahnarztberuf. Wenn ich dir was empfehlen darf, du solltest unbedingt …«

Daniel berührte die Rothaarige am Unterarm, sprach einige Wörter, dann kam er zur Theke.

»Hallo, Kati.« Kein Kuss, keine zärtliche Geste.

»Hi.« Mein Hals war wie zugeschnürt.

Valeries Aufmerksamkeit glitt vom Barmann zu Daniel. »Herr Schaller«, ihre Augenbrauen hoben sich, »das ist ja eine Überraschung.«

»Hallo, Valerie.«

Mein Freund und meine Freundin hatten sich bislang zweimal gesehen, einmal in meiner Wohnung und einmal, als Daniel mich vom Fitnessstudio abgeholt hatte. Insgesamt hegten sie keine sonderliche Sympathie füreinander.

»Zwei Martini dry«, bestellte Daniel.

»Gern.« Schwungvoll griff der Barmann ins Flaschenregal.

»Wer ist diese Frau?«, zischte ich. Schlagartig kam mir die Affendoku von gestern Abend in den Sinn. Mir wurde ganz schlecht.

»Eine Kollegin. Marion Vollbrecht, die Leiterin unserer Marketingabteilung.«

»Wieso bist du mit ihr hier?« Mein weiblicher Instinkt war mit der Kolleginnenantwort noch nicht zufrieden.

»Weil ich versuche, eurer Agentur einen Auftrag zu beschaffen.«

Innerhalb der einzelnen Gruppen gibt es häufige Sexualkontakte mit wechselnden Partnern, mitunter auch im Austausch gegen Nahrung.

Der Barmann stellte die beiden Martini vor Daniel auf den Tresen.

»Danke.« Er griff nach den Gläsern, die Olivenspieße schaukelten. »Lass mich bitte machen«, raunte er mir zu und begab sich zu seiner Begleiterin zurück.

Ich trank mein Glas leer. »Noch einen, bitte.«

»Für mich auch«, flötete Valerie. Sie neigte sich zu mir hin, dabei fixierte sie Daniel. »Denkst du, der hat was mit der Tante?«

Mitunter war ihre direkte Art wie das Ziehen eines Weisheitszahns ohne Betäubung.

»Quatsch.« Ich brauchte umgehend was zu trinken. »Wir sind doch nicht bei den Bonobos.«

Mein Blick grätschte in eine Art Spagat, Ziel war es, Daniel möglichst unauffällig zu beobachten. Heidi, das schielende Opossum.

Marion Vollbrecht hingegen hing mit ihren Augen unverhohlen an Daniels, lächelte mit tadellosen Inzisivi und zupfte ihre weit ausgeschnittene Bluse zurecht. Anschließend griff sie mit blutroten Fingernägeln nach dem Olivenspieß.

Die weiße Zahnreihe öffnete sich, die Lider wurden auf Halbmast gesenkt. Eine Zungenspitze kam vor, berührte die unschuldige Olive, tastete sie ab, rollte sich halb um sie herum und zog sie sehr langsam von dem Holzstäbchen.

Die Augen klappten für einen Moment ganz zu, dann setzte ein genüssliches Kauen ein. Das Kinn hob sich leicht an, der Hals schluckte, die ungezogene Zunge leckte über Ober- und Unterlippe.

»Heilige Scheiße«, murmelte Valerie. »Ich ziehe meine Frage zurück.«

Mir blieb die Luft weg. Wie aus der Ferne registrierte ich, dass der Barmann uns die Margaritas hinstellte. »Zum Wohl, die Ladys. Geht aufs Haus.«

»Das ist aber süß von dir.« Valerie schmatzte einen Kuss zu ihm hin. Dann hielt sie mir einen der Cocktails vor die Nase. »Trink erst mal was.«

Das tat ich. Und zwar das Glas leer. Der Alkohol brannte in meiner Kehle und raste ins Gehirn.

Fahrig nestelte ich mein Handy aus der Handtasche. Der Kontakt mit dem silbernen BMW-Coupé im Profilbild befand sich ganz oben im Verzeichnis.

»Komm mit aufs Klo!«, tippte ich aufgebracht und wählte die Funktion »Senden, ohne nachzudenken«.

»Reden!«

Senden, ohne nachzudenken.

»SOFORT!«

Senden, ohne nachzudenken.

Wieso erschien vorm Abschicken nicht eine ähnliche Meldung wie vorm Löschen? »Wollen Sie diese Nachricht wirklich senden?«

Zu spät.

Ich beobachtete, wie Daniel in die Innentasche seines Jacketts griff, tatsächlich zog er sein Telefon hervor. Er sagte so etwas wie »Entschuldige« zu dem roten Vamp, dann las er. Fast gleichzeitig verfinsterte sich seine Miene. Er hob den Kopf und sah zu mir hin, über seiner Nasenwurzel stand eine strenge Falte.

»Bitte«, formten meine Lippen tonlos.

Er zögerte.

Schließlich deutete er kaum sichtbar ein Nicken an.

Ich stand auf und ging rechts an der Bar vorbei.

Eine schmale Treppe führte nach unten. Mit weichen Knien nahm ich die Stufen, für meine Magengrube gab es eine Unwetterwarnung. In einem schlecht beleuchteten Gang blieb ich vor dem Eingang zur Damentoilette stehen.

Gegenüber hing ein Gestell mit kostenlosen Postkarten. Auf einer stieg ein kerniger Kerl einem Gipfelkreuz entgegen. »Den Alltag hinter sich lassen«, war in den Himmel geschrieben.

»Schön laufen statt schönsaufen«, verkündete eine andere Karte in Pink auf gelbem Grund – die Werbung für ein Fitnessstudio.

Nervös verlagerte ich mein Gewicht von einem Bein auf das andere. Daniel kam nicht. Stattdessen trat eine junge Frau aus der Klotür.

»Alles frei da drin«, sagte sie freundlich im Vorbeigehen und stieg mit wiegenden Hüften die Treppe hoch.

Ich atmete tief ein, die Luft roch nach künstlichem Raumerfrischer. Plötzlich wurde mir klar, wie uncool und lächerlich ich mich verhielt. Keinesfalls sexgöttinnenmäßig.

Das ist noch so ein übles Ding an der Liebe: Steckst du mittendrin, bist du dir für absolut nichts zu schade.

Liebling, ich habe mich selbst geschrumpft.

Ich gehe wieder hoch, setze mich sehr aufgeräumt an die Theke und schwebe gelassen über den Dingen, nahm ich mir vor. Trinke noch ein Mineralwasser und kläre mit Daniel alles Weitere später.

Jemand kam die Treppe runter. Zuerst sah ich braune Lederschuhe unter einer dunkelblauen Jeans, dann den Rest.

Daniel.

Mein Herz hüpfte. Gleichzeitig registrierte ich Daniels unwirschen Ausdruck.

»Was ist los mit dir?«, schimpfte er. »Was soll das?«

Elend überlief mich. Er hatte ja recht. Einerseits zumindest. Andererseits …

Umwölkt von penetrantem Rosenduft schwankte ich zwischen Entschuldigungsgejammer und der Flucht nach vorn. Zwei, drei gedehnte Sekunden lang stand es unentschieden. Schließlich war mir klar, dass ich mich nicht weiter kleinmachen konnte.

»Denkst du, ich bin blöd?«, konterte ich. »Das sieht doch ein Blinder, dass die Frau was von dir will. Die hat keine *Olive* abgeschleckt! Das war was ganz anderes!«

»Bitte?«

»Tu doch nicht so. Die will mit dir ins Bett. Eindeutig. Ein größeres ›Fick mich‹ auf der Stirn hab ich seit dreißig Jahren nicht gesehen.« Meine Stimme war laut geworden.

»Wusstest du da schon, was das ist?« Daniels Mund verzog sich zu einem Grinsen.

Das wiederum brachte mich auf die Palme.

»Mach dich bloß nicht lustig. Sonst gehe ich da hoch und erkläre mal, was Sache ist. Zwischen uns.«

»Ich glaube nicht, dass Marion damit ein Problem hätte.« Daniel verschränkte die Arme vor der Brust. »Sie ist glücklich verheiratet.«

Mein Lachen klang schallend durch den Gang.

Ein Mann kam nach unten. Er guckte mich schräg an und verschwand im Herrenklo.

Daniel runzelte die Stirn. Gerade öffnete ich den Mund, um eine boshafte Bemerkung zum Thema »Verheiratet« loszuwerden, als er nahe an mich herantrat. Zärtlich fuhr er mit seinem Zeigefinger über meine Nasenspitze.

»Eigentlich bist du ganz süß, wenn du eifersüchtig bist.«

»Pah!«

»Doch. Wie eine kleine Wildkatze, die ihre Krallen ausfährt.« Seine Lippen berührten meine.

Der sanfte Kuss brachte mich aus dem Konzept.

»Vertrau mir«, flüsterte er.

»Ja?« Nichts lieber als das, flehte ich innerlich.

»Ja. Du gehst jetzt hoch und bist brav. Ich komme gleich nach und bringe das mit der Werbekampagne für unsere Neukunden unter Dach und Fach. Glaub mir, es ist rein geschäftlich.«

Sachte hob er mein Kinn an, sein meerblauer Blick war offen und direkt. Der Treibsand unter meinen Füßen verschwand, Sicherheit kehrte zurück, mein Rücken straffte sich.

»Okay.«

»Gut.« Daniel strich über meine Wange, dann steuerte er die Toilettentür an. Ich stieg die Treppe zum Gastraum hoch.

Das Stimmengewirr und die leise Soulmusik umfingen mich. Marion Vollbrecht stand lässig am Stehtisch und war in ihr Handy vertieft. Während ich auf meinen Platz an der Theke zuging, hob sie den Kopf und sah zu mir hin. Etwas in ihrem Mienenspiel irritierte mich. Selbstsicherheit, Überlegenheit, ein Anflug von Amüsement.

»Alles klar?«, fragte Valerie, als ich mich neben ihr niederließ.

»So mittel.«

»Hast du deinem Rennfahrer klargemacht, wer die *Dame du jour* ist?«

»Hab's versucht.« Ich drehte meinen Oberkörper zu Valeries *Monsieur du jour* hin. »Noch eine Margarita, bitte. Nein, stopp. Lieber einen Moscow Mule.«

»Kommt sofort.«

Er war echt nett.

Valerie kniff die Brauen zusammen. »So ganz erfreulich scheint euer Toilettengespräch nicht gewesen zu sein.«

Seufzend atmete ich aus.

»Die rote Zora hat übrigens gezahlt, während du weg warst«, ergänzte Valerie.

Oh, dachte ich. Jetzt schon?

Neben der Theke erschien Daniel in meinem Sichtfeld. Schwungvoll steuerte er den Stehtisch an – ohne das kleinste Zeichen in meine Richtung.

Marion Vollbrecht steckte ihr Handy weg, kurz darauf legte sie Daniel vertraulich die Hand auf die Schulter. Adrenalin schoss durch meine Adern.

Ein kurzer Wortwechsel zwischen ihm und ihr folgte. Daniel

trank seinen Martini aus und ruckelte den Gürtel seiner Jeans zurecht.

Aufbruchstimmung.

Er wandte sich zur Tür und bedeutete Marion Vollbrecht galant vorzugehen.

Stopp, ich komme mit! Fast wäre der Ruf aus meinem Mund gepurzelt. Nur mit Mühe schaffte ich es, auf dem Barhocker sitzen zu bleiben. Als treue Freundin und Seelenverwandte drückte mir Valerie kräftig ihre Hand auf den Oberschenkel.

Daniel hatte die Eingangstür erreicht. Endlich drehte er sich zu mir um. Ein angedeuteter Kuss flog über seine Lippen. *Vertrau mir.*

Kurz darauf klappte die Tür hinter ihm zu.

Verwirrt saß ich da, gepeinigt von widerstreitenden Gefühlen.

»Die gehen nur 'ne Currywurst essen«, sagte Valerie. »Mach dir keine Sorgen.«

Zwei Moscow Mules später torkelte ich ins Taxi. Valerie war noch beim Barmann geblieben, trinkfest und zielstrebig.

Zu Hause erreichte ich nur knapp die Kloschüssel. Schnaps und Sorgen brachen sich Bahn.

Mit einem galligen Geschmack im Mund wankte ich ins Schlafzimmer und fiel aufs Bett. Ich glaubte, von weit her das Piepsen meines Handys zu hören, war mir aber nicht sicher.

5

Der Boden unter meinen Füßen fühlte sich an wie Eis. Es war später Abend oder Nacht, das schwache Mondlicht fiel durch die Sprossenfenster. Ich fröstelte und hatte furchtbaren Durst, meine Kehle brannte.

Langsam bewegte ich mich vorwärts, ein Luftzug streifte meine nackten Beine. Ich steuerte auf die vor mir liegende Treppe zu, sie führte ins Erdgeschoss. Ein warmer Lichtschein glomm von dort herauf.

Links am Treppenabsatz thronte eine riesige Standuhr, ihr gewaltiges Pendel schwang hin und her. Ängstlich nahm ich die oberste Stufe, meine Hand umschloss das geschwungene hölzerne Geländer. Eine Männerstimme drang zu mir hoch, das Ticktack der Uhr legte sich über sie, als wolle es sie zerhacken. Ich schlich weiter. Fünf, sechs, sieben, acht, eine Stufe nach der anderen, die Stimme wurde lauter, sie klang ärgerlich.

In der Diele brannten mehrere an den holzvertäfelten Wänden befestigte Leuchter. Unsicher wandte ich mich nach rechts. Ein großer Spiegel in einem verschnörkelten Messingrahmen warf ein Bild von mir zurück, es ließ mich zusammenschrecken. Unter meinen Augen lagen dunkle Schatten, mein Haar war wirr, die Haut blass.

In einigen Metern Entfernung stand eine Tür halb offen.

»Nein, Eleonore, es ist Zeit für die Wahrheit«, polterte der Mann. »Ich will nicht länger schweigen, verstehst du?«

Ich stutzte. Ging es um meine Mutter?

»Es gibt unsere Wahrheit.« Tatsächlich, ich hörte Mamas Stimme. »Die, mit der wir leben und die die richtige für uns ist. Manchmal gibt es mehrere Wahrheiten.«

Ich wollte zu meiner Mutter, mich an sie drücken, ihren Duft einatmen und die Wärme ihres Körpers spüren.

Plötzlich ertönte hinter mir das Lachen einer Frau, ich fuhr herum. An der Treppe stand Marion Vollbrecht.

»Es gibt immer mehrere Wahrheiten«, sagte sie. »Wusstest du das nicht?«

Ich bekam keine Luft mehr, Panik erfasste mich. Ein verzweifelter Atemzug katapultierte mich ins Wachsein. Mein Oberkörper schnellte hoch, ich riss die Augen auf.

Einen Moment lang wusste ich nicht, wo ich war. Dann erfasste ich die Umgebung meines Schlafzimmers. In Jeans und T-Shirt saß ich im Bett, mein Herz raste.

Es war nur ein Traum, beruhigte ich mich. Alles in Ordnung.

Ich hätte meine Mutter so gern wiedergesehen.

Wer hatte mit ihr gesprochen? Die Szene glich der, die in meiner Erinnerung an Onkel Balthasars Haus vorkam. Hatte ich damals tatsächlich ein Gespräch zwischen den Erwachsenen mit angehört?

In meiner Wahrnehmung waren Traum und Realität noch nicht klar voneinander getrennt, verschwammen in der Dunkelheit des Raums. Die Gedanken wackelten wie ein Kind, das Radfahren lernt.

Dann kehrten die Bilder des gestrigen Abends zurück. Daniel. Mit dieser Frau.

Ich stieg aus dem Bett, mein Kopf dröhnte. Auf unsicheren Beinen begab ich mich ins Bad und schaufelte mir mit hohlen Händen kaltes Wasser ins Gesicht. Dabei trank ich ein paar Schlucke, es tat gut. Wasser war viel besser als Cocktails, wie hatte ich das vergessen können?

Auf dem Rückweg ins Schlafzimmer entdeckte ich meine auf dem Flurboden liegende Handtasche und hob sie auf.

Natürlich griff ich hinein, natürlich guckte ich auf mein Handy. Drei Uhr einundfünfzig. Wichtiger war das kleine runde Nachrichtensymbol in der Mitte des Displays.

Auf das leuchtende Rechteck in meiner Hand starrend öffnete ich das Programm. Zuoberst erschien das BMW-Coupé. Ich las.

»Schlaf schön, mein wilder Jaguar. Es ist alles in bester Ordnung.« Kuss-Smiley. Gesendet um dreiundzwanzig Uhr sieben.

Erleichtert kehrte ich zu meinem Bett zurück. Ich legte das

Telefon auf den Nachttisch, streifte Hose und Shirt ab und vergrub mich unter der Decke. Wenig später schlief ich wieder ein.

***

Eine Tür schlug zu, die Beifahrertür von Daniels Wagen, gerade hatte ich auf dem Sitz neben ihm Platz genommen.

Oder?

Irgendwo in einem Winkel meines Gehirns passte etwas nicht zusammen.

Es war eine Wohnungstür gewesen.

Ach du Scheiße.

Die Tür von Herrn Wientappers Wohnung. Nur wenn ich freihatte oder krank war, bekam ich mit, dass er morgens das Haus verließ. Der dumpfe Schlag, der aus der Ferne in meinen Dämmerschlaf geplatzt war, bedeutete, dass es ziemlich spät sein musste.

Ich sprang auf. Mein Wecker hielt mir katastrophale »09:26« entgegen.

Duschen fiel aus, Frühstück ebenfalls. Ich zwängte mich in die Jeans, die vor dem Bett lag, riss ein frisches Shirt aus dem Schrank, streifte es über und stolperte ins Bad. Mir war schwummrig, der Kreislauf hing bis zu den Kniekehlen durch.

Am Waschbecken abgestützt, schrubbte ich mit der Zahnbürste in meinem Mund herum. Ich kämmte mein Haar, tupfte etwas Rouge und Lipgloss auf, was mein Spiegelbild kein Stück besser machte, und rannte in die Küche. Dort ließ ich Leitungswasser in ein Glas laufen und trank. Mein immer noch schmerzender Kopf verlangte nach einem doppelten Espresso.

Irgendwie war es ohnehin schon egal. Zwei Minuten mehr oder weniger änderten nichts am Viel-zu-spät und an Violas kühler Strenge, die mich erwartete.

Ich schaltete die Kaffeemaschine ein, das Mahlwerk brummte.

Wenig später floss duftende dunkelbraune Flüssigkeit in meine Lieblingsespressotasse mit dem röhrenden Hirsch darauf. Ein Löffel Zucker landete darin, ich hob den goldverzierten Zwölfender an meine Lippen. Der Schluck ließ einen kleinen Lebensgeist in mich zurückkehren. Auf ins Büro.

Hastig sammelte ich Handy und Handtasche ein, zerrte an der Garderobe einen Leinenblazer vom Haken, verließ die Wohnung und rannte das Treppenhaus runter.

Die Entscheidung zwischen U-Bahn und Fahrrad fiel trotz meines Katerschädels auf Letzteres, damit ließen sich ein paar Minuten einsparen. Die bildeten womöglich den Unterschied zwischen »vor zehn« oder »nach zehn« ankommen – im Grunde genommen zwar nur eine symbolische Grenze, dennoch versuchte ich, sie nicht zu reißen.

Ich raste durch den morgendlichen Stadtverkehr, schnellte über Fußgängerüberwege und strampelte, bis mir der Schweiß auf der Stirn stand.

Zwanzig Minuten später kam ich bei der Agentur an. Heutiges Sportprogramm absolviert, dachte ich. Cocktail danach fällt aus.

»Morgen, Katharina.« Drei vor zehn begrüßte mich unser Praktikant.

»Hi, Steffen.«

Er hielt mir ein paar bedruckte Blätter vor die Nase. »Kann ich dich was fragen? Wegen diesem Layoutprogramm …«

»Später. Hab's etwas eilig.«

Ich hastete zu meinem Büro, riss die Tür auf – und schrak zusammen.

An meinem Schreibtisch saß Viola. Ihre Mundwinkel folgten der Erdanziehung, der Rest des Ausdrucks verhieß ebenfalls nichts Gutes. Passenderweise trug sie ihre dunkle Vatermörderbluse mit dem hohen Stehkragen.

»Darf man fragen, wo du *jetzt* herkommst?« Die Stimme klang wie Stahlbeton.

»Tut mir leid, Viola. Ich habe einfach verschlafen. Das ist mir noch nie passiert.«

»Ach so? Verschlafen?«

»Ja. Sorry.«

»Hast du's gestern Abend ordentlich krachen lassen?«

Die Art der Frage und ihre Schärfe erstaunten mich. Es war

immer noch meine Sache, ob ich es in meiner Freizeit krachen ließ.

Außer vielleicht, wenn ich es mit Daniel krachen ließ.

Ich trat an den Schreibtisch und stellte meine Tasche darauf ab. Zwei stechend blaue Augen folgten meinen Bewegungen.

»Entschuldige bitte. Ich war bloß mit einer Freundin beim Sport. Keine Ahnung, wieso ich heute Morgen den Wecker nicht gehört habe.«

Ta ta ta taaa. Violas Handy gab die ersten Takte von Beethovens Schicksalssymphonie von sich. Aus der Seitentasche ihres Blazers beförderte sie es zutage und nahm das Gespräch an.

»Hallo, Daniel.«

Um beschäftigt zu wirken, ging ich zu dem Regal neben dem Fenster und vertiefte mich in den Inhalt einer blauen Mappe.

»Natürlich war ich heute Morgen schon weg«, sagte Viola ins Telefon. »Wenn du erst um halb zwei nach Hause kommst und bis in die Puppen schläfst.«

Was? Ich starrte auf das nichtssagend bedruckte Papier vor mir. Dabei hörte ich Daniels Stimme leise aus dem Handy, verstand aber nichts.

»Ich bin überhaupt nicht gereizt«, erwiderte Viola nach einigen Sekunden. »Höchstens beschäftigt. Lass uns heute Abend weitersprechen.«

Wieder sagte Daniel etwas, dieses Mal redete er länger.

Möglichst unbedarft sah ich von den tanzenden Buchstaben in der Mappe auf. Mir war nicht gut. Mein Blick begegnete Violas, er war abschätzig.

Was wird das hier?, kreiste es in meinem schmerzenden Kopf. Dein Mann war nicht mit mir bis halb zwei unterwegs.

Leider nicht.

»Gut, dann bis heute Abend.« Violas Ton war sanfter geworden, eine kurze Pause entstand. »Ich dich auch.«

Sie legte auf und steckte das Telefon in ihre Jacke zurück. Anschließend musterte sie mich kühl.

»In Zukunft bist du bitte pünktlich. Sonst hat das Konsequenzen.«

»Normalerweise bin ich immer pünktlich«, entgegnete ich, dabei stieg Ärger in mir auf. »Es kann jedem mal passieren, dass …«

»Jaja, schon gut. Am Freitag musst du übrigens nach München.«

Freitag? Für diesen Tag hatte ich Urlaub beantragt, um auf einem Amtsgericht in der Provinz zu sitzen.

»Da habe ich einen Termin, der sich leider nicht verschieben lässt.«

»Genau.« Viola lächelte ihr spöttisches Lächeln. »In München.«

»Die Besprechung mit Lederer wolltest du übernehmen.« Meine Worte zitterten, ich musste mich zusammenreißen.

»Kann schon sein. Aber nun fahre ich am Freitag mit meinem Mann ins lange Wochenende. Etwas ausspannen.« Viola löste ihre übereinandergeschlagenen Beine und stellte sie breit nebeneinander. »Das bei Lederer bekommst du sicher hin.«

Lederer war ein Schokoladenhersteller. Es ging um die Kampagne zu den neu entworfenen Schokoweihnachtsengeln. Genau genommen waren es nur halbe Engel, erst zwei zusammen ergaben einen ganzen. Der Slogan »Nur zu zweit kannst du fliegen« stammte von mir. Wenn Viola ahnen würde, bei was er mir eingefallen war, würde sie mich köpfen.

»Okay, dann versuche ich, das Meeting in München auf Montag zu verschieben«, sagte ich. »Ich habe Freitag um elf einen Gerichtstermin, den ich wahrnehmen werde.«

Viola hob eine Augenbraue, sie zögerte. »Wie du meinst«, erklärte sie herb. Ihre Mähne schwingend stand sie auf und stöckelte aus dem Büro.

Es kann sein, dass ich Daniel den Rest des Tages ein bisschen mit Nachrichten bombardiert habe. Angesichts der eingetretenen Gemengelage, den vergangenen Abend betreffend, fand ich das nur nachvollziehbar. Daniel hingegen war reichlich knapp.

»Vielleicht schaffe ich es, morgen nach der Arbeit bei dir vorbeizukommen. Reden dann.« Mehr kam nicht.

Ich war froh, als dieser Tag in der Agentur vorbei war. Ausgelaugt strampelte ich auf dem Rad nach Hause und sehnte mich nach meiner Badewanne.

Kaum hatte ich das Wasser einlaufen lassen, klingelte es an der Tür. Im Bademantel eilte ich hin. Daniel hat heute schon Zeit, dachte ich. Hoffte ich.

Auf dem Gang stand mein Nachbar, in seiner altersfleckigen Hand hielt er eine kleine Schale. Die Enttäuschung, die mich überlief, fühlte sich wie schlimmes Zahnweh an.

»Herr Wientapper«, sagte ich matt. »Was fehlt denn diesmal?«

»Wenn Sie zwei oder drei Eier übrig hätten? Ich wollte Kartoffelpuffer machen.« Sein Gesicht hellte sich auf. »Die macht man an der Mosel auch gern.«

6

»Gut, Herr Wientapper, ich lasse Sie da vorn raus. Dann können Sie sich das Städtchen anschauen, während ich bei der Testamentseröffnung bin. Bernkastel soll ja ganz nett sein.«

Es war gekommen, wie ich es eigentlich hatte vermeiden wollen. Freitagmorgen war ich mit meinem Nachbarn ins Auto gestiegen und an die Mosel gefahren.

Es hatte wohl etwas damit zu tun, dass ich daran glaubte, für eine gute Tat etwas Gutes zurückzubekommen. In einer Art kosmischem Deal hatte ich also Herrn Wientapper gefragt, ob er mitkommen möchte. Sein Strahlen glich dem eines kleinen Jungen an Weihnachten. Karmamäßig gerechnet war diese Freude mindestens einen tollen Abend mit Daniel wert, inklusive Liebesschwur.

Schon als wir Köln gerade hinter uns gelassen hatten, hatte ich bemerkt, dass es noch einen anderen Grund gab, Herrn Wientapper mitzunehmen. Ich wollte nicht allein in die Vergangenheit reisen. Seit meinem Traum von Balthasars Haus spürte ich eine leise, diffuse Furcht. Womöglich hatte ich auch während der Autofahrt jemanden zum Reden haben wollen.

Herr Wientapper brauchte generell jemanden zum Reden. Er hatte mir sein halbes Leben erzählt, die vielen Jahre mit seiner Frau und die Zeit, als der Sohn noch klein gewesen war, machten dieses Leben aus.

Bis wir bei Wittlich von der Autobahn ab Richtung Moseltal gefahren waren, hatte Herr Wientapper noch keinen einzigen Satz an die Zukunft verloren, an das, was er noch vorhatte oder worauf er sich freute.

Ich setzte den Blinker, bremste ab und bog am Eingang zur Bernkasteler Altstadt nach rechts in eine Parkbucht ein. Herr Wientapper löste den Anschnallgurt.

»Danke schön. Ich möchte hoch auf die Burg Landshut, mir die Gegend von oben ansehen. Eine halbe Stunde Fußweg sollte ich mit meinen ollen Knochen noch schaffen.«

Ein kleiner Zukunftsplan, dachte ich. Immerhin.

»Ihre Knochen sind gar nicht so oll, Herr Wientapper. Reinhold Messner hat in Ihrem Alter Berge erklommen.«

Er schmunzelte. »Melden Sie sich, wenn Sie auf dem Gericht fertig sind. Die Handynummer haben Sie ja.«

»Mache ich. Viel Spaß.«

Herr Wientapper stieg aus, schlug die Tür zu und winkte mir zum Abschied. In seinem Karohemd, den olivgrünen Rucksack über der Schulter, machte er sich auf den Weg in den historischen Ortskern.

Ich kannte Bernkastel nur von den Fotos, die ich mir im Internet angesehen hatte. Während der Fahrt hatte Herr Wientapper von pittoresken Fachwerkhäusern, romantischen Gassen und dem mittelalterlichen Marktplatz geschwärmt. Der Ort traf wohl eher den Geschmack seiner Generation.

Ich fuhr los und steuerte eine Brücke an. Das Amtsgericht lag auf der anderen Seite der Mosel im Ortsteil Kues. Der Fluss glitzerte, auf dem Sonnendeck eines weißen Ausflugsschiffs genossen etliche Passagiere die Vormittagssonne.

Direkt hinter der Brücke kamen ein präsentables Hotel, eine Kirche und villenartige Häuser in Sicht. Trotz der Größe der Gebäude dachte ich an eine frisch ausgefegte Puppenstube, alles wirkte anheimelnd hübsch und gepflegt.

»Nehmen Sie im Kreisverkehr die zweite Ausfahrt«, erklang die Stimme meines Navis.

Eigentlich hatte ich mir noch vor der Testamentseröffnung das Weingut Balthasar Glück zumindest von außen ansehen wollen. Es lag in Traben-Trarbach, rund zwanzig Kilometer von Bernkastel entfernt. Zähflüssiger Verkehr hatte den Plan vereitelt und aus den veranschlagten zwei Stunden Fahrt fast drei gemacht.

Meine Stimmung war ohnehin schon gedrückt gewesen: Gestern Abend hatte ein anderer Plan den Verkehr vereitelt.

Daniel war wegen einer Teamsitzung nach Geschäftsschluss nicht bei mir vorbeigekommen. Immerhin hatten wir telefoniert, mit sanfter Stimme hatte er mich beruhigt. Marion Vollbrecht war Dienstagabend gegen elf nach Hause gefahren, wohingegen er noch einen Kumpel getroffen hatte, mit dem er bis kurz nach eins versackt war. »Vertrau mir doch«, bat er eindringlich am Telefon. »Drei Frauen, das ist absurd.«

Unser Gespräch war sehnsüchtig und ein bisschen dirty geworden. Meine ausgeleierte C&A-Unterhose mutierte zur Seidenpanty, der BH verschwand gänzlich. Ich rekelte mich auf der Motorhaube eines der getunten Fahrzeuge im Schauraum von Daniels Geschäft.

»Hör auf«, hatte er am Telefon gekeucht. »Ich muss gleich ins Meeting.«

»Ach so? Ich kann wahnsinnig schnell sein.«

»Und wahnsinnig ungezogen.« Er hatte aufgelacht. »Wenn du wüsstest, wie ich mich auf unser Wochenende in Hamburg freue.«

»Biegen Sie rechts ab in die Brüningstraße.« Das Navi holte mich aus den Gedanken. »Ihr Ziel liegt auf der linken Seite.«

Ich näherte mich einem großen, rötlich angestrichenen Gebäude. Es wirkte kastig und verschachtelt, das Schieferdach erinnerte mich an einen Pilzkopf. Ein Schild wies das Amtsgericht aus.

»Sie haben Ihr Ziel erreicht«, meldete das Navi.

Über eine breite Einfahrt gelangte ich zum Parkplatz, ließ den Wagen auf eines der ausgewiesenen Felder rollen und stoppte den Motor. Mit aufkommender Nervosität stieg ich aus. Es war acht Minuten vor elf, sozusagen just in time.

Ich kannte die Nummer des Raumes, zu dem ich musste, 105. Trotzdem zog ich das Schreiben aus meiner Handtasche und sah, während ich zum Eingang lief, noch einmal nach.

Hinter der Glastür wurde ich von einer Mitarbeiterin an einer Art Rezeption in den ersten Stock verwiesen. »Den Flur entlang, die dritte Tür rechts.«

»Danke schön.« Ich eilte die Treppe hoch, leicht außer Atem erreichte ich die erste Etage. Ein paar Stühle standen in dem weiß verputzten Gang, auf einem saß eine Frau.

Sie war schätzungsweise Mitte sechzig, ihr graues Haar hatte sie zu einem Dutt frisiert, stämmige Beine ragten unter einem knielangen schwarzen Rock hervor. Auf den Oberschenkeln stand eine braune Handtasche, es wirkte, als hielte sich die Frau daran fest.

Ich näherte mich, sie sah zu mir hin. Ihr Gesicht war wettergegerbt, links und rechts der kräftigen Nase verliefen tiefe Furchen bis zu den Enden der schmalen Lippen. Die blauen Augen hingegen schienen nicht mitgealtert zu sein, ihr Blick war wach und aufmerksam.

Neben den Türen hingen kleine Schilder mit den Raumnummern, ich orientierte mich. Wie angekündigt, führte die dritte Tür zu meinem Ziel. Die Frau saß direkt daneben.

»Hallo«, grüßte ich freundlich.

»Tag.« Die derben Hände zogen die Tasche ein Stück näher an den Oberkörper.

»Warten Sie auch vor der 105?«

»Ja.« Die Miene verfinsterte sich.

Lebensgefährtin, kam es mir in den Sinn. Vielleicht Haushälterin. Oder Verwandte, die ich nicht kenne?

Erbin.

Ist auch okay, sagte ich mir. Ein Weingut brauche ich ganz bestimmt nicht. Mir reichen ein paar Erinnerungsstücke, die ich mit meiner Mutter verbinde. Und wenn's gut läuft, was, womit ich den nächsten Urlaub finanzieren kann.

»Sie etwa auch?« Die Stimme der Frau war eindeutig unfreundlich.

»Ja, Balthasar war mein Onkel«, antwortete ich ausgesucht höflich. »Allerdings kannten wir uns praktisch nicht. Ich war sehr überrascht, ein Schreiben vom Nachlassgericht zu bekommen.«

Die Frau zog laut die Nase hoch, ein Schauer lief mir über den Rücken. »Ich habe auch nie von Ihnen gehört.«

Aha. Was zum einen bedeutete, dass sie Balthasar besser als ich kannte, und zum anderen, dass ich nicht der Rede wert gewesen war.

»Tja.« Ich hob die Schultern. »Und wer sind Sie, wenn ich fragen darf?«

Die Frau schnaubte leise und öffnete den Mund. Im selben Augenblick öffnete sich auch die Tür zur 105. Ein Mann in den Fünfzigern mit rahmenloser Brille und schütterem Haar erschien auf dem Gang.

»Die Parteien Hillenkamp und Korn?«

Mein nettes Ja und das Jawohl der Frau lagen übereinander.

»Dann darf ich Sie bitten. Thomas Kast ist mein Name, ich bin der zuständige Rechtspfleger.« Er bedeutete uns einzutreten. Dabei gab er mir und meiner Miterbin die Hand.

Ich betrat einen aufgeräumten Büroraum. Helle Möbel, weiße Wände und ein paar gerahmte Kunstdrucke gaben ihm den typischen Amtsstubencharme, freundlich, aber ohne persönliche Note. An einem Tisch standen vier blau gepolsterte Stühle, Thomas Kast bat uns, dort Platz zu nehmen.

»Darf ich zunächst Ihre Ausweise sehen?«

Zwei Frauen kramten in ihren Handtaschen.

Der Rechtspfleger nahm die beiden zutage beförderten Kärtchen an, setzte sich auf den Bürosessel hinter seinen Schreibtisch und notierte etwas.

»Zur amtlichen Testamentseröffnung des am einundzwanzigsten August verstorbenen Herrn Balthasar Glück sind erschienen: Frau Ruth Hillenkamp, wohnhaft in Traben-Trarbach, sowie Frau Katharina Korn, wohnhaft in Köln«, begann er. »Das Testament des Verstorbenen wurde vor fünf Jahren bei dem Notar Gustav Hoffmann hinterlegt. Von diesem wurde es dem Amtsgericht Bernkastel als dem zuständigen Nachlassgericht nach dem Tod des Erblassers übermittelt.«

Neben mir stöhnte Ruth Hillenkamp auf. Wohl aus Trauer, vermutete ich, doch gleichzeitig klang das Geräusch so, als habe sie etwas Unangenehmes erfahren.

Thomas Kast fuhr fort. »Dem verschlossenen Umschlag, dessen Zustand seitens des Gerichts als unversehrt bestätigt wird, war ein Schreiben des Erblassers beigefügt. Demnach sind Sie beide zur Eröffnung zu laden.«

Unruhig rutschte Ruth Hillenkamp auf ihrem Stuhl hin und her. Mittlerweile war ich ebenfalls ziemlich nervös. Meine Erwartungen waren nicht hoch, doch in der Atmosphäre dieses Büros stieg meine Anspannung merklich, mir wurde langsam flau im Magen.

»Ich öffne nun das Testament und bringe Ihnen den Inhalt durch Verlesen zur Kenntnis«, sagte Thomas Kast.

Tun Sie das, dachte ich mit feuchten Handflächen. Damit wir's hinter uns haben.

Mit einem dolchartigen Brieföffner ritzte Thomas Kast den Umschlag auf, zog das darin befindliche Schreiben heraus und faltete es auseinander.

»Testament.« Er räusperte sich und straffte seine Haltung. »Ich, Balthasar Glück, verfüge hiermit im Vollbesitz meiner geistigen Kräfte meinen Letzten Willen wie folgt: Bedauerlicherweise wurde mir keine eigene Familie geschenkt, sodass heute zwei Frauen anwesend sind, deren persönliche Nähe zu mir nur bedingt gegeben ist. Dennoch verbindet mich mit Ruth Hillenkamp und Katharina Korn, der Tochter meiner verstorbenen Schwester, hinreichend viel, um sie als Erbinnen einzusetzen.«

Thomas Kast machte eine Pause, Ruth Hillenkamp knetete ihre Finger, die Knöchel traten hell hervor.

»Über Jahre war mir Ruth eine verlässliche Stütze im Alltag«, las er weiter. »Sie war die gute Seele des Weinguts und weit mehr als eine Haushälterin.«

Bingo, dachte ich. Balthasars Geliebte.

»Katharina hingegen habe ich nur als Kind kennengelernt, als ein zurückhaltendes Mädchen, das mir jedoch wach und intelligent erschien.«

»Pfh«, kam es von Ruth Hillenkamp.

Das Papier in Thomas Kasts Händen raschelte. »Als die Tochter ihrer Mutter und ihres Vaters halte ich Katharina für fähig und in der Lage, das Weingut Glück weiterzuführen in die nächste Generation.«

Mir blieb die Luft weg.

»Was?«, rief Ruth Hillenkamp. »Die fremde Frau da? Balthasar kannte die überhaupt nicht.«

Thomas Kast zögerte kurz. »Das war Herrn Glück sicher

durchaus bewusst«, antwortete er sachlich. »Es ändert jedoch nichts an seinem testamentarischen Willen.«

»Das geht nicht!« Ruth Hillenkamp sprang auf. »Ich war die Frau an seiner Seite.«

»Es steht Ihnen von Amts wegen offen, das Testament anzufechten«, ließ Thomas Kast verlauten. »In diesem Falle leite ich die juristische Prüfung ein. Zunächst möchte ich das Papier aber zu Ende verlesen. Nehmen Sie bitte wieder Platz.«

Heftiges Unwohlsein überfiel mich. Ruth Hillenkamp so in Aufruhr zu sehen, machte es umso schlimmer. Sie setzte sich hin, ihr Gesicht war puterrot, am Hals zeichneten sich plaqueartige Flecken ab.

Thomas Kast richtete seine Augen wieder auf das Testament.

»Somit vererbe ich Katharina Korn mein Weingut einschließlich des Inventars und der zugehörigen Weinberge.«

Neben mir griff sich Ruth Hillenkamp an die linke Brustseite.

»Mit dem Erbe verbindet sich die Verpflichtung, den Betrieb in seiner angestammten Form zu führen und zu erhalten. Sollte Katharina das Anwesen verkaufen, kommt der gesamte Erlös einem wohltätigen Zweck ihrer Wahl zugute. Eine Schenkung des Weinguts an einen Dritten ist ausgeschlossen.«

Moment, ratterte es in meinem Kopf. Wie bitte?

»Ruth Hillenkamp vererbe ich meine Wohnung in Herrsching am Ammersee sowie das Meissener Porzellan, das ihr so gefällt.«

Argh. Wohnung und teures Geschirr – können wir bitte tauschen?, hätte ich am liebsten gerufen.

»Darüber hinaus erbt Ruth die beiden Weinberge in unserer Toplage Försterlay.«

Mein Gehirn hatte Mühe hinterherzukommen. Toplage? Braucht man die für den Betrieb? Heißt das, ich muss mich mit dem Besen neben mir arrangieren? Unsinn, ich übernehme das Weingut ja nicht. Wie gewonnen, so zerronnen. Allenfalls ein paar Wochen gehört es mir, dann freut sich der Tierschutzverein oder so.

Thomas Kast sah auf. »So weit der Letzte Wille des Verstorbenen. Haben Sie Fragen?«

Ich weiß gar nicht, wo ich anfangen soll, dachte ich. Und gleichzeitig fiel mir keine Frage ein, die Formulierungen waren klar gewesen.

»Als Balthasar das Testament gemacht hat, vor fünf Jahren, war ich die Haushälterin«, keuchte Ruth Hillenkamp. »Aber dann wurden wir ein Paar. Ich war seine Frau.«

»Von einer Eheschließung ist dem Gericht nichts bekannt«, gab Thomas Kast zurück.

»So gut wie seine Frau. Er hätte das Testament doch geändert, wenn er gewusst hätte, dass … dass ihm nicht mehr viel Zeit bleibt.«

Ich fühlte mich wie jemand, der einen Pokal bekommen hat, obwohl er als Letzter durchs Ziel gekrochen war. Und ich wusste überhaupt nichts von Onkel Balthasar, noch nicht einmal, wie er gestorben war.

»Es steht Ihnen, wie gesagt, frei, das Testament anzufechten«, sagte Thomas Kast. »Überdies haben Sie beide ab heute sechs Wochen Zeit, das Erbe anzunehmen oder auszuschlagen.«

»Ich weiß«, murmelte ich und dachte: Sechs Wochen brauche ich nicht. »Was passiert, wenn ich's nicht annehme?«, fragte ich. »Kann sie das Weingut dann haben?« Ich deutete mit dem Kopf zu meiner Miterbin.

»Nein. In diesem Fall ermittelt das Gericht entfernte Verwandte des Verstorbenen, die als Erben in Betracht kommen. Erfahrungsgemäß findet sich in der Regel jemand. Wenn nicht, fällt der Nachlass an den Staat.« Thomas Kast schob seine Brille auf dem Nasenrücken zurecht, eindringlich sah er uns an. »Als Rechtspfleger weise ich Sie auf die juristischen Gegebenheiten hin. Als Mensch rate ich, verfügte Testamente zu achten und zumindest wohlwollend zu prüfen, ob ihnen nachgekommen werden kann. Es war *sein* Besitz, über den Herr Glück verfügte, und dies kann er nach *seinem* Willen tun.«

Aber er kann niemanden aus dem Sarg heraus zu einem anderen Leben zwingen, dachte ich. Einem Leben als *Winzerin*.

Etwas in mir wurde sauer über dieses Testament. Wahrscheinlich hatte es einen guten Grund gehabt, dass meine Mutter und

Balthasar keinen Kontakt mehr hatten, wahrscheinlich war er ein egomanischer Fiesling gewesen.

»Sofern Sie keine Fragen haben, unterschreiben Sie bitte, dass Sie den Inhalt des Letzten Willens zur Kenntnis genommen haben.« Thomas Kast stand auf, kam zu uns und reichte Ruth Hillenkamp und mir jeweils unsere Ausweise und ein Formular. »Eine Kopie des Testaments geht Ihnen postalisch zu.«

7

Durcheinander verließ ich Zimmer 105, Ruth Hillenkamp folgte. Sie zog ein weißes Stofftaschentuch aus ihrer Handtasche und wischte sich übers Gesicht.

»Unverschämtheit«, murmelte sie. »Erbschleicherin.«

»Halt«, protestierte ich. »Ich habe nicht um dieses Erbe gebeten. Ganz und gar nicht. Ich interessiere mich kein bisschen für Landwirtschaft, mein Leben findet in Köln statt, und ich habe nicht vor, das zu ändern.«

Mit offenem Mund starrte mich Ruth Hillenkamp an. »Heißt das etwa, Sie wollen verkaufen?«

»Genau das heißt es.« Irgendwie geriet ich in Fahrt. »Mir ist außerdem schleierhaft, warum *Sie* sich so aufregen. Ihr Erbe ist doch toll, eine Wohnung, ein bisschen Porzellan. Ich würde liebend gern tauschen.«

Verständnisloses Zögern trat in Ruth Hillenkamps Ausdruck. »Tauschen? Ginge das denn?«

»Sie haben doch gehört, dass eine Schenkung ausgeschlossen ist. Tauschen ist nichts anderes.«

Die Schultern der Frau sackten nach vorn, sie ließ sich auf einen der Stühle fallen. Offensichtlich war sie reichlich mitgenommen.

Ich dachte kurz nach. »Was halten Sie davon, wenn wir einen Kaffee trinken gehen?«, meinte ich. »Es wäre schön, wenn Sie mir ein paar Dinge über meinen Onkel und das Weingut erzählen könnten.«

»Ich möchte nach Hause.« Ein Keuchen begleitete den Satz.

»In Ordnung, ich kann Sie fahren. Es ist wohl besser, wenn Sie sich in Ihrer Verfassung nicht hinters Steuer setzen. Oder sind Sie mit dem Bus da?«

Matt schüttelte Ruth Hillenkamp den Kopf. »Mit dem Auto. Aber …« Sie brach ab, ihre Augen waren stumpf geworden.

»Kommen Sie.« Ich machte eine auffordernde Geste. »Wir

fahren zusammen nach Traben-Trarbach. Ich muss mir mein Erbe ... also das Weingut zumindest einmal ansehen.«

Ruth Hillenkamp blieb unschlüssig.

»Wenn Sie Sekt haben, würde ich außerdem gern ein paar Flaschen mit nach Köln nehmen«, ergänzte ich aufmunternd.

»Balthasar hat hervorragenden Sekt gemacht. Flaschengärung, Méthode Champenoise.« Das Französisch klang arg hart, aber etwas Entschlossenheit schien in meine Miterbin zurückgekehrt zu sein.

»Dann los«, sagte ich.

Sie erhob sich schwerfällig und setzte sich in Bewegung.

Schweigend stiegen wir die Treppen hinunter, verließen das Gebäude und steuerten meinen Wagen an. Ruth Hillenkamp stieg ein, mein kleiner Stadtflitzer verwandelte sich erneut in »Senioren auf Rädern«.

»Die Adresse hatte ich schon eingespeichert.« Ich drückte auf den Tasten des Navis herum. Vom Beifahrersitz her wehte mich ein Duftgemisch aus Kölnisch Wasser und Schweiß an.

»Die Route wird berechnet«, erklang es aus dem Lautsprecher. Ich parkte aus und fuhr los.

»Auf dem Rücksitz liegt eine Flasche Mineralwasser. Wenn Sie einen Schluck trinken möchten?«

»Nein, danke.« Verkrampft saß Ruth Hillenkamp neben mir.

»War Balthasars Beerdigung schon?«, schloss ich an, während ich schwungvoll abbog.

Als Antwort erntete ich ein Stöhnen.

»Oh, tut mir leid, ich wollte nicht ... Ich dachte nur, falls nicht, könnte ich eventuell ...«

»Er wird erst am Montag beigesetzt.«

Da war mein Termin in München. Ihn noch mal zu verschieben, ging nicht.

Die Gebäude des Ortsteils Kues glitten an uns vorbei, charmante alte Villen, neuere Wohnhäuser, ein paar Läden. Es waren nicht sehr viele Leute auf den Straßen, vermutlich tummelte sich alles auf der anderen Moselseite in der Bernkasteler Altstadt.

Darüber thronten, eingefasst von Weinbergen, die Überreste

der Burg Landshut. Vielleicht schaute Herr Wientapper gerade zu uns herunter.

Wir passierten eine große Kellerei, die rechter Hand zwischen Straße und Fluss lag. Meine Gedanken wanderten wieder zu dem Weingut.

»Balthasar ist wohl recht plötzlich verstorben?«

»Ja.« Ruth Hillenkamp kramte das Taschentuch hervor und schnäuzte sich lautstark. Danach sagte sie nichts mehr.

Herzinfarkt im Weinberg? Sturz auf der Kellertreppe? Ich traute mich nicht weiterzufragen.

Am blauen Himmel tauchten zwei Gleitschirmflieger auf, einer der Schirme hatte die Farben des Regenbogens.

»Frau Hillenkamp«, begann ich von Neuem. »Möchten Sie mir nicht ein bisschen über Balthasar erzählen?«

»Wollen Sie wissen, wie das Weingut läuft?« Die Gegenfrage kam patzig.

»Ehrlich gesagt, ist mir das fast egal. Mich interessiert eher, ob Balthasar einmal über meine Mutter gesprochen hat und was er für ein Mensch war. Ich weiß nicht, warum der Kontakt zwischen den Geschwistern abgebrochen ist.«

»Er war ein guter Mann. Es wird an Ihrer Mutter gelegen haben.«

Peng. Okay, ich habe verstanden.

Rechts der Straße funkelte die Mosel, links reihte sich ein Wingert an den nächsten, Zeile um Zeile, Stock um Stock. Wahrscheinlich war Balthasar starr wie seine Weinbergspfosten gewesen.

»Entschuldigung«, murmelte Ruth Hillenkamp. »Eigentlich wollte ich das nicht sagen.«

»Mmh.« Ich schloss zu einem dahintuckernden Traktor auf. Der Fahrer wippte in seinem Sitz, der breite Rücken war in einen Blaumann gekleidet. »Schon gut.«

Die Gegenfahrbahn war frei, ich überholte.

Wenig später gelangten wir auf eine Bundesstraße, die ganz dicht am Fluss entlang verlief. Nach einigen Kilometern führte sie in eine Ortschaft namens Ürzig. Teilweise waren die Weinhänge dort richtig steil. Was zum Bergwandern, dachte ich. Darin arbeiten wollte ich nicht.

An einem imposanten Felsen befand sich eine alte Sonnenuhr, sie trug eine Heiligenstatue in der Mitte des großen weißen Ziffernblatts.

»Balthasar und ich waren seit etwa drei Jahren ein Paar«, hörte ich Ruth Hillenkamp leise sagen. »Ich hätte nie gedacht, dass ich in meinem Alter noch einmal so etwas erlebe. Es war eine wirklich glückliche Fügung.« Die Stimme veränderte sich, sie wurde weich. »Gefallen hat er mir immer. Aber dass ich ihm auch gefalle? Er war so ein stattlicher Mann.«

»Ich kann verstehen, dass Sie sein Tod sehr mitnimmt.« Das konnte ich tatsächlich.

»Balthasar hatte ein Aneurysma im Kopf. Er wusste es nicht. Dann ist es geplatzt, zu Hause in der Packhalle ist er zusammengebrochen. Julius hat ihn gefunden und sofort den Notarzt gerufen.« Ein Schluchzen klang durch den Innenraum des Wagens. »Balthasar war noch zwei Tage bewusstlos, ich saß an seinem Krankenbett. Doch die Ärzte konnten nichts mehr für ihn tun.« Ruth Hillenkamp heulte auf. »Er stand doch noch mitten im Leben, mit gerade mal vierundsechzig.«

Meine Kiefer pressten sich aufeinander, die Hände umklammerten das Lenkrad. Geschichten vom Sterben bekamen mir seit dem Tod meiner Mutter nicht sonderlich gut.

»Könnten Sie mir bitte die Wasserflasche vom Rücksitz reichen?«, fragte ich.

»Hm?«

»Die Flasche.«

»Ach ja.« Ruth Hillenkamp wandte sich nach hinten. Dabei kam sie in meinem kleinen Auto fast bis auf Körperkontakt zu mir heran. Ich wich leicht zur Fahrertür hin aus.

»Bitte schön.« Sie reichte mir die Flasche.

»Danke.«

Mit dem Abschrauben des Verschlusses schoss eine Mineralwasserfontäne über meine cremefarbene Seidenbluse und die helle Hose. »Na super.« Kühl klebte der Stoff auf meiner Haut.

»Wenn Sprudel im Sommer im Auto liegt …«, sagte Ruth Hillenkamp in einem Ton, bei dem man sich klein und doof vorkam.

Ich trank, die Kohlensäure schäumte in meinem Mund. Nach dem Zuschrauben ließ ich die Flasche hinter mich auf den Sitz zurückfallen.

»Wer ist dieser Julius?«, fragte ich, um mehr Informationen zu bekommen.

»Unser Kellermeister. Er macht den besten Riesling an der Mittelmosel.«

»Wirklich?«

»Balthasar wusste das.«

»Ja dann.«

»Ich auch. Wir haben den besten Mann im Keller.«

»Hm. Wie viele Leute arbeiten denn im Betrieb?«

»Fest angestellt sind nur Julius und Lore. Die macht das Büro, Buchhaltung, Bestellungen, Rechnungen und so weiter. Vor allem im Herbst beschäftigen wir zusätzlich Saisonkräfte für die Arbeit in den Weinbergen und im Keller.«

»Produziert der Betrieb auch was anderes als Riesling?«, fragte ich. Mit diesem typischen Moselwein musste ich meinem Daniel ja offenbar nicht kommen. »Vielleicht so was Ähnliches wie die kräftigen französischen Rotweine?«

»Was?« Ruth Hillenkamp sah mich wie eine Minderbemittelte an.

»Rotwein«, wiederholte ich. »Halt was, das zu gutem Essen passt.«

Ein herbes Räuspern ertönte. »Spätburgunder haben wir.«

»Na ja, das klingt auch nicht so …«

»Pinot noir.« Wieder wurde das Französische sehr unfranzösisch ausgesprochen.

»Das finde ich schon besser«, meinte ich.

»Spätburgunder und Pinot noir sind dasselbe.«

Nun bestand kein Zweifel mehr daran, dass ich ahnungslos und völlig ungeeignet war, ein Weingut zu übernehmen.

»Wir haben auch einen kleinen Teil Grauburgunder und weißen Burgunder«, schloss Ruth Hillenkamp an.

Lass mich raten, dachte ich. Pinot gris und Pinot blanc.

»Aber unser Schwerpunkt ist eindeutig der Riesling.«

»Verstehe«, murmelte ich, dabei fiel mir die Häufung von »unser« und »wir« in ihren Sätzen auf. Wer würde »wir« in Zukunft sein?

Ich schwieg, Ruth Hillenkamp ebenfalls. Mein Auto rauschte über die Bundesstraße einem ungewissen Erbe entgegen.

Nach einigen Minuten grüßte die Ortschaft Kröv mit der Ankündigung des »Kröver Nacktarschs«. Auf dem Schild versohlte ein Mann einem Jungen den blanken Hintern. Offenbar herrschten hier raue Sitten. Als Werberin hätte ich die Angelegenheit etwas politisch korrekter gelagert.

»Der Nacktarsch ist den Krövern ihre Toplage«, erklärte Ruth Hillenkamp, als könne sie Gedanken lesen. »Ist aber kein Vergleich zu unseren Toplagen.«

»Schon klar.« Natürlich nicht. Wie sollte es auch?

Ich atmete tief durch. Es wäre ein harter Schlag, wenn es dieses »wir« und »uns« nicht mehr gäbe.

Das Navi zeigte noch sieben Kilometer bis zum Ziel an, meine Unruhe nahm zu.

Ich hatte mir die Website des Weinguts Glück angesehen. Sie wirkte, wie nach zu viel Pinot-was-auch-immer zusammengeschustert. Das Layout stammte offenbar aus der Zeit, als das Internet laufen lernte: grün-gelbe Frames, grässliche Grafiken von Trauben und Weingläsern, mit Rebenranken verzierte Schaltflächen. Es gab nur wenige Fotos. Eines zeigte einen Teil des großen Bruchsteinhauses, davor stand mit einem pokalartigen Weinglas in der Hand mein Onkel Balthasar in jüngeren Jahren. Kurz gesagt hatte ich keine Vorstellung davon, wie das Weingut wirklich aussah.

»Ah, der Juste Willi ist im Wingert.« Ruth Hillenkamp beugte sich vor und spähte nach links ins Gelände.

»Kennen Sie den?« Mein Interesse war nur mäßig.

»Wilhelm Justen. Auch ein bekannter Name an der Mittelmosel, macht anständige Weine. Aber Balthasar spielte in einer anderen Klasse.«

Ich ließ die Seitenscheibe ein Stück herunter. »Stört Sie doch nicht, oder?« Der Fahrtwind griff mein Haar auf, ein paar Strähnen kitzelten meine Wange.

»Wie lang dauert es eigentlich noch bis zur Ernte?«, fragte ich. An den Reben waren bereits deutlich die Trauben zu erkennen, eine Menge grüner Knubbel auf dem Weg zur Reife.

»Mit den frühen Sorten fangen die Winzer bald an, Mitte September. Der Riesling kommt etwas später, Anfang Oktober.«

Dann hat unser damaliger Besuch bei Balthasar in einem kalten Oktober stattgefunden, dachte ich. Oder wir hatten so was wie Spätriesling geerntet.

Der Fluss machte eine lang gezogene Rechtskurve, die Straße passte eben noch so zwischen ihn und die Weinhänge, der Asphalt wurde holpriger.

»Die Ernte sollte dieses Jahr im Weingut noch wie gewohnt eingebracht werden, oder?«, fragte ich.

»Wollen Sie die guten Trauben etwa verkommen lassen?«

»Nein? Sagte ich nicht gerade, dass sie geerntet werden?«

Meine Nerven waren leicht strapaziert. Hätte ich ein Weingut gewollt, hätte ich mir eines ohne unfreundliches, besserwisserisches Faktotum ausgesucht.

Schweigend fuhren wir die letzten Kilometer.

Schließlich passierten wir das Ortsschild von Traben-Trarbach. Bäume säumten den Weg, ihre mächtigen Kronen verzweigten sich saftig grün im Sonnenlicht. Rechter Hand lag ein Campingplatz, Kinderjauchzen drang durch die heruntergelassene Seitenscheibe bis zu uns. Hinter den Hecken lugten die Dächer von Wohnwagen heraus, ein Federball flog in hohem Bogen auf und verschwand wieder. Hangseitig erschienen die ersten Wohnhäuser des Ortes, dahinter die obligatorischen Weinberge.

»Demnächst rechts abbiegen«, erklang das Navi. Ruth Hillenkamp wackelte unruhig mit dem Oberkörper, ich setzte den Blinker. Es ging noch ein paar hundert Meter am Fluss entlang.

»Sie haben Ihr Ziel erreicht« – »Da rein!«, vermeldeten das Navi und Ruth Hillenkamp gleichzeitig.

Ich bremste ab. Durch ein offenes Einfahrtstor bog ich auf ein

Grundstück, das mit einer Bruchsteinmauer umgeben war, und rollte auf einen gepflasterten Hof. Dahinter lag ein parkähnlicher Garten mit altem Baumbestand.

In meiner Erinnerung kam ein Bild auf, zuerst vage wie ein Déjà-vu, dann wurde es konkreter. In diesem Park war ich schon einmal gewesen. Er war mir riesig vorgekommen, sodass man sich darin verlaufen konnte, die Bäume hatten in den Himmel geragt.

»Parken Sie da vorn«, kommandierte Ruth Hillenkamp, zum Ende des Hofes weisend. Ein Transporter und zwei andere Pkw standen dort.

Ich lenkte den Wagen hin, machte den Motor aus und löste den Anschnallgurt. Meine Knie waren weich, als ich ausstieg. Ich wandte mich dem Haus zu.

Es war groß, dreigeschossig, mit einem grauen Schieferdach und grünen Fensterläden. Der dunkle Bruchstein ließ es ruhig und stark erscheinen, ein bisschen wie eine Burg. Die zweiflügelige Haustür war mit Schnitzereien verziert, links und rechts von ihr standen Lorbeerbäumchen.

Ein dumpfer Herzschlag pochte hoch bis in meine Kehle. Ich schluckte trocken. Das war *mein* Haus? Womöglich das einzige, das ich jemals im Leben besitzen konnte. Wahrscheinlich sogar – bei dem Gehalt, das Viola mir zahlte.

Doch es war fremd wie eine zugelaufene Katze, die man eigentlich nicht wollte. Dieses Haus war voller gelebter Leben von Menschen, mit denen ich nichts zu tun hatte, über die ich nichts wusste. Es war nicht das Elternhaus meiner Mutter, es war Balthasars Haus, er hatte es irgendwann gekauft.

»Ich nehme an, Sie wollen mit reinkommen?« Ruth Hillenkamp klang so wenig gastlich wie ihr Zuschlagen der Beifahrertür.

»Ja, gern«, erwiderte ich. Dabei sah ich einen Mann an der Rückseite des Hauses um die Ecke biegen.

Er war in den Dreißigern und trug Jeans und Gummistiefel. Sein volles, dunkelblondes Haar war zu einem Starsky-and-Hutch-Seitenscheitel frisiert. Als er uns bemerkte, hielt er kurz inne, dann kam er heran.

»Hallo, Ruth«, grüßte er.
»Frag nicht«, keuchte die.
»Hallo?«, sagte er zu mir.
»Guten Tag. Ich bin Katharina Korn aus Köln.«
»Aha.« Ein Schmunzeln huschte über die geschwungenen Lippen. »Max Müller von der Mosel.«
»Wie bitte?«
»War ein Scherz. Julius Rainfels.«
Leicht irritiert nahm ich die mir hingestreckte Hand, der Mann drückte fest zu.
»Sie hat den Betrieb geerbt.« Bittere Galle floss aus Ruth Hillenkamps Worten.
»Oh.« Die kräftige Hand löste sich von meiner. »Wieso das?«
»Ich bin Balthasars Nichte«, antwortete ich. »Die Tochter seiner verstorbenen Schwester. Zwar hat er offenbar meine Mutter und mich totgeschwiegen, aber zum Erben haben die Familienbande doch gereicht.«
»Ach so?« Die auf mich gerichteten Augen waren ungewöhnlich, ihr Hellgrün erinnerte an frisches Laub oder an ... Trauben. Ihr Blick wanderte zu meiner sprudelfeuchten Bluse, über die Wasserflecken auf meiner Hose bis hin zu den weinroten Lacklederpumps, die ein Vermögen gekostet hatten. »Sie sehen nicht aus, als hätten Sie Spaß an körperlicher Arbeit.«
Einen Moment lang fragte ich mich, ob das eine Beleidigung oder ein Kompliment war. Bei denen hier vermutlich eine Beleidigung. Ich holte Luft.
»Wissen Sie, Herr Rainfels, Müller oder wie auch immer. Ich habe vielleicht keine Neigung, im Weinberg herumzuwühlen, aber einen Masterabschluss in Marketing und Kommunikation. Und wenn ich mir die Internetseite dieses Betriebs ansehe, wundere ich mich, wie Sie überhaupt eine Flasche verkauft bekommen. Wegen Ihrer harten körperlichen Arbeit kommen keine Kunden.«
»Nö. Die kommen wegen dem guten Wein.«
»Phh.« Ich wandte mich ab, mein Adrenalinspiegel war erheblich gestiegen.

»Sie will den Betrieb verkaufen«, sagte Ruth Hillenkamp.

»Wenn ich das Erbe überhaupt annehme.«

»Oha«, machte Julius Rainfels.

»Warum oha?«, gab ich patzig zurück. »Womöglich findet sich ein netter neuer Besitzer, bei dem Sie Ihr Weinding so weitermachen können wie bisher, und alle sind zufrieden.«

»Die Chinesen sind nicht nett.«

»Wieso Chinesen?«

»Liebe Frau Katharina Korn, wir sind ein VDP-Weingut.« Julius Rainfels stützte die Hände in die Hüften.

Zugegebenermaßen kannte ich nur die FDP. »Und?«

»Eines von etwa zweihundert Prädikatsweingütern in Deutschland, die höchsten Qualitätsansprüchen gerecht werden. Wenn der Betrieb zum Verkauf steht, kommt er mit hoher Wahrscheinlichkeit in ausländische Hände, die Chinesen sind scharf auf so was.«

»Haben die denn Ahnung vom Weinbau?«

»Vermutlich ungefähr so viel wie Sie.«

Die Moselaner, die ich bislang kannte, waren wirklich nett.

»Ich brauche erst mal einen Kaffee.« Ruth Hillenkamp setzte ihre stämmigen Beine in Bewegung Richtung Hauseingang. »Julius, kommst du mit rein?«

Er musterte mich einen Augenblick. »Ja«, sagte er. »Einen Kaffee könnte ich vertragen.«

8

Ruth Hillenkamp schloss die Eichenholztür auf und ging vor ins Haus. Ich folgte. Hinter mir zog Julius Rainfels seine Gummistiefel aus und tappte auf Socken weiter.

Sofort erkannte ich die Diele und den Eingangsbereich wieder. Auch der leicht holzige Geruch, der in der Luft lag, erschien mir seltsam vertraut. Ein paar Meter entfernt hing immer noch der große Spiegel mit dem verschnörkelten Rahmen.

»Da vorn ist die Küche«, sagte Ruth Hillenkamp. Sie hängte ihre Handtasche an einen Haken der holzvertäfelten Garderobe und bog nach wenigen Schritten über den Flur rechts ab.

Meine Absätze klackerten auf dem Parkettboden, hinter Ruth Hillenkamp gelangte ich in einen großen hellen Raum.

Ich sah weiße Holzschränke und eine Spüle aus grauem Steinzeug. An einer der Wände hingen Küchenutensilien an Fleischerhaken, daneben ein Messingkessel und einige Pfannen. In der Mitte des Raumes befand sich ein langer Tisch, um ihn herum standen acht Stühle mit Lederpolsterung und gedrechselten Lehnen. Der Strauß weißer Rosen in der Kristallvase hatte ein paar Blütenblätter auf die Tischplatte fallen lassen, über die Kerben und Risse im Holz.

Zwischen den beiden großen Sprossenfenstern hing ein bestickter Wandbehang aus dickem Leinen. »Sich regen bringt Segen«, verkündeten unzählige blaue Kreuzstiche.

»Setzen Sie sich«, sagte Ruth Hillenkamp, auf die Stühle deutend. Sie griff nach einem Kessel, füllte ihn mit Wasser und stellte ihn auf den Herd. Anschließend nahm sie eine weiße Porzellankanne aus einem der Küchenschränke und bestückte einen Kaffeefilter mit Papier. Aus einer Blechdose schaufelte sie mehrere Löffel Pulver hinein.

»Kaffee gehört aufgebrüht«, meinte sie im Ton einer strengen Gouvernante. »Mit dem neumodischen Kapselgefunsel komme ich nicht zurecht.«

Julius Rainfels holte Tassen und Teller aus den Schränken und deckte den Tisch.

»Kann ich helfen?«, fragte ich.

»Sie können Ruths Kirschstreusel probieren.« Er nahm eine ovale Servierplatte von der Anrichte und stellte sie auf den Esstisch. Eine Menge quadratischer Kuchenstücke mit dunkelroter Füllung lag auf dem weißen Porzellan. Am Rand der Platte entlang verliefen fein gemalte Blumenranken – womöglich gehörte sie zu Ruth Hillenkamps frisch geerbtem Meissen.

»Ruth backt meisterhaft«, bemerkte Julius Rainfels.

»Wenn die Leute zum Beileidsbesuch kommen, muss man ja was auf den Tisch stellen«, murrte sie. »Der halbe Ort war da.«

Meiner Vermutung nach zeugte davon auch die Batterie angebrochener Weinflaschen, die ebenfalls auf der Anrichte standen.

Tatsächlich stellte Julius Rainfels erst eine Milchtüte aus dem Kühlschrank und dann drei der Flaschen auf den Tisch.

»Möchten Sie was probieren?«

»Oh, nein, danke. Ich muss noch Auto fahren.« Etwas zögerlich nahm ich auf einem der Stühle Platz. »Laktosefreie Milch haben Sie nicht zufällig?«

»Äh … nein. Wir haben auch keinen alkoholfreien Wein.«

»Stellen Sie sich vor, den trinke ich mit Alkohol.« Der Mann hielt sich wohl für sehr originell. »Allerdings bevorzuge ich einen kräftigen Franzosen. Also, weinmäßig. Mit Riesling habe ich mich bislang nicht befasst.«

Julius Rainfels zuckte mit den Schultern. Er griff sich ein langstieliges Glas von einem Sideboard und goss einen guten Schluck aus einer der Flaschen ein.

Im Stehen schwenkte er mit zusammengekniffenen Brauen den honigfarbenen Wein. Er ließ ihn an der Innenwand des Glases entlang rotieren, hob ihn an die Nase, sog den Duft ein und schwenkte erneut. Dann führte er das Glas an seine Lippen, schlürfte genüsslich und rollte den Schluck durch seinen Mund. Fast sah es aus, als kaue er ihn. Mit einem Hüpfen des Adamsapfels über dem Kragen des grauen Shirts wurde er die Kehle hinunterbefördert.

»Ja«, sagte er knapp. Offenbar bedurfte es keiner weiteren Worte.

Schön, wenn die Leute mit dem, was sie produziert haben, zufrieden sind, dachte ich.

Der Wasserkessel pfiff. Ruth Hillenkamp nahm ihn vom Herd und brühte das Kaffeepulver auf. »Ist Lore im Büro?«, fragte sie dabei.

»Sie müsste noch da sein. Ich hole sie.« Auf seinen Tennissocken verließ Julius Rainfels die Küche. Die Schritte entfernten sich über das knarzende Parkett des Flurs.

»Die Frau, die die Buchhaltung macht«, erklärte Ruth Hillenkamp eher dem Kaffeefilter als mir.

»Ja, das hatten Sie erzählt. Ich freue mich, Sie alle kennenzulernen.« Den Satz konnte man wohl unter »Halbwahrheit« verbuchen.

»Sie wollen doch wissen, wie die Bilanzen des Betriebs aussehen.« Der durchlaufende Kaffee gluckerte in die Kanne, ein angenehmer Duft breitete sich aus.

»Frau Hillenkamp, das ist mir, wie gesagt, nicht so wichtig.«

»Leute, die viel arbeiten, sollen auch davon leben können.« Sie knallte den Kessel auf den Herd. »Aber Schulden gibt's natürlich auch. Sie haben sicher keine Vorstellung davon, wie viele Maschinen und Gerätschaften so ein Betrieb braucht.«

In ihrer kräftigen Hand trug sie die Kanne heran. Als sie mit der anderen die erste Tasse samt Untertasse anhob, klirrte das Porzellan leise aneinander. Ruth Hillenkamp zitterte.

Sie goss ein, stellte den Kaffee vor mir ab und füllte die zwei anderen Tassen. Dann holte sie ein weiteres Gedeck aus dem Schrank und schenkte die vierte Tasse voll.

»Guten Tag«, sagte eine leise Stimme. Ich wandte mich zur Tür. Eine kleine Frau mit weinroter Strickweste und kurzem, braun-grau meliertem Haar kam auf mich zu. »Ich bin Lore Stein.« Unsicher streckte sie mir ihre Hand hin. »Julius hat mir schon erzählt, was passiert ist.«

Er stand hinter der Frau und hatte die Arme vor der Brust verschränkt.

»Katharina Korn«, stellte ich mich vor.

»Setz dich, Lore. Hast du die Zahlen im Kopf?« Energisch beförderte Ruth Hillenkamp ein Stück Kirschstreusel auf jeden der vier Teller.

Lore Stein nahm neben mir Platz. Sie war zierlich, trotz ihres fortgeschrittenen Alters hatte sie etwas Mädchenhaftes. Die Gläser der rahmenlosen Brille vergrößerten die braune Iris ihrer Augen ins Format von Zwanzig-Cent-Münzen.

»Im letzten Jahr 31.673 Euro Reingewinn nach Steuern«, antwortete sie.

Julius Rainfels griff nach seinem Glas und trank noch einen Schluck Wein im Stehen, dann setzte er sich ebenfalls. »Auf die Arbeitsstunden gerechnet würde ich sagen«, er machte eine wedelnde Handbewegung, »fünf bis sechs Euro die Stunde.«

Für den Moment fiel mir nichts mehr ein. Ich überbrückte meine Sprachlosigkeit, indem ich meinen Mund mit Kuchen füllte. Der schmeckte ausgezeichnet. Mit etwas heißem Kaffee spülte ich den Bissen herunter. »Nicht gerade viel«, murmelte ich schließlich.

»Tja.« Julius Rainfels biss in seinen Kirschstreusel und kaute genüsslich. »Balthasar hat seine Arbeit nicht aufgerechnet«, meinte er schmatzend. »Der Betrieb war sein Leben, er konnte und wollte nichts anderes tun.«

»Und Sie?«, fragte ich.

»Och, ich arbeite auch ganz gern hier.« Er lehnte sich auf seinem Stuhl zurück. »Bisher zumindest.«

Ich dachte nach, dabei half mir ein weiterer Bissen Kuchen. »Der schmeckt sehr gut«, lobte ich.

»Ordentlich Butter drin«, brummte Ruth Hillenkamp.

»Also«, fuhr ich kauend fort, »falls ich, rein theoretisch gesprochen, das Weingut nicht verkaufen würde, reicht der Ertrag noch nicht einmal aus, um einen Verwalter einstellen und bezahlen zu können?«

»Sie haben's erfasst.« Julius Rainfels nickte.

Freunde, es ist doch so was von klar, dass ich entweder das Erbe ablehne oder verkaufe, dachte ich. Blöderweise kamen mir dabei ein paar breit grinsende Chinesen in den Sinn, die sich die Hände rieben.

»Nun ja, ein bisschen mehr könnte man meiner Meinung nach schon erwirtschaften.« Lore Stein faltete ihre schmalen Hände auf der Tischplatte.

»Papperlapapp. Balthasar hat den Betrieb sehr gut geführt«, echauffierte sich Ruth Hillenkamp. »Sehr, sehr gut. Besser wird es kaum gehen.«

Lore Stein sah auf ihren Teller. »Wir hatten natürlich im letzten Jahr etliche außerplanmäßige Investitionen. Zwei neue Edelstahltanks, Reparaturkosten an der Füllanlage und am Traktor. Und leider war auch der Verkauf rückläufig. Um zwölf Prozent etwa. Ein großer Lebensmittelmarkt wird nicht mehr von uns beliefert, ein paar unserer alten Kunden aus den Achtzigern sind weggestorben ...«

»Lore!«, fiel ihr Ruth Hillenkamp ins Wort. Gleichzeitig brummte mein Handy in der Hosentasche. Ich zog es heraus.

Daniel. Mein Herz hüpfte.

»Sekunde, da muss ich ran.« Eilig stand ich auf und verließ die Küche. In der Diele nahm ich das Gespräch an.

»Hey, Daniel. Toll, dass du anrufst.«

»Hi, meine Schöne. War der Gerichtstermin schon? Wie ist es gelaufen? Bist du jetzt eine reiche Frau?« Sein Schmunzeln war förmlich zu hören.

»Leider nein. Du musst mit einem schönen, aber armen Mädchen vorliebnehmen.«

In knappen Worten erklärte ich ihm den Stand der Dinge und meine Verwunderung über das Testament.

»Komisches Erbe«, meinte er.

»Du sagst es. Gerade saß ich mit drei etwas merkwürdigen Leuten in der Küche des Weinguts und habe die wenig rosigen Bilanzen verkündet bekommen.«

»Du könntest das Erbe trotzdem annehmen und nach und nach Inventar verkaufen. Mehr oder weniger unter der Hand. Die Gerätschaften, Mobiliar ... Es gibt bestimmt etliche Wertgegenstände. Da käme schon ein Sümmchen zusammen.«

Nachdenklich ging ich zur Treppe und stieg drei Stufen rauf. Ich linste nach oben. Ob es die alte Standuhr noch gab?

»Ich weiß nicht«, erwiderte ich. Ein wenig kam mir die Idee wie Leichen fleddern vor.

»Na ja, du wirst wissen, was du tust«, sagte Daniel gut gelaunt. »Du, ich muss Schluss machen. Viola will gleich losfahren.«

Augenblicklich verfinsterte sich meine Stimmung. Das angekündigte Wochenende »mit meinem Mann« stand an. Ich hatte es fast verdrängt gehabt.

»Sie hat irgend so ein Wellnesshotel am Tegernsee gebucht«, erklärte Daniel. »Ich nehme mir Arbeit mit.«

»Hm.«

»Komm schon, Kati. Du weißt, dass das kein romantisches Liebeswochenende wird.«

»Nein?«

»Also bitte. Viola wird sich mit blassgrüner Gesichtsmaske auf einem Liegestuhl ausstrecken, und ich werde vor meinem Laptop sitzen.«

»Ach so.«

»Im Gegensatz zu *unserem* Wochenende in Hamburg.«

Unser Wochenende. Ich konnte es kaum erwarten. »Das wird wunderbar«, hauchte ich ins Telefon. »Ich freue mich.«

»Ich mich auch.« Daniels Stimme war ganz nah. Ich sehnte mich so nach ihm.

»Tschüss dann. In Gedanken bin ich bei dir.« Ein Kussgeräusch erreichte mein Ohr.

Ich presste das Telefon fest an meine Haut. »Tschüss.«

Er legte auf. Mit einem Klicken in der Leitung war er verschwunden. Viel zu schnell.

Kurz verharrte ich auf der Treppe, zwischen unten und oben, mit widerstreitenden Gefühlen. Schließlich ging ich zurück in die Küche.

»Hatten Sie eine Erscheinung?« Julius Rainfels beäugte mich neugierig.

»Bitte was?«

»Sie sehen so aus.«

»Pfh.« Der Kerl wurde mir zunehmend unsympathisch. »Hat man die in diesem Haus? Es würde mich nicht wundern. Die weiße Rieslingfrau oder so was.«

»Sehr schön.« Lachend stand er auf. »Ich geh zurück in meinen Keller. Pardon. In Ihren Keller. Wenn Sie mögen, gucken Sie sich den an. Ist aber wohl eher langweilig für eine Stadtpflanze wie Sie. Bloß ein Fass neben dem anderen.«

»Sie vergessen den netten Kellermeister.«

Julius Rainfels grinste, hob verabschiedend die Hand und verschwand aus der Küche. Kurz darauf fiel die Haustür mit einem lauten Knall zu.

Unschlüssig stand ich da. Es zog mich hoch in den ersten Stock. Ich wollte mir die Räume ansehen, wissen, ob ich sie wiedererkannte, eventuell auch etwas finden, das mich an meine Mutter erinnerte.

»Darf ich mich ein wenig in der ersten Etage umsehen?«, fragte ich Ruth Hillenkamp.

Die guckte skeptisch. »Ich kann es Ihnen schlecht verbieten, oder?«

»Danke.«

»Aber wühlen Sie nicht in unseren Sachen.«

Meine Güte, dachte ich und wandte mich zur Tür. »Keine Sorge.«

Wieder ging ich über den Flur und begann, die Treppe hinaufzusteigen. Doch je höher ich kam, desto langsamer wurden meine Schritte. Meine Hand umfasste das hölzerne Geländer. Einen Atemzug lang schloss ich die Augen und hielt inne. Dann nahm ich die restlichen Stufen.

Die große Standuhr kam mir wie eine alte Bekannte vor. Mit gleichförmigem Ticken schwang das bronzefarbene Pendel, bemaß die Zeit in Sekunden, und dennoch wirkte es, als sei sie stehen geblieben. Ich ließ meine Fingerspitzen über den Uhrenkasten gleiten, spürte den geschnitzten Formen nach. Das Ticktack bekam in meinen Ohren den Klang von »Wieder da«.

Langsam ging ich weiter über die Eichendielen des Ganges.

An den weiß gestrichenen Wänden hingen Bilder in schlichten Rahmen. Ich trat an eines heran. Der Kunstdruck eines Gemäldes zeigte eine junge, blonde Frau mit Rebenranken im Haar, heller Bluse und rotem Schultertuch. Sie hielt ein Weinglas hoch und sah den Betrachter unschuldig-lasziv an.

»Moselblümchen«, stand am unteren Rand des Bildes. Kurz glaubte ich, in dem welligen Haar des Mädchens die Konturen eines Teufelsgesichts zu erkennen.

Ich wandte mich ab und öffnete die erste Tür auf der linken Seite.

Dämmerung lag dahinter. Im Raum stand ein großes Doppelbett mit zurückgeschlagenen weißen Decken. Auf der einen Seite war ein Nachthemd ausgebreitet, auf der anderen ein dunkelblauer Pyjama, bereit, um hineinzuschlüpfen. Es roch ungelüftet, nach Haut und Kernseife.

Ich schloss die Tür zu Ruths und Balthasars Schlafzimmer wieder. Unvermittelt zog es mich zu dem Raum am Ende des Flures. Unter meinen Absätzen knarrte das Holz. Die Klinke lag kühl in meiner Hand, ich drückte sie herunter.

Das Zimmer war klein, die grün gemusterte Tapete alt und verblasst. An einer Wand stand ein Bett mit hohem Kopfteil. Ich wusste auf Anhieb, dass ich darin gelegen hatte, und erinnerte mich an meine Furcht.

Plumeau und Kopfkissen waren unbezogen, die Matratze ebenfalls. Ich ließ mich auf ihrem Rand nieder, ein muffiger Geruch stieg auf. Durch das von senfgelben Gardinen eingerahmte Fenster fiel die Mittagssonne, aus dem Garten klang Vogelgezwitscher.

In Gedanken kehrte ich zu diesem kalten Abend zurück, an dem ich ängstlich aufgestanden und nach unten gegangen war. Wie sonderbar, nach all den Jahren wieder hier zu sitzen.

Neben der Tür stand ein dunkles Holzregal, seine Bretter trugen Taschenbücher, eine glasierte Keramikvase und mehrere Porzellanfiguren, angeordnet auf einem gehäkelten Deckchen. Im untersten Gefach befanden sich zwei dickere Bücher.

Ich stand auf und zog das linke heraus. Es war ein in braunes

Kunstleder eingebundenes Album, über den Buchdeckel verlief eine geschnörkelte Goldschrift: »Zur Erinnerung«. Neugierig setzte ich mich auf den Boden und schlug es auf.

Die drei Bilder auf der ersten Seite hatten einen Sepiastich, sie waren draußen in der Natur aufgenommen worden, im Hintergrund war Wald zu sehen. Der etwa dreißigjährige Balthasar hatte den Arm um ein hübsches Mädchen mit dunklen Locken gelegt, beide lachten in die Kamera. Sie standen vor einem Anhänger, auf dem sich Matratzen und Bierkästen befanden. Am Kühler des Traktors davor war ein großer Birkenast mit bunten Bändern befestigt.

»1. Mai 86«, stand in runder Schrift neben dem Foto. »Nächstes Jahr ein Ehepaar«.

War das Mädchen Balthasars Verlobte gewesen?, überlegte ich und blätterte um. Es folgten Aufnahmen, die offenbar Balthasars damalige Clique zeigten, junge Männer und Frauen beim Feiern. Danach kamen welche von ihm und seiner Freundin am Meer. »Baltha und ich in Italien«, stand daneben. Mein Onkel posierte braun gebrannt in einer knappen Badehose am Strand, er sah ziemlich gut aus.

Was ist aus seiner Verlobten geworden?, fragte ich mich.

Vermutlich wusste Ruth Hillenkamp es. Doch ob sie es mir erzählte?

Erneut blätterte ich um. Mein Atem setzte aus.

Mama und Papa sahen mich an, jung und voller Glück. Mama hielt einen Säugling in einem langen weißen Taufkleid auf dem Arm, sie stand mit Papa vor einer Pforte, die aussah wie die einer Kirche.

»Taufe von Balthas Nichte«, las ich neben dem Foto.

Das zweite Bild auf der Seite zeigte mehrere Leute, die einen schmalen Weg entlangliefen. Er führte von der Kirche weg, die nun zu erkennen war. Balthasar trug einen dunkelgrauen Anzug und grüßte im Gehen zur Kamera hin. Voran gingen meine Eltern, jetzt hielt mein Vater mich auf dem Arm.

Atemlos schlug ich das raschelnde Pergamentpapier um, das die rechte Albumseite verdeckte.

Die Taufgesellschaft kehrte in ein Gasthaus ein, im Hintergrund lagen Weinberge.

War ich etwa an der Mosel getauft worden? Warum das denn? Meine Eltern lebten zu der Zeit schon in Köln.

Bislang hatte ich nie Fotos von meiner Taufe gesehen, in den wenigen Alben meiner Eltern gab es die nicht. Mama hatte meines Wissens auch niemals von diesem Ereignis erzählt.

Hastig blätterte ich auf die nächste Seite.

»Weinlese«, stand da. Balthasar und seine Verlobte strahlten sich vor einem vollen Erntewagen an.

Ein lautes Räuspern ließ mich zusammenschrecken, mein Kopf schnellte herum. In der offenen Tür stand Julius Rainfels. Perplex starrte ich ihn an.

»Oh«, sagte er. »War die weiße Rieslingfrau wieder da?«

»Was?« Ich versuchte, meinen Gesichtsausdruck aufzuräumen. »Quatsch, natürlich nicht. Es ist bloß …«

»Ich wollte Sie nicht stören, aber …«

»Kommen Sie mal her«, krächzte ich. »Bitte.«

Er kam heran. Ich rappelte mich vom Boden hoch und blätterte im Album eine Seite zurück. Dann hielt ich ihm das Foto, auf dem die Kirche zu sehen war, unter die Nase. »Wo ist das?«

Er betrachtete das Bild. »Sieht aus wie die evangelische Kirche in Trarbach.«

»Dann wurde ich dort getauft.«

»Und?«, meinte er mit einem Schulterzucken. »Ich auch.«

»Ha. Bei Ihnen ist das normal. Bei mir allerdings nicht.«

»Was regt Sie daran auf?« Er runzelte die Stirn. »Eine Kirche ist doch eh wie die andere.«

»Meine Mutter hat mir aber nie von meiner … Moseltaufe erzählt. Ich habe gar nichts mit dieser Gegend hier zu tun«, erwiderte ich aufgebracht.

»Na ja. Es könnte sein, dass Sie noch etwas Zeit haben, die Gegend kennenzulernen.« Er schob die Hände in die Taschen seiner Jeans. »Ihr Auto verliert Öl. Man könnte sagen: hat es schon verloren.«

Ich brauchte einen Moment, um zu verstehen.

»Shit«, zischte ich zwischen den Zähnen hervor. »Viel?«

»Dürfte nichts mehr im Motor sein. Ich habe die Riesenlache mit Sand abgestreut.«

»Ah nein! Ich will heute noch nach Köln zurück. Und mein Nachbar auch.«

»Wer?«

»Herr Wientapper. Den habe ich mitgenommen, damit er mal rauskommt. Er schaut sich gerade Bernkastel an.« Ich klappte das Album zu und presste es an meine Brust. Die immer noch feuchte Bluse klebte auf der Haut. »Was mache ich denn jetzt?«

»Ich könnte Alfred anrufen. Der hat eine Werkstatt, nur paar hundert Meter entfernt.«

»Oh, ja, bitte. Rufen Sie ihn sofort an.« Ich stellte das Album zurück ins Regal, fest entschlossen, es später nach Hause mitzunehmen. Hoffentlich noch vor Einbruch der Dunkelheit. Das zweite Buch auch.

»Kann ich schon machen.« Julius Rainfels legte den Kopf schräg. »Heute wird das aber eher nichts mehr mit der Reparatur. So inkontinent, wie Ihr Wägelchen ist, müssen garantiert Teile getauscht werden. Würde mich wundern, wenn Alfred die auf Lager hat.«

Mist, elender. Ich füllte meine Lungen bis zum Anschlag mit Luft. Als sie durch meinen Mund ausströmte, kam ich mir wie ein schrumpfender Luftballon vor.

»Dann gehen Sie eben heute Abend mit aufs Weinfest und bleiben bis morgen.« Julius Rainfels' Lippen bogen sich zu einem breiten Grinsen. »Im Haus gibt es genug Zimmer. Und Zahnbürsten gibt's drüben im Neukauf.«

9

»Du siehst ja echt gut aus. Wie so 'n richtiges Steilhangluder. Bist du von hier?«

Der nicht mehr junge Mann stand sehr nah vor mir, seine Aussprache war verwaschen. Der Wein in seinem Glas schwappte in unkoordinierten Bewegungen bis zum Rand. Aber seltsamerweise nie darüber.

»Nein. Morgen bin ich hoffentlich wieder in Köln.«

»Aahh. Köln. Super Stadt. Vor allem an Karneval. Knick knack.« Die Augenlider senkten sich auf Halbmast. »Wir haben bei uns in Traben-Trarbach zwar auch 'nen tollen Umzug, aber meistens regnet's an Rosenmontag.«

»Dem Kölner ist das Wetter zur fünften Jahreszeit völlig schnuppe«, sagte Herr Wientapper. Seine Bäckchen glühten, er hatte schon das dritte oder vierte Glas intus.

Ich wich zur Seite aus, wobei das in der Menge kaum gelang. »Weinfest« bedeutete, dass das ganze Städtchen auf den Beinen war, außerdem die Nachbarorte, mehrere Busse mit Senioren aus dem Saarland und dem Ruhrgebiet, etliche Wohnmobilisten, Trachtengruppen, Musikvereine, gefährlich aufgekratzte Damenkränzchen, abenteuerlustige Junggesellen und die örtlichen Konfirmanden, die auf dem Fest scheinbar so etwas wie einen Initiationsritus absolvierten. Man drängte sich um Stände herum, an denen unzählige verschiedene Weine ausgeschenkt wurden, die ich – völlig ausreichend – in weiß, rot und rosé eingeteilt hätte. Neunzig Prozent weiß.

In der Mitte des Trubels trotzte, von hungrigen Massen umringt, eine sechseckige Bude mit Schwenkbraten, Pommes und Bratwurst. Der Essensdunst, den sie verströmte, war vermutlich hundertmal wirksamer als unser Pheromonshampoo.

Mir war nach etwas Leichtem gewesen, thailändischem Gemüsecurry oder gedünstetem Saibling. »Kartoffelsalat ham ma noch«, hatte die Fachkraft hinter dem Schwenkgrill gemeint und auf einen weißen Plastikeimer gezeigt. »Aber davon wird man ja net satt.«

Ich war mehr als satt davon geworden, ungefähr ein halbes Pfund Mayonnaise in meinem Magen verursachte ein säuerliches Aufstoßen, das zweite Glas Riesling feinherb hatte es nicht besser gemacht. Obwohl, eigentlich doch. Die Rülpserei störte mich jetzt weniger.

Während Herr Wientapper unserem neuen Bekannten einige Eigenheiten des Kölner Karnevals näherbrachte, liefen meine Gedanken von der Mayonnaise zum Motoröl. Mein Auto stand in Alfreds Werkstatt. Der war zuversichtlich, morgen Vormittag Dichtungsringe und Messfühler auszutauschen. Falls nicht, würde ich ihn erwürgen.

Ich hatte mit Julius Rainfels und dessen Wagen Herrn Wientapper in Bernkastel abgeholt. Er war alles andere als unglücklich über die Verlängerung des Aufenthalts an der Mosel gewesen.

Zurück in Traben-Trarbach war ich dort in einem Modelädchen eingekehrt und hatte mir eine Jeans und ein schwarzes Hängerchen zugelegt, das gar nicht übel aussah.

Im Neukauf gab es neben Zahnbürsten auch Unterhosen der Marke »Wen kümmert's, was ich drunterhabe«. Ich hatte ein hellgelbes Exemplar erstanden, von Hand durchgewaschen und an den Fenstergriff »meines« alten Zimmers im Weingut gehängt, in der Hoffnung, dass es morgen früh trocken war.

Ruth Hillenkamp hatte mir einen Stapel Bettwäsche gebracht. »Wirklich nicht schön, das mit Ihrem Auto«, murrte sie dabei.

Kurzerhand hatte ich sie nach Balthasars Verlobter gefragt.

»Früher war ich auch mal verlobt«, hatte sie mich angeranzt. »Wen interessiert die Vergangenheit.«

»Mich. Warum wurde ich in Traben-Trarbach getauft?«

Ich nahm ein Stocken in ihrem Gesicht wahr. Dann hob sie die Schultern. »Keine Ahnung. Woher soll ich das wissen?«

Mein Bauchgefühl war eindeutig gewesen. »Sie wissen es von Balthasar.«

Wortlos hatte sie den Raum verlassen.

»Fein, dann bis nächsten Februar.« Herr Wientappers Verabschiedung holte mich aus den Gedanken.

»Isch komm auf jeden Fall vorbei.« Der Einheimische klopfte ihm kumpelhaft auf die Schulter und zog weiter.

»Wollen wir mal rüber ins Vergnügungsviertel?« Herr Wientapper meinte wohl die kleine Flaniermeile mit Schaustellern, die entlang des Moselufers verlief. Schießbude, Autoscooter, Kettenkarussell.

»Gern. Warum nicht?«, sagte ich.

Wir setzten uns in Bewegung. In dem großen Festzelt am anderen Ende des Getümmels waren wir schon gewesen. Die Coverband Rüdi und die einsamen Wölfe heizte dort den Gästen tüchtig ein. Der Frontmann Rüdi trug Vokuhila und einen Flaschenbürstenschnäuzer, er gab alles. Seine Rockröhre erinnerte frappant an die Scorpions. Die Stimmung war Bombe, die Bühne voller Paare, die ausgelassen zwischen Discofox und Freestyle tanzten.

»Ist wirklich nett hier«, sagte Herr Wientapper, während er sich einen Weg durch die Menschenmenge bahnte.

»Finde ich auch.« Klar war das ironisch gemeint. Aber man hörte es nicht.

Wir passierten eine Bude mit Lebkuchenherzen, Zuckerwatte und anderen Süßigkeiten. Der Duft von gebrannten Mandeln waberte mir entgegen und ließ mich aufstoßen.

»Ach, gucken Sie mal da vorn. Darf ich Ihnen was schießen?«

Begeistert wies Herr Wientapper auf eine Bude. Unzählige bunte Glühbirnen umsäumten sie, an den Seiten hingen allerlei Plüschtiere und Nippes, um zahlende Schützen anzulocken.

»Joah«, meinte ich gedehnt. »Wenn Sie mögen.«

Nach einigen Metern erreichten wir den Stand, ein kräftiger Mann und eine Frau mit wasserstoffblondem Haar standen darin. Die Rückfront des Wagens war mit Cowboy-und-Indianer-Szenen bemalt, einer der Cowboys stürzte gerade vom Pferd, das Gewehr in die Höhe gereckt.

Herr Wientapper bestellte zehn Schuss und schob einen Geldschein auf den Tresen. Mit gelangweilter Miene reichte ihm die Frau das Gewehr.

Er beugte sich leicht nach vorn, stützte sich mit dem rechten Ellbogen ab, justierte seine Füße auf dem Boden und legte an. Mit zusammengekniffenen Augen blickte er durch den Sucher. Ein paar Sekunden verharrte er so. Ich stand da und hoffte, dass er zumindest einmal traf.

Er drückte ab. Peng. Die erste Hülse an der Rückwand der Bude zersprang. Peng. Die nächste. Die daneben. Dann noch eine. Wie eine Maschine setzte er einen Schuss neben den anderen.

Der gelangweilte Ausdruck der Blondgefärbten verschwand, die Stirn zog sich kraus.

Zehn Schüsse, zehn Treffer.

Herr Wientapper kam aus der gebeugten Haltung hoch und legte das Gewehr hin. Er strahlte.

»Wieso können Sie so gut schießen?« Ich war erstaunt.

»Ach, das ist nur eine Frage der Konzentration. Zielen und dann nicht mehr wackeln. Im Prinzip ganz einfach.«

Der Schießbudenmann deutete zu einer Kolonie Plüschtiere. »Was davon?«, fragte er mürrisch.

»Das da.« Herr Wientapper zeigte auf ein riesiges rosa Ferkel, anschließend wandte er sich zu mir. »Das ist am hübschesten, oder?«

Ich nickte.

Der Mann reichte Herrn Wientapper das Schwein, der hielt es mir hin. »Für Sie.«

»Danke schön. Das ist wirklich süß.« Vielleicht hätte ich doch etwas anderes auswählen … Ach, egal.

Einen Moment lang wusste ich nicht, wie ich das Schwein halten sollte. Bloß nicht auf dem Arm wie ein Baby. Lässig griff ich es an einem Vorderbein und ließ es an meiner Seite baumeln. Während Herr Wientapper und ich weitergingen, wurde es allerdings im Gedränge fast weggerissen, also klemmte ich es unter den Arm, die Steckdosenschnauze nach vorn gereckt.

Um mich herum mischte sich die dröhnende Housemusic vom Autoscooter mit den ebenso lauten Schlagern vom Karussell. Wir lavierten uns durch die Menge.

»Sehn Sie mal da.« Herr Wientapper steuerte auf ein Fahrgeschäft zu. Jauchzende Menschen schnellten eingepfercht in Vierersitze nach oben in den Abendhimmel und drehten sich dort wie in einer Salatschleuder.

Nicht Ihr Ernst, dachte ich und folgte ihm, an zahllosen fremden Leuten vorbei. Auf ihren Gesichtern lagen farbige Schattierungen von den bunten Strahlern der Buden.

»Ach, hallo.« Abrupt stoppte Herr Wientapper. Eine Sekunde später erkannte ich, warum. Vor uns stand Julius Rainfels, an seiner Seite eine hübsche Blondine.

»Hallo«, grüßte er und musterte das Schwein unter meinem Arm. »Amüsieren Sie sich gut?«

»Prächtig, danke. Und Sie?« Demonstrativ wanderte mein Blick zu seiner Begleiterin.

Er lachte. »Darf ich vorstellen? Das ist Nina Caspari, meine Freundin. Und das ist Katharina Korn. Die Erbin. Herr Wientapper ist ihr Nachbar aus Köln.«

»Ach, Sie sind das.« Nina Caspari beäugte mich neugierig. »Julius hat von Ihnen erzählt. So was aber auch.« Sie schüttelte die blonden Wellen. »Das hätten wir Balthasar nicht zugetraut. Er war doch immer … in Ordnung.«

Ich schwieg. Am Nachmittag, auf der Fahrt nach Bernkastel, hatte Julius Rainfels meinen Onkel als »Platzhirsch« bezeichnet, einmal war »Eigenbrötler« gefallen. Und er hatte gesagt, dass Balthasar den Hang dazu gehabt habe, alles besser zu wissen.

»Aber na ja«, fuhr Nina Caspari fort, »*Jules* ist so gut, der findet sofort was Neues, wenn das mit dem Weingut Glück nicht weiterläuft.« Sie strich ihm über den Unterarm. »Zur Not reicht mein Einkommen in der Kanzlei auch eine Weile für zwei.«

»Nina ist Anwältin«, erklärte Julius Rainfels.

»So ist es«, pflichtete sie bei. »Ich kann Ruth beraten. Womöglich fechten wir das Testament an.«

Macht ihr mal, dachte ich.

»Haben Sie sich bei Ruth schon eingelebt?« Julius Rainfels' Mund bog sich nach oben.

»Eingelebt? Ich hoffe doch sehr, dass Ihr Freund Alfred morgen früh in der Lage sein wird, ein paar Teile an meinem Wagen …«

»Jaja, schon gut.« Er winkte ab. »War auch mehr ein Scherz.«

»Gucken Sie mal, wie das rundgeht.« Herr Wientapper zeigte auf das Fahrgeschäft vor uns. »Das macht bestimmt Spaß. Wer kommt mit?«

Wieder lachte Julius Rainfels, seine Schneidezähne standen ein bisschen hinter den Eckzähnen zurück, die traubengrünen Augen blitzten.

»Warum nicht? Komm, Nina, eine Runde.«

»Hilfe. Mit so was kannst du mich jagen.« Abwehrend hob sie die Hände.

»Und Sie?« Julius Rainfels' Blick hatte etwas Herausforderndes. Zumindest in meiner Wahrnehmung.

»Klar. Los geht's.«

Wenn ich herausfordernd angeguckt wurde, vergaß ich manchmal nachzudenken. In anderen Situationen mitunter auch, aber von diesem Komm-schon-trau-dich-Blick fühlte ich mich provoziert.

»Ich schmeiß 'ne Runde.« Herr Wientapper stürmte zum Kassenhäuschen vor.

Ich drückte Nina Caspari das Schwein in die Hand. »Wären Sie so nett, das kurz zu halten?« Dann begab ich mich, gefolgt von ihrem *Jules*, zu der Höllenmaschine.

Drei Minuten später schossen wir raketenartig nach oben.

Scheiße, dachte ich. Der Kartoffelsalat.

Kurz darauf dachte ich nichts mehr.

»Hahaha«, lachte Herr Wientapper neben mir. Auf der anderen Seite krallte sich Julius Rainfels an den Metallbolzen, der uns im Sitz fixierte.

Es ging rund, um die eigene Achse und im Kreis herum.

Doppeldrehung.

Lichter flackerten um mich, Adrenalin peitschte in meinen Adern, Panik breitete sich aus, die Fliehkraft schleuderte meine Organe durcheinander, es war furchtbar.

Und es dauerte an, hörte nicht auf, drehte und drehte. Es war so schrecklich, dass ich mich innerlich aufgab und fallen ließ. Wir rotierten durch die Nacht.

Alles fühlte sich surreal an, ich verlor komplett die Orientierung.

Und plötzlich wollte ich weiterfahren. Vermutlich hatte es etwas mit der Endorphinausschüttung in lebensbedrohlichen Situationen zu tun. Es gab nur noch den Augenblick. Zeit und Raum wirbelten durcheinander und verschmolzen im Jetzt. Das Chaos im Kopf ließ alles drum herum unwichtig werden. Yippie. Weiter. Dem Weltall entgegen. Die Schwerkraft hinter mir lassen und frei sein.

Die Drehungen wurden langsamer.

»Och, nein«, hörte ich mich rufen und erschrak über meine Stimme.

Der Sitz bewegte sich nach unten, das Rotieren hörte auf, wir sanken gen Erde.

Wenig später wurde mit einem Klacken die Sicherung entriegelt, Julius Rainfels klappte sie nach oben, wir waren frei.

»Puuhh.« Ich strich mein zerzaustes Haar zurück, holte Luft und stand auf.

Zwei Schritte ging ich auf Wackelpuddingbeinen – dann gaben sie nach. Bevor ich wusste, wie mir geschah, sackte ich ein.

Eine kräftige Hand griff unter meinen rechten Arm, eine zweite stützend an meinen Rücken.

»Hoppla.« Julius Rainfels zog mich gleichzeitig nach oben und zu sich heran. Die Bartstoppeln auf seinem Kinn streiften meine Stirn. »War wohl doch ein bisschen viel Gedrehe.«

»Es geht schon.« Ich versuchte, mich zusammenzureißen.

»Sicher?« Er hielt mich immer noch fest.

Ich konnte mich nicht erinnern, schon einmal einen derart kräftigen Griff gespürt zu haben. Dabei kam ich mir wie ein schlaffer Sack vor. Mit höchster Anstrengung straffte ich meine Muskulatur.

»Gut.« Julius Rainfels ließ mich los.

Schwitzend peilte ich Nina Caspari mit der grünen Bluse und dem Schwein als Fixpunkt an. Ich steuerte auf sie zu, Herrn Wientapper und Julius Rainfels neben mir.

»Sie sind blass«, war das Nächste, was ich aus ihrem Mund

hörte. Genau genommen hörte ich: Mein Gott, sehen Sie übel aus. Brauchen wir einen Krankenwagen?

»Ich könnte mich mal setzen«, murmelte ich matt und unterdrückte einen Rülpser.

»Vielleicht ins Autoscooter?«, fragte Herr Wientapper munter. »Damit bin ich zuletzt vor dreißig Jahren oder so auf dem Münchner Oktoberfest gefahren.«

Musste ich mir eigentlich Sorgen um meinen Nachbarn machen?

»Nee, bloß nix mehr, was sich bewegt«, keuchte ich. Die Vorstellung, mich in die umliegenden Hecken zu übergeben, wurde reichlich konkret.

»Kommen Sie mit, Fräulein Nina?«, fragte Herr Wientapper.

Skeptisch runzelte Nina Caspari die Stirn.

»Fahrt doch eine Runde«, sagte Julius Rainfels. »Ich besorge in der Zeit drüben bei Frank noch eine Flasche.« Er wandte sich zu mir. »Dort können Sie sich auch hinsetzen.«

Oder legen, dachte ich.

»Na gut.« Nina Caspari klang wenig begeistert. »Eine Fahrt. Danach kommen wir zu Frank. Hier.« Sie streckte mir das Schwein entgegen. Netterweise nahm ihr Freund es an.

»Ich glaube, man muss beim Autoscooter immer mindestens drei Chips kaufen«, hörte ich Herrn Wientapper sagen, während er sich in Bewegung setzte. »Fünf wären noch günstiger.«

Julius Rainfels machte eine auffordernde Geste, wir gingen in die andere Richtung.

»Ist dieser Frank ein Freund von Ihnen?«, fragte ich, neben ihm hertappend.

»Eher ein Konkurrent. Oder Mitbewerber, wie man sagt. Er ist ein alter Freund von Balthasar und betreibt ebenfalls Weinbau.«

Letzteres hatte ich mir schon gedacht, da wir ja auf dem Weg waren, flüssigen Nachschub zu organisieren. Im Gedränge wurde ich zur Seite geschoben, mein nackter Arm strich an den von Julius Rainfels. Ich wollte der Berührung ausweichen.

»Hey, Julius.« Eine hübsche, dunkelhaarige Frau, die uns entgegenkam, blieb stehen. »Alles klar?«

»Am liebsten schon. Und bei euch?«

»Super. Wir waren bis gestern auf Korsika. Traumhaft.« Die großen braunen Augen rollten gen Abendhimmel. »Sehr zu empfehlen.«

»Ich werd's mir merken. Bis bald, grüß Roland.«

Weiter ging's. Allerdings nur ein paar Schritte.

»Hallo, Julius.« Ein Mann mit Vollbart und Brille begann den nächsten Small Talk, dieses Mal ging es um Balthasar.

»Wirklich furchtbar«, meinte er nach ein paar Sätzen. »Einfach so umgefallen? Aber was will man machen? Es ist noch keiner hiergeblieben.«

»Da sagst du was.«

Ein paar Sekunden sah man betroffen zu Boden. »Ei gut, dann schönen Abend noch.« Der Bärtige reckte den Unterkiefer vor und ging weiter.

Wenig später sprach Julius Rainfels mit einem Pärchen. Es war kurios, wie sich die Menge fremder Menschen in seiner Gesellschaft in grüßende Ollis, Tanjas und Pauls verwandelte.

Wir näherten uns den Weinständen, Julius Rainfels peilte einen aus dunklem Holz an. Er war mit Rebenranken dekoriert, »Weingut Michels«, verkündete ein geschnitztes Schild an der Frontseite. Ein paar Bierzeltgarnituren gehörten dazu, die Bänke waren voll besetzt.

Am Stand angekommen, lehnte sich Julius Rainfels lässig an die Umsäumung. Ein Mann und eine Frau schenkten Wein aus und führten mit den Kunden kurze Gespräche.

»Was möchten Sie trinken?«, fragte mich Julius Rainfels.

»Ein kaltes Mineralwasser.«

»Und einen Moseltrester?«

»Trester?«

»Die Italiener sagen Grappa dazu. Klingt vielleicht feiner, aber schmeckt nicht besser.«

»Hallo, Julius.« Der grauhaarige Mann trat heran. Ich schätzte ihn auf Anfang, Mitte sechzig. Sein Gesicht war wettergegerbt und eingerahmt von langen Koteletten. An den Seiten der blauen Augen hatten sich strahlenförmige Lachfalten eingegraben.

Ich kannte den Mann. Ich erkannte ihn wieder von Fotos aus den beiden Alben in meinem alten Zimmer. Am frühen Abend hatte ich auch das zweite durchgeblättert. Von meinen Eltern gab es keine Bilder mehr, aber die junge Version dieses Mannes war mehrfach auf Fotos einer feierfreudigen Clique zu sehen gewesen.

»Abend, Frank«, grüßte Julius Rainfels. »Wir hätten gern eine Flasche von eurem Kräuterhaus trocken, ein Wasser und einen Trester.«

»Geht klar. Ist Nina auch dabei?« Frank Michels musterte mich neugierig.

»Ja, die fährt Autoscooter mit Katharina Korns Nachbarn.«

»Mit wem?« Die Lippen des Mannes klafften ein Stück auseinander.

»Katharina Korn.« Julius Rainfels deutete auf mich. »Balthasars Nichte. Und Erbin.«

»Ach.« Jetzt klappte das markante Kinn nach unten. »Erbin?«

Mittlerweile fühlte ich mich ans 19. Jahrhundert erinnert, als die Völkerschauen exotische Menschen ausstellten, die von allen angegafft wurden.

Hey, ich komme aus der Zivilisation und habe ein ganz normales Leben, hätte ich am liebsten gerufen. Und mein Erbe werde ich bald wieder los sein.

»Hallo«, grüßte ich stattdessen und unterdrückte ein Aufstoßen. »Ich würde tatsächlich mal so einen Moseltrester probieren.«

»Ach.«

Mach den Mund wieder zu, dachte ich.

»Ja, ähm, gut. Was wolltest du noch, Julius?«

»Kräuterhaus trocken und Wasser. Es sei denn, Frau Korn verzichtet auf das Wasser und nimmt nur den Schnaps.«

»Wasser bitte auch.« Ich versuchte ein gewinnendes Lächeln.

Frank Michels drehte sich um, griff eine Weinflasche aus einem der beiden Kühlschränke des Stands und öffnete sie. Mir war schon aufgefallen, dass ein großer Teil des örtlichen Weißweins nicht mehr verkorkt, sondern mit einem praktischen Schraubverschluss versehen war. Vermutlich, damit man nicht immer einen Korkenzieher mitführen musste, um auch unterwegs ein

Schlückchen trinken zu können. Überhaupt trank man den Fotos in Balthasars Alben zufolge gern außer Haus in der freien Natur.

Frank Michels stellte die Flasche vor uns hin. »Wie viele Gläser braucht ihr?«

»Vier.«

»Nein, nur drei«, widersprach ich. »Ich mache eine Rieslingpause.«

Prüfend beäugte mich Frank Michels. »Ihre Eltern lebten doch in Köln, oder?«

»Sie kannten meine Eltern?« Womöglich wurde es doch noch interessant.

Er schüttelte den Kopf. »Nein. Eigentlich nicht. Balthasar hat nur mal von ihnen erzählt.«

»Was denn?«, fragte ich.

»Weiß nicht mehr. Ist lange her.« Er schenkte ein Mineralwasser ein und goss anschließend einen klaren Schnaps in ein kleines, langstieliges Glas. Mit einem »Bitte schön« stellte er beides vor mich, leise aneinanderklingend folgten die drei Weingläser.

Ich hob das Wasser an meine Lippen, in einem Zug trank ich es leer.

»Donnerwetter«, sagte Julius Rainfels. »Gab es bei Ihnen heute Abend Fisch?«

»Schön wär's gewesen«, nuschelte ich.

Frank Michels wandte sich ab und kümmerte sich um die anderen Kunden am Stand, die Frau bediente ebenfalls. Sie war eine in die Jahre gekommene Naturschönheit, rotwangig, mit dickem brünettem Haar und einem bezaubernden Lachen.

»Ist das seine Frau?«, fragte ich Julius Rainfels.

»Ja, Esther. Frank und sie sind schon ewig zusammen.« Er goss einen Schluck Wein in eines der Gläser und hob es an.

Das Schwingen-Schnüffeln-Schlürfen-Ritual folgte, zweimal hintereinander. »Kann man trinken«, meinte er schließlich.

Meiner Vermutung nach war das so eine Art Kompliment eines Weinmachers an den anderen. Mehr Überschwang war wohl nicht drin.

»Wenn Frank dort ein alter Freund von Balthasar ist, weiß er bestimmt mehr über meine Eltern. Und darüber, warum meine Mutter keinen Kontakt mehr zu ihrem Bruder hatte«, überlegte ich laut.

»Haben Sie Geschwister?« Julius Rainfels verkostete einen weiteren Schluck.

Ich war leicht erstaunt über die Frage. »Nein, leider nicht. Als Kind habe ich mir immer einen Bruder und eine Schwester gewünscht, einmal habe ich Mama danach gefragt. Sie hat gelacht und gesagt: ›Für uns kam nur ein Babypaket an.‹«

»Hat auch Vorteile, keine zu haben«, murmelte Julius Rainfels.

»Wieso?« Ich guckte auf seine kräftigen Unterarme. Goldglänzende Härchen sprossen auf gebräunter Haut.

»Nur so.« Die grünen Augen richteten sich in die Ferne. »Bei fünf Kindern zu Hause gab's dauernd Ärger.«

»Sie waren zu fünft?«

Er nickte. »Nina und ich wollen höchstens eins.«

Die Formulierung erschien mir merkwürdig. So, als könne man auch ein halbes nehmen.

Ich wollte mindestens eins. Ein ganzes. Daniel wollte keins. Doch womöglich war da das letzte Wort noch nicht gesprochen.

Julius Rainfels und ich schwiegen, an die Weinbude gelehnt. Dabei sahen wir Frank und Esther Michels zu. Die beiden hatten gut zu tun. Esther wirkte vital und zupackend, ihr Lachen drängte die Lebensjahre auf ihrem Gesicht zurück, die Bewegungen waren grazil und energisch zugleich. Gedankenverloren drehte ich das Gläschen mit dem Trester zwischen meinen Fingern.

»Hallo, Liebling.« Eine Hand mit rosa Nägeln legte sich auf Julius Rainfels' Schulter. Ich wandte mich um, Nina Caspari und Herr Wientapper standen hinter uns.

»Ich wäre gern auch noch eine Runde Kettenkarussell gefahren«, verkündete er voller Elan.

»Ah, du hast schon bestellt.« Nina Caspari strahlte ihren Freund an.

»Ja. Riesling trocken.« Er goss die beiden anderen Gläser ein.

»Sie trinken Schnaps?« Zuckersüß blinzelte sie mir zu.

»Nur«, gab ich in vertraulichem Ton zurück.

Kurz darauf klangen vier Gläser aneinander.

»Auf den Fortbestand der Glück-Weine«, sagte Nina Caspari. »Unter Leitung derer, die etwas von Wein verstehen.«

Ich hob mein Glas unter die Nase und schnupperte. Trester war nicht meine Baustelle, allerdings roch er nicht schlecht. Vorsichtig ließ ich ein Schlückchen über die Zunge fließen, der Alkohol biss scharf in meinen Mund. Doch dann entfalteten sich rosinenartige Aromen, sie waren weich und rund. Ich trank den Rest.

»Wollen wir nachher noch in Mathieus Bar?« Nina Caspari befeuchtete mit der Zunge ihre rot geschminkten Lippen. »Wir könnten Jörg und die anderen dort treffen.«

»Ja, gern«, antwortete Herr Wientapper.

Ich war mir nicht sicher, ob »wir« ihn überhaupt beinhaltete.

Mich beinhaltete es nicht. Mir reichte es für heute.

»Ich möchte lieber nach Hause«, sagte ich. »Das heißt, rüber ins Weingut.« Mit einem Griff in die Hosentasche zog ich den kleinen Geldbeutel hervor.

»Lassen Sie stecken. Das übernehmen wir.« Julius Rainfels schob meine Hand zurück. Einen Augenblick irritierte mich die Bestimmtheit seiner Berührung.

»Okay. Danke.« Verabschiedend nickte ich in die Runde. »Noch einen schönen Abend. Herr Wientapper, ich lege den Haustürschlüssel hinter den rechten Lorbeertopf am Eingang. Sie kommen ja zurecht, oder?«

»Oh, ja. Und ich werde sicher wunderbar schlafen in meinem gemütlichen Zimmerchen unterm Dach.«

»Schlafen Sie auch gut.« Nina Caspari lächelte mich mit makellos weißen Zähnen an.

Wenige Minuten später überquerte ich die Moselbrücke zwischen den Stadtteilen Trarbach und Traben. Die Bewegung in der frischen Abendluft tat mir gut. Der Trubel des Weinfests klang vom Moselvorgelände zu mir herauf und entfernte sich schließlich. Nach einigen hundert Metern war mein Kopf klar. Ich kam am Weingut an. Es lag verlassen hinter der Bruchsteinmauer. Nur ein Haus, kein Zuhause.

10

»Wir könnten einen kleinen Umweg durch die Eifel machen.« Herr Wientapper streckte seine Beine aus, vom Beifahrersitz her dünstete mich ein Wölkchen Restalkohol an.

»Eher nicht, ich möchte auf direktem Weg nach Hause.« Beamen wäre mir am liebsten gewesen.

Es war kurz nach zwölf am Samstagmittag. Vor einer Dreiviertelstunde hatte ich mein Auto in Alfreds Werkstatt abgeholt. Alfred hatte ein schlimmes Lümmelgrinsen, stahlgraue Augen und ölverdreckte Hände gehabt. Er trug eine blaue Latzhose und ein Muskelshirt, das seinen Namen verdiente.

»Bar oder mit Karte?«, hatte er kaugummikauend gefragt. Oder in Naturalien?, hatte ich verstanden. Wahrscheinlich hatte er an jedem Finger fünf Dorfschönheiten. Mein Fall war er nicht, ich war einfach froh gewesen, als mein Auto von seinem Hof gerollt war.

Gerade fuhr ich bei Wittlich auf die Autobahn auf. Die Mosel lag schon etliche Kilometer entfernt. Es war schön, neue Leute kennenzulernen. Und manchmal auch, sie hinter sich zu lassen.

Ich hatte schlecht geschlafen. Ruth Hillenkamp war in der letzten Nacht ungefähr fünfmal über die knarzenden Dielen auf Toilette gegangen, jedes Mal rappelte die Badtür laut ins Schloss. Gegen vier machte ich das Licht an und betrachtete die Fotos in den beiden Alben. Ich strich mit den Fingerspitzen über die Bilder von meinen Eltern, starrte sie an, bis meine Augen brannten. Teilweise glaubte ich, Anspannung in ihrer Haltung und den Gesichtern zu erkennen, dann wieder sah ich nur die Freude. Es brachte mich zur Verzweiflung, mit keinem von beiden mehr sprechen zu können. Irgendwann war ich erschöpft eingenickt.

Als ich morgens um halb neun heruntergekommen war, war der Frühstückstisch wie in einer Pension gedeckt gewesen. Es wirkte auf mich weniger wie eine freundliche Geste, sondern eher so, als solle gar kein Zweifel daran aufkommen, dass ich Gast in diesem Haus und Selbstbedienung nicht angesagt war.

Herr Wientapper war wenig später dazugestoßen und hatte bei Kaffee und Marmeladenbrot munter vor sich hin geplaudert.

»Liebe Frau Hillenkamp, es war mir eine wirkliche Ehre, bei Ihnen zu Gast sein zu dürfen«, hatte er später bei der Verabschiedung gesagt. Ruth ließ ihm ein sprödes Lächeln zukommen, für mich gab es keins. Nur einen muffeligen Satz. »Lassen Sie uns wissen, was mit dem Betrieb passiert.«

»Natürlich. Das werde ich.«

Mein Fuß trat das Gaspedal herunter, wir zogen an einem Lkw vorbei. Herr Wientapper verschränkte seine Finger ineinander und ließ die Gelenke knacken.

»Also, ich an Ihrer Stelle würde das Weingut übernehmen.«

»Nee, Herr Wientapper. Sie an *Ihrer* Stelle würden das machen. An meiner hätten Sie was anderes im Leben vor.« Sportlich scherte ich auf die rechte Spur zurück. »Ich würde Ihnen den Betrieb sogar schenken. Bei der testamentarischen Verfügung geht das aber nicht.«

»Schade. Die Leute an der Mosel sind wirklich freundlich. Da ist alles viel sozialer, nicht so anonym wie bei uns in Köln.«

»Na ja, so anonym ist Köln nun nicht.« Und nette Leute gab es dort auch. Außerdem Cafés, Bars, Restaurants, Boutiquen und andere lebenswichtige Infrastruktur.

Ich blinzelte hinter den Gläsern meiner Sonnenbrille. Links und rechts der Autobahn rauschte die ländliche Umgebung vorbei, grün, bewaldet und strukturschwach.

»Gestern Abend waren wir noch in diesem Lokal, bei Mathieu«, sagte Herr Wientapper. »Ich habe einen Cocktail getrunken, so was Leckeres habe ich überhaupt noch nie probiert. Der hatte drei verschiedenfarbige Schichten, und am Glasrand hing eine sternförmige Frucht. Es hat ganz ausgezeichnet geschmeckt, nach Südsee und Aloha-Musik.« Er drehte den Kopf zu mir. »Da können Sie nicht sagen, an der Mosel sei es provinziell.«

Ich musste grinsen. »Sie vertragen ganz schön was.«

»Der Herr Rainfels, also Julius, wir haben noch Brüderschaft getrunken …«

Auweia, dachte ich.

»Der versteht was von Wein. Da gibt es sooo interessante Dinge. Wussten Sie zum Beispiel, dass er die meisten Weine spontan vergären lässt?«

Brauchen die ansonsten eine Einladung dazu?, fragte ich mich.

»Das heißt, er setzt dem Most keine Zuchthefen zu, sondern wartet, bis die im Keller rumschwirrenden Hefen die Gärung einleiten.«

Rumschwirrende Hefen? Die Vorstellung brachte ein Bild von weiß-rotem Absperrband und Gasmasken vor mein geistiges Auge.

»Bei diesen spontan vergorenen Weinen können natürlich auch Fehlgärungen passieren. Das kommt bei Julius aber so gut wie nie vor. Stattdessen haben seine Weine einen unverwechselbaren Charakter und sind ganz individuell. Er nennt das antiautoritären Ausbau – er begleitet die Weine wie ein guter Pädagoge und lässt sie sich entwickeln. Manche sind Waldorfschüler, andere Elitezöglinge.«

»Bitte was?«

Im Kofferraum befand sich ein Karton »Glück«-Sekt. Der musste lediglich gut schmecken, ich brauchte keine Pennäler in meinem Glas.

»Julius kennt seine Weine in- und auswendig. Da sind die Lage und das Terroir, das Lesegut als Ausgangsmaterial …«

Mein Handy klingelte. Es war mit der Freisprecheinrichtung im Auto verbunden, die Anzeige neben dem Armaturenbrett meldete einen Anruf von Valerie. Mit einem Tastendruck nahm ich ihn an. »Hallo, Valerie.« Dabei hoffte ich, dass sie über Lautsprecher nicht allzu viel von Sex reden oder ihren Chef einen miesen Halsabschneider nennen würde.

»Hi, Katharina. Bist du noch an der Mosel?«

»Nein, ich bin gerade mit Herrn Wientapper auf dem Rückweg.«

»Hat sich der alte Zausel gut amüsiert?«

»Du könntest ihn selbst fragen. Er hört mit.«

»Hmpf.« Kurz war es still. »Äh ... Herr Wientapper, Entschuldigung. Ist mir so rausgerutscht. Nehmen Sie's nicht persönlich.«

»Jaja. Schon gut.« Leicht pikiert sah er aus dem Seitenfenster.

»Gehen wir heute Abend in dieses neue Restaurant in der Südstadt? Ich muss dir unbedingt was erzählen.« Valerie kicherte. »Herr Wientapper, das erzähle ich Ihnen jetzt besser nicht.«

Ich verdrehte die Augen. »Meinetwegen. So gegen halb neun.« Vorher brauchte ich eine schöne Dusche und ein ausgedehntes Mittagsschläfchen. Die wurden gemeinhin unterschätzt oder nur älteren Leuten zugeschrieben. Dabei war der unter Eingeweihten gern »Emm Ess« genannte Termin die Vorbereitung auf einen gelungenen Abend. Oder auch schlicht notwendig, um überhaupt bis zum Abend durchzuhalten.

»Schön, dann bis später«, flötete Valerie aus dem Lautsprecher.

»Tschüss.« Eilig legte ich auf.

Wir fuhren schweigend weiter. Es war nicht viel los auf der Autobahn, mit hundertdreißig brausten wir dahin. Meine Sonnenbrille tönte den strahlend blauen Schäfchenwolkenhimmel ab.

Nach einigen Kilometern waren die Eifelmaare ausgeschildert.

»Da sind schon viele drin ertrunken«, brummte Herr Wientapper.

»Dann halten wir dort auf keinen Fall.«

»Landschaftlich soll es aber sehr schön da sein. Vor allem bei diesem Wetter.«

»Herr Wientapper, ich habe letzte Nacht kaum geschlafen. Unsere Mitbewohnerin hat eine schwache Blase und ist dauernd rumgegeistert. Ich will nach Hause.«

»*Ich* hab nichts gehört.«

Vor etlichen Jahren hatte ich einen Freund, Achim, der jede Nacht den grunzenden Eber gegeben hatte. Wenn ich mich darüber beschwert hatte, hatte er auch immer »*Ich* hab nichts gehört« gesagt.

Eigentlich brauchten Männer, irgendwo an ihrem Körper befestigt, einen Waschzettel, damit frau von Anfang an wusste, worauf sie sich einließ:

Schnarcht – ja/nein
Kann im Bett mehrmals hintereinander – ja/nein
Pupst/schmatzt/rülpst – ja/nein

Mein Handy gab den Ton einer empfangenen Nachricht von sich. Das wird aber auch Zeit, dachte ich. Daniel hatte sich seit gestern Mittag nicht mehr gemeldet. Es war immer blöd, wenn er sich nicht meldete. Doch wenn er mit Viola in einem schicken Hotel logierte und sie sich womöglich nicht mit Gurkenmasken zufriedengab, grenzte es an eine Zumutung, sich nicht zu melden.

Ich nahm das Telefon aus der Mittelkonsole. Mein Blick balancierte zwischen freier Fahrbahn und Display hin und her. Es gab eine neue SMS, eigentlich schickte mir Daniel keine.

Beiläufig tippte ich auf das Nachrichtensymbol. Sie war von Viola.

»Möchten Sie dafür nicht lieber auf dem nächsten Rastplatz halten?«, meinte Herr Wientapper. »Man soll doch beim Fahren nicht …«

»Ist von meiner Chefin. Wird nur was Kurzes sein.« Wenig interessiert huschten meine Augen zu den kleinen Buchstaben auf gelbem Grund.

Im nächsten Augenblick zuckten meine Arme. Der Wagen schlingerte nach rechts, dann in einer panischen Gegenbewegung in die Fahrspur zurück. Adrenalin schoss in meine Adern, Herr Wientapper krallte sich reflexartig an der Verkleidung der Beifahrertür fest.

»Du musst am Montag nicht mehr zur Arbeit kommen«, hatte ich gelesen. »Ich weiß alles.«

Fuck! Meine Hände umkrampften das Lenkrad im Bestreben, das Auto auf Kurs zu halten. Mein Herz schlug mir bis zum Hals, kalter Schweiß brach aus.

»Was ist denn los?«, fragte Herr Wientapper ängstlich.

Der Super-GAU war los. Um mich herum verschwamm die Landschaft, undeutlich nahm ich ein Schild wahr, das einen Rastplatz in einem Kilometer Entfernung auswies. Ich steuerte darauf zu, wie eine Ertrinkende auf eine Rettungsinsel.

Irgendwie erreichten wir die Abfahrt, mit hohem Tempo

rauschte ich hinein, bremste scharf ab und schlingerte in eine Parkbucht.

»Ihre Chefin schreibt wohl nichts Erfreuliches?«, erklang Herrn Wientappers unsichere Stimme.

»Nein«, japste ich, riss die Fahrertür auf und sprang aus dem Wagen. »Elender Mist!« Ich schlug aufs Autodach.

Herr Wientapper stieg ebenfalls aus. »Kann ich etwas tun?«

»Viola entlässt mich. Ich bin meinen Job los.«

»Wie … aber warum … Das geht doch nicht so einfach.«

Ich schob meine Sonnenbrille nach oben, die Helligkeit blendete mich. »Doch, Herr Wientapper. In dem Fall geht das.«

»Haben Sie sich was zuschulden kommen lassen?« Mit besorgter Miene kam er um den Wagen herum zu mir.

»Wie man's nimmt.«

Fragend hob er die Augenbrauen.

»Ich habe mich in den Mann meiner Chefin verliebt.« Da es ja nun auch andere Leute wussten, musste ich vor meinem Nachbarn kein Geheimnis mehr daraus machen.

»Ähm, nur verliebt oder auch …?«

»Oder auch.«

»Oh«, machte er und kratzte sich an seinem kahlen Kopf. Dann kerbte sich eine Denkfalte über seiner Nase ein.

»Juristisch ist das meines Erachtens dennoch kein belastbarer Kündigungsgrund.«

Ich guckte wie eine Kuh, wenn's donnert. »Meine Chefin weiß es. Unter diesen Umständen *kann* ich nicht weiter in der Agentur arbeiten.«

»Verstehe.« Er kam näher heran, väterlich strich er über meinen Oberarm. »Ich könnte weiterfahren, wenn Sie wollen.«

»Herr Wientapper, nichts für ungut. Aber Sie haben noch eine ziemliche Fahne.«

»Ach so?«

Ich nickte. Dann zeigte ich auf die wenig einladend wirkende Raststätte, einen braunen, klotzartigen Bungalow mit großen getönten Fensterscheiben. »Wir können dort einen Kaffee trinken. Gehen Sie doch schon vor. Ich muss kurz telefonieren.«

»Gut. Bis gleich.« Einen Moment hielt er inne. »Tun Sie nichts Unüberlegtes.«

»Nein, nein.« Was soll ich noch Unüberlegtes tun?, fragte ich mich. Das Kind war doch schon im Brunnen ertrunken.

Herr Wientapper entfernte sich Richtung Raststätte. Ich beugte mich ins Wageninnere, griff nach meinem Handy und wählte Daniels Nummer.

Während der Rufton an mein Ohr klang, lief ich wie ein Tiger im Käfig hin und her. In einigen Metern Entfernung steuerte eine Familie mit zwei semmelblonden Kindern auf einen Van mit holländischem Kennzeichen zu. Der Junge hatte ein Plüschschwein im Arm.

»Hier ist die Mailbox von ...«, hörte ich, »... Daniel Schaller«, vervollständigte Daniels Stimme die Ansage. »Hinterlassen Sie eine Nachricht nach dem Signalton.«

»Daniel, was ist passiert?«, haspelte ich. »Viola hat mir eine SMS geschickt, sie hat mir gekündigt. Wir müssen dringend reden.« Meine Worte überschlugen sich. »Ruf mich zurück. Sofort, wenn du das hörst, ja?«

Ich legte auf, nur um direkt wieder anzurufen. Und natürlich wieder die Mailboxansage zu hören. »Dringend«, rief ich ins Telefon. »Bitte.«

Nur mühsam konnte ich mich von einem dritten Anruf abhalten. Ich steckte mein Handy in die Hosentasche, lief los und holte Herrn Wientapper ein.

Wenig später saß er vor einem Pott schwarzem Kaffee und ich vor einer Cola, in der drei Klumpen Eis und ein hauchdünnes Scheibchen Zitrone schwammen. Auf dem Tisch lagen Krümel von den Gästen vor uns, es roch nach Frittenfett.

»Was ist denn schlimmer?«, fragte Herr Wientapper. »Das mit dem Job oder mit dem Mann?«

Draußen fuhr der holländische Van los, der Junge drückte Hände und Nasenspitze an die Autoscheibe.

»Ich habe wahnsinnige Angst, den Mann zu verlieren«, antwortete ich.

Mir war klar, dass Viola Daniel ein Ultimatum stellte. Dabei würde sie es so einrichten, dass es ihm schwerfiel, sich gegen sie zu entscheiden.

Herr Wientapper nickte bedächtig. »Ja. Einen neuen Arbeitsplatz finden Sie bestimmt rasch wieder, so intelligent und fleißig, wie Sie sind.«

Gerade fühlte ich mich alles andere als das.

Das Telefon in meiner Hosentasche vibrierte. Ich riss es heraus. Daniel.

Hoffnung und Angst explodierten in meinem Bauch, ich schoss vom Stuhl hoch, tippte auf das grüne Hörersymbol.

»Daniel. Endlich.«

»Hi«, sagte er knapp. »Schöne Scheiße.«

»Wieso weiß Viola von uns?« Ich eilte zum Ausgang der Raststätte.

»Verbindungsprotokolle auf meinem Handy.«

»Du hast doch eine Zugangs-PIN, kennt Viola die etwa?« Die Glastür öffnete sich automatisch, ich trat raus ins helle Tageslicht.

»Ich ändere die Zahlen öfter, und die Nachrichten, die du und ich uns schreiben, lösche ich. Viola hat sich gestern Abend mein Handy geliehen, um schnell was im Internet nachzusehen. Dabei hat sie wohl auch gezielt was anderes nachgesehen und bemerkt, dass wir häufiger telefonieren.« Daniel klang hart und sauer.

»Du kannst mich aus anderen Gründen angerufen haben.« Im selben Augenblick wusste ich, dass der Einwand naiv war.

»Katharina, bitte. Viola ist nicht blöd. Außerdem schien sie bereits einen Verdacht zu haben.«

Ich schwieg. »Und jetzt?«, fragte ich schließlich leise.

»Und jetzt, und jetzt«, blaffte Daniel. »Ich sitz total in der Scheiße. Meine Ehe steht auf dem Spiel. Weißt du, was das bedeutet?«

»Äh … mein Job ist weg.«

Es war still in der Leitung.

»Entschuldige bitte«, sagte Daniel nach ein paar Sekunden. »Natürlich. Das ist Mist.«

Angst umklammerte mein Herz. »Wir sehen uns doch weiter?«

»Du, hier brennt die Hütte. Ich muss erst mal abwarten, was … Lass uns in ein paar Tagen noch mal telefonieren.«

Ich stockte. »Heißt das, du entscheidest dich für Viola?«

»Katharina, setz du mir bitte nicht auch noch die Pistole auf die Brust. Ich kann nur … Gerade geht es um Schadensbegrenzung.«

»Bitte was?«

»Du, ich muss auflegen. Tschau.«

Das Klicken in der Leitung glich dem des Abzugs an einem Revolver. Alles um mich herum verschwamm in einer riesigen Lache aus Verzweiflung. Ein Teil von mir war weggerissen worden. Von einer Sekunde auf die nächste.

Das geht nicht, hämmerte es hinter meiner Stirn. Er kann nicht einfach so aus meinem Leben verschwinden. Vor ein paar Tagen waren wir uns noch so nah.

Und wir hatten uns auf das Wochenende in Hamburg gefreut. Wir hatten Pläne.

Taumelnd begab ich mich in die Gaststätte zurück.

»Kann sein, dass Sie doch fahren müssen«, sagte ich tonlos zu Herrn Wientapper.

»So schlimm?«

Ich heulte den ganzen Rückweg.

11

»Eeh, was für eine miese Schlampe! Schnüffelt die im Handy von ihrem Mann rum. Das ist echt das Letzte.« Valerie stellte ihr Glas Multivitaminsaft ab und verschränkte die Arme vor der üppigen Brust. »Gut, ich hätte das an ihrer Stelle wahrscheinlich auch gemacht. Aber trotzdem.«

Der Mittagsschlaf war ausgefallen. Zwar hatte ich ungefähr zwei Stunden auf meinem Bett gelegen, allerdings nur, um die Kissen vollzuschluchzen. Irgendwann hatte ich Valerie angerufen.

»*Was* hat der gesagt? So ein Schuft. Ich komme gegen sieben bei dir vorbei. Vorher schaffe ich's nicht. Halt durch.«

Sie war eine echte Freundin.

Wir saßen in meinem Wohnzimmer, der Tisch lag voller zerknüllter Papiertaschentücher.

»Wenn du mich fragst, ich würde die Kündigung nicht akzeptieren«, erklärte Valerie. »Wo kämen wir denn hin, wenn vögeln ein Entlassungsgrund wäre? Es gibt doch eh schon so viele Arbeitslose.«

Ich griff ein weiteres Taschentuch aus der Packung und schnäuzte mich. Meine Augen glichen Schlitzen in Tomaten.

»Heute Nachmittag habe ich meine Mails gecheckt. Natürlich in der Hoffnung, eine von Daniel zu lesen.« Ich schniefte. »Stattdessen hat mir Viola eine geschickt. Sie schreibt was von gravierendem Vertrauensverlust und richtet zudem die Kündigung betriebsbedingt ein. Bei der momentanen Auftragslage in der Agentur kommt sie wohl damit durch. Sie schreibt, dass ich ab sofort freigestellt bin und sie mir meine persönlichen Sachen zuschicken lässt.«

»Tss. Eiskalt abserviert.« Valerie stand auf und ging zum Kühlschrank. »Lass mal sehen.« Sie packte Butter, Käse, Schinken und ein Glas Gürkchen auf den Tisch, griff ein paar Scheiben Brot aus der Tüte auf der Anrichte und nahm Teller und Messer aus dem Küchenschrank.

»Ob ich Daniel anrufen soll?«, fragte ich leise.

»Bist du irre? Du kriechst dem doch nicht hinterher.«

»Nicht?« Wieder trompetete ich ins Taschentuch. »Vielleicht lässt er sich ja doch scheiden. Er liebt Viola nicht mehr.«

»Als wäre das ein Scheidungsgrund.« Valerie setzte sich. Sie begann, dick Butter auf eine Scheibe Brot zu streichen. »Dass man sich nicht mehr liebt, ist bestimmt bei achtzig Prozent der Ehen so. Als Scheidungsgrund taugt das nicht. Mein Chef zum Beispiel, der kann seine Frau noch nicht einmal mehr leiden. Lamentiert die ganze Zeit rum, dass sie bloß sein Geld ausgibt. Als würde er morgen verhungern.« Valerie legte Käse und Schinken übereinander aufs Brot. »Aber scheiden lässt der sich nicht.«

Mit der Messerspitze angelte sie ein paar Gürkchen aus dem Glas, schnitt sie einmal durch und drapierte sie nebeneinander auf die Schinkenschicht. Anschließend balancierte sie das Gebilde zum Mund. Genüsslich biss sie hinein und kaute mit vollen Backen.

»Ich kann nicht mehr bis nachher im Restaurant warten, ich hab richtigen Hunger.« Sie schmatzte. »Los, iss auch was. Du siehst aus wie das wandelnde Elend.«

»Ich kriege nichts runter.«

»Das sollte mir mal passieren. Wegen Männern nehme ich höchstens zu, nicht ab.«

»Hm.«

Während Valerie weiteraß, beäugte sie mich prüfend. »Hast du etwa schon versucht, Daniel anzurufen?«

Ich zerknüllte das Taschentuch in meiner Hand. »Höchstens so drei, vier Mal. Er ist nicht rangegangen.«

Valerie rollte die veilchenblauen Augen. Sie strahlten in einem Porzellanteint-Gesicht mit zart geröteten Wangen, und die weit ausgeschnittene Leinenbluse traf ihren Farbton. Meine Freundin sah hinreißend aus.

»Ein Mann auf der Flucht ist wie ein Pferd auf der Flucht. Wenn du ihm hinterherrennst, fängst du es nie wieder ein«, sagte sie.

Klug war sie auch.

»Du musst an der Koppel stehen und mit einer leckeren Mohrrübe winken. Alles andere ist zwecklos.«

»Aha.« Zögerlich griff ich nach dem Glas Saft vor mir und trank einen Schluck. Von draußen fiel die Abendsonne durchs Fenster. Wie ein stechender Schmerz durchfuhr mich die Erinnerung daran, dass ich noch vor Kurzem ihre Strahlen neben Daniel liegend auf meiner Haut gespürt hatte. »Und woher bekomme ich so eine leckere Mohrrübe?«, fragte ich matt.

Valerie machte eine kreisende Handbewegung, die nur bedeuten konnte, dass ich leicht begriffsstutzig war. »Es gibt nur eine Art von Mohrrübe, die da zieht: ein anderer Mann. Das ist doch wohl logisch.«

»Klar«, murmelte ich. »Wie hab ich da nicht drauf kommen können.« Ich sah mich auf einer Weide stehen, ein prachtvoller schwarzer Hengst graste in weiter Ferne, und der Kerl neben mir öffnete seinen Hosenstall.

»Köln ist voller Männer«, stellte Valerie fest. Aus ihrer Sicht war das ganz bestimmt so.

Zwei Gürkchenteile rutschten vom Käse-Schinken-Belag. Valerie klaubte sie vom Teller und zerkaute sie knackend. »Wenn du eh arbeitslos bist, könntest du dir sogar an der Mosel einen suchen.«

»Hä?«

Sie stopfte den Rest des Brotes in ihren Mund. »Als Weingutsbesitzerin hast du bestimmt eine super Auswahl. Dann bringst du den Typen mit nach Köln, und ihr geht euch BMWs angucken.«

Mein Kopf sank auf die Tischplatte. Das Holz war kühl an meiner Wange, ich wollte ihn nie wieder hochheben. Die Taschentücher vor mir glichen zerklüfteten weißen Bergen.

»Jetzt zieh dir erst mal was Gescheites an und bring dein Gesicht in Ordnung – auch wenn das nicht einfach wird. Hast du Kühlpacks im Gefrierschrank?«

»Glaub schon.«

Warum konnte ich mich nicht einfach ins Bett schleppen und abwarten, dass mich herumschwirrende Hefen auffraßen?

Valerie öffnete den Eisschrank, zog knirschend das oberste

Fach auf und nahm ein blaues Gelpack heraus. Sie wickelte es in ein Geschirrhandtuch und legte es vor mir auf den Tisch.

»Auf die Glubschis damit«, befahl sie.

»Wieso?«, jammerte ich. »Ich will nicht aus dem Haus.«

»Es geht gerade nicht darum, was du *willst*. ›Liebeskummer allein zu Haus‹ ist ein ganz schlechter Film. Als Ärztin sage ich dir, dass du unter Leute musst.«

»Du bist *Zahn*ärztin.« Widerwillig hob ich den Kopf und presste das kalte Stoffpaket auf meine Augen.

»Das zählt auch. Außerdem habe ich einen Tisch reserviert und möchte was Gescheites essen. Du kommst mit.« Widerspruch erschien mir zwecklos. »Zieh aber bloß nix Witwenschwarzes aus deinem Kleiderschrank. Das Hängerchen, das du da trägst, ist was für Möhnen. Du brauchst frische Farben, Pink, Azurblau, so was halt. Am besten, ich such dir was raus.« Sie stand auf und verließ das Wohnzimmer.

Ich hörte das Geräusch der sich öffnenden Schiebetür meines Kleiderschranks. Seufzend schob ich das Kühlpack von den Augen zur Stirn hoch und folgte Valerie.

***

Eine Dreiviertelstunde später saß ich ihr in einer zitronengelben Bluse und weißen Marlenehosen an einem kleinen quadratischen Tisch gegenüber. Das Restaurant hieß »Mansion House« und war gut besucht. Gedämpfter Jazz mischte sich in dem clean und chic gehaltenen Raum mit dem Stimmengewirr der Gäste. Sie hatten Champagnerflöten oder bauchige Rotweingläser vor sich. Die Gerichte wurden statt auf Tellern auf länglichen Platten serviert. Die einzelnen Komponenten waren darauf nebeneinander angeordnet, sodass man sich von rechts nach links oder umgekehrt essen konnte: Garnele, Kräuterrisottokegelchen, Brokkoliröschen. Saltimbocca, Tomatenpastahäufchen, Salatblättertürmchen. Die Menükarte war trotz der chen-Portionen hochpreisig.

Ich schlug eine weitere Seite des großformatigen, ledergefassten Œuvres um. »Vegetarisches« stand am oberen Rand des dicken Papiers.

Eine Vorspeise hätte mir eigentlich gereicht, es gab sie schon ab vierzehn Euro. Alternativ brauchte ich irgendwas, das gut rutschte, Trauer und Enttäuschung schnürten mir die Kehle zu.

An der Wand links von mir hing ein riesiges Bild, das drei kernige Kerle in Anzugwesten rauchend und whiskeytrinkend beim Kartenspiel zeigte. Man meinte, aus der unteren Bildkante Testosteron tropfen zu sehen. Der mit der Zigarette im Mundwinkel glich Daniel, am liebsten wäre ich aufgestanden und hätte das Ding umgedreht, mit dem Gesicht zur Wand.

»Cooles Bild«, sagte Valerie mit einem Seitenblick und rekelte ihren Oberkörper an der Lehne des Stuhls. »Ich würde gern was bestellen.« Sie fixierte den Theker hinter der mahagonifarbenen Bar. Er war kräftig, glatzköpfig und hatte ein Grinsen, das mich frappant an das von Alfred, dem Autoschrauber, erinnerte. Unter den Ärmeln seines weißen Hemds zeichneten sich beeindruckende Bizepse ab. Ein Edelstahlshaker tanzte in seiner prankenartigen Hand auf und ab.

Die junge blonde Servicekraft kam an unseren Tisch.

»Haben Sie gewählt?« Sie trug eine schwarze Fliege um den nackten Hals, der Blusenkragen stand offen.

»Ich nehme ein Mineralwasser und die Tagliatelle mit Steinpilzen«, sagte ich.

»Spannend.« Valerie sah über ihre Karte hinweg zu mir. Dann wandte sie sich an die Kellnerin.

»Ich hätte gern einen Cocktail. Aber nicht irgendeinen. Ich habe da etwas ganz Bestimmtes im Sinn, fruchtig, herb, nicht zu süß. Sicher kann mich der Herr hinter der Theke beraten?«

Gute Güte, dachte ich.

»Ich würde Ihnen unsere Champagnercocktails empfehlen«, meinte die Bedienung.

»Ach bitte, ich bevorzuge da schon den Rat eines Experten.« Valerie lächelte liebenswürdig. »Darüber hinaus nehme ich den Rotbarsch.«

»Wie Sie wünschen.« Die Blonde sammelte unsere Menükarten ein und begab sich zur Theke. Die linke Augenbraue des Thekers hüpfte nach oben, während sie mit ihm sprach.

»Hast du dein Beuteschema auf Cocktailmixer eingeengt?«, raunte ich. »War der letzte so toll?«

»Ich bin nach wie vor für alles offen.« Valerie schmunzelte. Der Barmann kam heran.

»Meine Damen«, sagte er mit einer Bassstimme, die mir zugegebenermaßen einen Schauer über den Rücken schickte. »Was kann ich für Sie tun?«

»Hallo«, hauchte Valerie. »Ich möchte einen Cocktail, bin aber nicht sicher, welchen. Sie kennen sich doch aus?«

»Ein wenig.« Ich kenne mich so was von aus, stand in dem Alfred-Grinsen. »Welchen Duft tragen Sie?«

Valeries schmaler Nasenrücken kräuselte sich. »Wie bitte?«

»Tragen Sie eher leichte Zitrusnoten oder etwas Blumiges? Bei Ihnen könnte es auch ein Vanilleton sein. Generell hat Ihr Duft sehr viel damit zu tun, welchen Geschmack Sie bevorzugen.«

»Tatsächlich?« Valerie klang interessiert. »Das wusste ich nicht.«

»Beides wiederum hat sehr viel mit Ihrer Persönlichkeit zu tun«, gab der Barmann verbindlich zurück.

Wow, dachte ich. Cocktail- und Parfumpsychologie.

»Auf jeden Fall trage ich nichts mit Veilchen«, sagte Valerie und zwinkerte mir zu. »Viola ist total out. Ich bevorzuge eine ausgewogene Mischung aus Kopf- und Herznoten. Wobei abends eher das Herz im Vordergrund steht.« Sie senkte die Lider. »Wenn Sie verstehen, was ich meine.«

Wie könnte er es nicht verstehen, dachte ich.

»Sicher. Ich glaube, ich habe etwas Passendes für Sie. Das mixe ich gern auch privat, für Freunde.« Der kahle Schädel neigte sich leicht nach vorn. »Champagner, Aprikose, ein Hauch Cayennepfeffer.«

»Sehr schön.« Valerie setzte ihr bezauberndstes Lächeln auf. »Ich freue mich.«

Der Barmann blinzelte wissend und ging zur Theke zurück. Seine Beine glichen Baumstämmen.

»Du bist unmöglich«, maulte ich. »Frau Nimmersatt auf großer Reise.«

»Ach, Quatsch.« Valerie winkte ab. »Das ist doch nur ein Spiel.«

»Und was hast du davon?«

»Keine Ahnung.« Sie klappte die Unterlippe nach vorn. »Ein bisschen Spaß und zumindest keinen Liebeskummer.«

»Hmpf.« Schon wieder ziepte es im oberen Teil meiner Nase, so wie es immer war, bevor sich die Tränenkanäle füllten.

»Was wolltest du mir denn erzählen?«, fragte ich eilig, um das Thema zu wechseln. »Du hast heute Mittag am Telefon davon gesprochen, als ich noch auf dem Rückweg von der Mosel war. Geht es um lustige Abenteuer mit Barmann eins?«

Am Tisch schräg gegenüber von uns saß ein Pärchen, das etwa in unserem Alter war. Die rechteckigen Teller standen vor den beiden, der Mann aß, die Frau rührte ihr Essen kaum an. Sie hatte schon eben nicht besonders glücklich gewirkt, mittlerweile sah sie aus, als habe sie auch ein Ziepen in der Nase.

Valerie legte ihre gepflegten Hände auf die blütenweiße Tischdecke. »Es hat auch mit Barmann eins zu tun«, sagte sie, dabei wechselte ihr Ausdruck zu dem eines Weihnachtsengels. »Marc ist echt süß und bietet im Bett wirklich Erfreuliches. Aber viel wichtiger ist …« Sie hielt inne.

Die Kellnerin war mit einem Tablett herangekommen. Darauf standen ein langweiliges Mineralwasser und ein kelchartiges Glas mit einer gelblichen Flüssigkeit. Die Deko des Cocktails ließ, assoziativ gesehen, keine Fragen offen: eine knallrote Cocktailkirsche, in die Mitte einer Orangenscheibe gespießt, und ein kleiner Ananasphallus am Glasrand.

»Bitte schön.« Mit gekonntem Schwung wurden die Getränke vor uns auf dem Tisch platziert.

»Danke«, murmelte ich. Die Sprudelblasen in meinem Glas glitzerten sich nach oben.

Valerie griff nach ihrem Cocktail. Lächelnd prostete sie dem Barmann zu, schob den Strohhalm zwischen ihre Lippen, sog und schloss genießerisch die Augen. »Mhh«, machte sie. *»Just what the doctor ordered.«*

Eine Träne lief über das hübsche Gesicht der Frau am Nachbartisch. Sie schüttelte ihre rotbraune Mähne zurück und funkelte ihren Begleiter an.

»Also, viel wichtiger als die vergnügliche Nacht mit Marc«, Valerie nahm den Faden wieder auf, »ist die Tatsache, man könnte auch sagen, der glückliche Zufall …«

Die Frau gegenüber trank ihr Rotweinglas in einem Zug leer und goss sich nach.

»Dass er der Halbbruder meiner Studienkollegin Miriam Feldhorst ist. Die wiederum hat vor Kurzem eine Praxis in Neustadt-Nord eröffnet und sucht einen Teilhaber.« Valerie strich sich eine Haarsträhne hinters Ohr. »Oder eine Teilhaberin. Ich habe schon mit ihr telefoniert. Übermorgen fahre ich nach der Arbeit in ihre Praxis.«

»Nein«, sagte die Frau gegenüber laut. »Ich verstehe das nicht!«

Ein paar Gäste schauten zu ihr hin. Der Mann legte seine Hand auf ihre, sie zog sie weg. Ihre Lippen verkniffen sich zu einem schmalen Strich.

Valerie runzelte die Stirn. »Das Tolle ist«, sprach sie weiter, »dass ich mit wenig Eigenkapital einsteigen könnte. Meinen Anteil kann ich quasi über die Gewinnerwirtschaftung erarbeiten.«

»Ich kann so nicht weitermachen«, schallte es durch das Lokal. Die Halsschlagader der Frau am Nachbartisch schwoll an, ihr Kinn zitterte. »Es ist vorbei! Wie soll ich dir noch vertrauen?«

»Sibel, bitte«, versuchte der Mann zu beschwichtigen. »Lass uns in Ruhe darüber reden.«

Sie sprang auf und griff nach dem Rotweinglas.

Oha, dachte ich. Schon schüttete sie es ihrem Begleiter ins Gesicht. Jemand im Lokal schrie auf.

Eine Sekunde stand die Frau wie gelähmt da. Dann drehte sie sich um und lief Richtung Ausgang.

Der Mann schoss von seinem Stuhl hoch, Rotwein triefte über sein weißes Hemd und die dunklen Locken.

»Warte«, rief er und stürmte der Frau hinterher.

Sie drückte die schwere Glastür auf, huschte hindurch. Der Mann setzte seinen nächsten Schritt in den Ausgang. Mit aller Wucht warf die Frau die Tür zu. Ein hohler Knall ertönte, Glas auf Schädelknochen.

Der Mann taumelte, benommen sackte er zu Boden. Er lag auf den Marmorfliesen, Arme und Beine von sich gestreckt.

»Oh, mein Gott«, schrie eine hohe Stimme. »Wir brauchen einen Arzt.« Eine stark geschminkte Frau gestikulierte mit ihrer zerknüllten Serviette.

»Ich bin Ärztin.« Valerie war aufgestanden. Ihr Blick scannte den Mann, sein attraktives Gesicht mit den geschlossenen Lidern und den hohen Wangenknochen. Auf ihren High Heels stöckelte sie zu ihm und ging neben ihm in die Hocke.

Das feuchte rotfleckige Hemd klebte an seiner Brust, Valerie fühlte den Puls an der Halsschlagader und kontrollierte die Atmung. Schließlich klopfte sie ihm sachte auf die Wangen.

»Hallo, hören Sie mich?«, fragte sie laut. »Hallo!« Ihr Kopf war direkt über seinem.

Ein Muskel in seinem Gesicht zuckte. Flackernd öffneten sich die Augen. Er sah Valerie direkt an, seltsam verklärt, als komme er von weit her. Seine hübschen Lippen hoben sich zu einem fragenden Schmunzeln. Valerie wirkte erstaunt, dann erwiderte sie das Lächeln.

Unwillkürlich musste ich an Dornröschen und den Prinzen denken – an Dornröserich und die Prinzessin, um genau zu sein.

»Was ist passiert?«, fragte der Mann.

»Sie sind mit voller Wucht gegen die Tür gelaufen«, antwortete Valerie sanft und wandte sich ins Lokal um. »Könnten wir bitte einen Eisbeutel haben?«

Ein Kellner eilte am Tresen vorbei in die Küche.

»Können Sie aufstehen?«, fragte Valerie den Verletzten.

»Ich glaube schon.«

Zahlreiche Gäste hatten sich von ihren Plätzen erhoben, zwei Männer kamen heran und halfen ihm auf.

»Vorsichtig«, mahnte Valerie. »Nehmen Sie erst einmal dort an unserem Tisch Platz.«

Der Mann machte ein paar unsichere Schritte, die ihn zu dem Stuhl neben mir führten.

»Hier, trinken Sie einen Schluck.« Valerie reichte ihm mein Mineralwasser. Er trank. Der Kellner brachte einen Eisbeutel.

»Legen Sie das auf Ihre Stirn.« Vorsichtig drückte Valerie den in ein Tuch eingeschlagenen Beutel an den Kopf des Mannes. Er hielt ihn fest, dabei wandte er seinen Blick nicht von ihr ab.

»Mein Name ist Raoul. Danke, dass Sie mich gerettet haben.« Ich nahm einen leichten Schweizer Akzent wahr sowie eine kräftige Röte, die in Valeries Gesicht stieg. Das war bei ihr so selten wie Aprilschnee und ein Zeichen für ungewöhnliche Vorgänge in ihrem Inneren.

»Keine Ursache«, hauchte sie.

»Am besten gehe ich jetzt wohl nach Hause«, sagte Raoul.

Valerie zögerte, ich sah es förmlich hinter ihrer Stirn arbeiten. »Kümmert sich dort jemand um Sie?«

Raoul stieß ein kurzes Lachen aus. »Ich glaube kaum. Wenn ich mich recht erinnere, ist meine Freundin meine Ex-Freundin.«

»Vielleicht hat sie es nicht so gemeint«, warf Valerie ein.

»Da kennen Sie Sibel schlecht. Die meint genau das, was sie sagt.« Raoul nahm den Eisbeutel von der Stirn und betrachtete sein Hemd. »Umziehen sollte ich mich auch.« Er griff nach dem Mineralwasserglas und trank. Fast verschluckte er sich. »Oh, Entschuldigung.« Seine haselnussbraunen Augen richteten sich auf mich. »Ich glaube, das ist Ihr Wasser.«

»Kein Problem, bedienen Sie sich.« Mein Mund war trocken, ich streckte meine Hand nach Valeries Cocktail aus. »Es gibt noch andere Getränke.«

Mein Instinkt sagte mir, dass Valerie dieses nicht mehr trinken würde. Also sog ich an dem schwarzen Strohhalm. Die Geschmacksexplosion auf meiner Zunge war große Klasse. Der Barmann verstand sein Handwerk.

»Ich kann Sie nach Hause bringen«, sagte Valerie.

Warum wundert mich das nicht?, dachte ich.

»Ich bin Ärztin. Es wäre gut, wenn Sie noch etwas unter Beobachtung wären. Falls es Ihnen schlechter geht, müssen Sie in ein Krankenhaus. Kommen Sie, mein Wagen steht um die Ecke.«

Mit einem schlürfenden Geräusch beförderte ich mehr von der Champagnerwunderbrause in meinen Mund.

»Das ist sehr nett von Ihnen.« Raoul wirkte ehrlich dankbar.

»Katharina, ist das okay für dich?«, fragte mich Valerie. »Mein Essen kann ich sicher noch abbestellen.«

»Ja, klar. Ich meins auch, ich habe eh keinen Appetit.«

»Natürlich übernehme ich Ihre Getränke.« Raoul winkte der Kellnerin. »Zahlen, bitte.«

Kurz darauf verließ meine Freundin mit einem gehirnerschütterten, rotweingetränkten Schönling das Lokal.

Ich leerte ihren Cocktail, von dem Alkohol spürte ich leider überhaupt nichts. Das heißt, ich war nüchtern, als ich mein Handy aus der Tasche zog und Daniels Nummer wählte.

Ein Rufton erklang. Ein Klicken.

»Katharina, bitte!«

Ich erschrak zu Tode. »Daniel«, stammelte ich. »Wir müssen reden, uns sehen.«

»Das geht nicht.« Im Hintergrund war ein Rauschen zu hören – wie das einer Toilettenspülung. »Ruf mich erst mal nicht mehr an«, sagte er gedämpft. »Ich melde mich, sobald ich die Dinge mit Viola geklärt habe.«

Geklärt habe? Gab es Hoffnung auf ein klärendes … Abschiedsgespräch?

»Heißt das, du trennst dich vielleicht?«

»Ich melde mich.« Er legte auf.

Mein ganzer Körper begann zu zittern, Hoffen und Bangen überwältigten mich. Ich hastete aus dem Restaurant.

Auf den Gehwegen flanierten Menschen plaudernd und lachend in den Samstagabend. Wie in Trance lief ich an ihnen vorbei, wusste nicht, wohin, aber ich konnte nicht stehen bleiben.

Ich bog mal links und mal rechts ab, durchkreuzte das Viertel ohne Ziel, passierte Kneipen, Restaurants, Boutiquen, Wohnhäuser. Meine Absätze klackerten auf dem Asphalt, die Luft kühlte mein Gesicht. Er trennt sich, soufflierte mir die Hoffnung bei jedem Schritt. Bitte. Bitte. Bitte.

In einigen Metern Entfernung ragte das Schild eines französischen Restaurants in den Abendhimmel. »Petit Espoir« stand in geschwungener Schrift darauf. Ich verlangsamte mein Tempo, vor den großen Fenstern blieb ich stehen.

Spitzengardinchen hingen an den Scheiben, im Gastraum aßen und tranken Menschen an Tischen mit rot karierten Decken. Ich sah in das warme Licht.

Eiseskälte überlief mich.

An einem der Tische saß Daniel, ihm gegenüber Viola. Seine Hand lag auf ihrer, der zärtliche Blick, den er ihr zuwarf, ließ mir das Blut in den Adern gefrieren.

12

Die Bandnudeln rutschten auf hellbrauner Soße Violas Mähne bis zu den Schultern herunter. Tagliatelle mit Steinpilzen, fast hätte ich laut gelacht. Ich knallte den leeren Teller auf den Tisch. »Du hast Daniel nicht verdient«, rief ich. »Außerdem bist du eine miese Chefin. Schon immer gewesen.« In Rage goss ich den Weißwein aus einem der beiden Gläser der Nudelpampe hinterher. Daniel sprang auf.

In dem Moment wurde mir klar, dass etwas nicht stimmte.

Eigentlich hätte ich den Teller über Daniels Kopf leeren sollen.

Aber das konnte ich nicht. Auf Viola war ich unglaublich sauer, bei Daniel war ich ganz leer.

Ich blinzelte, das Bild der triefenden Viola verschwand aus meiner Phantasie. Immer noch stand ich vor dem Restaurant.

Plötzlich begann sich alles um mich herum zu drehen, wie auf dem Fahrgeschäft an der Mosel. Meine Hand streckte sich vor und tastete haltsuchend an die kühle Scheibe des Lokals. Dünnes Glas, das mich von der gemütlichen Atmosphäre im Inneren trennte. Und von meinem Ex-Geliebten.

Ein Gast drehte den Kopf zum Fenster, verwundert sah er mich an. Ich zwang mich, ein paar Schritte weiterzugehen. In einem benachbarten Hauseingang sank ich zusammen.

Wenn einen fremde Menschen fragen, ob alles in Ordnung sei, während man kauernd auf dem Boden sitzt, ist so gut wie nichts mehr in Ordnung.

Ich rief mir ein Taxi. Als es vor dem »Petit Espoir« anhielt, schleppte ich mich hin, ließ mich auf den Rücksitz fallen und fuhr nach Hause.

***

Die Nacht war eine Katastrophe, der Sonntag darauf das reine Elend. Ich schaffte es gerade so vom Bett bis zum Sofa, wo ich neben dem Plüschschwein von der Schießbude hing. Eine Weile starrte ich an die Wand, irgendwann glotzte ich amerikanische Serien in mich rein.

Nach einer Tüte Chips, einem Dutzend Lakritzschnecken, anderthalb Flaschen Malzbier und einer halben Schachtel Mon Chérie war mir so schlecht, dass ich für kurze Zeit meine Trauer vergaß. Schmerzverlagerung.

Am Nachmittag rief ich Valerie an.

»Hi, Katharina«, begrüßte sie mich bester Laune. »Raoul ist eben erst weg.« Sie lachte. »Ich kann kaum noch sitzen.«

Am liebsten hätte ich direkt wieder aufgelegt. Stattdessen erzählte ich ihr knapp vom Ausgang des Samstagabends.

»Ich hab dir doch gesagt, dass Daniel sich nicht trennt«, meinte sie.

»Hm.«

»Soll ich bei dir vorbeikommen?«

»Nee, lass mal.« Eine aufgekratzte Valerie, die darauf bestehen würde, dass ich unter Leute musste, verkraftete ich gerade nicht.

»Okay, Süße, dann nehme ich jetzt ein Bad. Wir telefonieren morgen, ja?«

»Ist gut.« Ich legte auf.

In Pyjamahose und ausgeleiertem T-Shirt schlurfte ich in die Küche und kramte eine Packung Salzbrezelchen aus dem Vorratsschrank.

Ein paar Stunden später wurde es draußen dunkel, Alptraumtag eins meines arbeitslosen Singlelebens war vorbei, ich wankte ins Bett.

***

Am Montagmorgen wachte ich vom Knall der zugeschlagenen Haustür meines Nachbarn auf, fand es viel zu früh, um aufzustehen, und schlief weiter. In einem meiner wirren Träume trug Daniel ein Gurtzeug um den Oberkörper und war vor einen Schlitten gespannt, auf dem Viola wie eine Eiskönigin saß. In einem plötzlichen Szenenwechsel lief ich mit ihm auf eine sonnige Waldlichtung zu, ein kleines Blockhaus mit offener Tür erwartete uns.

Das Klingeln meines Handys weckte mich zum zweiten Mal. Müde griff ich zum Nachttisch, Ariane, meine Kollegin aus der Agentur, war dran.

»Hallo?«, brummte ich.

»Katharina, was ist los? Viola hat uns mitgeteilt, dass du nicht mehr bei uns arbeitest.«

»Sieht so aus.«

»Wir treffen uns zum Mittagessen. Du musst mir erzählen, was Sache ist.«

»Meinetwegen.«

»Um halb eins beim Türken.«

»Geht klar.« Ich legte auf und schlief weiter.

Gegen elf wurde ich zum dritten Mal wach, hauptsächlich, weil meine Blase drückte. Ich quälte mich aus dem Bett und begab mich rüber zur Toilette.

Der Badezimmerspiegel enthüllte Grässliches. Die Frau darin brauchte eine dreiwöchige Kur in frischer Nordseeluft, würde sich allerdings wohl nicht mehr aufraffen können, auch nur ein Zugticket zu kaufen.

Zu duschen glich ebenfalls einem kaum zu bewältigenden Unterfangen. Während ich auf dem Klo saß, ließ ein Schnüffeln an meinem T-Shirt allerdings keinen Zweifel daran, dass es notwendig war.

Ich zog mich aus und stellte mich unters Wasser. Es lief über mein Haar, ich drückte Shampoo darauf, knetete lustlos eine Schaumhaube und spülte sie wieder ab. Seifenblasen der Sinnlosigkeit verschwanden im Abfluss.

***

Anderthalb Stunden später saß ich mit Ariane auf einer Parkbank und mümmelte an einem Falafel.

Ariane biss herzhaft in ihren Döner. Über ihre Oberschenkel

und den Unterkörper hatte sie vier Servietten ausgebreitet, eine fünfte hing an ihrem Ausschnitt. Das machte sie immer beim Essen. »Ich hab keine Lust, die Hälfte meines mickrigen Gehalts in die Reinigung zu tragen«, hatte sie mir einmal erklärt.

»Packst du dich auch so ein, wenn du mit deinem Freund essen gehst?«, hatte ich wissen wollen.

»Seitdem wir uns besser kennen, schon. Vorher habe ich bei Dates meistens Schwarz getragen.«

Ich blinzelte in die Sonne, bestimmt würde ich Ariane vermissen. Eine Joggerin lief an unserer Bank vorbei, dahinter schob ein Mann mit Hipsterbart einen Zwillingskinderwagen. Auf den Rasenflächen saßen und lagen Leute in der Sonne – Menschen mit Jobs und Beziehungen. *Katharina kicked out.*

»Viola ist heute Morgen zum Kunden nach München«, sagte Ariane kauend. »Bevor sie losgefahren ist, hat sie alle zusammengerufen und die Neuigkeit verkündet. Aus persönlichen und betriebsbedingten Gründen seiest du nicht mehr da, hat sie gesagt. Mir gegenüber hat sie das dann präzisiert. Dir fehle das unternehmerische Verständnis, deine Kreativität ließe zu wünschen übrig, die Fähigkeit zu eigenständigem Arbeiten, Belastbarkeit und Leistungsorientiertheit seien mangelhaft.« Ariane machte eine kreisende Handbewegung. »Freu dich auf dein Arbeitszeugnis.« Sie drehte sich zu mir, in ihren Mundwinkeln klebte Knoblauchsoße. »Was ist der wirkliche Grund?«

»Ich habe … hatte eine Affäre mit Daniel.«

»Alter Falter.« Ariane machte große Augen. »Du kriegst die Tür nicht zu. Das hätte ich dir gar nicht zugetraut.«

»War auch nicht geplant.«

Ein paar Sekunden saßen wir schweigend nebeneinander.

»Und jetzt?«, fragte sie schließlich. »Wo willst du was Neues finden? Köln ist voller arbeitsloser Werber.«

»Was du nicht sagst.«

»Entschuldigung. Ich sollte dich eher aufmuntern.«

»Ach, du hast ja recht.«

»Du könntest dich selbstständig machen.« Ariane biss wieder ab, dabei zog sie den Serviettenteppich auf ihrer Kleidung gerade.

»Sicher könntest du Viola ein paar Kunden abspenstig machen. Wenn dein Laden richtig läuft, würde ich ebenfalls zu dir überwechseln.«

»Das ist lieb«, murmelte ich. »Aber Köln ist auch schon voller schlecht laufender Werbeagenturen.«

Ein Zitronenfalter flatterte heran, tanzte vor meiner Nase und flog weiter seines Weges.

»Ich habe ein Weingut an der Mosel geerbt«, sagte ich. »Falls du Lust hast, mal bei Wind und Regen im Steilhang rumzukraxeln …«

»Ein Weingut? Wieso das denn?« Ariane hörte auf zu kauen.

»Mein Onkel, den ich nicht kannte, hat es mir vermacht.«

»Willst du den Betrieb etwa übernehmen?« Sie musterte mich entgeistert. »Harte körperliche Arbeit? Abhängigkeit von den Launen der Natur? Du?«

Ich zuckte mit den Schultern. Erst Sekunden später fiel mir auf, dass das Kopfschütteln noch fehlte.

Mangelndes unternehmerisches Verständnis, keine Fähigkeit zu eigenständigem Arbeiten … Violas Worte kamen mir in den Sinn. Sie brachten Zorn mit sich.

Zwei Anzughengste in hellblau gestreiften Hemden schlenderten an unserer Bank vorbei, einer gaffte interessiert zu uns rüber. An seiner rechten Hand glänzte ein Ehering, der meiner Ansicht nach den Juwelierladen erst vor Kurzem verlassen hatte. Nein danke, dachte ich.

Ariane drückte das Dönerpapier zusammen und entfernte die Servietten. Der kleine Müllberg landete in dem Papierkorb neben der Bank. »Ich muss in die Agentur zurück. Halt mich auf dem Laufenden.«

»Mache ich.«

Wir umarmten uns zum Abschied. Dann eilte sie auf dem schmalen Parkweg davon, nachdenklich sah ich ihr hinterher. Schließlich ging auch ich.

Zwei oder drei Stunden lief ich ziellos durch die Stadt, an Schuhgeschäften und Klamottenläden vorbei, die ich zukünftig höchstens noch zum Gucken betreten würde. Ich musste sparen.

Wieder zu Hause, war meine Wohnung um etwa die Hälfte geschrumpft, ich fühlte mich wie eingesperrt. Zudem bewegten sich die Zeiger der Uhr praktisch nicht mehr.

»Der Einfluss von Trauer und Einsamkeit auf das Raum-Zeit-Kontinuum«. Eine wissenschaftliche Abhandlung von Katharina Korn, nominiert für den Es-läuft-beschissen-Nobelpreis.

Ich kippte platt mit dem Bauch voran aufs Bett und blieb liegen.

Um neunzehn Uhr stand ich vor Herrn Wientappers Tür und klingelte.

Verkehrte Welt.

Er öffnete. »Ach, Fräulein Korn, das ist aber schön.«

»Können Sie mir mit einem Underberg aushelfen?«

»Natürlich. Kommen Sie rein.«

Es wurden drei Underberg und eine Packung vollgeheulter Taschentücher.

Am nächsten Morgen kam das Paket mit meinen persönlichen Sachen aus der Agentur an.

Am Mittwochvormittag saß ich mitsamt der mir per Einschreiben zugegangenen Kündigung auf dem Arbeitsamt.

Mein Sachbearbeiter hieß Herr Pfeiffer. Er trug ein Hemd mit Siebziger-Jahre-Muster, das über seinem Bauch spannte.

»Marketingfachfrau«, sagte er wie ein Arzt, der eine Krankheit mit schlechter Prognose diagnostiziert. »Schwierig zurzeit.« Er rieb sich übers Kinn. »Sagen Sie mal, was bedeutet denn ›zerstörtes Vertrauensverhältnis‹ da in Ihrer Kündigung?«

»Ich hatte eine Affäre mit dem Mann meiner Chefin.«

»Tatsächlich?« Doktor Pfeiffers Interesse wurde von einer kuriosen Verlaufsform geweckt. »Also … hm. Womöglich … Warten Sie mal …« Er schob die Computermaus auf der mit Akten überladenen Schreibtischplatte hin und her, dabei fixierte er den Bildschirm. »Hier hab ich's. Das ›Pascha‹ sucht jemanden für Service und Tabledance.«

Am Donnerstagmorgen saß ich mit Herrn Wientapper im Auto und fuhr an die Mosel.

13

Mit gemischten Gefühlen ließ ich meinen Wagen auf den Hof des Weinguts Glück rollen. Köln war quasi die Pest und Traben-Trarbach die Cholera. An dem einen Ort war ich geschasst worden, an dem anderen war ich unerwünscht.

»Ich bin froh, wieder da zu sein.« Herr Wientapper seufzte. »Es ist so schön hier. Später trinken wir ein Fläschchen zusammen, ja?«

Das Auto parkend, atmete ich tief durch.

»Mal sehen. Falls ich nicht mit Ihnen trinke, finden Sie bestimmt andere nette Gesellschaft.« Die herbe Ruth zum Beispiel, dachte ich, oder Julius, den Weinpädagogen.

Mir war nicht wirklich klar, was ich in Traben-Trarbach wollte und wie es weiterging. Allerdings tendierte ich in Anbetracht meiner aktuellen Situation dazu, das Erbe anzunehmen und gegebenenfalls ein paar für den Betrieb unwesentliche Möbelstücke zu veräußern. Schließlich musste ich meine finanzielle Lage einigermaßen im Griff behalten.

Herr Wientapper und ich stiegen aus. Es war kurz nach elf, wir kamen unangekündigt. Dennoch öffnete sich prompt die Eingangstür des Wohnhauses, als habe man uns erwartet.

Ruth Hillenkamp stand mit vorgebundener Küchenschürze im Rahmen, die Mundwinkel hingen nach unten.

»Hallo, Frau Hillenkamp«, grüßte Herr Wientapper. »Wir sind wieder im Lande.«

»Das sehe ich. Es wäre schön, man wüsste vorher Bescheid.« Sie verschränkte die Arme vor der Brust und hielt mürrisch die Stellung. Derweil öffnete Herr Wientapper die Heckklappe meines Wagens und hob sein Rollköfferchen heraus.

Ruths Schlechte-Laune-Gesicht konnte sich problemlos weiter verfinstern. Gewitterwolken zogen auf. »Bleiben Sie etwa länger?«

»Das hängt von Fräulein Korn ab.« Herr Wientapper hievte

meine Reisetasche aus dem Kofferraum. Sie war ziemlich groß, ich hatte ausreichend Klamotten sowie mein Kopfkissen reingestopft. Auf das verzichtete ich ungern, wenn es mir schlecht ging.

Ruth Hillenkamp beäugte das Gepäck, drehte sich um und verschwand ohne ein weiteres Wort im Inneren des Hauses. Immerhin ließ sie die Tür offen.

Mit Herrn Wientapper steuerte ich darauf zu, die Kofferrollen rumpelten auf den Verbundsteinen des Hofes.

In der Diele umfing mich der bekannte holzige Duft. Unvermittelt rief er das Bild eines trockenen, warmen Dachbodens in mir hervor.

Aus der Küche klang lautes Topfgeklapper. Wir ließen unser Gepäck am Treppenabsatz stehen und näherten uns dem Gescheppe r.

Ruth Hillenkamp stand am Herd, es roch nach Sauerkraut. In einem großen Edelstahltopf stand ein Kartoffelstampfer. Aus der Kasserolle daneben dampfte es.

Herr Wientapper reckte die Nase. »Was gibt's denn Leckeres?«

»Gräwes.«

Ich war mir nicht sicher, ob die dahingerotzten zwei Silben schon die Antwort gewesen waren.

»Wie heißt das?« Offenbar ging es Herrn Wientapper ähnlich.

»Gräää-wes. Kartoffelstampf mit Sauerkraut gemischt.«

Das kulinarische Nirwana, dachte ich.

»Manche machen's auch mit Möhren. Das heißt dann bei uns Muhrdegräwes.«

»Muuhr-de-grää-wes«, wiederholte Herr Wientapper, als lerne er eine Vokabel in einer Fremdsprache. »Interessant. Also, es duftet ganz ausgezeichnet. Dürfen wir später ein Tellerchen probieren?«

»Ist genug da«, brummte Ruth Hillenkamp. Eine freundliche Einladung klang anders. »Kurz vor zwölf wird gegessen.«

»Sehr schön«, lobte Herr Wientapper. »Das ist die richtige Zeit. Heutzutage essen die Leute oft so spät. Das passt mir nicht gut. Acht Uhr Frühstück, zwölf Uhr Mittag, sechs Uhr Abend, sage ich immer.«

»Gefrühstückt wird bei uns um sieben.« Ruths kräftige Hand umklammerte den Stampfer. Sie begann, die Kartoffeln im Topf zu bearbeiten. Hoch, runter, hoch, runter, ein energisch geführter Dampfhammer. Mit der Linken goss sie einen Schuss Milch hinein, danach verursachte der Stampfer schmatzende Geräusche.

»Rippchen habe ich nicht genug«, sagte Ruth.

Einen Augenblick musste ich überlegen, ob es sich um eine anatomische oder eine das Essen betreffende Information handelte.

»Ich wusste ja nicht, dass Sie kommen«, fügte sie an.

Aha. Es ging ums Essen.

»Das macht doch nichts«, erwiderte Herr Wientapper. »Dieses … Gräwes reicht uns völlig.«

Womöglich mehr als das, dachte ich.

»Sie können natürlich noch selbst Rippchen holen gehen. Drüben an der Fleischtheke vom Neukauf gibt's welche. Ich geh jedenfalls nicht mehr.«

»Natürlich nicht, machen Sie sich bitte keine Umstände. Die fleischlose Kost ist sicher ausreichend. In unserem … das heißt, in meinem Alter liegt einem das Fleisch ohnehin gehörig im Magen. Vor allem am Abend, wenn man spät …«

»Frau Hillenkamp«, ich unterbrach Herrn Wientappers Erklärungen, »ist Ihre Buchhalterin, Frau Stein, im Büro?«

Das Stampfen hörte auf. »Wieso?«

»Weil ich mich mit dem Gedanken trage, Balthasars Erbe anzutreten. Dementsprechend würde ich mir gern ein umfassenderes Bild von den geschäftlichen Vorgängen machen.«

Die Hand bewegte sich vom Topf weg und sank kraftlos nach unten.

»Heißt das, Sie wollen das Weingut übernehmen?« Ruth Hillenkamps Miene spiegelte das mit der Pest und der Cholera wider – entweder die Chinesen oder die Kölnerin. Im Prinzip konnte ich sie ja verstehen.

»Es ist noch nichts entschieden«, sagte ich. »Ich denke aber, dass man den Letzten Willen eines Verstorbenen nicht einfach übergehen sollte.«

Die Erklärung war reichlich aufgesetzt. Ginge es nach dem Willen einer Lebenden, würde ich mich auf ein romantisches Wochenende mit Daniel in Hamburg vorbereiten und kaum einen Gedanken an die Mosel verschwenden.

»Lore Stein ist im Büro«, gab Ruth Hillenkamp schlapp von sich. »Im Nebengebäude, hinter dem Eingang die Tür links.«

»Danke schön. Dann gehe ich kurz zu ihr. Herr Wientapper, kommen Sie mit?«

Neben unzähligen biografischen Details aus seinem Leben vor dem Tod seiner Frau wusste ich mittlerweile auch, dass er beim Steueramt der Stadt Köln gearbeitet hatte. Bilanzen waren sein täglich Brot gewesen, Zahlenkolonnen seine Freunde.

»Gern.« Er wandte sich an Ruth Hillenkamp. »Wir sind pünktlich zum Essen wieder da. Ich habe schon richtigen Appetit.«

Gemeinsam verließen wir das Haus. Draußen gingen wir auf einen geräumigen Anbau mit Flachdach und vergitterten Fenstern zu. Herr Wientapper öffnete eine weiß gestrichene Metalltür mit Glaseinsätzen, sie quietschte, wir traten ein.

Vor uns lag die Packhalle des Betriebs. Unzählige hellbraune Kartons stapelten sich zwei bis drei Meter hoch. An einer lang gezogenen Arbeitsplatte vor den beiden Fenstern stand ein Mann um die fünfzig in grünem Arbeitskittel. Er packte Weinflaschen aus einer Gitterbox in Kartons. Freundlich grüßte er zu uns hin. Gleichzeitig erschien im hinteren Teil der Halle Julius Rainfels. Er zog einen Hubwagen, auf dem sich eine Palette mit vollen Weinkartons befand.

»Ah«, rief er. »Besuch aus Köln. Finden Sie's doch schön bei uns?«

»Hallo, Julius.« Herr Wientapper winkte ihm zu. »Ich finde es ganz wunderbar.« Er lachte. »Sehen wir uns gleich beim Essen?«

»Jep.« Julius Rainfels hob den Daumen nach oben.

Irgendwie fühlte ich mich bei »Ziemlich beste Kumpels« gerade etwas außen vor.

»Wir sind rein geschäftlich da«, rief ich zu Julius Rainfels hin.

»Ja, klar.« Er zog den Hubwagen weiter und verschwand hinter einer Mauer aus Kartons.

Ich klopfte an die Tür zu meiner Linken. Nach einem leisen »Herein« öffnete ich.

Lore Steins Büro war ein kleiner, in die Packhalle hineingebauter Raum.

»Guten Tag.« Ihre großen Mausaugen blickten freundlich und aufmerksam. »Sind Sie wieder da?«

»Gerade eben eingeflogen.« Herr Wientapper reichte ihr die Hand. Ich begrüßte Lore Stein ebenfalls.

Sie saß an einem wuchtigen Schreibtisch, dessen Kanten abgestoßen waren. Eine Bankerlampe mit dunkelgrünem Schirm verteilte ihr Licht über Papierstapel und eine in die Jahre gekommene Computertastatur. An einer Wand des Raumes standen Regale voller Aktenordner, es roch wie in einer altehrwürdigen Bibliothek, nach Papier, Leim und Staub.

»Was kann ich für Sie tun?«, fragte Lore Stein. Die Goldknöpfe an ihrer Strickweste glänzten, der Blusenkragen darüber trug feine Stickereien.

»Wir würden uns gern genauer über die wirtschaftliche Situation des Betriebs informieren«, antwortete ich. »Sie wissen darüber vermutlich am besten Bescheid.«

»Ja. Schon.« Lore Stein blinzelte hinter ihren Brillengläsern. »Aber darf ich Ihnen einfach so einen Einblick geben?«

»Sicher, Frau Stein. Wenn ich Platz nehmen dürfte?« Herr Wientapper schob einen Stuhl, der vor dem Aktenregal stand, an den Schreibtisch und setzte sich.

»Fräulein Korn trägt sich mit dem Gedanken, den Betrieb weiterzuführen«, erklärte er.

Na ja, es geht erst einmal darum, das Erbe anzunehmen, dachte ich und schwieg.

»Insofern wäre es hilfreich, wenn Sie uns über Ein- und Ausgänge, Umsätze, Verbindlichkeiten, Marketing und so weiter informieren könnten.«

»Marketing?«, fragte Lore Stein.

»Gewinnung von Neukunden, Bindung der Stammkunden, marktorientierte Unternehmensführung, innovative Absatzsteigerung et cetera«, erläuterte ich.

»Ah.« Ich erntete einen leicht ratlosen Blick. Sie stand auf, zog zwei Aktenordner aus dem Regal und legte sie vor Herrn Wientapper auf den Tisch. »Darin ist die Buchhaltung zum letzten Steuerjahr. Es könnte, wie gesagt, sicher etwas besser laufen. Aber Balthasar … also, ich möchte nichts Schlechtes sagen …« Zögerlich strich sie ihren grauen Rock glatt. »Er hat meine Vorschläge eigentlich nicht hören wollen.«

»Gibt es überhaupt Weingüter an der Mosel, die gut laufen?«, wollte ich wissen. Wenn ich eine Aufgabe vor mir hätte, die so aussichtsreich war, wie einer Kuh das Fliegen beizubringen, würde ich es ohnehin lassen.

»Ja, sicher gibt es die«, antwortete Lore Stein. »Meist haben die aber mehrere Standbeine, das heißt auch Gästezimmer oder Ferienwohnungen. Manche führen zudem einen gastronomischen Betrieb.«

»Das haben wir wohl alles nicht?«, fragte Herr Wientapper.

Lore Stein schüttelte den grau melierten Kopf.

»Na gut, dann lassen Sie mal sehen.« Er schlug einen der Aktenordner auf, beförderte seine schmale Lesebrille aus der Hemdtasche auf die Nase und beugte sich über die abgehefteten Schriftstücke. »Hm«, machte er. »Aha.« Seine Pupillen huschten hin und her, er blätterte um und vertiefte sich in die Bilanzen.

»Wenn ich es richtig verstanden habe, gibt es kein Vertriebs- und Marketingkonzept«, bemerkte ich. »Haben Sie denn eine Übersicht über Ihren Kundenstamm?«

»Das schon.« Lore Stein bewegte mit ihrer schmalen Hand die Computermaus, klickte und deutete auf den Bildschirm. »Ich habe alle in diesem Programm abgespeichert. Daraus beziehe ich auch die Adressen für die Rechnungen.«

Ich beugte mich vor und überflog ein Excel-Formular mit wenigen Spalten. Außer Adress-, Telefon- und E-Mail-Daten war offenbar nichts dort abgespeichert, die Angelegenheit war weit von einer modernen Kundenkartei entfernt.

»Okay«, meinte ich gedehnt. »Wie viele Leute haben Sie da drin?«

»Hundertdreiundvierzig.«

»Sprechen Sie die aktiv an oder warten Sie einfach ab, bis Bestellungen eingehen?«

»Nun ja, einmal im Jahr versenden wir unsere aktualisierten Preislisten mit den neuen Weinen drauf. Ansonsten warten wir eher ab.«

Ich hatte eine Szene vor Augen, in der ein Bote von einem Pferd stieg und eine Depesche abgab. »Zwei Kartons Riesling trocken, bitte.«

Gleichzeitig kamen mir Violas Business-Mantras in den Sinn: proaktive Auftragsoptimierung, Generierung starker Impact-Faktoren, Gewinnmaximierung. Es schüttelte mich vor Wut und Traurigkeit.

»Wer hat die Internetseite des Betriebs erstellt?«, fragte ich mit aufkommendem Nasenziepen.

»Soweit ich mich erinnere, war das der Sohn eines alten Bekannten von Balthasar. Von Roland Scheuer? Oder von Uwe Schmidt? Ich bin nicht sicher, es ist schon etliche Jahre her.«

»Sieht man«, murmelte ich.

»Balthasar meinte, die Seite sei noch in Ordnung. Womöglich wollte er auch einfach kein Geld dafür ausgeben.«

»Apropos Geld«, wandte Herr Wientapper sich an Lore Stein. »Können Sie denn von dem Gehalt, das Sie hier bekommen, leben?«

»Es reicht nicht ganz. Zusammen mit der Witwenrente, die ich nach dem Tod meines Mannes beziehe, komme ich aber über die Runden. Ich habe ein kleines, abbezahltes Haus am Ortsrand, und ich brauche nicht viel.«

»Julius verdient sich auch keine goldene Nase in diesem Betrieb«, schloss Herr Wientapper an. »Dennoch sind die Personalkosten insgesamt ein erheblicher Posten, gemessen am Umsatz.«

Außer dem Fenster nach draußen hatte Lore Steins Büro ein kleines zweiflügeliges zur Packhalle hin. Möglicherweise diente es auch als Durchreiche, selbst wenn der Weg aus der Tür hinaus kaum weiter war.

Ich sah Julius Rainfels ohne Hubwagen hinter den Kartons

vorkommen. Er ging zu dem Mann am Packtisch, sprach mit ihm, beide lachten kurz auf.

»Die Löhne und Gehälter zu reduzieren, geht nicht«, sagte Lore Stein leise. »Unsere polnischen Saisonarbeiter zum Beispiel sind auf das Geld angewiesen. Die müssen Familien ernähren.«

»Verstehe.« Herr Wientappers grauer Haarkranz neigte sich zur Seite. »Bezieht Ruth Hillenkamp auch ein Gehalt?«

Lore Stein schmunzelte. »Nein. Jedenfalls lief da nichts über die Bücher. Doch in Zukunft, ich meine, nun, nach Balthasars Tod, wird sie nicht gratis im Betrieb mitarbeiten wollen.«

Ein Quietschen hatte sich über ihre letzten Wörter gelegt, das der Eingangstür zur Packhalle.

»Essen kommen!«, schallte Ruth Hillenkamps lautes Kommando durch den Raum. Danach knallte die Metalltür wieder zu.

Herr Wientapper erhob sich prompt, Lore Stein stand ebenfalls auf. Auch die beiden Männer am Packtisch setzten sich in Bewegung.

Ich musste grinsen. Ruth und das Gräwes ließ man nicht warten.

Wenig später saßen wir in der Küche am Esstisch.

Aus dem großen Topf tat Ruth auf. Klatsch. Der Inhalt der überdimensionierten Kelle wurde schwungvoll in den ersten Teller abgeladen. Er gehörte dem Mann aus der Packhalle, der sich Herrn Wientapper und mir als Pavel vorgestellt hatte.

Klatsch. Die zweite Kelle Gräwes landete auf der ersten. Das Geräusch erinnerte mich an einen feuchten Putzlappen, der zu Boden fiel.

Anschließend war Herr Wientapper an der Reihe, freudig hielt er seinen Teller hin.

»Hm, wie das duftet.«

Es roch tatsächlich nicht schlecht. Ein bisschen nach Maggi, und den mochte ich ja, obwohl er wenig salonfähig war. Ich hatte schon in Restaurants gesessen, in denen das Essen ein kleines Vermögen kostete, und gedacht, dass sich aus dem Wachtelei auf geschmacksarmer Algenjelly mit ein paar Tröpfchen Maggi was

Leckeres machen ließe. Offen gesagt hatte ich trockenen Weißwein auch schon mit dem Zuckerstreuer zusammengebracht, aber das in dieser Runde zu erzählen, wäre sicher Harakiri gewesen.

Ruth Hillenkamp peilte mit der Kelle meinen Teller an.

»Nicht so viel, erst mal«, sagte ich eilig.

Die Ladung landete auf dem weißen Porzellan.

»Danke, reicht.«

Platsch, die zweite folgte.

Julius Rainfels goss Wein in die Gläser, Pavel angelte ein Rippchen von der Servierplatte in der Mitte des Tisches.

»Guten Appetit«, wünschte Ruth. Dabei sah sie traurig zu dem Sideboard an der Wand. Erst jetzt bemerkte ich das Foto von Balthasar, das dort stand. Über eine obere Ecke des Rahmens verlief ein schwarzes Band. Ich dachte an Balthasars Beerdigung am vergangenen Montag.

Pavel hob sein Glas. »Auf unseren Chef. Möge er in Frieden ruhen.«

Aus purem Gruppenzwang trank ich mit. Der Wein schmeckte ziemlich gut – klar, aromatisch und angenehm fruchtig. Ich nahm noch einen Schluck und noch einen kleinen.

Der Alkohol fand um diese Tageszeit erstaunlich schnell seinen Weg ins Gehirn. Wie nach dem Sport, dachte ich. Kann man sich das Training sparen, wenn man zur richtigen Zeit trinkt.

Arbeitslos und einsam.

Ich leerte mein Glas. Ein Seitenblick von Julius Rainfels traf mich. »Soll ich Ihnen nachschenken?«

»Ach, warten Sie mal lieber. Später vielleicht.«

Die ersten Gabeln Gräwes wanderten in hungrige Münder.

»Sehr gut«, lobte Pavel.

»Ausgezeichnet«, pflichtete Herr Wientapper bei und griff nach einer Scheibe Graubrot.

Skeptisch probierte ich ebenfalls – der faserige Kartoffel-Sauerkraut-Matsch war tatsächlich lecker.

»Ich würde gern Balthasars Grab besuchen«, erklärte ich nach einem weiteren Bissen. »Wo finde ich das?«

Ruth ließ ihre Gabel sinken.

»Er liegt drüben in Trarbach auf dem Friedhof«, antwortete Julius Rainfels. »Vom Eingang aus den Mittelweg hoch, rechter Hand, ganz oben.«

»Es war so eine große Beerdigung.« Ruth Hillenkamp schniefte. »So viele Leute. Und die ganzen Blumen und Kränze, ich konnte das gar nicht zählen.« Sie zog ein zerknülltes Taschentuch aus ihrer Rocktasche. »Heute Morgen war ich schon bei ihm.«

Die Geste, den toten Geliebten früh am Morgen zu besuchen, rührte mich.

»Die ersten Sträuße sind welk«, fügte Ruth an. »Man muss doch für Ordnung auf dem Grab sorgen. Ich hab aufgeräumt.«

Schweigend aßen alle weiter, nur das leise Klappern des Bestecks auf Porzellan erfüllte den Raum.

»Nach dem Essen fahre ich raus in die Weinberge«, sagte Julius Rainfels nach einer Weile zu mir. »Wenn Sie wollen, können Sie mitkommen und unsere Lagen kennenlernen.«

Ich musste nicht lang überlegen. »Sehr gern. Herr Wientapper, machen Sie dann mit Frau Stein bei den Bilanzen weiter?«

»Natürlich.« Er lächelte Lore Stein zu.

In dem Moment pikte Ruth Hillenkamp die Gabel in ein Rippchen und legte es Herrn Wientapper auf den Teller.

»Ach, bitte, das ist doch nicht nötig.« Abwehrend hob er die Hände.

Ruth räusperte sich und wackelte mit dem Oberkörper hin und her. Dann aß sie stumm weiter.

»Sie können im Wingert mal durchs Refraktometer schauen«, sagte Julius Rainfels, während er mir Wein nachgoss.

Ha, dachte ich, der glaubt, ich weiß nicht, was das ist.

»Ich bin gespannt.« Genüsslich schob ich eine voll beladene Gabel in meinen Mund. »Was denken Sie, wie viel Grad Öchsle die Trauben schon haben?«

Ein angedeutetes Schmunzeln flog über sein Gesicht. Womöglich lag etwas Herausforderndes darin. »Dieser Jahrgang wird gut«, sagte er.

14

»Mögen Sie einen Abstecher in den Keller machen, bevor wir in die Weinberge fahren?« Julius Rainfels wies auf einen Treppenabgang seitlich des Haupthauses.

Wein mochte ich derzeit keinen mehr trinken, aber der Keller, sozusagen als Herzstück des Betriebs, schien mir einen Besuch wert zu sein. Ich nickte. »Gute Idee.«

Hinter Julius Rainfels stieg ich die Kellertreppe hinab. Er öffnete eine in Sandstein eingefasste Tür, die einem kleinen Burgtor glich. Beim Durchgehen mussten wir die Köpfe einziehen. Dahinter ging es weiter nach unten, die steinernen Stufen waren schmal und ausgetreten, automatisch setzte ich die Füße seitlich auf.

Vor mir eröffnete sich ein riesiger Gewölbekeller mit zahllosen Holzfässern in langen Reihen. Eine regelrechte Fasskathedrale, dachte ich staunend.

»Wow. Wie alt ist das Gemäuer?«

»Das Haus stammt aus dem frühen 19. Jahrhundert, so alt ist logischerweise auch dieser Keller. Das Gewölbe bietet das perfekte Klima für den Weinausbau.«

»Ja, ich habe schon von den frei laufenden Hefen gehört.«

Julius Rainfels lachte. »Keine Angst, die beißen nicht.«

Es war kühl hier unten, und die Luftfeuchtigkeit war merklich höher als draußen. Um die Lampen herum hatten Spinnen ihre Netze gebaut. An den Wänden und an der Decke haftete flächig ein dunkler Belag. Er sah mehr nach Fell als nach Schimmel aus.

»Was ist das?« Ich deutete auf den tuchartigen Pelz. »Muss man das nicht wegmachen?«

»Bloß nicht. Das ist die Kellerkatze.«

Offenbar wollte er mich schon wieder veräppeln.

»Das Haustier von der Rieslingfrau?«, fragte ich unbeeindruckt.

»Nein, nicht ganz. Der Belag wird auch Kellertuch oder Kellerschimmel genannt. Er bildet sich in Weinkellern mit mindestens fünfundachtzig Prozent Luftfeuchtigkeit. Das Tolle ist, dass die Kellerkatze sich von flüchtigen Bestandteilen des Weins in der Luft ernährt. Sie wächst daher auch auf Fliesen oder Metall. Die Matten sind bis zu zwei Zentimeter dick und im Prinzip eine Auszeichnung für unseren Keller und sein Raumklima.«

»Aha.«

»Auf den Holzfässern dulde ich sie allerdings nicht.«

»Ist klar.«

Wir gingen an den Fässern entlang, die auf steinernen Sockeln lagerten. Einige erschienen neu in einem hellen Eichenton, andere waren dunkel und alt.

»Die alten sind unsere Schätzchen«, erklärte Julius Rainfels. »Das Holz hat über Jahrzehnte Aromen aufgenommen und gibt sie auch wieder ab.« Er stützte die Arme in die Hüften. »Bergrettung« stand in gelber Schrift auf seinem himmelblauen T-Shirt.

An den Vorderseiten der Fässer befanden sich mit Kreide geschriebene Markierungen aus Buchstaben und Zahlen. Für mich war es ein undurchsichtiger Code, doch ich nahm an, dass Julius Rainfels damit seine Zöglinge kennzeichnete. »Max, der Aufmüpfige aus der Försterlay« oder »Ella, die Strebsame aus dem Kräuterhaus«.

Am Ende einer Reihe lagerten vier kleinere Fässer.

»Kommen dort die Reste rein oder besonders edle Tropfen?«, fragte ich.

»Weder noch. Das sind gebrauchte Fässer, die Nina und ich extra aus dem Piemont abgeholt haben. Ich habe einen Teil unseres Grauburgunders darin gelagert. Nächstes Jahr sehen wir, was aus ihm geworden ist.«

Rechter Hand gab es einen Durchgang in einen weiteren Raum. Julius Rainfels ging vor.

»Vermutlich ist das ganze Haus unterkellert?« Die Fläche war recht groß.

»Ja, und der Anbau mit der Packhalle ebenfalls. Beide Teile sind verbunden. Wir brauchen den Platz. Einige Weine lagern drüben in Edelstahltanks, meist werden sie daraus zeitnah abgefüllt. In dem Kellerteil unter der Halle steht unsere Flaschenfüllanlage. Eine Einfahrt nach oben zum Hof gibt uns die Möglichkeit, mit Hänger oder Hubwagen anzuliefern und abzufahren.

In dem Raum, in dem wir uns nun befanden, war es noch kühler. Das Gewölbe glänzte an einigen Stellen feucht. In einer Ecke standen zwei Gitterboxen mit Flaschen, an geschwungenen Haltern hingen Schläuche mit Edelstahlkupplungen, darunter standen ein Eimer und eine kleine Pumpe.

Mein Blick fiel auf eine Nische, die mit einem schmiedeeisernen Tor abgetrennt war. »In vino veritas«, verkündeten goldene Lettern daran. In die Wände waren kleine Gefächer eingelassen, in denen dunkelgrüne Flaschen lagerten.

Ich ging zu dem Tor. »Was ist das? Die Schatzkammer?«

Julius Rainfels schmunzelte. »Sie haben's erfasst. Besondere Weine aus den vergangenen Jahrzehnten. Die älteste Flasche ist von 1947.«

»Ist die noch trinkbar?«

»Kommt drauf an. Vorher weiß man das nie. Bei Weinauktionen bringen solche alten Flaschen mitunter hohe Beträge. Ob der Besitzer sie öffnet, ist eine andere Frage. Rieslinge lassen sich im Allgemeinen gut lagern, zwanzig, dreißig Jahre sind für viele kein Problem.« Julius drückte das kleine Tor auf. Neugierig trat ich in die Nische.

»Aus den Siebzigern ist einiges da«, sagte er. »Spätlese und Auslese. Sechsundsiebzig gab es einen sehr heißen Sommer, auch fünfundsiebzig war gut.«

Unvermittelt hatte ich das Bedürfnis, die Flaschen zu berühren. Ich ließ meine Fingerspitzen über die obere Reihe in einem Gefach gleiten. Die Korken trugen einen dunklen Belag, Staub und Spinnweben hatten sich auf dem Glas abgelagert.

»Die sind älter als ich«, sagte ich.

»Na ja, mit Wein geht das halt ganz gut. Hätten Sie eine Käserei geerbt, wär's was anderes.« Julius verschränkte die Arme vor dem Bergrettungsschriftzug. Unsere Blicke hingen aneinander fest. Ich wusste noch nicht, ob ich mit seinem Humor etwas anfangen konnte.

Gerade wollte ich die Nische wieder verlassen, als mir ein kleines Holzschild in einem Gefach direkt über dem Boden auffiel. Ich ging in die Hocke. »1986« stand darauf. Mein Geburtsjahr.

Neugierig nahm ich das Täfelchen auf. Gleichzeitig bemerkte ich die Initialen KK in der oberen rechten Ecke.

War das etwa *mein* Wein? Hatte Balthasar ihn für mich eingelagert? Hatten ihn meine Eltern darum gebeten? Mama hatte mir auch davon nie etwas erzählt.

Ich kam aus der Hocke hoch. »Sind solche Schatzkammern in den Weingütern üblich?«

»Einen Bestand an Raritäten hütet eigentlich jeder Winzer«, antwortete Julius Rainfels.

Ich hielt ihm die kleine Holztafel unter die Nase.

»Ach.« Er kniff die Brauen zusammen. »Ich hatte mich schon gefragt, was die bedeutet. Falls Sie sechsundachtzig geboren sind, bin ich jetzt schlauer.«

Stumm nickte ich.

»Aus Geburtsjahrgängen von Kindern werden oft Weine eingelagert«, erklärte er. »Und da Sie in der Familie offenbar das einzige Kind sind … oder waren …«

»Warum steht ›In vino veritas‹ am Eingang zu dieser Schatzkammer?«, murmelte ich mehr zu mir selbst und legte das Täfelchen zurück.

»Den Spruch finden Sie an der Mosel tausendfach.« Julius Rainfels kräuselte die Lippen. »Allerdings hat er hier eine besondere Bewandtnis. Von diesem Betrieb erzählt man sich die Anekdote vom evangelischen Bischof von Ulm.«

»Gibt's den?«

Noch während ich fragte, erkannte ich die Belustigung in Julius Rainfels' Miene.

»Natürlich nicht. Nach dem Ersten Weltkrieg kam ein Hochstapler zu diesem Haus. Er gab sich als Dompropst aus und erzählte dem Weingutsbesitzer, dass in den nächsten Tagen der evangelische Bischof von Ulm inkognito vorbeikäme, um Wein zu probieren und einzukaufen. Selbstverständlich nur die besten Tropfen. Man solle alles dafür vorbereiten.«

»Und?«, fragte ich.

»Der zweite Hochstapler traf drei Tage später ein. Der Erzählung nach war er ein korpulenter Mann mit Bart und besticktem Gewand. Außerdem wohl recht überzeugend im Auftreten.«

»Lassen Sie mich raten. Die beiden Gauner hatten die Weinprobe ihres Lebens.«

»So kann man es sagen. Sie haben außerdem die edelsten Weine mitgenommen und gebeten, die Rechnung ans Erzbistum Ulm zu schicken. Natürlich hat der Winzer nie das Geld gesehen. Er wollte den peinlichen Vorfall verheimlichen, aber in einem Ort wie Traben-Trarbach spricht sich so etwas schnell herum. Der Winzer hieß fortan nur noch ›der Bischof‹.« Julius Rainfels räusperte sich. »In unserer Gegend haben ohnehin fast alle Leute Spitznamen.«

»Ach so? Wie heißen Sie denn?«

»Julius.« Er lachte. »Meinen Vater nannte man den Schweden, meine Oma Heckenvogels Alma.«

»Wie?«

Er hob die Schultern. »Das ist bei uns einfach so.«

»Aha.« Ich drückte mich an ihm vorbei aus der Nische. »Sie könnten ›der Schwedensohn‹ heißen.«

»*Sie* haben schon einen Namen bekommen.«

»Tatsächlich?«

»Ja. Die Erbin.«

Hm, dachte ich. Im Grunde eine neutrale Bezeichnung. Und doch klang sie in meinen Ohren abwertend.

»Dann lassen Sie uns meine geerbten Ländereien besichtigen.« Meine Stimme war zickiger, als ich es wollte.

Julius Rainfels schloss das Tor zum Raritätenkabinett.

»Wie Sie wünschen, Gnädigste. Der Sechsspänner mit den feurigen Rappen wartet hinterm Haus.«

Einige Minuten später saßen wir in einem alten Benz Kombi auf verschlissenen Sitzen. Im Innenraum war es schmutzig, es roch nach Erde und Diesel. Auf der Rückbank lagen halb geleerte Sprudelflaschen, eine Rolle mit grüner Kordel und ein

Sonnenhut, im Kofferraum rappelte Werkzeug aneinander. Dieses Arbeitstier und die edlen Karossen, die Daniel verkaufte, waren so weit voneinander entfernt, dass es mir abwegig vorkam, beides mit »Auto« zu bezeichnen.

Wir fuhren über die Brücke zwischen Traben und Trarbach. Auf den Gehwegen links und rechts waren Leute in Sommerkleidung unterwegs, sie trugen Schirmkappen und Rucksäcke. Der Benz überholte eine Radfahrerin mit Einkaufskorb auf dem Gepäckträger. Am Ende der Brücke spannte sich in einigen Metern Höhe ein hübsches Gebäude mit Türmchen über die Fahrbahn. Es beherbergte ein Café, von dem aus man sicher eine nette Aussicht hatte.

Ich ließ die Seitenscheibe runter und stützte den Ellbogen auf der Beifahrertür ab. Julius Rainfels lenkte schwungvoll um eine Kurve, im Kofferraum klirrte es metallisch. Wir bogen nach rechts auf die Bundesstraße ein.

»Ich zeige Ihnen unseren Gaispfad, die Lage zwischen Trarbach und Enkirch.« Er beschleunigte den Wagen, das schwere Dieselross nahm allerdings nur behäbig Fahrt auf.

Nach etwa einem Kilometer befand sich links am Moselufer ein Häuschen zwischen hochgewachsenen Bäumen.

»Das ist das Bootshaus«, sagte Julius Rainfels. »Da bin ich früher gerudert. Mein ältester Bruder war 1988 deutscher Meister im Leichtgewicht-Zweier. So weit habe ich es nicht gebracht.«

»Dafür machen Sie ja offenbar tollen Wein.« Ich ließ mir den Fahrtwind um die Nase wehen.

»Auch wenn Sie die roten Franzosen mehr mögen. Apropos … dort oben, das ist der alte Zollturm.«

Ich reckte meinen Hals in die Richtung, in die Julius Rainfels wies. Auf einem bis an die Straße heranragenden Felsen stand ein Türmchen inmitten von Hecken und Weinbergen.

»Führt da eine Straße hin?«, fragte ich skeptisch.

»Äh, nein.«

»Und wieso liegen dann Weinberge dort?«

»Weil da guter Wein wächst?« Er klang belustigt. »So wie im Gaispfad.«

»Den wir aber über eine Straße erreichen?«

Julius Rainfels drehte seinen seitengescheitelten Kopf zu mir. »Warten Sie's ab.«

Der Wagen schnurrte dahin, er erinnerte mich an ein Schiff in ruhiger See. Ein wenig fühlte ich mich wie auf einer Expedition zu unbekannten Gefilden.

Gerade begann ich, die Fahrt zu genießen, als Julius Rainfels' Blick in den Rückspiegel huschte. Er bremste ab und setzte den Blinker. Wir hielten rechts auf dem Seitenstreifen, dicht an einer Mauer aus Bruchstein.

»Ist was mit dem Wagen?«, fragte ich leicht irritiert.

»Nein. Wir sind da. Das heißt, fast. Kommen Sie.« Er griff einen kleinen Lederbeutel aus dem Seitenfach der Fahrertür und stieg aus.

Meine Tür ging nur halb auf. Ich quetschte mich vor der Mauer heraus.

Mit der flachen Hand beschattete Julius Rainfels die Augen und sah den Hang hinauf. Dann machte er eine einladende Armbewegung. »Da vorn geht's hoch.«

Ein paar Meter entfernt stand eine Art Motorschlitten mit kleiner Ladefläche auf einer Schiene. Dieser Stahlstrang wand sich die steilen Weinberge hinauf.

Während ich ein zögerliches »Wie jetzt?« hervorbrachte, griff Julius Rainfels in die Tasche seiner ausgebleichten Jeans und zog ein Schlüsselmäppchen heraus.

»Ich wette, Sie sind noch nie Monorack-Bahn gefahren.« Er begutachtete die kleine Zugmaschine, strich Staub vom Armaturenbrett und schob den Schlüssel ins Zündschloss. »U-Bahn kann jeder. Los, steigen Sie auf.«

»Da drauf?« Misstrauisch beäugte ich den schmalen Sitz.

»Sie können auch zu Fuß den Hang hochkraxeln, aber es ist ein ganzes Stück bis zum Ziel.« In Cowboy-Manier schwang er sich auf die Zugmaschine und ließ den Motor an. Ein lautes Knattern ertönte.

Ich zögerte noch immer.

»Keine Angst. Gegenverkehr gibt es nicht.«

Vermutlich war es das herausfordernde Grinsen, das mich aufsteigen ließ.

»Muss ich mich festhalten?« Ich hatte keine Ahnung, wie schnell die Bahn unterwegs war. Womöglich war der Moselwinzer ein verkappter Raser.

»Kann nicht schaden.« Julius Rainfels bewegte einen Hebel, der Motor drehte auf Hochtouren. *»Speed is what I need«*, ließ er in kernigem Ton verlauten.

Mit einem mulmigen Gefühl im Magen umklammerte ich seine Taille wie eine Sozia auf einem Feuerstuhl.

»Los geht's.«

Sicherheitshalber krallte ich mich noch fester. Dabei nahm ich Julius Rainfels' Geruch wahr, er erinnerte mich an einen Waldspaziergang.

Der Schlitten setzte sich in Bewegung.

Langsam zockelten wir die Zeile rauf, ein Stock nach dem anderen glitt gemächlich an uns vorüber. In einem entsprechenden Fitnesszustand hätte man locker nebendran laufen können.

»Yippie!«, rief Julius Rainfels.

Spätestens jetzt fühlte ich mich veräppelt. Ich löste meinen Klammergriff und brachte meinen Oberkörper auf Abstand.

»Genießen Sie die Aussicht«, vernahm ich, während wir an Höhe gewannen.

Ich wandte mich zur Seite. Der glitzernde Fluss lag unter uns, die Autos auf der Bundesstraße waren klein geworden, die Häuser auf der gegenüberliegenden Moselseite entfernten sich.

Mit jedem Meter, den wir weiterfuhren, fühlte ich mich mehr der Welt dort unten entrückt. In meinem Bauch kribbelte es, unwillkürlich entfuhr mir ein Lachen.

»Das ist toll«, gluckste ich. Und direkt kam der nächste Gedanke: Solche Ländereien könnten mir gehören? In strahlendem Sonnenschein tuckerten wir einem azurblauen Himmel entgegen. Ich betrachtete die immer kleiner werdende Landschaft unter mir.

Wenig später stoppte die Bahn. Oberhalb von uns verlief ein schmaler Weg, der sich nach rechts zu einem Pfad verengte. Darüber lagen Wald und Hecken, dunkle Felsnasen ragten aus dem Bewuchs.

»Wir sind fast am Ziel.« Julius Rainfels machte den Motor aus und stieg ab. »Nur noch ein kurzer Fußmarsch.«

Ich schwang mich von der Sitzbank. Die Sohlen meiner Sneakers sanken in die lockere Erde. Julius Rainfels ging vor, ich folgte ihm den Weg entlang.

Aus dem Wald über uns zwitscherten Vögel, unsere Schritte raschelten im Gras. Ich bemerkte eine Eidechse, die sich am Felsen sonnte. Einen Wimpernschlag später huschte sie zur Seite und verschwand im Gebüsch.

Julius Rainfels' breiter Rücken bewegte sich vor mir. Der Lederbeutel aus dem Auto schlackerte in der linken Hand, die Muskeln spannten sich im Gehen unter dem hellblauen Stoff des Shirts.

»Was hat eigentlich die Aufschrift auf Ihrem Hemd zu bedeuten?«, fragte ich. »Bergen Sie mit Ihrer Monorack-Bahn verunglückte Winzer und Wanderer?«

Ein Lachen erklang. »Nein. Das ist ein Promo-Shirt vom Klitzekleinen Ring.«

»Von was?«

Er blieb stehen und drehte sich zu mir um. »Der Große Ring ist eine Vereinigung von Prädikatsweingütern im Anbaugebiet Mosel-Saar-Ruwer. In Anlehnung daran gibt es auch den Kleinen Ring, einen Zusammenschluss von Weingütern an der Mittelmosel. Im Klitzekleinen Ring hingegen engagieren sich örtliche Winzer insbesondere für den Erhalt des Steillagenweinbaus an der Mosel.«

»Verstehe. Sie gehören vermutlich dazu.«

»Morgen Abend findet die große Weinprobe des Klitzekleinen Rings statt. Normalerweise wären wir mit unseren Weinen auch vertreten. Wegen Balthasars Tod haben wir allerdings kurzfristig abgesagt.«

Er setzte sich wieder in Bewegung, ich folgte dicht auf.

»Die Weinprobe findet immer in einem besonderen Ambiente in Traben-Trarbach statt«, sagte er. »Wenn Sie mögen, gehen Sie hin. Ich bin auf jeden Fall dort.«

»Joah, warum nicht.«

Wir liefen zwanzig oder dreißig Meter weiter, dann verlangsamten sich Julius Rainfels' Schritte, er hielt an.

»Da liegt unser Gaispfad.« In einer ausladenden Bewegung deutete er auf die Weinstöcke rechts von uns. »Achtzehn Zeilen breit, neunundzwanzig Stöcke hoch. Für die Lage eine beträchtliche Fläche.«

Ich drehte mich zur Mosel hin. In einem halsbrecherischen Gefälle erstreckte sich der mit Schiefergestein bedeckte Hang vor mir. Knorzige, dicke Reben wuchsen aus der Erde. Sie rankten sich an alten Pfählen in die Höhe und verzweigten sich in saftig grünem Laub. Zwischen den gezackten Blättern lugten Trauben hervor, die vereinzelt schon honiggelbe Bäckchen hatten.

»Kommen Sie ein paar Zeilen mit runter.« Julius Rainfels rammte die Sohlen seiner Boots in die Erde, seitlich gewandt begab er sich den Abhang hinunter.

Vorsichtig setzte ich den ersten Schritt in den Wingert, dann den nächsten. Auf einmal kam das Schiefergestein unter meinen Schuhen ins Rutschen. Ich verlor die Balance.

Reflexartig krallte ich mich an einem Pfahl fest, während meine Füße auf hell klackerndem Schiefer weiter nach unten gezogen wurden. Ich landete unsanft auf dem Hosenboden, meine Hand schmerzte und ließ den Stock los, ich rutschte weiter dem Moseltal entgegen. Mit aller Kraft stemmte ich meine Hacken in den Boden, drehte den Oberkörper und bekam einen anderen Pfahl zu fassen.

Endlich stoppte ich.

»Ist schon steil hier. Bevor man unten bei der Mauer ankommt, sollte man angehalten haben.« Julius Rainfels näherte sich in routiniertem Schritt, in der Zeile neben mir setzte er sich hin.

Ich strich ein paar Haarsträhnen aus dem Gesicht und klopfte Staub von meiner Jeans. »Nur so zum Verständnis: Die ganzen Trauben werden in Eimern oder was auch immer aus diesem Wingert transportiert, auf die Monorack-Bahn geladen und ins Tal gefahren, Fuhre um Fuhre?«

»So ist es. Dazu kommen natürlich die anderen Arbeiten, die

das ganze Jahr über zu verrichten sind. Vor allem die Bodenarbeit ist aufwendig.«

»Darf ich fragen, wie viel Balthasar für eine Flasche Gaispfad verlangt hat?«

»Je nach Qualität des Jahrgangs zwischen neun und zehn fünfzig.«

»Nicht Ihr Ernst.« Ich legte meine Handflächen auf den Boden, der Schiefer war glatt und warm. »Neunzehn fünfzig wären angemessen. Die Leute sind bereit, für das Besondere mehr zu bezahlen. Man muss es Ihnen *verkaufen*.«

»Wenn Sie meinen«, brummte Julius Rainfels wenig überzeugt.

Er zog ein zylinderförmiges Gerät aus dem Lederbeutel. Das in schwarzen Kunststoff eingefasste Edelstahlrohr endete in einem schräg gestellten Glasplättchen.

»In diesem Weinberg wachsen Müller-Thurgau-Reben, manche nennen sie auch Rivaner«, sagte er. »Die reifen früh und sind ertragssicher. Auch wenn Riesling als edler gilt, kann man aus Müller-Thurgau beachtliche Weine machen. Balthasar wollte in dieser Parzelle immer neu anpflanzen, aber ich finde, die Sorte ist eine gute Ergänzung zu unseren anderen Weinen. Ein Stück weiter Richtung Zollturm haben wir in der Lage auch einen Rieslingweinberg.« Er zupfte eine goldene Beere aus einer der üppigen Trauben und reichte sie mir. »Probieren Sie.«

Aus seiner schwieligen Hand nahm ich die kleine Kugel an und steckte sie in den Mund. Die Schale zerplatzte, eine fruchtige, aromatische Süße breitete sich auf meiner Zunge aus. »Hm, gut.«

»Ja, die entwickeln sich ordentlich dieses Jahr. Ich denke an einen Ausbau, bei dem ich das Muskataroma hervorhebe. Feinfruchtig, mit milder Säure. Ein klassischer Jungwein.« Er schmunzelte. »Nichts für die Schatzkammer. Rivaner lagert sich nicht so gut.«

Zwischen Daumen und Zeigefinger zog er eine weitere Beere ab, klappte das Glasplättchen des Refraktometers auf und drückte einen Tropfen Traubensaft auf das Messfeld. Dann schloss er die Abdeckung wieder und reichte mir das Gerät.

»Einfach gegen das Licht halten und durch das Okular sehen.«

»Okay.« Ich reckte das Stahlrohr gen Sonne und blickte hinein. In einem blau gefärbten Feld ragten zwei Skalen nach oben. Unter der rechten stand »Oe«, ein kleiner Balken verlief dort zwischen der Sechzig und der Siebzig.

»Fünfundsechzig Grad Oechsle. Kann das sein?« Ich ließ das Okular sinken.

»Wenn Sie das sagen.« Julius Rainfels legte den Kopf schräg. »Wann wollen Sie ernten?«

Blinzelnd gab ich ihm das Gerät zurück. »Äh. Keine Ahnung. Bald?«

Er zog ein Stofftaschentuch aus seiner Jeanstasche und wischte das Messfeld sorgfältig damit ab. »Genauer haben Sie's nicht?«

»Nein. Aber ich lerne gern dazu. Apropos, was zeigt die linke Skala an?«

»Brix. Grob gesagt, eine andere Bestimmung des Zuckergehalts über die Dichte der gemessenen Flüssigkeit.«

»Aha.«

»Wodurch Sie aber den optimalen Zeitpunkt für die Lese immer noch nicht kennen.«

»Schon gut, ich hab's verstanden.«

Im Wald hinter uns ertönte lautes Vogelgeschrei, durchdringend und scharf. Blätter raschelten, ein Greifvogel schwang sich in die Lüfte. Vor dem Sommerhimmel segelte er über das Moseltal.

»Sind Sie noch da, wenn wir ernten?« Julius Rainfels sah mich prüfend an. »Warum sind Sie überhaupt da?«

Auf den Armen abgestützt lehnte ich den Oberkörper nach hinten. Ich konnte mich nicht erinnern, wann ich das letzte Mal einfach auf staubiger Erde gesessen hatte, zwischen trockenen Steinen und Grund, der nach Kindheit roch.

Auf der Mosel unter uns steuerte ein Schubschiff die Schleuse an, die unweit flussabwärts lag. Ich zupfte eine Beere vom Stock, kostete sie und spuckte die beiden Kerne in hohem Bogen in die Zeile.

»Meine Chefin hat mich entlassen.«

»Oh.«

»Außerdem gibt es noch einen privaten Grund, warum ich etwas Abstand zu Köln brauche.«

Julius Rainfels saß still da und schaute über das Tal. Schließlich ließ er das Refraktometer in den Lederbeutel gleiten. »Heißt das, Sie bleiben?«

Die Frage klang skeptisch, in meinen Ohren argwöhnisch. Die mitschwingende Botschaft, nicht erwünscht zu sein, versetzte mir einen Stich. In diesem Weinbergsidyll fiel er unerwartet heftig aus.

Die letzten Tage waren kräftezehrend für mich gewesen, ich hatte kaum geschlafen, und die Sehnsucht nach Daniel brannte wie ein Fieber in mir.

»Was würden Sie denn an meiner Stelle tun?«, platzte ich heraus. »Wenn Ihre große Liebe blöderweise verheiratet ist.« In meinen Schläfen pulsierte es, vor meinem geistigen Auge brach ein Damm. »Und doppelt blöderweise mit Ihrem Boss. Und dann fliegt alles auf, und Sie sind Ihren Job und Ihre Beziehung los, Ihr ganzes Leben knallt auseinander.« Ich hatte den Weinstock schräg vor mir angeschrien, in meiner Nase ziepte es heftig.

»Wenn Sie das Gefühl haben, verrückt zu werden, weil Sie Dinge nicht ändern können, die anders sein *müssen.*« Die erste Träne rollte über meine Wange. »Ich sage Ihnen was«, plärrte ich in die Müller-Thurgau. »In dem Fall brauchen Sie dringend einen Ortswechsel, weil Sie sonst nämlich wirklich schlimme Dinge tun würden. Zum Beispiel in einem großen Autohaus auftauchen und sich einem der Verkäufer … dem tollsten der Verkäufer vor die Füße werfen und ihn anflehen, wieder mit Ihnen zusammen zu sein.« Laut schluchzte ich auf.

Aus der Zeile neben mir ragte ein blau kariertes Taschentuch zu mir hin. In dem Blick dahinter lag Befremden.

»Danke schön.« Ich wischte mir die Tränen ab. »Entschuldigung«, murmelte ich.

»Schon gut.«

Über dem Plateau auf der gegenüberliegenden Moselseite stieg ein Segelflugzeug auf. Der Wunsch, alles hinter mir zu lassen und davonzuschweben, überwältigte mich.

»Die Winzer, die ich kenne, hatten andere Gründe für ihre Berufswahl«, meinte Julius Rainfels trocken.

»Mmhh.«

Eine Weile saßen wir schweigend nebeneinander.

»Kommen Sie, ich zeige Ihnen ein paar der übrigen Weinberge«, sagte er schließlich. »Die kann man mit dem Auto erreichen.«

15

Ein ohrenbetäubender Knall katapultierte mich aus dem Schlaf. Ich riss die Augen auf und schnellte hoch. Pfeifend sog ich Luft in meine Lungen.

Die Gardinen bauschten sich wie Segel vor dem Fenster, ein scharfer Wind blies hinein. Für eine Sekunde war das Zimmer in grell bläuliches Licht getaucht, dann krachte der Donner wieder dröhnend in die Dunkelheit.

Ich sprang aus dem Bett, um das Fenster zu schließen.

Eine kühle Feuchtigkeit kam mir entgegen, der Wind trieb den Regen ins Zimmer. Draußen rauschte es, als tose ein Wasserfall vor dem Haus in die Tiefe. Meine nackten Füße standen in einer Wasserlache.

»Mist.« Ich sah nach unten. Eine große Pfütze hatte sich auf dem Dielenboden gebildet.

Hastig klappte ich den linken Fensterflügel zu. Wieder grellte ein Blitz durch die Nacht. Der Sturm riss an den Kronen der Bäume im Garten, es goss wie aus Kübeln. Die hereinströmende Kälte ließ mich frösteln, ich schloss den zweiten Flügel.

Auf feuchten Sohlen steuerte ich die Zimmertür an. Irgendwo in diesem Haus würde ich wohl Lappen und Putzeimer finden. Ich betrat den Flur. Im selben Augenblick erschrak ich bis ins Mark.

In einem langen weißen Nachthemd stand Ruth dort, das Haar zerzaust, die Haltung merkwürdig gerade. Wie in Zeitlupe drehte sie den Kopf zu mir, ihr Gesicht war leer, sie sah mich an und dabei durch mich hindurch.

Mein Mund war trocken, ich schluckte. »In mein Zimmer hat es reingeregnet. Ich brauche einen Putzlappen.«

»Hm?« Ruths Ausdruck blieb teilnahmslos.

»Einen Eimer«, fügte ich an.

Ohne ein Wort schlurfte sie an mir vorbei auf das Bad zu und verschwand darin.

Ich hastete nach unten.

Dort öffnete ich als Erstes die Tür gegenüber der Küche, ich kannte mehrere Räume des Hauses noch nicht. Ein Wohnzimmer mit einem riesigen Ledersofa und einer massiven Schrankwand lag vor mir.

Die Nachbartür führte in ein unaufgeräumtes Arbeitszimmer.

Schließlich gelangte ich am Ende des Ganges in einen gefliesten Wirtschaftsraum. Waschmaschine, Trockner, Bügelbrett, Wäschekorb … in einer Ecke entdeckte ich Putzzeug.

Mit Eimer und Bodentuch lief ich wieder nach oben. Während ich die Lache aufwischte, tobte das Unwetter direkt über mir. Hoffentlich gibt es einen Blitzableiter, dachte ich.

Nachdem die Dielen einigermaßen trocken waren, stieg ich in meine Jeans, griff nach dem Eimer und verließ das Zimmer. Der nächste Schreck fuhr mir in die Glieder, fast wäre ich in Herrn Wientapper hineingerannt.

»Das sind heftige Naturgewalten.« Die Miene über seinem gestreiften Pyjamaoberteil war besorgt.

»Kann man so sagen. Heftig und nass. An Schlaf ist wohl erst mal nicht mehr zu denken. Kommen Sie mit runter?«

Er nickte.

Im Erdgeschoss leerte ich den Putzeimer in die Gästetoilette, Herr Wientapper ging vor in die Küche. Ich folgte wenig später.

Am Tisch saß Ruth, sie hatte drei Kerzen angezündet, abwesend starrte sie in deren flackerndes Licht.

»Das Unwetter hat uns Balthasar geschickt«, brabbelte sie, dabei wiegte sie ihren Oberkörper vor und zurück. Die Szenerie hatte etwas Gespenstisches.

»Geht es Ihnen gut?«, fragte Herr Wientapper und setzte sich zu ihr.

»Balthasar will nicht, dass die Ernte dieses Jahr von Ihnen eingebracht wird.« Sie wandte mir das fahle Gesicht zu und funkelte mich an. Dann faltete sie die Hände und schloss die Augen wie im Gebet.

Was ist mit der los?, fragte ich mich. Vor mir saß das Gegenteil der zupackenden Ruth, die ich bislang kannte.

»Ich mache uns einen Tee«, schlug ich vor, trat an die Spüle und füllte den Wasserkocher. Unmittelbar neben mir knallte etwas an die Fensterscheibe. Im Schreck riss meine Hand den Behälter nach hinten, Wasser schwappte heraus, wieder ertönte ein scharfes Geräusch, wie das von Stein auf Glas.

Herr Wientapper kam zum Fenster.

»Hagel«, sagte er. »Richtig dicke Klumpen.«

»Oh nein.« Nach dem, was ich heute in den Weinbergen gesehen hatte, klang Hagel gar nicht gut.

Ich eilte zur Haustür und öffnete sie.

Draußen wurden golfballgroße Eisbrocken aus dem Dunkel des Himmels heruntergefeuert.

»Ach du Scheiße«, murmelte ich, die Töne wurden direkt vom tosenden Wind verschluckt.

Im Hof stand der VW-Transporter des Weinguts, die weißen Kugeln schmetterten aufs Dach und auf die Frontscheibe. Ich rannte in die Küche zurück.

»Wo ist der Schlüssel für den Transporter?«

Ruth reagierte erst nicht. Dann öffnete sie die Lider. »Alles verloren«, sagte sie. »Vorbei. Balthasar will nicht, dass es weitergeht.«

Ich tauschte einen fragenden Blick mit Herrn Wientapper.

»Gucken Sie mal dort am Schlüsselbrett neben der Tür«, riet er.

An einem der Haken hing ein VW-Schlüssel.

»Müsste passen.« Ich griff danach, lief in die Diele und schlüpfte in meine Turnschuhe. Schon halb aus der Tür, ließ mich ein unsanfter Schlag auf die Schulter zurückschrecken. Es war keine gute Idee, ohne Kopfschutz rauszugehen.

Ich schnappte einen schwarzen Schirm aus dem Ständer neben dem Kleiderhaken. Im Türrahmen spannte ich ihn auf und wagte mich ins Gefecht.

Das Trommeln auf dem dünnen Nylondach über mir war gewaltig, die Schläge ließen meinen Arm vibrieren. Meine Füße klatschten durch stehendes Wasser, sofort war das Segeltuch der Schuhe durchnässt.

Am VW angekommen, öffnete ich die Tür und ließ mich auf den Sitz fallen. Den eingeklappten Schirm zog ich nach, alles war pitschnass und kalt.

Direkt nach dem Start des Motors flitzte der Scheibenwischer los. Die beiden Ärmchen schienen verloren im herunterknallenden Hagel, ich hatte Angst, dass das Verbundglas jeden Moment zersprang.

Mehr oder weniger im Blindflug manövrierte ich den Wagen auf den Unterstand gegenüber der Packhalle zu. Meine Hände umklammerten das Lenkrad, ich beugte mich weit nach vorn, sah dadurch aber kaum besser.

Als das Auto unter das Dach rollte, hörte der Beschuss auf. Die Scheibe wurde klar, die Wischer quietschten darüber. Ich stoppte den Motor und stieg aus.

Unter meinem strapazierten Schirmdach lief ich zurück Richtung Haus, Wasser spritzte die Beine hoch, der Wind trieb den Niederschlag an meinen Körper.

Im Vorbeilaufen bemerkte ich den Sturzbach, der die Kellertreppe herunterrauschte und durch den großzügigen Spalt zwischen Steinboden und Holztür im Inneren verschwand.

»Verdammt!« Ich raste zum Haus. »Bettlaken!«, brüllte ich in der Diele. »Irgendwas zum Abdichten!«

Atemlos stand ich am Eingang zur Küche. Ruth ließ eine Kette mit hölzernen Perlen durch ihre Finger gleiten, sie sah nicht auf.

»Der Keller läuft voll!«, rief ich Herrn Wientapper zu.

Augenblicklich setzte er sich in Bewegung.

»Schauen Sie oben nach und bringen Sie Laken oder Handtücher mit«, wies er an. »Ich suche hier unten nach Brauchbarem.«

Jede zweite Stufe überspringend, flog ich die Treppe hoch. Im Bad griff ich zwei große Handtücher, lief in mein Schlafzimmer und zog das Betttuch und den Bezug ab, in der Annahme, dass Ruth mir sicherlich nicht ihr bestes Leinen gegeben hatte.

Mit dem Stoffhaufen in den Armen rannte ich nach unten. Herr Wientapper wartete mit einer Rolle Müllsäcke an der Haustür. Er trug einen schwarzen Hut, den ich zuletzt auf der Ablage oberhalb des Kleiderhakens gesehen hatte, und hielt mir eine

Kappe aus Lodenstoff hin. »Setzen Sie die auf. Einen Helm habe ich leider nicht gefunden.«

Unwillkürlich musste ich grinsen. In Windeseile stopften wir die Müllsäcke mit dem Stoff voll, formten längliche Pakete und rannten damit raus. Der Hagel hatte etwas nachgelassen, die Körner waren kleiner geworden. Blitz und Donner grollten weiter am Himmel.

Wir spurteten zum Kellerabgang. Ich rutschte auf einer der steinernen Stufen aus, nur knapp fing ich mich wieder.

Herr Wientapper reichte mir unsere improvisierten Sandsäcke an, ich presste sie vor das Holztor, quetschte die stoffgefüllten Pakete, so gut es ging, vor die Ritze.

Das Wasser begann, sich vor dem Eingang zu stauen, bis zu den Knöcheln stand ich in eisiger Brühe. Dafür lief sie nicht mehr ungehindert in den Fasskeller.

»Wir sollten gucken, wie es drinnen aussieht«, rief Herr Wientapper.

»Ja, in der Packhalle gibt es einen weiteren Abgang. Können Sie Ruth den Schlüssel zum Anbau entlocken?«

»Der hängt bestimmt auch am Brett.«

»Bringen Sie den Putzeimer mit.«

Herr Wientapper lief los zum Haus, seine Silhouette mit Pyjama und breitkrempigem Hut verschwand. So gut ich konnte, drückte ich die Abdichtung vor der Kellertür fester zusammen. Lange würde das alles nicht dem Niederschlag trotzen, das kleine Staubecken füllte sich zusehends.

Ich stieg die Stufen hoch, vom Haus her kam Herr Wientapper im Laufschritt zurück. »Hab beides.« Er schwenkte Eimer und ein Schlüsselmäppchen.

Wir schöpften das Wasser vor dem Kellereingang ab, um etwas Zeit zu gewinnen. Dann eilten wir in die Halle. Die trockene Wärme, die uns umfing, war eine Wohltat.

»Brr.« Herr Wientapper schüttelte sich. »Als ich jung war, war ich beim THW. Da hatten wir häufiger solche ungemütlichen Einsätze. Aber jetzt, auf meine alten Tage …«

»Herr Wientapper, ich glaube, Sie werden gerade immer jünger.«

Wir stiegen den Treppenabgang am Rande der Halle hinunter. Unten angekommen, war ich froh, meinen Fuß ins Trockene zu setzen. Somit gab es zumindest keine komplette Überflutung.

Wir durchquerten den Kellerteil unter der Packhalle. Zum ersten Mal sah ich die Flaschenfüllanlage. Die Maschine mit dem Förderband, den glänzenden Edelstahlabdeckungen und einem Tankbehälter stand glücklicherweise auf trockenem Beton. Das Tor zur Einfahrt hinauf in den Hof hatte kaum Feuchtigkeit durchgelassen.

Eine rostfleckige Brandschutztür führte in den Gewölbekeller. Ich öffnete sie. Unmittelbar darauf floss mir Wasser entgegen, es bahnte sich in einem breiten Rinnsal den Weg an meinen Schuhen vorbei.

»Mist«, fluchte Herr Wientapper. »Ich ahne, wo das herkommt.«

»Vom vorderen Eingang?«

»Nein, noch unangenehmer.«

Ein paar Schritte weiter wurde mir klar, was er meinte. Aus einem Abflussgitter auf dem Boden des Kellerraums, in dem sich die Schatzkammer befand, sprudelte eine Wasserfontäne wie ein Springbrunnen in die Höhe.

»Wir müssen das abdichten«, rief Herr Wientapper.

Ich starrte auf das kräftig aufschießende Wasser. Dabei leerte sich mein Kopf sonderbar, auch die Kälte meiner nassen Kleider fühlte ich kaum noch. »Womit denn?« Meine Stimme klang hohl.

Herr Wientapper sah sich um. »Das Wasser kommt mit starkem Druck hoch, wir brauchen was Schweres. Und erst einmal ein Brett oder so was.«

Neben den Schläuchen hing eine Art Sideboard aus Holz an der Wand. Zielstrebig ging er darauf zu. Er räumte die Glaskolben und Kunststoffflaschen ab und hakte das Brett aus seiner Verankerung. »Das muss auf den Abfluss. Sie stellen sich drauf, bis ich was anderes zum Beschweren bringe.«

»In Ordnung.«

Als wir das Holz über die Fontäne pressten, schoss mir das Wasser direkt ins Gesicht. Herr Wientapper hielt ein Ende des

Sideboards fest, ich drückte mit dem Fuß das andere herunter. Dabei spürte ich den aufstrebenden Druck. Wackelig stellte ich mich auf das Brett. Herr Wientapper hastete los.

»Drüben bei der Füllanlage stehen volle Weinkisten«, rief er mir über die Schulter zu.

Ich stand da mit dem Gefühl, unter mir brodele ein Vulkan.

Einige Sekunden später hörte ich Herrn Wientapper vom Durchgang her ächzen. Er schleppte eine Holzkiste mit zwölf vollen Flaschen heran, auf dem einen Ende des Brettes stellte er sie ab. Wenig später kam er mit der zweiten. Ich verlagerte mein Gewicht zur Seite, die Kiste wurde platziert. Eine dritte trugen wir zusammen und stellten sie obenauf.

»Das wäre geschafft.« Herrn Wientappers Lachen und die geröteten Wangen gaben ihm etwas Verwegenes. In seinem klatschnassen Schlafanzug erinnerte er mich einen Augenblick lang an einen wilden Hippie. »Das Wasser läuft ab, wenn das Unwetter vorbei und der Abfluss wieder frei ist«, meinte er. »Sauber machen können wir morgen.«

»Lassen Sie uns noch den ersten Raum ansehen, hoffentlich hat unser Staudamm gehalten.« Ich ging vor in den Fasskeller. Dort tastete ich nach dem Lichtschalter, die mit Spinnennetzen umwebten Lampen gingen an.

Vom Eingang her war Wasser reingelaufen, dunkel glänzte es auf dem Steinboden. Die Menge war jedoch überschaubar, die Fässer standen auf ihren Sockeln im Trockenen.

»So weit alles in Ordnung«, stellte Herr Wientapper neben mir fest. »Es wird Zeit für trockene Sachen und einen Tee.«

Hier unten im Gewölbe hörte man weniger vom Niederschlag draußen, ich hoffte inständig, dass sich das Unwetter beruhigt hatte.

Wir verließen den Keller. In der Halle angelangt, öffnete sich die Eingangstür.

Ruth, dachte ich.

Direkt darauf erschien Julius Rainfels.

»Hallo«, grüßte Herr Wientapper. »Es hat ein bisschen reingeregnet. Wir konnten aber das Schlimmste verhindern.«

Knapp erklärte er Julius die Lage.

»Ich sehe es mir an«, erwiderte der, dabei beäugte er mich skeptisch. »Gehen Sie ins Haus. Sie sehen aus wie eine ertrunkene Katze.«

Man kann es mir wohl nicht verdenken, dass ich etwas Netteres erwartet hatte. Immerhin hatte ich unter beträchtlichem Einsatz seine Weinzöglinge vor dem Ertrinken bewahrt. Ich wollte etwas entgegnen, zögerte und verkniff es mir.

Mit Herrn Wientapper verließ ich die Halle. Das Gewitter hatte sich entfernt, der Niederschlag war zu einem mäßigen Regen geworden. Ich schöpfte noch einmal Wasser aus dem Staubecken vor der Kellertür und folgte meinem Nachbarn ins Haus.

Oben in meinem Zimmer zog ich eine trockene Jeans und ein anderes Shirt an, darüber den dicksten Pulli, den ich mitgenommen hatte. Wenig später traf ich Herrn Wientapper und Julius Rainfels in der Küche.

Ruth Hillenkamp saß noch immer am Tisch, ihre Lider waren halb gesenkt, das Gesicht ohne Ausdruck, mir kam eine Schlafwandlerin in den Sinn.

»Ruth, geh nach oben und leg dich ins Bett«, sagte Julius. »Du kannst weiterschlafen. Es ist alles in Ordnung.«

»In Ordnung?« Ungläubig klappte sie die Augen auf.

»Komm.« Sanft, aber bestimmt zog er sie von ihrem Stuhl. »Ich bringe dich hoch.«

Er manövrierte sie an mir vorbei. »Soweit ich weiß, nimmt sie abends ein starkes Beruhigungsmittel seit Balthasars Tod«, meinte er leise und verschwand mit ihr in der Diele. Seine kräftigen Tritte auf der Treppe wurden von schlurfenden begleitet.

Zwei Minuten später kam er wieder runter.

»Sie sollten auch schlafen gehen.« Er deutete auf die Küchenuhr. Es war kurz nach drei. »Die Schäden in den Weinbergen sehe ich mir morgen an. Ich fürchte, da ist einiges passiert.« Besorgt zog er die Stirn kraus. »Zwanzig, dreißig Prozent Ausfall.«

Herr Wientapper reichte mir eine Tasse Tee, dankbar nahm ich sie an. »Möchtest du auch eine?«, fragte er Julius.

»Nein, ich fahre nach Hause.«

»Ihre Freundin erwartet Sie bestimmt schon sehnsüchtig.«

Wer hatte das gesagt? Ich etwa? Offenbar ja. Etwas in mir wartete immer noch auf ein Dankeschön. Enttäuschte Erwartungen brachen sich mitunter in spitzen Bemerkungen Bahn. Ich biss mir auf die Zunge.

In Julius Rainfels' Ausdruck trat Verwunderung. Darunter lag noch etwas anderes, eine feine Traurigkeit oder Bedauern.

»Die schläft«, sagte er, drehte sich um und ging zur Tür. »Schlafen Sie auch gut.«

Ich blöde Kuh, dachte ich.

Auch eine Stunde später konnte ich noch nicht einschlafen. Es lag an der Aufregung der Nacht, an wild herumschwirrenden Gedanken, Bildern, die plastisch ins Gedächtnis zurückkamen.

Wenn sich jemand bedanken musste, dann ich bei Herrn Wientapper. Erst nachdem ich mir vorgenommen hatte, das am Morgen in aller Form nachzuholen, kam ein tiefer, dumpfer Schlaf über mich.

16

Als ich aus meinem Zimmer nach unten kam, war der Frühstückstisch nicht gedeckt. Es war kurz vor halb elf, demnach befand man sich in diesem Haushalt auf der Zielgeraden zum Mittagessen. Auf dem Herd stand bereits ein Topf mit geschälten Kartoffeln. Daneben lag ein riesiger Wirsing.

Draußen schien die Sonne an einem blitzblanken Himmel. Beim Aufwachen hatte ich einen Moment lang geglaubt, die Ereignisse der vergangenen Nacht seien nur ein schlechter Traum gewesen. Ein Blick aus meinem Zimmer in den Garten hatte mich allerdings vom Gegenteil überzeugt: Abgerissene Blätter und Zweige lagen auf dem Rasen, Pavel war gerade dabei gewesen, mit einem Schlauch Erdreste vom Hof zu spülen.

Ich war allein in der Küche, öffnete den Kühlschrank und goss mir ein Glas kalte Milch ein. Beim Zurückstellen der Tüte erspähte ich die traumhafte Kirschmarmelade, die Ruth selbst einkochte. Ich nahm eine Scheibe Roggenbrot aus dem Brotkasten und häufte eine dicke Schicht von dem dunkelroten Gelee darauf.

Genussvoll biss ich ab. Kulinarisch gesehen war das Landleben gar nicht so übel.

Während ich kaute, hörte ich das Geräusch der sich öffnenden Haustür, kurz darauf fiel sie ins Schloss.

»Guten Morgen.« Herr Wientapper erschien in der Küche. In Anbetracht meiner vollen Hamsterbacken schmunzelte er. »Und guten Appetit.«

»Oh, danke«, schmatzte ich hervor. »Ihnen auch einen guten Morgen. Sind Sie schon lange auf?«

»Seit zweieinhalb Stunden etwa. Senile Bettflucht sozusagen. Ich sitze bei Lore im Büro und arbeite mich weiter in Buchführung und Warenwirtschaft ein.«

»Bei Lore?«

»Frau Stein und ich duzen uns nun auch.« Eine Spur Verlegenheit lag in dem Satz. »Ein wenig sind hier ja alle wie eine große Familie.«

»Ah so.« Ich biss erneut ab. »Wissen Sie, wie's im Keller aussieht?«

Herr Wientapper griff nach der schwarzen Thermoskanne auf der Anrichte und goss sich eine Tasse Kaffee ein. »Pavel hat heute früh gute Arbeit geleistet, es ist so weit wieder alles trocken. Julius ist noch in den Weinbergen.«

Fehlt nur noch ein Familienmitglied, dachte ich und fragte: »Wo ist Ruth?«

»Ich glaube, sie ist einkaufen. Vorhin ist sie mit dem Wagen weg.«

»Hoffentlich fahrtüchtig«, murmelte ich.

Alle waren schon beschäftigt und unterwegs. Es hinterließ bei mir kein sonderlich gutes Gefühl, noch geschlafen zu haben, während Julius rund fuhr und die Schäden begutachtete. Aber das war nun nicht mehr zu ändern. Als Stadtpflanze hatte ich verpennt, mit den frühen Landvögeln hielt ich noch nicht mit.

Ich kaute meinen Mund leer.

»Herr Wientapper, ich möchte mich ganz, ganz herzlich bei Ihnen für Ihren Einsatz letzte Nacht bedanken. Das war toll.«

»Ach was.« Röte stieg in sein Gesicht. »War doch selbstverständlich.«

»Nein, keinesfalls. Ich weiß das wirklich zu schätzen.«

»Ja. Na ja. Schon gut.« Er drehte seine Kaffeetasse in den Händen. Ein paar Augenblicke lang standen wir schweigend da.

Hinter Herrn Wientapper lächelte mein Onkel uns von dem Foto mit dem schwarzen Band am Rahmen zu.

»Wenn gerade nichts Dringendes anliegt, würde ich gern Balthasars Grab besuchen«, sagte ich. »Wissen Sie zufällig, ob es auf dem Hof ein Fahrrad gibt, das ich mir ausleihen kann?«

»Am besten, Sie fragen Pavel. Er ist in der Packhalle.«

»Das mache ich.«

»Gut, dann gehe ich zu Lore ins Büro zurück. Wir haben noch Arbeit vor uns, doch allmählich durchblicke ich die Vorgänge im Betrieb.«

»Danke auch dafür, Herr Wientapper.«

»Tue ich gern. Bis später.« Mit einem Schmunzeln und der halb vollen Tasse verließ er die Küche.

Nach dem ersten musste ich mir ein zweites Marmeladenbrot machen, der Kirschtraum war zu lecker. Dazu schlürfte ich einen Becher Kaffee.

Kurz las ich auf meinem Handy bei der Online-Ausgabe der örtlichen Tageszeitung nach. »Schwere Schäden nach nächtlichem Unwetter«, titelte sie. »Straßen überflutet, Feuerwehr und THW im Dauereinsatz.«

Etwa in der Mitte des Artikels war von den zu erwartenden Ernteausfällen der Winzer die Rede. »In einigen Lagen bis zu fünfzig Prozent Verlust.«

Hoffentlich ist uns nicht der ganze Gaispfad zerschlagen worden, dachte ich und aß eilig auf.

Anschließend begab ich mich zur Packhalle. Schon vom Eingang aus hörte ich Pavel mit jemandem reden. Ich begrüßte kurz Lore Stein in ihrem Büro, sie saß mit Herrn Wientapper am Computer.

Einen Moment lang brachte ich das tatsächliche Alter der beiden und das Bild vor mir nicht zusammen. Eigentlich saßen dort zwei befreundete Studierende, die gemeinsam büffelten, konzentriert und doch vergnügt.

Ich ging vor zu Pavel.

Bei ihm stand Frank Michels, Balthasars alter Freund.

»Wann, denkst du, ist Julius wieder zurück?«, fragte er ihn gerade.

»Er ist schon vor einer Weile los. Gegen elf, halb zwölf sollte er spätestens … Ach, hallo.« Pavel hatte mich bemerkt. Gleichzeitig drehte sich Frank Michels zu mir um.

»Guten Tag.« Er musterte mich von oben bis unten.

»Hallo.«

»Haben Sie die Nacht gut überstanden?«

Etwas an seinem Ton gefiel mir nicht. Ich habe mit meinem Nachbarn den Laden vor dem Absaufen gerettet, hätte ich am liebsten geantwortet.

»Gut kann man nicht sagen«, erwiderte ich stattdessen. »Aber ein bisschen was konnten wir tun.«

»Jetzt sehen Sie, wie das ist, wenn man in und mit der Natur arbeitet. Man ist abhängig und ausgeliefert.« Er verschränkte die Arme vor der kräftigen Brust. Unter dem Karohemd wölbte sich ein Bauchansatz. »Ich glaube, Sie passen besser in ein nettes Büro in der Großstadt.«

Im Prinzip hatte der Mann recht. Doch abgesehen davon, dass ich keinen Job in einem netten Büro mehr hatte, brachte es mich innerlich auf, dass er sich anmaßte, mich zu beurteilen.

»Entschuldigung, und ich glaube nicht, dass Sie mich gut genug kennen, um so etwas zu behaupten«, konterte ich. »Das, was Sie als Winzer gelernt haben, könnte ich auch lernen. Vorausgesetzt, ich wollte es.«

Ein angedeutetes Lächeln flog über Frank Michels' Lippen. Es war schwer zu sagen, ob nur Geringschätzung darin lag oder auch eine Spur Anerkennung.

Vermutlich war es nicht verkehrt, sich in diesem Winzerhabitat Respekt zu verschaffen. Also öffnete ich den Mund, um nachzulegen.

Doch Pavel ging dazwischen. »Sie hatten Herrn Wientapper nach einem Fahrrad gefragt?«

»Hgh. Ja.« Mein geplanter Satz, dass man mal nicht so tun solle, als sei Weinmachen komplexe Kernphysik, entglitt mir.

»Balthasars altes Rad steht in der Garage, drüben neben dem Unterstand rechts«, erklärte Pavel. »Aber er hat es länger nicht mehr benutzt, gucken Sie, ob es noch fahrbereit ist. Das Tor können Sie einfach hochdrücken.«

»In Ordnung. Danke. Ihnen noch einen ergiebigen Tag, Herr Michels.«

Ich verließ die Halle. Über den Hof hinweg steuerte ich die Garage an.

Das hellbraune Metalltor hatte etliche Jahre auf dem Buckel, die Farbe blätterte ab. Ich drehte den Griff, zog an ihm, das Unterteil des Tores kam mir entgegen, während das Oberteil nach hinten wegschwang. Mit Kraft drückte ich das schwere

Ding nach oben, es rollte knirschend in einer Schiene gen Decke. Im selben Augenblick staunte ich.

In der Garage stand ein Sportwagen, ein roter Alfa Romeo, vermutlich aus den sechziger oder siebziger Jahren.

Es war völlig unvermeidlich, dass meine Gedanken schon eine Sekunde später bei Daniel waren. Direkt anschließend lief eine Art pyrotechnische Kettenreaktion in meinem Gehirn ab. Ich saß mit Daniel in diesem Wagen, ein seidenes Tuch um mein Haar geschlungen, die Grace-Kelly-Sonnenbrille auf der Nase, während mein Geliebter mich anstrahlte und den Alfa die Mäander der Mosel entlanglenkte.

Verdammt.

Der Verkauf dieses Schlittens kann mich ein paar Monate finanzieren, dachte ich missmutig, sah mich um und erspähte an der hinteren Garagenwand ein Herrenfahrrad.

Der Lack in Blaumetallic war zerkratzt, das Sattelpolster an einer Stelle kaputt, der Schaumstoff quoll heraus, Speichen und Felgen waren verrostet.

Skeptisch schob ich den Drahtesel an dem anderen Oldtimer vorbei. Draußen prüfte ich Reifen und Lenkung, murmelte: »Wird gehen«, und schwang mich auf.

Dank der GPS-Funktion meines Handys durfte es nicht schwer sein, den Friedhof in Trarbach zu finden. Auch im Stadtteil Traben gab es einen, warum es Balthasar nach seinem Tod auf die andere Moselseite verschlagen hatte, wusste ich nicht.

Ich strampelte los. Die Gangschaltung krachte, die hakelige Kette trieb das Rad eher widerwillig an. Auf dem zu hohen Sattel rutschte ich hin und her.

Nach wenigen hundert Metern führte mich mein Weg zur Moselbrücke an Alfreds Werkstatt vorbei.

Schon aus der Entfernung sah ich ihn in seiner Kfz-Rocky-Balboa-Montur auf dem Hof stehen und mit einem Mann sprechen. Knirschend und quietschend näherte ich mich.

»Tschau, Bella!« Mit einem breiten Grinsen reckte er den Arm nach oben, die Achselhaare hätten ein ordentliches Toupet ergeben. »So sportlich unterwegs?«

»Klar. Bauch, Beine, Po.«

»Bei dir doch alles bestens.« Er hob den Daumen. »Wenn dein Flitzer wieder streikt, meld dich.«

»Auf jeden Fall.«

Wie schön, bereits neue Freunde gefunden zu haben, dachte ich und strampelte weiter.

Kurz darauf überquerte ich die Brücke. Dahinter lag rechts abzweigend die kleine Fußgängerzone. Auch hier gab es Anzeichen des nächtlichen Unwetters. Die Pflanzen in den Blumenkübeln waren zerrupft und geknickt, der Sturm hatte das Schild eines Schuhgeschäfts abgerissen. In der Ecke eines Hofes lagen zerschlagene Dachschiefer.

Ich fuhr in eine schmale Straße ein, die von älteren Wohngebäuden gesäumt war. Eine Kirche und eine Kneipe lagen sich gegenüber, automatisch stellten sich im Kopf Frühschoppen-Szenen ein.

Mein Strampeln brachte mich zu einem von alten Bäumen umgebenen Platz. In der Mitte stand ein Brunnen, aus dessen bronzefarbenen Speiern helles Wasser plätscherte. Ein Schwung fröhlich lachender und plappernder Kinder kam mir entgegen.

Ich hielt an, zog mein Handy aus der Hosentasche und orientierte mich auf dem Display. Gegenüber dem Platz ging es, etwas hinter den Häusern versteckt, in einen Weg hinein. Bis dorthin schob ich das Rad, stellte es ab – und bemerkte, dass ich kein Schloss hatte. In der Hoffnung, dass die alte Gurke niemanden zum Diebstahl reizte, lief ich zu Fuß weiter.

»Teichweg«, las ich auf einem Straßenschild. Er war schmal und führte an einem kleinen Bachlauf entlang. Auf der anderen Seite des Gewässers ragte dunkles Felsgestein auf.

Ich ging an der Rückseite älterer Häuser vorbei, auf einem Balkon stand ein Mann und rauchte. Eine Windböe wehte den Qualm zu mir hin.

Schließlich überquerte ich eine kleine Brücke. Hinter ihr lag der Eingang zum Friedhof, verschlossen durch ein geschmiedetes Tor. Es knarzte, als ich es öffnete. Ich erinnerte mich an Julius Rainfels' Beschreibung. Vom Mittelweg aus rechter Hand, ganz oben. Das Gelände stieg zum Hang hin beträchtlich an, ich begab mich den Weg hinter dem Tor hinauf.

Alles Bunte und Blühende auf den Gräbern war in Mitleidenschaft gezogen worden, die Erde dazwischen stellenweise aufgespült.

Mein Blick lief im Vorbeigehen über die Grabsteine, erfasste die Jahreszahlen, ich registrierte die Spanne zwischen dem Geburts- und dem Todesdatum. Lagen siebzig oder achtzig Jahre dazwischen, blieb ich einigermaßen unberührt, bei kleineren Zahlen stellte sich eine diffuse Wehmut ein. »Anna Sonntag, 12.5.1964 – 22.12.1996«, stand auf einem hellgrauen Granitstein. Eine Engelfigur aus Keramik war zwischen den grünen Bodendeckern umgekippt. Ich blieb stehen, zögerte, bückte mich und stellte den Engel wieder auf.

Eine ältere, schwarz gekleidete Frau kam den Weg runter. Unter ihren Augen lagen violette Schatten, das graue Haar war zu einem Knoten aufgesteckt.

»Ma Juh Se Bedda. Hilf Kinna nä«, sagte sie zu mir.

Ich verstand kein Wort. »Guten Tag«, erwiderte ich freundlich.

»Su en Unweehra, Himmelherrgott.« Sie schüttelte den Kopf und ging weiter.

Auch ich setzte meinen Weg fort. Rechts von mir ragte ein Grabhügel auf. Er war mit Kränzen und Blumen bedeckt.

Etwas pikte in meiner Flanke wie Seitenstechen, ich straffte meinen Oberkörper und atmete ein. Über den Pfad zwischen den Gräbern erreichte ich den Hügel. Der an der Frontseite liegende Kranz trug eine weiße Schleife. »In Liebe, Deine Ruth«.

Auf der Oberseite der Wölbung war vom Unwetter eine Mulde ausgespült worden. Aus der seitlichen Perspektive wirkte es, als könne man in das Grab hineinsehen. Ein Schauer lief über meinen Rücken.

Ich ging in die Hocke und berührte den noch feuchten Grund.

»Hallo, Balthasar.«

Von den umliegenden Bäumen klang Vogelgezwitscher zu mir hin, eine Kirchenglocke schlug einmal.

»Was hast du dir dabei gedacht?«, murmelte ich, in Gedanken

verharrend. Doch es stellte sich kein deutliches Gefühl ein, keine Trauer. In meinem Innern registrierte ich Leere oder allenfalls Ratlosigkeit.

Ein oder zwei Minuten hockte ich dort. Die Zwiesprache mit einem toten Fremden gelang mir nicht. Dass er Mamas Bruder gewesen war, schuf keine Verbindung, es reichte nicht aus.

Ich stand auf, legte einige verrutschte Kränze nebeneinander und zog ihre Schleifen zurecht. Es erschien mir, als sei ein Pflichtbesuch absolviert.

Im Weingut konnte ich mich vermutlich nützlicher machen als hier.

Nachdem ich mich wenige Schritte entfernt hatte, drehte ich mich noch einmal um. Bei der Aushöhlung des Grabhügels fühlte ich mich an einen Vulkankegel erinnert.

Rasch steuerte ich den Hauptweg an, dabei bemerkte ich eine Frau, die sich darauf näherte. Ein Windstoß fuhr mir über die nackten Arme und das Gesicht.

An der Abzweigung zu Balthasars Grabreihe hielt sie an. Wir standen uns gegenüber.

»Hallo«, grüßte ich und wich zur Seite hin aus, um den Pfad freizugeben. Irgendetwas in meinem Gehirn begann zu arbeiten.

Die Frau war schätzungsweise Ende fünfzig. Sie trug Jeans und eine Kurzarmbluse. Graue Strähnen durchzogen ihre Locken, die Wangen und das Kinn trugen deutliche Spuren der Schwerkraft.

»Danke«, sagte sie und ging an mir vorbei.

Jetzt wusste ich es.

Über dreißig Jahre. Diese Zeit verändert vieles. Trotzdem.

»Entschuldigung«, rief ich.

Die Frau drehte sich um.

»Ja?«

»Ich war gerade am Grab meines Onkels. Möchten Sie auch dorthin?«

»Baltha war Ihr Onkel?« Die Brauen der Frau kniffen sich zusammen.

»Ja.«

»Dann haben Sie geerbt, oder?«

Dies schien *die* zentrale Information zu meiner Person zu sein.

»So ist es.« Ich hielt inne. Eine Sekunde später entschloss ich mich zu der direkten Frage. »Waren Sie mit Balthasar verlobt?«

»Ich?«

Unsicherheit stieg in mir auf, die Ähnlichkeit mit der Frau in Balthasars Fotoalben war nur zu erahnen.

»Das ist lang her.« Ein angedeutetes Kopfschütteln begleitete die Worte. Ein dumpfer Herzschlag folgte in meiner Brust.

Lang her, dachte ich, und dennoch geht sie zu seinem Grab.

»Wissen Sie, ich kannte Balthasar gar nicht«, fuhr ich hastig fort. »Was war er für ein Mensch?«

Die Frau runzelte die Stirn, zögerte, schien mit der Frage nichts Rechtes anfangen zu können. Sie hob die Schultern. »Ganz normal halt.«

»Sie waren bei meiner Taufe dabei. Ich habe die Fotos gesehen.«

»Und?«

»Demnach kannten Sie meine Eltern.«

Abwehrend wurden die Arme vor der Brust gekreuzt, auf dem dunkelblauen Stoff prangten unzählige kleine weiße Delphin-Silhouetten. Und an der rechten Hand glänzte ein Ehering.

»Kennen kann man wirklich nicht sagen. Ich kann mich überhaupt nicht mehr erinnern. Außerdem muss ich los, ich habe nicht viel Zeit, wollte nur kurz nach dem Grab sehen.«

»Warum hat Ihre Beziehung zu Balthasar nicht gehalten?«, haspelte ich, wohl wissend, wie persönlich diese Frage war.

»Was geht Sie das an?« Die Antwort kam prompt und unfreundlich.

»Ich weiß, entschuldigen Sie. Aber mir ist es wichtig, ein Bild von meinem Onkel zu bekommen, zu verstehen, warum er mich als Erbin eingesetzt hat. Ich suche nach Puzzleteilen aus der Vergangenheit.«

»Wie Sie sagen, es ist Vergangenheit«, erklang es herb. »Wir waren jung damals. Lebenslustig, haben viel gefeiert.« Ein milderer Zug trat in das faltige Gesicht. Doch sofort wurde er wieder durch verkniffene Strenge abgelöst. »Die mussten sich alle erst noch die Hörner abstoßen.«

Überrascht versuchte ich, die Aussage einzuordnen. »Wer sind ›die‹?«

»Ich möchte jetzt zum Grab. Wiedersehn.« Sie setzte sich in Bewegung, der schmale Oberkörper hielt sich gerade über den breiten Hüften.

Warten Sie!, wollte ich rufen. Doch im Grunde hatte ich verstanden, dass die Unterhaltung zu Ende war.

Wieder war ich jemandem begegnet, der Balthasar kannte und die Vergangenheit betreffend nicht sehr auskunftsfreudig war. Was hat es damit auf sich?, überlegte ich. Erzählt man hier Fremden einfach nicht viel? Oder gibt es etwas, das niemand mehr erzählen will?

Nachdenklich ging ich zum Haupttor des Friedhofs und über den Teichweg zurück. Die Verlobung hatte also offenbar nicht gehalten, weil sich Balthasar, ebenso wie seine Kumpels, doch noch nicht fest binden wollte. Schmerzte seine Verlobte die Erinnerung daran noch immer? Brachte sie Bitterkeit mit sich? Aber offenbar hatte die Frau ja jemand anderen geheiratet.

Balthasars Drahtesel kam in Sicht, er stand noch da, wo ich ihn abgestellt hatte. Wenig später stieg ich auf und fuhr los. So fest ich konnte, trat ich in die Pedale.

In dem mir schon bekannten Neukauf machte ich einen Zwischenstopp und besorgte ein paar Lebensmittel. Ich wollte Ruth nichts mehr wegfuttern, von ihrer Marmelade vielleicht abgesehen. Außerdem mochte ich einige Dinge, die bei Hillenkamp & Glück nicht auf dem Speiseplan standen.

Mit zwei vollen Papiertüten kam ich schließlich am Weingut an.

Auf dem Hof traf ich Julius.

»Hallo. Wie sieht es in den Weinbergen aus?«

Er wirkte müde und rieb sich über Stirn und Nasenrücken. Sein schwarzes Shirt war ausgewaschen, es trug den Aufdruck eines Open-Air-Festivals namens »Lott«.

»Stellenweise gibt es Totalausfälle, da hängt außer ein paar zerrupften Blättern praktisch nichts mehr am Stock. Andere Parzellen haben wenig abbekommen, da haben wir es einigermaßen gut überstanden. Nach meiner Schätzung müssen wir insgesamt mit etwa einem Fünftel Ernteausfall rechnen.«

»Was bedeutet das?«

»Weniger Wein?«

Ich atmete tief ein und aus. Nur mit Mühe unterdrückte ich den Impuls, ihn zu schütteln oder zumindest anzuplärren.

»Bedroht das den Betrieb wirtschaftlich?«, fragte ich betont ruhig.

Julius Rainfels hob die Schultern. »Besser macht es unsere Situation nicht. Wir müssten nächstes Jahr entsprechend mehr von unseren älteren Jahrgängen absetzen. *Sie* sind doch die Marketingexpertin.«

»Pfh.«

»Obwohl wir auch ohne Ihre Fachkompetenz eben eine größere Bestellung reinbekommen haben. Wenn Sie sich nützlich machen wollen, helfen Sie beim Versand. Ein Teil der Flaschen muss außerdem noch etikettiert werden. Das machen wir bei einer kleineren Menge von Hand.«

»Gern. Ich bringe nur schnell die Tüten rein und verstaue die Einkäufe.«

»Tun Sie das. Wär schade, wenn die laktosefreie Milch sauer wird.«

Pass auf, dass ich nicht sauer werde, dachte ich und eilte ins Haus.

Kurz darauf stand ich am Packtisch vor einem Kunststoffbrett, auf das Julius Rainfels großflächig Kleister aufgestrichen hatte.

Er nahm einen Stapel Glück-Wein-Etiketten und knickte ihn in der Mitte und am linken und rechten Rand leicht an. Dann setzte er die papiernen Rechtecke in Windeseile nebeneinander wie kleine Hausdächer so auf, dass ihre Ränder im Kleister standen. Im Zugeschaut-mitgebaut-Modus beklebte er die erste Flasche.

»Bitte gerade und exakt anderthalb Zentimeter vom Flaschenboden entfernt«, wies er mich an. »Ohne Luftblasen aufkleben, danach die Kleisterreste am Glas entfernen.«

Nachdem ich anfänglich kleinere Probleme gehabt hatte, wovon ein Häufchen zerknüllter Etiketten zeugte, lief es nach einigen Minuten ganz gut.

Ich setzte ein Papierdächlein nach dem anderen auf die Flaschen, zog die Ränder nach außen, justierte mein Werk und wischte die Reste gallertartiger Pampe weg. Bei der Arbeit bemerkte ich, wie mein Kopf angenehm leer und meine Stimmung gelassener wurde. Ich kam ganz ins Tun, sah die Ergebnisse und machte einfach weiter und weiter. Katharina im Etikettier-Flow.

17

Nach dem Mittag vorm Kleisterbrett und zwischen Gitterboxen hatte es mein Dolce-&-Gabbana-Top sein müssen. Ich hatte außerdem Kartons gepackt und geschleppt, den beladenen Hubwagen hin- und hergefahren und Julius beim Filtrieren eines Fuders Wein geholfen, das nächsten Montag abgefüllt werden sollte.

Diese Arbeit führte quasi zwangsläufig zu den Gucci-Pumps. Zwischen meinen beiden italienischen Lieblingen befand sich eine knapp sitzende Jeans und am oberen Körperende mein einigermaßen zufriedenes, dezent geschminktes Gesicht.

Ich lief an der Mosel entlang, die im Licht des frühen Abends glatt wie ein dunkler Spiegel dalag.

Das Ufer der Trabener Seite säumten prachtvolle alte Häuser auf großzügigen Grundstücken. Ich war auf dem Weg zur Weinprobe des Klitzekleinen Rings, sie fand in diesem Jahr in einer repräsentativen Jugendstilvilla statt. Von denen gab es hier einige. Wie ich mittlerweile wusste, war der Ort bekannt dafür.

»Sehen Sie es sich an«, hatte Julius gemeint. »Ich zumindest habe schon in hässlicheren Umgebungen Wein getrunken.«

Im Rainfels'schen Idiom bedeutete das vermutlich: Achtung – High End!

Die milde Abendluft trug Stimmen zu mir hin, Lachen mischte sich darunter. Ein paar Leute standen vor dem Veranstaltungsort auf der Straße, ich sah Sakkos, helle Hemden und Sommerkleider, bei näherem Herankommen gut gelaunte Gesichter und halb volle Gläser.

Einige Blicke streiften mich, als ich zu der Gruppe aufschloss.

»Tafelrunde«, verkündete linker Hand ein blaues Transparent neben dem Eingang zu einem Garten. Eine junge Frau mit hochgebundenem Zopf und ein schlaksiger Bursche, der vom Aussehen her ihr Bruder sein konnte, standen hinter einem Tisch mit Kasse und Weingläsern.

»Hallo«, grüßte die Frau freundlich. »Herzlich willkommen.«

Ich zahlte den Eintrittspreis und bekam von ihr ein langstieliges Glas sowie ein Programmheft ausgehändigt. »Viel Spaß.« Beim Lächeln hatte sie entzückende Grübchen.

Neugierig betrat ich das Grundstück. Wow, flashte es in meinem Kopf auf. Eine alte Villa in perfekt erhaltenem Zustand ließ mich staunen. Am Giebel und um die Fenster herum zeigte sich prachtvolle Jugendstilornamentik. Eine Veranda ragte in den üppigen Garten hinein, der mich an die Märchen meiner Kindheit erinnerte. In der Mitte der Rasenfläche war ein Tanzboden aufgebaut worden, daneben werkelte ein Mann an einer Beschallungsanlage.

An die Terrasse grenzte zum Haus hin ein Wintergarten an. Bunte Lampions schmückten die verschnörkelten Metallstreben.

Mit langen weißen Decken versehene Tische standen voller Flaschenkühler und Gläser. An jedem dieser Stände präsentierte ein anderes Weingut seine ausgewählten Tropfen.

Die Gäste flanierten auf der Veranda und im Wintergarten umher, unterhielten sich und verkosteten die Weine.

Über einen von Fackeln gesäumten Pflastersteinweg steuerte ich auf das Geschehen zu. Die Veranstaltung war schon seit einer Weile im Gange, die Szenerie wirkte gleichzeitig locker und sehr festlich.

Ich erreichte den vordersten Probiertisch.

»Schönen guten Abend. Was darf's sein?«, fragte der untersetzte Mann dahinter. Um seine Augenwinkel hatten sich Lachfalten in die gegerbte Haut eingeprägt.

»Hm … ich nehme gern einen Schluck Riesling feinherb.«

Meiner bisherigen Erfahrung nach konnte man damit nichts falsch machen. Moselwein for Dummies.

»Die Einundzwanziger Spätlese Steilhang oder den Zweiundzwanziger Kabinett?«

»Steilhang.« Wennschon, dennschon.

Der Winzer goss mir einen guten Schluck ins Glas. Ich schnupperte daran, schwenkte – das gekonnte Rotierenlassen hatte ich noch nicht drauf –, roch abermals und kostete.

»Sehr gut«, lobte ich. »Feine Muskataromen, würde ich sagen. Dazu weißer Weinbergpfirsich und eine leichte Zitrusnote.«

»Ach. Tatsächlich?« Erstaunt hob der Mann die Augenbrauen. »Möchten Sie ein Lauch-Blätterteig-Täschchen dazu?«

Er zeigte auf eine silberne Servierplatte.

»Sehr gern.« Ich griff nach einem der kleinen Gebäckstücke. Beim Hineinbeißen stoben fein-mürbe Blättchen ab. Die Füllung war ausgezeichnet, frisch und aromatisch. Ich kaute und trank noch einen Schluck Wein. Der schmeckte nun anders als zuvor, etwas weniger intensiv, als habe er sich zurückgenommen, um dem Lauchhäppchen ein angenehmer Begleiter zu sein. Etwas daran rührte mich.

Eigentlich hätte ich bei Tisch eins stehen bleiben, die Gebäckteile verputzen und mich durch die Rieslinge trinken können. Ich hatte schon schlechtere Abende gehabt. Doch natürlich wollte ich mich auch bei den anderen Weingütern umsehen und dort probieren. Wie hieß es so schön? Die Konkurrenz ist groß und schläft nicht.

Im vorderen Teil des Wintergartens entdeckte ich einen mir bekannten Seitenscheitel. Julius Rainfels' Haar war ausgesprochen voll und dick – wobei Männer so etwas gar nicht brauchten, einen schicken Kurzhaarschnitt bekam man mit wesentlich weniger hin. Im Prinzip glich dieses Prachthaar bei einem Mann einer Verschwendung von Ressourcen.

Julius unterhielt sich mit einem kräftigen, rotblonden Kerl.

Ich sah mich weiter um, im hinteren Bereich des Wintergartens erspähte ich Herrn Wientapper. Er hatte an der Weinprobe von Beginn an teilgenommen. »In meiner Generation kommt man pünktlich«, hatte er zu mir gemeint und sich, bevor er gegangen war, einen hellblauen Pulli flott um die Schultern geknotet.

Der Pullover hing immer noch pastellfarben an Ort und Stelle, Herrn Wientappers Gesicht hingegen hatte an Farbe gewonnen. Gerade prostete er Lore Stein zu. Beiden gegenüber standen eine Frau in etwa meinem Alter und ein Mann, der seinen Arm um ihre Schultern gelegt hatte.

Einige Sekunden lang beobachtete ich die vier, die junge Frau hatte ein sympathisches Gesicht und gestikulierte munter beim Erzählen. Ich schlenderte zu ihnen.

Julius Rainfels bedachte mich mit einem Kopfnicken, als ich an ihm vorbeiging. Meiner Meinung nach hafteten seine Augen etwas zu lang an meinem Oberteil, einer der Mundwinkel hob sich. Vor drei Stunden hatte ich mich als abgekämpftes Etwas aus seinem Keller geschleppt, dafür war mein optisches Upgrade wohl beachtlich.

»Hallo, Frau Korn«, begrüßte mich Lore Stein kurz darauf lächelnd. »Schön, dass Sie da sind. Darf ich Ihnen meine Tochter Charlotte vorstellen? Der nette junge Mann an ihrer Seite ist ihr Freund Fabian.«

»Freut mich. Ich bin Katharina Korn.« Wir gaben uns die Hand. Fabian drückte kräftig zu, Charlottes Finger waren zart und fein.

»Charlotte und Fabian sind nur übers Wochenende da«, erklärte Lore Stein. »Sie leben in Frankfurt.«

»Schon seit zehn Jahren etwa. Ich arbeite bei einer Bank, Fabian ist Architekt. Aber den Klitzekleinen Ring lassen wir uns selten entgehen, gell, Fabi?« Charlotte lachte.

»Ein vergleichbares Event in Frankfurt wäre wahrscheinlich schon Monate im Voraus ausgebucht«, meinte ihr Freund. »Du weißt ja selbst, wie das in der Großstadt ist. Wir haben gehört, du kommst aus Köln?«

»Ja.« Ich trank einen Schluck und erzählte kurz, was ich dort beruflich tat. Getan hatte, wäre richtiger gewesen, aber die Vergangenheitsform kam mir nicht über die Lippen. »Es macht Spaß in der Agentur, oft ist es allerdings auch echt stressig. Mal sehen, wie es weitergeht. Vielleicht orientiere ich mich irgendwann um.«

Mir gegenüber vertiefte sich Herrn Wientappers Nase in sein Glas, zwischen den Brauen kerbte sich eine kritische Falte ein.

Ich hob meinen Riesling an die Lippen und trank ihn mit einem eher zu Bier passenden Schluck weg. »Seid ihr öfter an der Mosel?«, fragte ich Charlotte.

»Ab und zu. Ich bin gern in meiner alten Heimat. Es ist nett, Freunde von früher zu treffen, außerdem gefällt mir die Gegend.

Fabi und ich machen hier Mountainbiketouren, das ist klasse.« Wenn sie sprach, kam ihr dunkler Pagenschnitt in Bewegung, sie wirkte offen und lebendig. »Aber ganz hier leben wollen wir beide nicht.« Sie puffte Fabian in die Seite. »Dafür mögen wir das Stadtleben zu sehr. Bars, Theater, Konzerte, Läden, Trubel um uns herum. Und abgesehen davon würden wir an der Mosel niemals so gut bezahlte Jobs finden. Das ist doch bei dir sicher ähnlich?«

»Genau.« Ich zögerte. »Wobei … das Landleben schon Vorzüge bietet, je nachdem, was man vorhat.«

»Du hast Balthasars Betrieb geerbt, nicht wahr?«

Ich nickte.

»Wenn du ihn weiterführst, kommen wir im Herbst ein paar Tage und helfen dir in der Weinlese.« Wieder lachte sie. »Apropos Wein. Lass uns noch ein Glas drüben bei Adrian probieren.«

Charlotte drehte sich zur Seite und deutete zu einem der Tische. Dahinter stand ein groß gewachsener Mann Mitte oder Ende dreißig mit kurzen dunklen Locken. Er trug das gleiche Bergrettungsshirt, das ich gestern bei Julius gesehen hatte.

»Gern.« Mit Charlotte ging ich zu dem Stand.

»Hi, Adrian. Das ist Katharina aus Köln. Kannst du uns was Gutes tun?«, fragte sie geradeheraus.

»Kommt drauf an.« Der Mann musterte mich aufmerksam, ein feines Schmunzeln legte sich über seine Züge. »Weinmäßig bestimmt.« Er kniff die braunen Augen zusammen und rieb sich über seinen Dreitagebart. »Dir könnte unser Fruchtiger von alten Reben schmecken.«

»Wenn du meinst.« Ich reichte ihm mein Glas.

Er goss einen goldfarbenen Wein ein und gab es mir zurück. »Zum Wohl. Möchtest du auch einen Schluck, Charlotte? Oder bleibst du beim Trockenen?«

»Ich nehme mal was Liebliches.« Sie streckte ihr Glas vor.

Adrian goss ein, wir stießen an.

Der Wein schmeckte süß und unglaublich konzentriert. Ich dachte an warmen, trockenen Schiefer, einen kobaltblauen Himmel und an Mamas heiß geliebten Geburtstagskuchen.

Unbewusst neigte ich mich ein Stück zu Adrian hin, ich hatte spontan Lust, mich mit ihm zu unterhalten. Können wir davon eine Flasche mitnehmen und uns ans Moselufer setzen?, hätte ich am liebsten gefragt. Mich überkam das plötzliche Bedürfnis, die Eindrücke der letzten Tage zu teilen, mir ein paar Dinge von der Seele zu reden.

»Habt ihr schwere Schäden durch den Hagel der letzten Nacht?«, fragte Charlotte Adrian.

»Leider schon. Es hat alle ziemlich erwischt. Euch wohl auch?« Sein Blick ruhte auf mir, dann bogen sich seine Lippen nach oben. »Ich weiß, wer du bist.«

»Ach so?« Hatte ich es schon wieder mit einem herausfordernden Moselaner zu tun? »Julius Rainfels hat sich die Weinberge heute angesehen«, antwortete ich. »Teilweise sieht es übel aus.«

»Kein schöner Einstieg für dich.« In Adrians Stimme lag Bedauern. »Aber so etwas kommt immer mal vor. Einen gut geführten Betrieb ruiniert das nicht.«

»Ich weiß nicht, ob der Betrieb in Zukunft gut geführt wird.« Unsicher drehte ich den Stiel meines Glases. »Bislang habe ich Werbekampagnen in einem niederschlagsfreien Büro gemacht. Die Winzerei ist mir fremd.«

»Du hast mit Julius einen Topmann im Keller. Und dein Know-how in der Werbung ist doch toll. Alles andere kannst du lernen. Vorausgesetzt, du willst es.«

Können wir zwei Flaschen an die Mosel mitnehmen?, dachte ich. Das Gespräch könnte länger dauern.

»Ach, Sie sind auch da.«

Ich fuhr herum. Frank Michels war herangekommen, er trug einen vollen Karton hinter den Tisch.

»Voilà, der Sekt«, erklärte Adrian. »Eigentlich haben wir keinen im Ausschank. Zu vorgerückter Stunde aber manchmal doch.« Er zwinkerte Frank Michels zu. »Gell, Vadder?«

Was?, durchfuhr es mich. Vater und Sohn?

»Ich kann mich an ein, zwei Gläschen im letzten Jahr erinnern.« Charlotte rollte die Augen. »Zumindest dunkel. Eure Flaschengärung brut ist ein Gedicht.«

Noch während sie sprach, erklang vom Garten her Musik. Ein durchdringendes Gitarrenriff, begleitet von einem kantigen Schlagzeug.

»Kommst du mit zum Tanzen?«, fragte mich Charlotte. »Fabian ziert sich anfangs immer ein bisschen. Den werde ich überreden müssen.«

»Später vielleicht.« Mir war gerade nicht nach übermäßiger Bewegung. Ein Teil von mir wollte sich weiter mit Adrian unterhalten, ein anderer wegen seines Vaters den Stand wechseln. Ich war unschlüssig.

»Dann bis nachher.« Charlotte kehrte zu ihrem Freund zurück. Ich sah ihr nach. Sie zog Fabian sanft an der Hand, doch offensichtlich sträubte er sich.

Frank Michels verstaute die Sektflaschen in einen Kühlschrank hinter dem Tisch. Sein Sohn Adrian verlagerte lässig das Gewicht von einem Bein auf das andere.

»Ich kenne niemand Besseren, dem Balthasar das Geschäft hätte vererben können«, meinte er zu mir.

»Nein?« Ich war überrascht. »Was ist mit Ruth?«

Er lachte auf. »Ruth kann kochen und kommandieren. Julius könnte den Laden schmeißen. Doch zum einen gehört er nicht zur Familie, und zum anderen mochte Balthasar Julius' Freundin nicht. Nina quasi als Hausherrin einzusetzen, hat ihm sicher widerstrebt.«

Der Teil, der sich weiter unterhalten wollte, gewann die Oberhand.

»Adrian.« Frank Michels klang scharf. »Der Zwiebelkuchen ist aus. Mama hat frischen gemacht. Holst du ihn bitte von zu Hause ab?«

»Wird gemacht.« Adrian kam hinter dem Tisch hervor, plötzlich stand er sehr dicht vor mir. »Bist du gleich noch da?«

»Klar.« Ich setzte mein gewinnendes Lächeln auf. »Der Abend hat erst angefangen.«

»So ist es. Dann bis später.« Er verließ den Wintergarten und verschwand über die Veranda.

Es gab eine Art von Aufregung, bei der ich an einen Bienenschwarm denken musste. Es schwirrte und brummte gerade wie nicht gescheit. Doch gleichzeitig nebelten in meiner Vorstellung Rauchstöße zur Beruhigung auf die Tierchen nieder. Interessant, sagte ich mir. Sympathisch. Mehr aber auch nicht.

Ich ging wieder zu Charlotte und den anderen.

»Schon gut«, hörte ich Fabian brummen. »Lass mich bitte noch mein Glas leer trinken.«

Charlotte gab ihm einen Kuss auf die Wange.

»Adrian ist nett, nicht wahr?«, meinte sie augenzwinkernd zu mir. »Sehr nett. Sehr besonders.«

»Ist er auch Winzer?«

»Sozusagen im Nebenerwerb. Er arbeitet in Franks Betrieb mit, und Frank hofft sicher, dass er irgendwann ganz übernimmt. Aber Adrian hat mit einem ehemaligen Studienkollegen zusammen eine kleine Firma gegründet. Sie machen irgendwas mit Messsensoren. Beide haben Umwelttechnik studiert.«

»Verstehe.«

»Außerdem ist er im örtlichen Stadtrat und seit Jahren begeisterter Segelflieger. Traben-Trarbach hat oben auf dem Plateau ja einen kleinen Flugplatz.«

»Du kennst Adrian ziemlich gut.«

»Ach, hier kennen sich alle irgendwie.« Sie winkte ab. Ihr Freund Fabian stellte sein geleertes Glas auf einem Stehtisch ab.

»Hase, es kann losgehen.« Demonstrativ schwang er die Hüften. Nach sich zieren sah das nicht mehr aus.

Charlotte rauschte mit ihm davon. Ich blieb bei Herrn Wientapper und Lore Stein.

»Wissen Sie«, er kam einen Schritt zu mir heran, »so übel sieht es wirtschaftlich mit dem Weingut nicht aus. Lore und ich haben heute einen Businessplan erstellt.«

Es war keinesfalls so, dass ich das den beiden nicht zutraute. Dennoch entfuhr mir ein stoßartiges Lachen. Vermutlich machte sich darin nicht zuletzt das Adrian-Aufregungsding Luft.

Lore Stein sah mich unsicher an. »Businessplan ist vielleicht zu viel gesagt …«

»Nein, nein«, warf ich ein. »Das ist toll. Ich bin sehr froh, dass Sie sich Gedanken machen.« Noch ein Schluck Honigbienenzauberwein floss durch meine Kehle. Er war phänomenal. Wenn Adrian wieder da war, brauchte ich Nachschub davon.

»Also, wir denken, dass wir als weitere Standbeine des Betriebs Bewirtung und auch Gästezimmer haben sollten«, erklärte Herr Wientapper. »Wir könnten mit einer Straußwirtschaft beginnen, die Konzession läuft über vier Monate im Jahr. Wein im Ausschank ist einfach mit höheren Margen verknüpft.«

»Man hat aber auch höhere Kosten«, gab ich zu bedenken. »Räume, Personal.«

»Trotzdem lohnt es sich.« Herr Wientapper strahlte.

»Wirklich?«

»Ja. Der Ausbau der Gästezimmer ist mit zusätzlichen Investitionen verbunden. Wobei der Kreditrahmen bei steuerlich optimal angesetzter Finanzierung vertretbar ist.«

»Investitionen« und »Kreditrahmen« kratzten in meinem Gehörgang. Ich hätte das Thema gern vertagt, doch Herr Wientapper fuhr eifrig fort.

»Wir dachten natürlich nicht an *irgendwelche* Gästezimmer.«

»Nicht?«

»Unsere Zielgruppe sind die *Best Ager*. Finanzkräftige Menschen zwischen sechzig und achtzig.«

»Achtzig?«

»Ist das neue Siebzig. Wir bieten anspruchsvolle Kurzurlaube an der Mosel an. Weinseminare, Mitarbeit im Betrieb, Beauty- und Wellnessangebote, themenbezogene Ausflüge in die Umgebung, beispielsweise auf den Spuren historischer Persönlichkeiten.«

Herr Wientapper schien in seinem Element, Lore Stein nickte bekräftigend.

Vor meinem geistigen Auge tuckerten drei rüstige Rentner auf der Monorack-Bahn den Steilhang hoch. Ich blinzelte das Bild weg. Mein Werberinnengespür fand die Ideen grundsätzlich nicht schlecht.

»Sehr schön. Lassen Sie uns das doch morgen in Ruhe besprechen.« Während ich redete, nahm ich aus den Augenwinkeln die Bewegung eines schwarzen Hemds wahr. Ich drehte den Kopf. Julius Rainfels näherte sich.

»Na? Gefällt's Ihnen?«, fragte er breit. Die Kragenknöpfe standen offen, die kräftigen Schultern fielen leicht nach vorn, das Grinsen reichte von einem Ohr bis zum anderen. Ich brauchte einen Moment. Dann war mir klar, dass Julius einen sitzen hatte.

Die Erkenntnis kam für mich unerwartet, wobei ich selbst nicht wusste, warum. Der professionelle Umgang mit Wein schloss den Rausch nicht aus.

»Tanzen Sie mit mir.« Ein Fragezeichen war nicht zu hören.

»Äh …«

»Trauen Sie sich.« Das markante Gesicht wurde ernst, die grünen Augen fixierten meine. Ich wusste nicht, ob es noch ums Tanzen ging.

Mein Brustkorb hob sich in einem tiefen Atemzug. »Okay.«

Das Grinsen kam zurück. Julius fasste mich am Arm und bedeutete mir vorzugehen.

Wenig später betraten wir die Tanzfläche. Die Musik wechselte von einem rockigen Green-Day-Song zu ABBA.

Entschieden packte mich Julius, hielt mich fest und schob mich übers Parkett. Aus diesen Armen gab es kein Entrinnen.

»Sie waren nicht schlecht heute Mittag.« Sein Atem streifte meine Wange. »Bei der Arbeit.«

»Wo ist eigentlich Ihre Freundin?«

Er schwieg. »Die bereitet zu Hause was vor«, raunte er schließlich.

Den unanständigen Gedanken, der mir zu dem Satz kam, wollte ich umgehend loswerden.

»Hat sie gekocht?«, fragte ich daher.

Ein schallendes Lachen flog in mein Gesicht. »Nein. Nina kocht nicht. Es ist mehr beruflich.«

»Ach so.«

»Waterloo«, sangen Agnetha und Anni-Frid, Julius summte mit. Er entfernte sich ein Stück von mir, um mich sofort darauf wieder an sich ranzuziehen und umherzumanövrieren. In ein paar Schritten Entfernung tanzten Charlotte und Fabian. Ihr Stil hatte weniger von einer Geiselnahme.

»*Waterloo, finally facing my Waterloo*«, sang Julius mit den ABBA-Mädels und brummte: »Wirklich passend, der Song.«

»Frag mich mal«, nuschelte ich an seiner Schulter. »Wie die Faust aufs Auge. Waterloo verlegt nach Köln.«

Er beugte seinen Kopf zurück und musterte mich. »So schlimm wie bei dir ist es bei mir noch nicht.«

»Keine Sorge, das kann noch werden.«

Grienend stieß er mich weg, hielt dabei meine Hand fest und brachte mich zu einer flotten Drehung.

»Da bin ich beruhigt«, sagte er mit tiefer Stimme, als ich wieder an ihm klebte.

18

Ich brachte noch eine Céine-Dion-Nummer ans schwarze Hemd gepresst hinter mich und die Hälfte von »Smoke on the Water« im Freistil.

Dann kam Adrian zurück. Zwei mit Folie abgedeckte Servierplatten tragend, eilte er über den gepflasterten Weg. Unsere Blicke trafen sich, er lächelte. Verlegen schränkte ich meine ausladenden Tanzbewegungen ein.

»Ich brauche eine kleine Pause«, erklärte ich Julius zu Beginn des nächsten Songs und verließ die Tanzfläche. Er rockte weiter mit rudernden Armschwüngen.

Zielstrebig begab ich mich in den Wintergarten. Am Tisch von Adrians Weingut standen ein paar Leute, ein Mann biss in ein Stück Zwiebelkuchen. Ich trat heran. Noch ein Schlückchen von den alten Reben wäre wunderbar, dachte ich.

»Hey«, Adrian wandte sich zu mir, »möchtest du noch ein Schlückchen von den alten Reben?«

»Das wäre wunderbar.«

Ein sonderbares Gefühl überlief mich, irgendetwas zwischen einem Déjà-vu und der Erinnerung an ein Traumbild.

Ich nahm das Glas an, das Adrian mir reichte, unsere Fingerspitzen berührten sich, seine waren trocken und warm.

»Freut mich, dass er dir schmeckt«, sagte er.

Hinter meinem Brustbein wurde es eng, ich räusperte mich.

»Du musst wahrscheinlich noch eine Weile am Stand bleiben, oder?«

»Nee. Wenn du willst, können wir gehen.«

»Eh. Hm.« Unter Dolce & Gabbana brach der Schweiß aus. »Also … Muss nicht sein. Ich meine, wenn du … Aber doch. Klar. Gern.«

»Nehmen wir eine Flasche mit?«

Ich nickte. »Wir könnten uns an die Mosel setzen, ein bisschen reden. Ich kenne praktisch niemanden in dieser Stadt, und du hast mir schon ein paar Dinge aus meinem neuen Umfeld erzählt, die mich womöglich betreffen.« Es klang fast entschuldigend.

»Reden ist gut. Allerdings weiß ich einen besseren Ort dafür.«

Er bückte sich, öffnete den Kühlschrank und nahm eine Flasche heraus.

»Bin mal weg«, bemerkte er knapp zu seinem Vater hin, der mitten in einem Gespräch war.

Frank Michels hielt inne. Sein Ausdruck verfinsterte sich.

»Ich kann das am Stand nicht alles allein machen!«

»Keine Sorge, Mama kommt in ein paar Minuten.«

Mit einem frischen Glas und der Weinflasche trat Adrian hinter dem Tisch vor.

Frank Michels öffnete den Mund und schloss ihn wieder. Ärger stand in seinem Gesicht.

»Los geht's.« Adrian berührte mich sanft am Rücken. »Mein Auto steht nur ein paar Meter entfernt.«

Wir steuerten den Ausgang an.

»Wohin fahren wir?«, fragte ich beim Verlassen der Veranda.

»Überraschung.« Er schmunzelte. »Keine Angst, ich kann noch fahren.«

Neben der Tanzfläche stand Julius. Er sprach mit einem Mädchen, das altersmäßig in der Abiturientinnen-Liga spielte, und griente sie an. Sie hatte eine kupferrote Mähne, die Spaghettiträger ihres Tops wirkten filigran über ihrer üppigen Oberweite.

»Hee«, rief er, als ich mit Adrian an ihm vorbeiging. »Ist das dein *Ernst*?«

Es war unklar, wen von uns beiden er meinte, ich machte mir auch keine Gedanken darüber.

»Bis später«, erwiderte ich beschwingt in seine Richtung.

Der DJ spielte den nächsten Song. Dem Kölner Karneval geschuldet erkannte ich schon an den ersten Takten »Atemlos« von Helene Fischer. Julius wandte sich wieder dem Mädchen zu.

»Willst du tanzen?«, hörte ich ihn fragen.

Sie kicherte laut. Ich verließ mit Adrian den Garten.

»Direkt dort hinten.« In seinem gelassenen Gang peilte er

einen schwarzen Tesla am Straßenrand an. Die Blinker leuchteten auf, die Türen entriegelten sich. Ich trank meinen Wein aus und stieg ein.

Bislang hatte ich meine Entscheidung, mit einem fremden Mann wegzufahren, keine Sekunde angezweifelt. Ich tat es immer noch nicht. Lediglich die Frage, *warum* ich es nicht tat, ploppte auf, während ich auf dem hellen Ledersitz Platz nahm. Adrian wirkte absolut vertrauenswürdig auf mich, vielleicht sogar vertraut.

Er klemmte sich hinters Lenkrad und beförderte die Flasche zu mir in den Fußraum, danach reichte er mir das zweite Glas.

»Kannst du das kurz nehmen? Halter für Weingläser haben die in diesem Auto vergessen.«

»Das könnte einen Grund haben?«

»Ha. Ich merke, du bist noch nicht moselländisch sozialisiert. Guck mal da drüben.« Er deutete aus der Frontscheibe schräg hoch zur anderen Talseite. Dort thronten auf einem Felsen die angestrahlten Gemäuer einer Burgruine.

»Manchmal muss man die Dinge von oben betrachten.« Er startete den Motor und fuhr los.

Leise Klänge einer Jazztrompete füllten den Innenraum des Wagens. Ich lehnte mich im Sitz zurück, fast lautlos glitten wir dahin.

»Kannst du deinen Vater wirklich allein am Stand lassen? Ich habe fast ein schlechtes Gewissen.«

»Das passt schon. Meine Eltern kommen gut ohne mich zurecht.« Adrian lenkte den Wagen links hinauf Richtung Brücke.

»Kann jemand anderes aus eurer Familie für dich einspringen?«, fragte ich weiter. »Hast du Geschwister?«

»Nein, leider nicht. Oder was heißt leider … Ich kenne es ja nicht anders.«

»Geht mir ähnlich.«

Wir überquerten den Fluss, die Beschleunigung des Wagens war direkt, jedoch kaum hörbar. Ich dachte an ein Raumschiff. Demnächst verließ ich mit einem Fremden die Erdumlaufbahn. Seltsamerweise hatte die Vorstellung nichts Beängstigendes.

»Die Weinprobe ist ein sehr schönes Fest«, meinte ich. »Offen gesagt hatte ich das gar nicht erwartet.«

»Ja, ich freue mich jedes Jahr darauf, es macht Spaß. Überhaupt engagieren sich die Leute in der Gegend und stellen immer wieder tolle Events auf die Beine. Das kulturelle Stadt-Land-Gefälle ist gar nicht so groß, wie man denkt.« Ich fing einen Seitenblick auf. »Gefällt es dir denn einigermaßen an der Mosel?«

»Na ja, schon. Ich bin noch in der Orientierungsphase, glaube ich.«

Adrian grinste. Kurz darauf wurde sein Ausdruck ernst. »Ohne Balthasars Tod hättest du niemals hergefunden. Stell dir vor, was dir entgangen wäre.«

»Ich bin mir nicht sicher, ob das mit dem Erbe wirklich eine glückliche Fügung war.«

»Klar, Balthasar hätte schon noch ein paar Jahre leben können. Dann hätte ich dich erst mit fünfzig oder so kennengelernt. Mit Bierbauch und Glatze.«

»Was? Ich?«

Wir lachten.

»Nein, natürlich ich. Du wirst auch mit fünfzig noch klasse aussehen.«

Es war still im Auto, das Kompliment hüllte mich ein wie eine seidige Stola.

Der Wagen glitt durch die Stadt und bog schließlich in eine ansteigende Straße. Die nächste Kurve war eng, wir surrten um fast hundertachtzig Grad herum. Dahinter verließen wir den Ort, Bäume und Hecken lösten die Häuser am Straßenrand ab. Es ging weiter bergan.

Möglichst unauffällig linste ich auf Adrians glatte, trainierte Unterarme, seine elektronische Uhr, die er rechts trug, das markante Kinn und die kastanienbraunen Bartstoppeln. Er bremste ab und nahm eine Haarnadelkurve nach rechts.

Unter uns lag die Dämmerung über der Stadt, die Dächer der Häuser ragten dunkel auf, Straßenlaternen warfen ihren Lichtschein über die Fassaden.

»Warst du schon mal auf der Grevenburg?«, fragte er.

»Nein, bislang habe ich sie nur von unten gesehen.«

»Dann musst du auf jeden Fall hin. Achtung, gleich wird's ein bisschen steil.«

Unvermittelt zweigte links ein schmaler Weg ab. Adrian bremste und fädelte den Wagen hinein, in der Steigung stellte sich die Front hoch, das Heck senkte sich, ich wurde in den Sitz gedrückt.

Langsam fuhren wir weiter, es ruckelte, Teile des Asphalts waren verschwunden, breite Schlaglöcher notdürftig mit Gestein aufgefüllt. Rechts von mir ragten Schieferfelsen auf, links fiel das Gelände ab, in einiger Entfernung vor uns lagen abschüssige Weinberge.

Sollten wir hier wirklich rauffahren?, überlegte ich.

»Entspann dich«, erklang Adrians ruhige Stimme. »Für örtliche Verhältnisse ist die Straße gar nicht schlimm.«

»Aha.«

Keinesfalls durfte ich ihn am Ziel mehr als ein Glas trinken lassen, wir mussten wieder heil ins Tal gelangen.

»Gleich sind wir da.« Der Wagen rollte auf ein kleines Plateau, Schiefer knirschte unter den Reifen. Adrian hielt an, das Surren des Motors verstummte. »Nur noch ein paar Schritte zu Fuß.«

Wir stiegen aus. Er griff ein dunkles Jackett vom Rücksitz, kam damit heran und legte es mir um die Schultern. »Hier oben ist es ein bisschen kühler als im Tal.«

Die Geste verursachte mir einen wohligen Schauer.

»Danke schön.«

»Darf ich?« Er nahm mir Gläser und Flasche ab. »Komm.«

Um uns herum zirpten Grillen, in einem der Büsche raschelte etwas. Während ich neben Adrian herlief, empfand ich eine ungewohnte Mischung aus Spannung und Ruhe.

Der Weg verengte sich zu einem Pfad, Adrian ging vor, ich folgte ihm, zwischen Ginster und Schiefervorsprüngen entlang.

Der Überrest eines alten Torbogens lag vor uns, der Pfad gabelte sich. Adrian nahm den oberen Teil.

Nach ein paar Schritten durch unebenes Terrain eröffnete sich ein angelegter, von alten Bäumen gesäumter Platz. Ein kleines

Bruchsteinhaus stand daneben. »Burgschänke«, verkündete ein Schild, ein rostiges Geländer umgrenzte eine Terrasse. Niemand war zu sehen, das Anwesen lag verlassen da.

»Dort entlang.« Wie selbstverständlich fasste Adrian mich am Arm und gab die Richtung vor.

Wir stiegen ein paar ausgetretene Stufen hinunter, über einen schmalen Weg erreichten wir die Ruine.

Die Reste einer Außenwand ragten trotzig in den Abendhimmel. Durch die leeren Fensterbogen sah man auf die Stadt. Gerahmte Bilder in dunklen Pastellfarben.

Eine Treppe führte in dem Gemäuer ein Stück nach oben. Ich ging hoch, Adrian folgte dichtauf. Die Stufen endeten an einem kleinen Absatz, von dem aus man eine wunderbare Aussicht ins Tal hatte. Das schimmernde Band des Flusses wand sich unter uns, bis das Auge es zwischen Weinbergen und bewaldeten Hängen verlor.

Wir lehnten uns an die Mauer, dahinter ging es vom Felsvorsprung aus direkt in die Tiefe.

Adrian öffnete die Flasche und goss Wein ein. Unsere Gläser klangen aneinander.

»Auf dich.« Er zwinkerte mir zu, gelassen, selbstbewusst, sehr präsent.

Blut stieg in meine Wangen. Hinter der Verlegenheit hielten Neugier, Interesse und Wohlgefühl an. Dazu das Erstaunen, in Traben-Trarbach einen solchen Mann getroffen zu haben. Mitten in der Provinz.

»Zum Wohl.« Ich hob das Glas an meine Lippen, in Gedanken rettete ich mich zu Julius' Spruch, wonach man an hässlicheren Orten Wein trinken konnte.

»Es gibt in der Gegend wirklich schöne Ecken.« Adrian sah in die Ferne, in der Dämmerung hatten seine Augen die Farbe des Flusses. »Wahrscheinlich lebe ich deshalb immer noch in dieser Stadt, obwohl sich meine Firma siebzig Kilometer entfernt in Trier befindet. Manchmal arbeite ich von zu Hause aus, aber insgesamt ist es eine ziemliche Fahrerei.« Er stellte sein Glas auf der Mauer ab. »Bist du zufrieden mit deinem Job?«

»Ich habe keinen mehr.«

»Oh. Frei für die Winzerei?«

»Unfreiwillig frei. Ich habe … hatte mich in den Mann meiner Chefin verliebt.« In medias res, dachte ich. Es schien mir kein Abend für unnötige Schnörkel zu sein.

»Habe oder hatte?«

Unschlüssig sah ich über die Mosel. Nach ein paar Sekunden zuckte ich mit den Schultern.

»Meine Ex-Freundin ist mittlerweile die Frau meines Kompagnons«, sagte Adrian.

»Echt?« So was ist auch nett, dachte ich. »Wie findest du das?«

»In dem Fall ist es okay. Die Sache mit Marlene und mir war ohnehin am Ende. Hannes passt besser zu ihr.« Er machte eine Pause und schob die Hände in die Taschen seiner Jeans. »Ich bin sogar Patenonkel ihres kleinen Sohns.«

»Wie schön. Das klingt wirklich okay. Bei mir lief es weniger harmonisch ab.«

»Kündigung, nehme ich an.«

»Sozusagen von beiden, von Viola und Daniel.«

»Verstehe. Da kommt dir ein Ortswechsel vermutlich nicht ungelegen.« Adrian blinzelte mir zu.

Was ist mit deiner jetzigen Freundin?, hätte ich beinahe gefragt. Und schwieg, vermutlich, um nicht zu erfahren, dass es eine gab.

»Da hinten steht eine Bank. Wenn du magst, setzen wir uns.« Seine Stimme war sanft, ein wenig schliffen die Wörter ineinander.

Wir stiegen die Stufen aus der Ruine herunter und steuerten eine rote Holzbank mit Aussicht über das Tal an. Unsere Oberschenkel berührten sich, als wir nebeneinandersaßen, ebenso die Schultern. Keiner rückte zur Seite ab.

Der Horizont hatte sich violett gefärbt, zum ersten Mal seit etlichen Tagen fühlte ich mich am richtigen Ort.

Adrian goss mir nach.

»Langsam«, wehrte ich ab. »Zurzeit bin ich labil und suchtgefährdet. Sogar die Underberg-Vorräte meines Nachbarn mussten schon dran glauben.«

»Oha, da wäre mir Riesling lieber.«

»Ist er mir auch. Vor allem dieser. Das macht's aber nicht besser.«

Leise lachte er auf. Seine gerade Nase kräuselte sich, unter den Bartstoppeln gruben sich Lachfalten in die Wangen.

»Willst du nach Köln zurück?«, fragte er, wieder ernst geworden.

»Derzeit gerade nicht. Aber grundsätzlich schon. Ich habe dort mein Leben.« Ein Seufzen entfuhr mir. »Zumindest noch ein paar Reste davon.«

»Erzähl mir von deinem Leben.«

»Puh.« In meinem Kopf schwirrte es. Mein Leben. Von früher bis heute? Oder umgekehrt? Wichtige Etappen? Freunde, Hobbys, Reisen? Träume und Pläne?

»Stell dir vor, ich wurde in der Trarbacher Kirche getauft«, sagte ich unvermittelt.

»Ach was.«

»Habe ich rausgefunden.«

Ich begann, von den Fotoalben in Balthasars Haus zu erzählen, von meinen Eltern und meiner Kindheit. Schließlich von dem Kontaktabbruch zwischen meiner Mutter und Balthasar, ihrem Tod und dass danach nichts mehr wie vorher war. Dass sie mir fehlte, als Freundin und Vertraute, als meine einzige Familie. Ein Redeschwall brach aus mir heraus, minutenlang.

Adrian hörte zu.

»Ich komme damit klar, im Grunde habe ich ein schönes Leben, aber es fühlt sich manchmal an, als bliebe immer eine Narbe auf meiner Seele«, schloss ich und leerte mein Glas.

Gedämpfte Motorgeräusche klangen zu uns herauf, ein Auto fuhr mit hochgedrehtem Gas über die Brücke. Dann war es wieder still, nur das Zirpen der Grillen begleitete unser Schweigen.

»Ich hatte einen kleinen Bruder, etwa ein Jahr jünger als ich. Er ist mit drei Monaten gestorben. Natürlich kann ich mich an nichts erinnern, auch sein Grab gibt es nicht mehr.« Adrian sprach leise. »Wie meine Eltern damals damit klargekommen sind, weiß ich nicht. Mein Vater ist womöglich deshalb so ein schroffer Typ geworden. Als Kind hatte ich das Gefühl, ihn kaum erreichen zu können. Dafür war meine Mutter ganz auf mich bedacht, immer bei mir, heute würde man wohl sagen ›überbehütend‹.«

»Wie furchtbar, das mit deinem Bruder«, murmelte ich.

»Ja. Doch für mich irgendwie auch wieder nicht. Ich war damals selbst noch fast ein Baby.«

Ich spürte dem Gesagten nach. Das Leben und der Tod. Er hatte Spuren hinterlassen, hatte mich hierher an die Mosel geführt.

Aber an diesem Abend ging es um das Leben.

»Willst du Kinder?«, fragte ich einfach so.

»Klar. Du nicht?«

»Pfh.«

»Heißt?«

»Doch, ich denke schon.«

»Wie viele?«

Ich lachte. »Mindestens ein ganzes.«

»Guter Plan.« Er hob den Daumen. »Zwei bis drei ganze würde ich auch nehmen.«

Aus dem Gemäuer der Ruine flatterte ein kleines Tier auf.

Zuerst hielt ich es für einen Vogel, dann erkannte ich eine Fledermaus. Mit zitternden Flügelschlägen kam sie auf uns zu.

»Kennst du die Mopsfledermaus?«, fragte Adrian. »Das könnte eine sein.«

»Sieht gar nicht wie ein Mops aus.«

Sie flatterte an uns vorbei und verschwand Richtung Wald.

»Das Gesicht schon ein bisschen. Die Art ist streng geschützt. Seitdem viele Winzer an der Mosel auf biologischen Weinbau umgestellt haben, konnten sich einige Tier- und Pflanzenarten erholen. Ich bin ganz froh, dass mein Vater und ich da auf einer Wellenlänge liegen. Sonst würde es kaum funktionieren.«

»Funktioniert es denn? Ich meine, läuft euer Betrieb gut?«

»Meine Eltern können davon leben. Ich selbst möchte Weinbau nicht hauptberuflich betreiben, auch wenn meinem Vater das gefallen würde. Ich halte meine Firma mit Hannes.«

»Ich will das mit dem Weinbau auch nicht. Aber Balthasar hat ein merkwürdiges Testament aufgesetzt.« Ich erzählte Adrian von der Klausel, mit der ich quasi in den Betrieb genötigt wurde. »Warum hat Balthasar das gemacht?«

»Keine Ahnung. Balthasar war eigen. Manche würden sagen: dickköpfig und rechthaberisch.«

»Das habe ich von Julius Rainfels schon gehört.«

»Wenn es dich interessiert, kann ich meinen Vater fragen, was er von diesem Testament hält.«

Ich überlegte kurz. »Ja. Das könnte hilfreich sein.«

Mein Blick wanderte zu dem gegenüberliegenden Plateau, die Laternen dort setzten orangefarbene Lichttupfen ins Dunkel.

»Du bist Segelflieger, oder? Hat Charlotte erzählt.«

Adrian drehte mir den Kopf zu und grinste. »Ich habe sie mal mitgenommen. Sie fand es total klasse, aber nach dem Flug hat sie sich prompt übergeben.«

»Okaayy.« Das Wort kam vage gedehnt.

»Argh, das Letzte hätte ich dir nicht erzählen sollen. Ich fände es nämlich echt schön, wenn du mal mit mir fliegen würdest.«

»Ja, warum nicht.«

Das hatte tatsächlich ich gesagt. Dabei gehörte Fliegen wirklich nicht zu meinen Vorlieben. Große Verkehrsmaschinen waren schon schlimm genug. Und dann ein kleines, schaukelndes Segelflugzeug?

»Wie wär's mit morgen?«, fragte Adrian.

»Mm. Jaa. Da ist Sonntag …«

»Ein guter Tag zum Fliegen.« Wieder grinste er.

»Wenn du das sagst.« Ein mulmiges Gefühl stieg in mir auf, doch Kneifen ging nicht mehr.

»Die Fliegerei ist eine echte Leidenschaft für mich. Ich mache das, seit ich sechzehn bin.«

Er erzählte, wie er dazu gekommen war, was es für ihn bedeutete, in der Luft zu sein. In meiner Phantasie entstanden Bilder, die mich neugierig werden ließen.

»Es ist ein Gefühl großer Freiheit, ein radikaler Perspektivwechsel«, sagte er. »Du vergisst alles andere um dich herum. Und die Gegend ist so schön. Was deine Sicht am Boden einschränkt, überfliegst du einfach. Es gibt keine Hindernisse, dein Weg ist völlig frei.« Sein leises Lachen, das mir so gefiel, erklang. »Die Winterpause von November bis April ist total hart für mich. Meistens sitze ich dann lang in der Firma und lenke mich mit Arbeit ab. Oder ich werke in unserem Weinkeller herum.«

Bislang noch keine Frau in Sicht. Meine neuronalen Schaltungen bliesen eine Luftschlange aus. Dabei fühlte ich mich gar nicht frei für einen anderen Mann außer Daniel. Dennoch wollte etwas in mir Adrian nicht vergeben wissen.

Wir plauderten weiter, kamen von einem Thema zum anderen, fragten, hörten zu.

Adrian goss mir mehrmals Wein nach. Einige Male rückte er ein Stück ab, um sich zu mir hinzuwenden und mich direkt anzusehen. Dann nahm er wieder seine Position in leichtem Körperkontakt zu mir ein.

Mein Zeitgefühl verlor sich, meinetwegen hätte ich die ganze Nacht auf dieser Bank sitzen können.

Irgendwann in einer Gesprächspause tippte Adrian auf seine Uhr, hellgrüne Ziffern leuchteten auf: dreiundzwanzig Uhr siebzehn.

»Oh«, machte er. »So spät? Ich sollte meinen Eltern schnell beim Abbauen helfen. Ist das okay? Danach könnten wir noch irgendwo einen Absacker nehmen.«

»Klar. Lass uns los. Dein Vater muss nicht noch schlechtere Laune bekommen.«

Ich stand auf. Die Weinflasche war leer, gut drei Viertel davon gingen auf mein Konto. Im Stehen machte sich das schlagartig bemerkbar. Mir wurde flau, ich stützte mich an der Banklehne ab.

»Alles in Ordnung?« Adrian war direkt neben mir.

»Geht schon.« Ich straffte meine Haltung und atmete durch. Saufkuh, schimpfte ich innerlich. Kannst du nicht mal beim Wasser bleiben? Nee. Schwierig zurzeit.

Ein paar Schritte gingen wir nebeneinander, mir war übel. An dem Pfad angekommen, ließ Adrian mich vorgehen.

Wenig später saßen wir im Auto, die Scheinwerfer erhellten den abschüssigen Weg vor uns. Das Rumpeln über den unebenen Belag war eine ziemliche Prüfung für meinen Magen, ich versuchte, mir nichts anmerken zu lassen.

Adrian nahm eine Hand vom Lenkrad, kumpelhaft tätschelte er meinen Oberschenkel.

»Um moseltypisch ›trinkfest und geländegängig‹ zu werden, musst du noch ein bisschen üben.« Er zog die Hand zurück und brachte sie wieder ans Steuer.

»An *trinkfest* hatte ich in der letzten Zeit eigentlich schon gearbeitet«, erwiderte ich. »Womöglich macht sich die vergangene Nacht mit unserem Einsatz im Hagel und dem unruhigen Schlaf bemerkbar.«

Womöglich war der heutige Abend einfach zu viel, flüsterte meine innere Stimme.

»Ich bringe dich nach Hause. Schlaf dich aus, damit du morgen fit für den Rundflug bist.«

Gerade wollte ich nicht ans Fliegen denken.

»Ja.« Ich versuchte ein Lächeln. »Das wäre wohl das Beste.«

Einige Minuten später surrte der Tesla vor dem Weingut an.

»Danke«, sagte Adrian. »Es war sehr schön.« Seine Pupillen glitten hin und her, als forsche er in meinem Gesicht.

»Das fand ich auch.«

Einerseits wartete ich darauf, dass er sich zu mir herüberbeugte. Andererseits riet mir mein Magen von allen Annäherungen ab. Adrian bewegte sich nicht.

»Dein Jackett«, sagte ich und wollte es abstreifen.

»Behalt es bis morgen. Ich hole dich gegen halb zwei ab. Passt das?«

»Ja. Warte, ich gebe dir noch meine Handynummer.«

»Gute Idee.« Er tippte die Zahlenfolge, die ich ihm nannte, in sein Telefon ein.

»Ich freue mich auf dich.« Sein Ausdruck war offen und ruhig.

Wie von selbst bewegte sich meine Hand zu seinem Unterarm und streifte ihn leicht.

»Schlaf gut.« Direkt nach der Berührung stieg ich aus.

»Du auch«, rief er.

Ich warf die Tür hinter mir zu, der Wagen surrte leise davon.

19

Wieder wachte ich in diesem Zimmer auf, das nicht mein Zuhause war. Die Einrichtung war alt und hässlich, das heimelige Gefühl, das mich mit diesem Raum zu verbinden begann, machte mir Angst.

Der gestrige Abend hatte sich in meinen Träumen niedergeschlagen, die wirr gewesen waren, heiß und kalt.

Julius war darin vorgekommen, wie er mich auf der Tanzfläche festhielt, obwohl ich mit Grauen registrierte, dass ich nackt war. In einer anderen Szene lieferten sich ein BMW und ein Tesla ein Rennen. Später stellte mir Adrian auf dem Flugplatz seine Freundin vor. »Das ist Violetta. Hatte ich dir schon von ihr erzählt?« Die Verzweiflung, mit der ich am Traben-Trarbacher Bahnhof auf meinem Koffer saß, war im Schlaf greifbar gewesen. Ich hatte neben einem Gleis gewartet, an dem kein Zug mehr fuhr.

Seufzend drängte ich die Bilder der Nacht zurück, blieb auf dem Rücken liegen, sortierte meine Gedanken.

Von Daniel hatte ich keine Nachricht mehr bekommen. Unverändert hoffte ich, dass er sich von Viola trennte und frei für unsere Liebe war. Ich malte mir aus, wie er vor meiner verschlossenen Tür in Köln stand, mich anrief: »Wo bist du?«

Wie er an die Mosel kam und mir sagte, er liebe nur mich.

Ich hätte ihn sofort zurückgenommen.

Die Zimmerdecke war rissig, meine von Ruth mürrisch herausgerückte zweite Bettwäsche roch nach Mottenkugeln. Auf diesem Weingut befand ich mich in einem anderen Leben, abgeschnitten von dem in Köln. Doch es hatte auch ein paar angenehme Seiten.

Heute ging ich zum Segelfliegen.

Adrian war ein attraktiver, interessanter Mann. Mein geschundenes Herz konnte Ablenkung gebrauchen.

Ich schlug die Federn zurück und sprang aus dem Bett. Mich erwartete kein Frühstück mit Daniel in einem netten Hotel an der Alster. Dafür gab es leckere Kirschmarmelade und guten Kaffee in einem Haus, das theoretisch mir gehörte.

Beiläufig sah ich auf mein Handy. Es zeigte eine neue Nachricht an.

»Hoffe, es geht dir besser«, las ich. »Bis später. Gruß Adrian.«

Ein Lächeln flog über mein Gesicht, ja, mir ging es besser.

In meinem ausgeleierten Unterhemd tappte ich zum Bad. Vorsichtshalber klopfte ich an die Tür. »Ist jemand drin?«

Es tat sich nichts. Ich trat ein, der Geruch nach Kernseife und Kölnisch Wasser umfing mich. Nach einem kurzen Blick in den Spiegel zog ich mich aus und stieg in die Wanne.

Hinter einem vergilbten Vorhang mit Muschel- und Seesternmotiven nahm ich den Duschkopf aus der Halterung, hielt ihn von mir weg, drehte das Wasser auf und wartete. Es dauerte, das kannte ich schon. Man hätte meinen können, im Keller müsse erst jemand Brennholz unter einem Kessel nachlegen.

Schließlich kam der Wasserstrahl auf Temperatur. Ich hängte die Brause wieder ein, stellte mich unter den warmen Regen und genoss das wohlige Gefühl. Mein mitgebrachtes Limette-Minze-Duschgel war wie ein kleines Stückchen Heimat, ich schäumte mich ein und schnupperte.

Während die duftenden Seifenbläschen wieder von meinem Körper glitten, spürte ich die Vorfreude darauf, Adrian zu sehen. Unwillkürlich begann ich zu summen. Die leise Melodie wurde zu »Atemlos«. Damit dachte ich zwangsläufig an Julius Rainfels, dann an das zu junge, zu schöne Mädchen neben der Tanzfläche. »Männer«, brummelte ich. »Typisch.«

Ich stellte die Dusche ab, stieg aus der Wanne und angelte ein Handtuch vom Halter. Nach dem Abtrocknen wickelte ich es um meinen Oberkörper, klaubte mit spitzen Fingern meine Unterwäsche vom Badvorleger und öffnete die Tür. Mein nasses Haar tropfte auf Schultern und Dekolleté, mit gesenktem Kopf betrat ich den Flur – und knallte direkt in etwas Großes, Warmes hinein. Nackte Haut presste sich auf meine.

»Arrhh!«

»Ups«, klang es an mein feuchtes Ohr.

Ich wich zurück. Vor mir stand Julius Rainfels. Sein Gesicht war schläfrig und zerknittert, die Brust nackt, behaarte Beine ragten aus einer gestreiften Boxershorts.

»Was machen Sie denn hier?«, rief ich.

»Hab im Gästezimmer gepennt. Waren wir nicht beim Du?«

Er schmatzte, unterdrückte ein Gähnen und musterte mich mit aufkommendem Amüsement.

Ich krallte das Handtuch fest. »Ja, toll. Da kannst du vielleicht in deinem Bett bleiben, bis ich im Bad fertig und angezogen bin?«

»Äh. Entschuldige, du hast dein Badzeitfenster leider nicht im Vorfeld bekannt gegeben, ansonsten wäre ich natürlich …«

»Ach was!« Ich ließ ihn stehen und trollte mich in mein Zimmer. Demonstrativ knallte ich die Tür zu.

Zehn Minuten später kam ich in die Küche. Julius war schon da.

Wahrscheinlich gehörte er zu den Männern, die ihre Morgentoilette auf Pipi und Pupsen beschränkten, sich anschließend einen schnellen Kaffee einflößten und mit dem Tagwerk begannen.

»Tut mir leid wegen eben«, sagte er einlenkend. »Ich hab Kaffee gemacht. Magst du einen?«

Zu meiner Überraschung hatte er bereits für zwei gedeckt. Er goss beide Tassen ein.

In der Mitte des Tisches standen Brot, Butter, Käse, Wurst und Marmelade. Am Rand lag ein Zettel.

»Bin eine Runde Rad fahren. Gruß, Ernst.«

Herr Wientapper, dachte ich, dreiundsiebzig ist das neue Dreiundvierzig. »Und wo ist Ruth?«

»Vermutlich wie immer sonntags in der Kirche. Danach isst sie meist mit ihrer Schwester zu Mittag.«

»Aha.« Ich griff die Milchtüte aus dem Seitenfach des Kühlschranks und setzte mich. Eine weiße Wolke landete in meinem Kaffee.

»Es war spät gestern«, nuschelte Julius. »Da habe ich den kürzeren Weg genommen und oben im Gästezimmer übernachtet.«

»Lag's nur an dem kürzeren Weg?«

Er legte zwei Scheiben Salami auf sein Butterbrot.

»Nee«, brummte er. »Lag's nicht.«

»Willst du drüber reden?«

»Mit dir?« Er biss ab.

»Schon gut. Muss auch echt nicht sein.« Ich schlürfte einen Schluck Kaffee, er war viel zu stark.

»So war das nicht gemeint. Ich dachte nur ... Wir kennen uns kaum. Obwohl, andererseits ...« Kauend kniff er die Augen zusammen. »Du bist eine Frau.«

»Eh? Was du nicht sagst.« Ich nahm eine Scheibe Brot und stach mein Messer in die Butter.

»Es kam total überraschend für mich«, legte Julius nach einer kurzen Pause los. »Ich meine, der Beruf ist Nina wichtig, das finde ich gut, meiner ist mir auch wichtig. Dass sie Karriere machen will, ist völlig in Ordnung. Aber München? Ich verstehe das nicht.«

Zwei Löffel Kirschglück schmiegten sich auf die Butterschicht meiner Brotscheibe.

»In München klappt das mit der Karriere womöglich besser als hier in der Provinz«, gab ich zu bedenken. »Man muss eigentlich keine Frau sein, um das zu verstehen.«

Ein undifferenziertes Grunzen klang über den Tisch.

»Nina hat also ein lukratives Angebot als Anwältin bekommen?«, fragte ich.

Julius nickte.

»Wird sie es annehmen?«

»Mit ziemlicher Sicherheit. Gestern vor der Weinprobe haben wir geredet. Dann gestritten. Heute Nachmittag fährt sie schon los, um den Termin morgen um neun in der Münchner Kanzlei zu schaffen. Es geht quasi um das Einstellungsgespräch. Das Bewerbungsgespräch hatte sie schon.« Die Finger seiner linken Hand krampften sich in einer Faust. »Ohne mir davon zu erzählen.« Eindringlich fixierte er mich. »Wie findest du das? So als Frau.«

»Na ja.« Der Kirschgeschmack in meinem Mund versüßte das eher schwierige Thema. »So als Frau weiß ich, dass Männer das genauso bringen können.«

»Jaja. Es lebe die Gleichberechtigung. Das hilft mir echt weiter.«

Wir schwiegen.

»Sorry. Hilft es dir natürlich nicht«, murmelte ich, die Blütenranken meines Tellers betrachtend. »Wirst du Nina sehr vermissen? Also, bedeutet dir die Beziehung … sehr viel?«

Die traubengrünen Augen blickten fragend. »Wenn ich eine Beziehung habe, bedeutet sie mir natürlich viel. Sonst hätte ich keine.«

Stumm aß ich mein Brot.

»Wie war's bei dir gestern Abend noch so?«, fragte Julius nach einer Weile in beiläufigem Ton.

»Schön.« Automatisch musste ich lächeln. »Sehr schön.«

»Aha.«

Versonnen malte mein Zeigefinger kleine Kreise auf die Tischplatte.

Julius räusperte sich. »Es gibt heute noch einiges zu tun.«

»Am Sonntag?«

»Natürlich am Sonntag. Morgen füllen wir ab.«

»Willst du nicht zu dir nach Hause, um Nina noch mal zu sehen, bevor sie wegfährt?«

»Nein.«

»Ich bin heute verabredet.«

»Die beiden großen Kunststofftanks müssen von innen gereinigt werden«, knurrte er.

»Um halb zwei werde ich abgeholt.«

»Da muss jemand durch den offenen Tankdeckel rein und von innen Wände und Boden mit einer Bürste schrubben.« Der grüne Blick hing an mir. »Je kleiner und schmaler man ist, desto besser kommt man rein.«

Ich blies Luft aus. »Pünktlich um halb zwei bin ich weg.«

Vorher *noch mal* duschen?, überlegte ich. Auf jeden Fall umziehen und Make-up richten.

»Das schaffen wir.« Julius trank einen Schluck Kaffee. »Müssen halt demnächst anfangen.«

Eine Viertelstunde später stand ich skeptisch neben Julius in dem Kellerteil, der unter der Packhalle lag. Er schraubte den ovalen Deckel am unteren Drittel eines Tanks ab. Es knirschte und krachte. Der Querdurchmesser der entstandenen Öffnung war nicht wesentlich breiter als meine Schultern.

»Voilà!« Julius klang wie jemand, der den Hauptgewinn präsentierte. »Wenn du drin bist, reiche ich dir Bürste und Spezialreiniger. Zwischendurch musst du immer mit dem Schlauch alles abspülen. Das Wasser läuft aus dem kleinen Auslass am Fassboden ab.«

An meinen Füßen befanden sich zu große Gummistiefel, ich fragte mich, ob ich sie durch einen Neoprenanzug ergänzen sollte.

»Mit dem Kopf zuerst rein oder mit den Beinen?«

»Natürlich mit dem Kopf.«

»Natürlich.« Ich sah durch die Luke. Im Innenraum des Tanks war es dämmerig, der Kunststoff ließ etwas Licht durch, das gelbbräunlich gefärbt war.

»Was machst du in der Zeit, in der ich schrubbe?«, fragte ich.

»Ein Nickerchen? Quatsch, ich nehme mir den zweiten Tank vor.«

»Passt du da rein?«

»Immer noch besser als Ruth.«

»Haha.«

Ich ging in die Hocke und beugte mich nach vorn. Vorsichtig streckte ich den Kopf in die Öffnung. Auf dem Tankboden hatte sich eine Schicht aus einer Art ockerfarbenen Schlacke abgesetzt. Es roch nach Wein und nach etwas anderem. Bei der Einordnung schwankte ich zwischen Erde, Joghurt und Hefe.

»Du musst dich seitlich drehen, sodass die Schultern horizontal durch die Öffnung passen«, erklärte Julius.

»Schon klar.« Mit aufeinandergepressten Kiefern renkte ich mich schräg, in meinem Rücken zog etwas. Ich bewegte mich vorwärts und tauchte ins Tankinnere ein. Zwangsläufig landeten meine Handflächen in der Schlacke, wenig später gefolgt von den Knien.

»Soll ich am Po nachdrücken?«, hörte ich eine muntere Stimme.

Gleich fängst du eine, dachte ich und maulte: »Wenn du Ärger willst.«

Meine Worte hallten in dem Tank wie in einem Kirchenschiff. Ein Kichern drang von draußen an meine Ohren.

Ich rutschte ganz hinein. Nach einem kurzen Zögern richtete ich mich auf. In meiner Behausung konnte ich aufrecht stehen, eingeschlossen von gerundeten Wänden. Ein kribbeliges Gefühl überkam mich. Wie im Bauch der riesigen Rieslingfrau, dachte ich.

Eine breite Hand ragte durch die Öffnung, sie reichte Bürste und Pumpflasche an. Der Seitenscheitel und das zugehörige Gesicht zeigten sich dahinter. Danach kam eine Gummischlange mit Griffventil am Auslass.

»Hier ist noch der Schlauch. Das Wasser kannst du vorn an der Öffnung aufdrehen.«

»Danke.« Ich setzte ein extra strahlendes Lächeln auf.

»Frohes Schaffen. Wenn du mich brauchst, ich bin im Nachbartank.«

Julius verschwand, und ich legte los. Als Erstes nahm ich mir die linke Seitenwand vor, sprühte sehr sauber riechendes Spray darauf und schrubbte. Der Belag war zäh, sofort bemerkte ich, dass es mit wisch und weg nicht getan war. Ich verstärkte den Druck auf die Bürste.

Man brauchte eindeutig Wasser. Also griff ich nach dem Schlauch und zog ihn weiter ins Fass hinein. Dann öffnete ich den Hebel am Ventil.

Mit Karacho schoss der Strahl raus, knallte gegen die Wand und spritzte auf mich zurück. Jeans und Shirt waren nass. Fluchend stellte ich das Ventil zurück, der Wasserdruck schwächte sich ab. Ich bürstete weiter und spülte zentimeterweise Belag und Reinigungsmittel ab. Die bräunliche Flüssigkeit verschwand aus dem kleinen Loch unterhalb der Öffnungsluke.

Nach einer Weile hatte ich den Dreh raus. In meiner feuchten Kunststoffhöhle schrubbte und bürstete ich. Wie beim Etikettieren der Flaschen kam ich ins Tun, dachte kaum noch an die Welt da draußen, konzentrierte mich auf das Eliminieren übler

Beläge. Ich arbeitete, sah, was ich tat, das Vorankommen war befriedigend.

Irgendwann begann ich wieder zu summen. Im Hall des Tanks brummte ich vor mich hin, übertönte das Geräusch der Borsten auf Kunststoff. Schließlich wechselte ich in die Kopfstimme. »Wenn der Frühling kommt, dann schick ich dir Tulpen aus Amsterdam, lalala laaa laaa, tausend rote, tausend gelbe, alle wünschen dir dasselbe ...«

Eine Glockenmelodie mischte sich unter meinen Gesang. Mein Handy. Es lag draußen auf einer Weinkiste. Auch im Fass durfte ich keinen Anruf verpassen, er konnte von Daniel sein.

Zwei Schritte zur Luke. Kopf zuerst oder Beine? Grrr. Kopf voran zwängte ich mich durch die Öffnung und stützte mich mit den Händen auf dem nassen Kellerboden ab. Mein Unterkörper schleifte hinterher. Halb purzelte ich aus dem Tank, rappelte mich hoch und griff, so schnell es ging, mit meiner vermatschten Hand nach dem Telefon. Ein Augenblick der Hoffnung, des Bangens.

Es war Valerie.

Ich wischte meine Finger an der Jeans ab und tippte auf das grüne Hörersymbol.

»Hi, Valerie.«

»Hi. Du, ich bin auf dem Weg zu dir.«

»Echt? Du kommst an die Mosel?«

»Laut Navi bin ich in etwa dreißig Minuten da. Ich kann doch meine beste Freundin nicht allein in der Provinz lassen. Zumindest muss ich mir mal anschauen, wo du gelandet bist.«

»Super, das ist toll. Ich freue mich.« Eine Haarsträhne, die sich aus meinem Zopf gelöst hatte, kitzelte am Hals. »Allerdings habe ich gerade noch ein bisschen zu tun. Wenn du ankommst, geh einfach die Kellertreppe runter, danach immer weiter durch, bis du mich in einem Fass findest.«

»*Im* Fass?«

»Jaja, es ist groß.« Ich äugte zu Julius rüber, Putzgeräusche drangen aus der Öffnung, durch den Kunststoff war undeutlich die Silhouette seiner Gestalt zu erkennen. »Im Nachbartank wohnt der Kellermeister.«

»Süße, ich beeile mich.« Valerie legte auf.
Ich begab mich zurück an meine Arbeit.

Eine halbe Stunde später klang das laute »Haalloo« meiner Freundin durch den Keller. Ich freute mich wirklich, dass sie da war. Endlich hatte ich einen vertrauten Menschen in meiner Nähe.

Einigermaßen flink krabbelte ich aus der Tankluke.

»Hoppla.« Valerie lachte. »Frau Dionysos in der Tonne. Ich verzichte darauf, dich zu umarmen.«

Sie sah super aus, strahlend und wie aus dem Ei gepellt. Über ihrem engen violetten Rock trug sie eine rote Seidenbluse. In einer derartigen Kombination konnte eigentlich nur Lady Di toll aussehen – damals, als sie einsam vor dem Tadsch Mahal gesessen hatte. Doch Valerie hielt mit. Mir hingegen klebten feuchte Klamotten am Körper. Déjà-vu.

»Schön, dass du da bist«, begrüßte ich meine Freundin. »Gleich bin ich fertig mit meiner Tonne. Uunnd ...« Ich hielt inne und machte es ein bisschen spannend. »Wenn du magst, kannst du nachher mit zum Segelfliegen.«

Womöglich verriet mich mein Lächeln oder Valerie kannte mich einfach zu gut.

»Ach was.« Sie klappte die Unterlippe nach vorn. »Hast du etwa jemanden kennengelernt?«

»Könnte man so sagen.«

Im Tank neben uns tat sich was. Ein Paar Stiefel erschien, gefolgt von einer ausgebleichten Jeans und einem muskulösen Rücken in grauem Shirt. Routiniert stieg Julius rückwärts aus der Öffnung.

»Hallo. Ich bin Julius Rainfels.« Er konnte echt nett klingen und richtig freundlich gucken.

»Freut mich. Valerie van Esch, Katharinas beste Freundin.«

»Schön.« Er reichte ihr seine Hand. »Sehr schön. Dann besuchen Sie sie? Also ... haben Sie gut hergefunden? Wobei, mit den Navis heutzutage ...«

Äh, dachte ich, der wird jetzt aber nicht verlegen oder so was?

»Genau. Mit Navi kein Problem.« Unauffällig rieb Valerie ihre feucht gewordene Hand an der Seite ihres Rockes. »Ein nettes Anwesen habt ihr hier. Sehr hübsch, allein der Garten. Ein Traum.«

»Joah«, machte Julius. »Es gibt hässlichere Orte.«

Und schönere, dachte ich. Lass dir mal was anderes einfallen.

»Katharina, ich kann das mit den Tanks allein fertig machen. Kümmer dich um deinen Besuch.«

Was war der auf einmal so nett?

»Nee, ich brauch nicht mehr lang«, erwiderte ich. »Valerie, setz dich einfach raus in die Sonne. Vielleicht ist Herr Wientapper wieder von seiner Radtour zurück, und du kannst ein bisschen mit ihm plaudern. Ich komme gleich hoch.«

»Gute Idee.« Sie drehte sich um, ihr violetter Po wackelte beim Gehen hin und her.

Julius sah ihr nach, bis sie verschwunden war. »Nett, deine Freundin.«

»Tss.« Ich kroch in mein Fass und reinigte den Rest des Bodens.

Als ich wenig später aus dem Keller kam, saßen Valerie und Herr Wientapper auf der Terrasse an der rückwärtigen Seite des Hauses. Auf dem Tisch standen Gläser, eine Wasserflasche und eine Tüte Orangensaft.

»Ich war so frei, Fräulein Valerie etwas zu trinken anzubieten«, sagte Herr Wientapper schmunzelnd. »Wir haben beide etliche Kilometer hinter uns.«

»Wie weit sind Sie denn mit dem Rad gefahren?«, fragte ich.

»Lore und ich sind bis zu einem Ort namens Ürzig gekommen. Dort haben wir eine Kleinigkeit gegessen, Hausmacherwurst und einen sehr leckeren Käse. Natürlich durfte ein Gläschen Ürziger Würzgarten nicht fehlen.«

»Natürlich«, sagte ich. »Der Name klingt ja schon so schön. Apropos … Wir müssen noch über Ihre Ideen für den Betrieb sprechen. Allerdings kommt Adrian gleich vorbei. Ich mache mich schnell ein wenig frisch.«

»Adrian?« Valerie grinste. »Noch so ein Mosel-Mannsbild?

Das im Keller ist auch ein echtes Schnittchen. Entschuldigung, Herr Wientapper. Ein recht attraktiver Mann, wollte ich sagen.«

»Durchaus.« Er nickte. »Und Julius kann was. Zum Beispiel hat er mir erklärt, dass der Ausbau eines guten Rieslings …«

»Bis gleich«, rief ich dazwischen, verließ die Terrasse und rannte hoch in mein Zimmer.

Den Inhalt meiner Reisetasche hatte ich ins Regal und über den Stuhl hängend verteilt. Ich schnappte mir eine frische Jeans und ein weißes Shirt und verschwand damit im Bad.

Make-up und Haare betreffend gab es einiges zu tun, aber die Vorfreude zauberte ein Strahlen in mein Gesicht, wie es keine Kosmetik der Welt konnte.

Als es läutete, fegte ich in Windeseile nach unten, Aufregung pochte in meiner Brust, ich riss die Haustür auf.

»Hey.« Adrian schob seine Sonnenbrille auf die Stirn. »Ready for Take-off?«

So was von, dachte ich. Zack. Das vertraute Wohlgefühl von gestern Abend stellte sich ein wie angeknipst. »Ja. Komm rein.«

Hinter mir erschien Valerie in der Diele. Sie kam heran, in der ihr eigenen Präsenz, ein strahlendes Lächeln auf den Lippen.

»Das ist meine Freundin Valerie«, sagte ich. »Sie ist vorbeigekommen, um mich und das Weingut zu besuchen. Ganz überraschend.«

Adrian sah sie an, seine Augen weiteten sich minimal, eine Braue zuckte.

»Wirklich überraschend.« Charmant streckte Valerie ihre Hand aus. »Sehr erfreut.«

20

Ich saß vorn. Die Gurte schnitten in meine Schultern, die in einen schmalen Flugzeugrumpf eingepfercht waren. Vom Himmel brannte die Sonne auf mich herab.

Mein normales Ich wäre in einem klaustrophobischen Anfall geflüchtet, mein aktuelles Ich blieb einfach sitzen. Adrians Anwesenheit gab mir eine befremdliche Ruhe.

»Alles klar?« Vom Sitz hinter mir berührte er mich am Oberarm.

»Alles klar«, antwortete ich.

Er klappte das Kabinendach zu, das durchsichtige Halbrund umschloss unsere Köpfe.

»Beim Windenstart ist die Beschleunigung erheblich«, meinte er. »Entspann dich einfach. Sobald wir oben sind, kannst du den Flug genießen.«

»Mache ich.« Mein Hals war rau.

»Traben-Trarbach Radio, Delta eins vier acht eins ist abflugbereit an der Winde«, meldete Adrian über Funk.

»Verstanden. ASK einundzwanzig, doppelt besetzt, startklar«, hörte ich die gedämpfte Antwort.

Um uns herum war es ruhig, es gab keine Motorengeräusche, wie ich es von startbereiten Flugzeugen kannte.

Die Ruhe vor dem Sturm.

Mäuse, gefangen unter einer Käseglocke, kamen mir in den Sinn.

Das Flugzeug bewegte sich nach vorn.

Demnächst Fledermäuse.

Ruckelnd wurden wir über die Grasbahn gezogen. Mit einem Mal setzte eine wahnsinnige Beschleunigung ein, schneller und schneller.

Die Geschwindigkeit drückte mich in den Sitz, es fühlte sich an, als ob mein Magen um die Wirbelsäule gewickelt wurde. Der Schrei blieb mir im Halse stecken. Panisch kniff ich die Augen zu.

Das Rumpeln hörte auf, die Räder hatten den Boden verlassen, wir stiegen, Nase nach oben, gen Himmel.

Hilfe. Bitte. Hilfe, tackerte es durch mein Gehirn.

Im Fußraum hinter mir knirschte es.

»Im Segelflugzeug ist praktisch alles mechanisch«, erklärte Adrian. »Man muss also nicht befürchten, dass sensible Elektronik ausfällt.«

Höchstens, dass man mitsamt der Mechanik vom Himmel fällt, dachte ich.

»Ich klinke das Windenseil aus.« Seine Amüsiertheit war zu hören. »Mach die Augen auf, du verpasst die tolle Sicht.«

Mehr aus Überraschung als aus Neugier klappte ich die Lider hoch. »Woher weißt du …?«

»Da oben am Rahmen ist ein kleiner Spiegel.«

Im vorderen Teil des Flugzeugs klackte es, das Seil, das uns hochgezogen hatte, fiel zu Boden. Wir flogen. Der Wind pfiff um die Kabine.

Mir stand das Adrenalin bis zu den Haarspitzen. Ich atmete flach und zitterte.

»Schön, oder?« Adrians Hand legte sich auf meine Schulter. »Es ist alles in Ordnung. Sechstausend Flugstunden lügen nicht. Genieß es.«

»Hm.« Nicht übergeben, flehte ich innerlich. Das wäre zu peinlich.

»Schau mal, dort unten ist euer Weingut. Siehst du's? Der große Garten, der Hof, die angrenzenden Gebäude?«

Ich lugte nach unten. Tatsächlich erkannte ich Balthasars Haus. Es kam mir wie ein Hotelklötzchen im Monopoly-Spiel vor.

»Witzig«, sagte ich hohl. »Alles so klein.«

»Wohin möchtest du fliegen?«

»Dahin, wo wir nicht abstürzen.«

Er lachte. »Mit einer so kostbaren Fracht habe ich das nicht vor. Sieh mal, dort hinten geht es in die Eifel. Und gaaanz dahinten liegt Köln. Bei genauer Betrachtung erkennt man vielleicht die Spitze vom Kölner Dom.«

Einen Moment lang wusste ich nicht, ob er das ernst meinte.

Zaghaft blickte ich nach unten. Dort schlängelte sich die Mosel in ihrem Bett. Dörfer schmiegten sich ans Ufer und in Seitentäler hinein. Alles wirkte völlig anders als vom Boden aus. Ich entdeckte die Monorack-Bahn, die in den Gaispfad führte, die Schiene glich einem schmalen Metallfaden am Hang. Es war ein seltsam erhabenes Gefühl, darüber zu schweben.

Adrian flog eine sanfte Kurve. »Wir schrauben uns noch etwas höher. Die Thermik ist gut heute.«

Das Bild eines kreisenden Greifvogels kam vor mein geistiges Auge. Die Tragflächen vibrierten, es knackte, das Windgeräusch verstärkte sich. Dennoch begann ich, mich zu entspannen, die spektakuläre Aussicht drängte das mulmige Gefühl in meinem Bauch zurück. Das Gleiten zwischen Himmel und Erde war einzigartig. Ich verstand, was Adrian mit Freiheit gemeint hatte.

»Luft ist ein Element«, sagte er hinter mir. »Sie ist nicht nur zum Atmen da. Sie trägt uns, genauso wie sie Vögel trägt. Die fallen auch nicht einfach vom Himmel.«

In einiger Entfernung tauchte eine Burg auf, die mir bekannt vorkam. »Ist das etwa Bernkastel?«, fragte ich.

»Genau. Du kannst entweder kilometerweit am Fluss entlangfahren oder von Trarbach aus einfach den Berg überspringen. Die Distanzen beim Fliegen werden andere.«

In großen Kreisen gewannen wir an Höhe. Dann steuerte Adrian flussabwärts. Die Staustufe, die ich vom Gaispfad aus gesehen hatte, lag unter uns. Ein Sportboot zog eine weiße Gischtschneise hinter sich, die beiden Leute auf dem Deck wirkten winzig.

Überall an den Hängen sah man Abgänge, die durch den Hagel verursacht worden waren.

»Einen Teil der Schäden kannst du am besten aus der Luft beurteilen«, erklärte Adrian. »Gestern bin ich mit meinem Vater geflogen, er wollte sich das ansehen.«

»Fliegt ihr öfter zusammen?«

»Ungern.« Adrian lachte. »Er hat die Angewohnheit, mir reinzureden.«

Wir passierten zwei sich gegenüberliegende Dörfer, wenig später eine weitere Moselbrücke.

Ein Zug bewegte sich, einem Tausendfüßer gleich, auf den Schienen entlang des Ufers. Vor ihm lag ein Streckenabschnitt, der über unzählige Gewölbebogen führte.

»Das ist Deutschlands längstes Hangviadukt«, bemerkte Adrian. »Zweiundneunzig Bogen, um genau zu sein. Ursprünglich sollten auf der Strecke im 19. Jahrhundert Kanonen zur französischen Grenze geschafft werden. Letztendlich wurden aber deutlich mehr Weinfässer darauf transportiert.«

»Das ist auch sinnvoller.«

»Absolut.«

Unter uns umrundete die Mosel einen schmalen Bergkamm, sodass sie in die Richtung weiterfloss, aus der sie gekommen war. Gebannt sah ich aus der Flugzeugkuppel. »Gibt es mehrere solcher Schleifen?«

»Ja, aus der Luft erinnert mich der Fluss manchmal an eine verschlungene Ader. Sozusagen die Lebensader der Gegend. Von dem Aussichtsturm dort auf dem Kamm hast du übrigens einen einzigartigen Panoramablick.« Adrian beugte sich von hinten zu mir. »Einen noch besseren Blick hast du natürlich mit mir aus der Luft.«

»Der ist wohl kaum zu toppen. Es ist großartig.«

Nach meiner Panik beim Start gingen die Emotionen mit mir durch. Meine Nase begann zu ziepen.

Der mäandernde Lauf der Mosel rührte mich auf einmal seltsam an. Seit Jahrtausenden floss sie dort, hatte sich ihr Bett durch die raue und doch liebliche Landschaft gegraben, ruhig und unbeirrt. Sie begleitete die Menschen, die tief mit ihr verbunden waren.

»Das ist die Marienburg.« Adrian deutete auf eine gut erhaltene Anlage aus mehreren Gebäuden. »Vor vielen hundert Jahren war sie einmal ein Kloster für Augustinerinnen. Mittlerweile wird dort im Frühsommer ein kleines Open-Air-Festival veranstaltet. Die Moselaner lieben Open Air.«

Ich grinste. »Zu jeder Jahreszeit, glaube ich. Das habe ich schon beim Stöbern in Balthasars Fotoalben bemerkt.«

Die Aussicht faszinierte mich zunehmend, ich reckte den

Kopf, sah abwechselnd nach links und rechts, war überwältigt von den Bildern. Wir glitten weiter moselabwärts.

Vor uns zerklüftete braunrotes Felsgestein die Hänge, zudem wurden sie wahnsinnig steil. Fast senkrecht fielen sie ab. Ich konnte kaum fassen, dass dort ebenfalls Weinstöcke angepflanzt worden waren.

»Das ist der Bremmer Calmont, der steilste Weinberg Europas.«

»Wow. Schmeckt man das?«

»Ja, das tut man.« Adrian lachte auf. »Und wenn du weißt, wie der Wein entstanden ist, trinkst du ihn bedächtig in kleinen Schlucken.«

Ich stellte mir die Landschaft im Herbst vor, wenn goldene Sonnenstrahlen auf verfärbtes Laub trafen und Nebelschleier über dem Fluss lagen. Wenn man in den Weinbergen die Ernte einbrachte, die Früchte harter Arbeit, unverzagt und mit Zuversicht auf einen guten Jahrgang.

Etwas in mir verliebte sich wohl in diesem Augenblick in die Mosel. Vielleicht war mein Herz, verschmäht von Daniel, empfänglich dafür geworden. Das Moseltal nahm mich auf, es war, wie es war, ich sah es von oben, es verbarg keine bösen Überraschungen.

»Fliegst du im Herbst noch mal mit mir?«, fragte ich Adrian.

»Im Herbst erst?«

»Oder morgen?«

Wir schwiegen.

»Ich bin so froh, dass dir Fliegen gefällt«, sagte er schließlich leise.

Ich auch, dachte ich.

Bei Cochem überflogen wir eine prächtige Burganlage, die von stecknadelkopfgroßen Besuchern übersät war. Adrian zeigte und erklärte. Dann steuerte er vom Fluss weg über die Höhen.

Felder und Wälder lagen unter uns, einzelne Gehöfte und die ersten Ortschaften der Eifel kamen in Sicht.

»Bis zum Kölner Dom schaffen wir es heute nicht«, meinte er. »Offen gesagt möchte ich dich auch nicht nach Hause bringen.«

In der ohnehin aufgeheizten Kabine wurde es noch heißer.

Glücklicherweise saß Adrian hinter mir. Bei nebeneinander montierten Sitzen hätte ich für nichts garantieren können.

Große runde Heuballen sahen aus der Luft wie Mühlsteine aus, eine Herde Kühe graste auf Weideland, die weißen Wolken schienen in gleicher Höhe wie unser Flugzeug zu schweben. Wir flogen und kreisten in weiten Schwüngen, erzählten, betrachteten die Welt unter uns.

Nach einer Weile näherten wir uns wieder Traben-Trarbach.

»Dort schräg vor uns liegt der Flugplatz«, sagte Adrian.

»Schade«, sagte ich.

Einige Minuten später meldete er über Funk die Landung an. Rasch verloren wir an Höhe, erreichten die Grasbahn.

Es rumpelte und schüttelte, als die Räder aufsetzten. Das Flugzeug rollte ein Stück, dann hielt es an.

»Danke.« Ich drehte mich nach hinten um. »Das war wunderschön.«

»War mir ein Vergnügen.« Adrian lächelte.

Die ersten Schritte am Boden gerieten wackelig, so, als müsse ich mich wieder an die Erdanziehung gewöhnen. Am Rand des Flugfelds stand Valerie und winkte.

Wir gingen zu ihr.

»Hey.« Sie zwinkerte mir zu. »Deinem Gesicht nach zu urteilen, kann's so schlecht nicht gewesen sein.«

»Es war phantastisch.«

»Ich will genau das, was diese Frau hatte.« Sie strahlte Adrian an.

Er lachte. »Dann komm mit zu Rundflug Nummer zwei.«

Als beide wenig später einstiegen, begann jemand in einer hinteren Windung meines Gehirns mit Sandpapier herumzuwerkeln. Kleingeistige Gedanken kamen auf, ich versuchte, sie zu verdrängen. Valerie war meine Freundin.

Mit einem Gruß in meine Richtung schloss Adrian das Cockpitdach, Valeries Winken glich dem der Queen.

Bis die Räder des Fliegers vom Boden abhoben, blieb ich am Flugfeld stehen. Dann machte ich mich zu der Café-Terrasse vor dem Vereinsgebäude auf.

Die Tische standen hinter einem dunkelbraunen Jägerzaun, ein paar Gäste saßen bei Kaffee und Kuchen, einige Pilsgläser leuchteten golden in der Spätsommersonne.

Die Augen gen Horizont gerichtet, nahm ich an einem freien Tisch Platz. Adrians Flugzeug schwebte klein in der Ferne.

Ich war mir sicher, dass Valerie ebenfalls begeistert sein würde. Über alles andere war ich mir gerade nicht sicher.

Ein kräftiger Mann in weißem Polohemd kam an den Tisch. »Was darf's sein?«

Ich verzichtete darauf, die laminierte Speisekarte anzusehen. »Haben Sie Käsekuchen?«

»Käse, Apfel, Schwarzwälder, Schokosahne. Und natürlich Quetscheplätzje.«

»Was?«

»Zwetsch-gen-ku-chen.«

»Oh, das ist noch besser. Dann nehme ich ein Stück und einen Cappuccino, bitte.«

»Kommt sofort.«

Er verschwand im Vereinshaus. Ich lehnte mich auf meinem kissengepolsterten Gartenstuhl zurück – wobei das genau genommen nur ein Teil von mir tat, der andere war noch in der Luft. Begeistert von dem Flug mit Adrian wurde das Gefühl, Liebeskummer zu haben und gleichzeitig einen anderen Mann sehr beeindruckend zu finden, zusehends verwirrend. Am besten gar nicht drüber nachdenken, dachte ich.

Wieder ein Widerspruch.

Hoffentlich kommt der Kuchen bald.

Meine Fingerspitzen begannen, auf die Wachsdecke zu trommeln, ich schob die Sonnenbrille hoch ins Haar und wieder runter auf die Nase. Mein Blick irrte über die anderen Gäste ... am blonden Hinterkopf einer Frau blieb er hängen. Sie saß an einem der entfernteren Tische und gestikulierte mit einer schlanken Hand, an deren Gelenk ein steinbesetzter Reif funkelte. Ihr gegenüber hörte ein braun gebrannter Mann mit Schnäuzer und ausgeprägten Kieferknochen zu.

Ich beugte mich ein Stück zur Seite. Angestrengt versuchte

ich hinter meinen getönten Gläsern, die Blondine im Profil zu sehen. Das ist sie doch, oder?, überlegte ich. Nina Caspari, Julius' Freundin. Julius' abtrünnige Freundin?

Ihr Begleiter wirkte aufmerksam und interessiert, hing förmlich an ihren Lippen. Zugegebenermaßen kannte ich mich mit den Moselanern noch nicht aus, konnte mir aber nicht vorstellen, dass der Homo moselanus sich in grundlegenden Eigenschaften von anderen Männern unterschied. Das dort drüben war ein Homo moselanus erectus. Die Miene eines siegessicheren, paarungswilligen Connaisseurs erkannte ich dreihundert Meter gegen den Wind.

»Bitte schön.« Ein Teller mit einem fächergroßen Stück Zwetschgenkuchen wurde vor mir abgestellt, daneben ein mit Kakaopulver bestreuter Cappuccino.

»Super, danke.«

Ich spießte die Gabel in den Kuchen, trennte die Spitze ab und beförderte sie in den Mund. Erst jetzt bemerkte ich, wie hungrig ich war. Säuerlich fruchtiger Geschmack breitete sich aus, ich kaute genussvoll. Dabei beobachtete ich Nina und ihren Begleiter.

Ob die wirklich was mit dem hat?, fragte ich mich. Männerwechsel auf dem Sprung nach München?

Der nächste Happen »Quetscheplätzje« landete auf meiner Zunge, der Hefeteig war auch klasse. Ich schlürfte etwas Cappuccino dazu.

Und selbst wenn es bei Nina und diesem Typen so war. Ich hatte genug eigene Probleme, das Beziehungsleben von Julius Rainfels ging mich überhaupt nichts an. Es war völlig in Ordnung, lieber in zwei Tanks zu verschwinden, als sich beim Frühstück aus enttäuschter Liebe gegenseitig die Ohren vollzujammern.

Zumal möglichweise nach einer enttäuschten Liebe eine andere kommen konnte.

Nicht drüber nachdenken, schimpfte ich mit mir. Iss lieber was.

Der Zwetschgenfächer vor mir löste sich in kurzer Zeit in Luft auf. Am liebsten hätte ich zum Nachtisch Käsekuchen bestellt.

Ich leckte die Gabel ab, faltete meine Hände über dem Bauch und sah in die Ferne.

Schräg vor mir hob Ninas Begleiter eine lederne Geldbörse in die Höhe. »Zahlen«, rief er dem Kellner zu, der gerade Getränke an einen anderen Tisch gebracht hatte.

Das Augenpaar über dem kräftigen Schnäuzer richtete sich flüchtig auf mich, direkt danach fixierte es wieder Nina.

Man konnte nicht sagen, dass Männerblicke grundsätzlich an mir klebten, doch völliges Desinteresse war auch nicht an der Tagesordnung. Der Kerl dort hinten war eindeutig desinteressiert, seine Aufmerksamkeit galt allein einer anderen.

Er zahlte. Nina und er erhoben sich.

Die Überraschung in ihrem Gesicht war offenkundig, als sie mich sah. Die Züge wurden jedoch sofort nachjustiert, ein feines Lächeln erschien, sie kam auf mich zu.

»Hallo, Frau … äh, Korn.«

Semisouverän, dachte ich. Als Anwältin hat sie da noch Luft nach oben.

»Hallo, Frau Caspari. Haben Sie auch ein Stück leckeren Kuchen genossen?«

»Em, Kuchen nicht.«

»Der ist wirklich gut hier. Wobei ich auch richtig hungrig war.« Ich strahlte sie an. »Wir haben heute Vormittag schon Tanks geschrubbt.«

»Tatsächlich?«

»Jaja, in einem Winzerbetrieb ist halt immer was zu tun. Aber wem erzähle ich das?« Meine Hand wedelte lässig. »*Sie* wissen das bestimmt.«

»Genau. Das weiß ich. Dann einen schönen Tag noch und weiterhin guten Appetit.«

»Danke. Ihnen auch.«

Sie rieb sich über den nackten Unterarm und steuerte das Tor im Jägerzaun an, den Schnauzbärtigen im Schlepptau.

Liebe Katharina, mahnte eine innere Stimme, über diese Begegnung hältst du bitte den Mund, im Fass und außerhalb davon.

Ich trank den Kaffee leer. Ein paar Minuten später zahlte ich und verließ die Terrasse.

Am Rand des Flugfelds setzte ich mich im Schneidersitz auf den Rasen, eine Zeit lang beobachtete ich das Treiben um mich herum.

Ein kleines Motorflugzeug startete, in einiger Entfernung saßen zwei Frauen auf Klappstühlen und plauderten miteinander. Das Wochenende der Fliegergattinnen, dachte ich. Warum gab es eigentlich so viel mehr Männer, die flogen, als Frauen? Ich stützte mich auf den Armen ab und lehnte mich nach hinten.

Am Horizont tauchte ein Segelflugzeug auf.

Tacktacktack, mein Herzschlag verfiel in einen Morsecode. Das kommt vom Kaffee, versuchte ich mir einzureden.

Adrian und Valerie landeten, der Flieger rumpelte übers Gras, wurde langsamer und hielt an. Das Dach öffnete sich.

»Wow!«, rief Valerie. »Spitzenmäßig!« Ihr Arm kreiste, als werfe sie ein Lasso.

Schwungvoll stieg Adrian aus, anschließend half er Valerie aus der Maschine.

Das kann die auch mit engem Rock noch selbst, dachte ich zähneknirschend, stand auf und schlenderte zur Rollbahn. Valerie und Adrian kamen heran, lachend stupste sie ihn beim Gehen in die Seite.

»Wirklich wunderbar. Das muss ich unbedingt noch mal machen.«

»Kannst du«, erwiderte er schmunzelnd.

»Was unternehmen wir nun?« Offenbar war Valerie voller Tatendrang.

Mir hingegen verursachte diese Ménage-à-trois ein gewisses Unbehagen.

»Valerie, ich wollte dir doch das Weingut zeigen und ein paar Dinge mit dir besprechen. Wenn du schon mal da bist.«

Sie brauchte eine Sekunde. »Ach, klar. Natürlich. Wie konnte ich das vergessen? Es gibt einiges zu erzählen.« Wir kannten uns gut, sie hatte verstanden.

»Dann fahre ich euch runter in die Stadt?«, fragte Adrian.

Ich nickte. »Das wäre nett.«

»Wenn ihr Lust habt, würde ich euch heute Abend gern zum Grillen bei mir einladen.« Seine Augen suchten meine und hielten sie fest.

»Ganz reizend von dir.« Valerie warf ihr Haar zurück. »Aber gegen achtzehn Uhr wollte ich wieder nach Köln aufbrechen. Morgen früh habe ich direkt zwei Extraktionen im Terminkalender.«

»Kommst du?« Weiterhin sah Adrian mich direkt an.

Ich zögerte einen Moment, obwohl meine Antwort längst feststand.

»Gern«, sagte ich leise.

21

»Warum hast du dich ihm nicht direkt an den Hals geworfen?«, blaffte ich Valerie an. Der Tesla war noch nicht außer Sichtweite.

»Ach komm, reg dich nicht auf. Ich bin eben so.«

»Dann sei bei ihm gefälligst anders.«

»Willst du was von ihm?« Valerie hob die Brauen. »Nun ja, ich könnte es verstehen, der Mann ist echt süß.«

»Der ist nicht süß, der ist besonders. Und wollen will ich was von Daniel. Trotzdem musst du nicht immer die Venusfliegenfalle geben.«

»Schon gut.«

Wir steuerten über den Hof des Weinguts auf das Haus zu.

»Du hängst also nach wie vor an Daniel?« Meine Freundin klang skeptisch.

»Ja«, maulte ich. »Wobei Adrian … Keine Ahnung. Ich bin ziemlich verwirrt. Deine Charmeoffensive kann ich derzeit jedenfalls nicht gebrauchen.«

Während wir näher kamen, öffnete sich wie auf Kommando die Haustür. Im Rahmen stand Ruth Hillenkamp.

»Ach«, kläffte sie. »Werden es immer mehr?«

Fast hätte ich losgelacht.

»Einen wunderschönen guten Tag«, flötete Valerie. Sie hatte Nehmerqualitäten. »Ich bin Valerie van Esch, eine Freundin von Katharina.« Gelassen ging sie auf Ruth zu und reichte ihr die Hand. »Schön haben Sie's hier. Ein entzückendes Fleckchen Erde. Und die Moselaner sind ja für ihre Freundlichkeit bekannt.«

»Hm«, machte Ruth.

»Dürfen wir reinkommen?«

»Hm.« Weiterhin stand sie im Eingang, den mürrischen Mund zusammengekniffen. Schließlich trat sie zurück und verschwand im Inneren des Hauses.

»Was ist das denn?«, formten Valeries Lippen in meine Richtung.

»Unser Weingutsdrache«, flüsterte ich.

Von der Diele aus hörte ich Ruth in der Küche herumwerkeln, ich ging zu ihr. Sie war dabei, Lebensmittel aus dem Kühlschrank zu räumen und sie daneben zu stapeln. Ich erkannte die Sachen, die ich eingekauft hatte.

»Was tun Sie da?«

»Aufräumen.«

»Frau Hillenkamp, würden Sie das bitte im Kühlschrank lassen?«

Sie funkelte mich an. »Ich wollte nur alles zusammen ins untere Gefach stellen«, murrte sie. »Damit man nicht durcheinanderkommt.«

Hörbar sog ich Luft ein. »Ist es für Sie in Ordnung, wenn ich meiner Freundin einen Teil des Hauses zeige?«

»Fremde rumführen?« Die kräftige Nase rümpfte sich.

Hinter mir kam Valerie heran. »Keine Sorge, ich bin Ärztin. Sie können mir vertrauen.«

Was wird das denn?, dachte ich.

»Ärztin?«, fragte Ruth.

Valerie nickte. Ich stand sprachlos daneben.

»Das sind die Allerschlimmsten.« Aufgebracht knallte Ruth ein Päckchen Tofu auf den unteren Glasboden. »Ihr hättet Balthasar retten sollen. Nichts könnt ihr. Warum habt ihr ihm nicht geholfen?«

Ihr Schmerz rührte mich in seiner Hilflosigkeit. Trotzdem waren weder Valerie noch ich die geeignete Zielscheibe dafür.

»Frau Hillenkamp, ich weiß, dass dies nicht mein Haus ist, zumindest noch nicht. Aber Ihres ist es auch nicht. Von daher wäre es nett, wenn ich mich einigermaßen frei im Gebäude bewegen könnte, Ihr Zimmer und Ihre privaten Dinge natürlich ausgenommen.«

Ruth schnaubte.

»Wir sollten für eine Übergangszeit versuchen, miteinander auszukommen«, schloss ich an. »Auch wenn das für Sie nicht leicht ist.«

»Übergangszeit?«

»Bis ich weiß, was mit dem Haus und dem Betrieb passiert.«

Sie schwieg und wandte sich ab. Energisch räumte sie Joghurt, Sojamilch und Gewürzgürkchen ein.

»Komm.« Ich stupste Valerie am Arm. »Lass uns hoch. Ich zeig dir das Zimmer, in dem ich zurzeit wohne.«

»Sehr adrett«, kommentierte meine Freundin kurz darauf die Einrichtung. »Wie nennt man den Stil noch mal? Würfelhusten?«

»Ach, du. Was erwartest du von einem rieslinganbauenden Junggesellen in den Sechzigern? Das Schlimme ist allerdings, dass ich anfange, mich hier irgendwie heimisch zu fühlen.«

Valeries Hand legte sich kurz auf meine Stirn. »Fieber hast du nicht.«

»Vielleicht liegt es daran, dass der Bruder meiner Mutter eben doch Familie ist, obwohl ich ihn nicht kannte. Manchmal habe ich den Eindruck, dass ich Mama an diesem Ort näher bin.«

»Merkwürdig.« Valerie setzte sich auf die Bettkante. »Deinem eigentlichen Leben bist du wohl kaum näher. Es wäre besser, das Anwesen stünde in Köln statt in der Provinz.«

»Tja. Mit ein paar Weinbergen zwischen Nippes und Ehrenfeld.«

Wir kicherten.

»Wann entscheidest du, ob du das Erbe annimmst?«, fragte Valerie.

»Vermutlich im Laufe der kommenden Woche. Und vermutlich nehme ich es an. Verkaufen kann ich den Betrieb immer noch. Ich habe auch daran gedacht, Herrn Wientapper zu fragen, ob er quasi auf Provisionsbasis das Weingut verwalten möchte.«

»Das heißt, dein egoistischer, eigenbrötlerischer Onkel hat seinen Letzten Willen durchgesetzt?« Valerie lehnte sich auf dem mit geblümtem Frotteestoff bezogenen Plumeau zurück. »Topdesign übrigens, deine Bettwäsche.«

Ich grinste. »Wenn wir erst mal richtig schwarze Zahlen schreiben, kann ich den Hausrat austauschen.«

Eine nachdenkliche Falte grub sich über Valeries Nasenwurzel ein. »Hast du dir das gut überlegt?«

»Was habe ich zu verlieren? In Köln kann ich mich auf dem

Arbeitsamt hinten anstellen. Außerdem verwette ich meinen Allerwertesten, dass Viola mich über ihre Kontakte in der Branche schlechtmacht. Natürlich wird sie nicht sagen, dass ich mit ihrem Mann im Bett war, aber ihr fallen genug andere Dinge ein.«

»Gut.« Valerie seufzte leise. »Dann muss ich mir demnächst wohl ein Paar Gummistiefel zulegen und so eine Art Arbeitsoverall?«

»Das wäre toll. Die Weinlese ist nicht mehr lang hin.«

Einer der Fensterflügel stand noch vom Morgen offen. Ein Windhauch bewegte die scheußlichen Gardinen. Womöglich würde ich sie auch bei schwarzen Zahlen einfach hängen lassen.

»Zumindest siehst du deutlich besser aus als letzte Woche in Köln.« Valerie richtete sich wieder auf und schlug eines ihrer wohlgeformten Beine über das andere.

»Ich bin hier abgelenkt und unter Leuten. Außerdem gibt es Arbeit, man kommt weniger zum Grübeln.«

»Du …« Sie zögerte, ihr Ausdruck war unsicher. Bei ihr irritierte mich das.

»Was?«

»Also …«

»Raus mit der Sprache!«

»Okay.« Sie strich über ihren Rock. »Ich habe Daniel getroffen.«

Mein Atem setzte aus. »Wann? Wo?« Die entscheidendere Frage wäre »Mit wem?« gewesen, doch vor ihr scheute ich instinktiv zurück.

»Am Freitag. Im ›Noctis‹, ich war mit Raoul da.«

Der hübsche Lockenkopf mit dem Schweizer Akzent und dem Rotwein auf dem Hemd.

»Wie läuft es mit ihm?« Eindeutig wollte ich vom Thema abkommen.

»Sehr gut. Soll ich den Rest für mich behalten?«

Mir war bange. »Kommt auf den Rest an.«

»Den Daniel-Rest.«

Mit weichen Knien ließ ich mich auf den alten Holzstuhl und meine darübergelegten Klamotten fallen. »Nein. Erzähl.«

»Er war mit einem Kumpel da. Wenn du mich fragst, hatte er ziemlich einen im Tee. Außerdem sah er schlecht aus, ungefähr so wie du, bevor du ins Moselsanatorium abgeschwirrt bist.«

»Schlecht?«

»Ungepflegt, unausgeschlafen, mitgenommen. Schlecht.«

»Wirklich?« Mir war nicht klar, was das bedeutete. Ging es ihm *meinetwegen* schlecht?

»Nachdem er mich in der Bar entdeckt hatte, kam er zu mir. Er hat nach dir gefragt.«

»Und?« Ich atmete flach. »Was hast du gesagt?«

»Dass es dir super geht, natürlich.«

»Was?«, rief ich.

»Dass du an der Mosel bist und dich um dein ansehnliches Erbe kümmerst.«

»Mir geht es nicht super!«

Stöhnend blies Valerie Luft aus. »Als deine Freundin kann ich dem doch nicht die Wahrheit sagen.«

»Aber wenn er glaubt, ich vermisse ihn nicht, bleibt er womöglich sowieso bei Viola.« Eine Klammer hatte sich um meine Brust geschlossen.

»Kat, er wird seine Entscheidung nicht davon abhängig machen, wie du dich fühlst, glaub mir. Das tun Männer nie.« Valeries Worte begleitete ein Kopfschütteln. »Möglicherweise hat ihm Viola auch die Entscheidung abgenommen.«

»Wie meinst du das?«

»Natürlich habe ich ihn gefragt, wie es ihm geht. Ob er in den trauten Schoß der Ehe zurückgefunden hat.«

»Hat er?« Mir blieb der Mund offen.

»Tja.« Valerie zuckte mit den Schultern. »Er hat aufgelacht und mir seinen Zeigefinger entgegengepikt. ›Trautes Heim, Glück allein‹, hat er dabei gelallt. ›Das erzähle ich Katharina selbst.‹«

»Hat er aber nicht. Bislang jedenfalls. Meinst du, ich soll ihn anrufen?«

»Wie bitte? Hattest du 'nen Teller Nachlauf zum Frühstück? Natürlich nicht. Dir geht es blendend, schon vergessen? Denk an meine Worte von dem Hengst auf der Koppel. *Er* muss ankommen.«

Ich hielt meine Hände vors Gesicht, rieb mir über Augen und Stirn. In meinen Schläfen pochte es.

»Mach dir einen schönen Abend mit Adrian«, riet Valerie. »Das ist das Beste, was du tun kannst. Ein Flirt macht selbstsicher und attraktiv.«

»Ich weiß. Du bist ein gelungenes Beispiel dafür«, nuschelte ich.

»Jep. Und jetzt zeig mir noch was von dieser scheckigen Hütte.« Sie zog die Lippen über die Zähne zurück. »Alles, außer Ruths Schlafzimmer.«

Ich saß schweigend da. Das eben Gehörte waberte in meinem Kopf herum. »Ihm geht es schlecht.« Bedeutete »schlecht« Hoffnung?

»Mach dir nicht zu große Hoffnungen«, sagte Valerie sanft. Sie kannte mich wirklich gut. »Der Typ hat zwei Autos in der Garage.«

»Hä?«

»Wenn es nach ihm geht, reicht ihm auch fürs Bett nicht eine.«

»Pfh. Hast du das aus der Vorlesung Psychologie für Zahnmediziner?«

»Nein, das entspricht langjährigen Erfahrungen sowie einer fundierten Männerkenntnis.« Sie stand auf und trat ans Fenster. Neugierig reckte sie ihr Kinn vor. »Da draußen läuft der Kellermeister über den Hof. Sieht gut aus.«

Mein Hals kratzte. Mit einem rauen Husten erhob ich mich. Wohl aus Selbstschutz wollte ich die Gedanken an Daniel erst einmal zurückdrängen.

»Lass uns das Haus ansehen«, meinte ich gedehnt. Tatsächlich gab es da etwas, das mich interessierte.

»Ich war bislang noch nicht im zweiten Stock des Gebäudes«, fuhr ich fort. »Herr Wientapper schläft dort, und es gibt ein Gästezimmer, in dem Julius gestern übernachtet hat. Insgesamt also nicht mein Terrain. Ich würde allerdings gern mal auf den

Dachboden. Vielleicht findet sich da etwas, das mit meiner Mutter oder dem Streit zwischen ihr und Balthasar zu tun hat.«

»Dann lass uns hoch. Ich bin gespannt.«

Wir verließen mein Zimmer. Kurz darauf knarrte das Holz der Treppe in den zweiten Stock unter unseren Schritten, Valeries Absätze klackerten hinter mir.

Oben angekommen, nahm ich einen speziellen Geruch wahr, er erinnerte mich an Tannennadeln und eine Kiste voller alter Kleider. Meiner Ansicht nach hatte jedes Haus seinen eigenen unverwechselbaren Geruch, so wie es bei Menschen auch war. Im Gegensatz zu allen möglichen anderen Merkmalen konnte man den nicht ändern.

Ein beiger Läufer verdeckte Teile der Dielen. Hier oben waren die Zimmer anders angeordnet als im ersten Stock. Der Flur verlief u-förmig. Hellbraun gestrichene Türen gingen von ihm ab, an den Wänden hingen Schwarz-Weiß-Fotos in abgestoßenen Rahmen. Sie zeigten Menschen in den Höfen ihrer Häuser und bei der Arbeit im Weinberg. Vermutlich stammten sie aus der ersten Hälfte des letzten Jahrhunderts, einige Bilder wirkten sehr alt.

An einem Foto blieb ich hängen, darauf führte die Mosel Hochwasser. Es stand bis weit in die Stadt hinein. Das hätte ich ihr nicht zugetraut.

»Ist das die Ahnengalerie?«, fragte Valerie neben mir. »Ich bin froh, dass ich heute lebe.« Sie legte die Hand auf eine der Türklinken und drückte sie herunter.

»Scht«, machte ich, aber schon lugte sie durch den Spalt.

»Ein zerwühltes Bett, ein alter Schrank, fast so hübsch wie dein Zimmer. Des Kellermeisters Refugium, würde ich sagen.«

Sie zog die Tür wieder zu.

Am Ende des Ganges bildeten zwei breite Stufen eine Art Podest. Es führte zu einer Tür aus unbehandeltem Holz, sie hatte keinen Griff, nur ein Schloss, der Schlüssel steckte.

»Sieht wie der Aufgang zum Speicher aus«, vermutete ich.

Valerie nickte.

Wir bewegten uns darauf zu. Gleichzeitig erklangen Tritte auf der Treppe zwischen dem ersten und dem zweiten Stock. Wenig später näherten sie sich über den Gang.

Julius erschien. Wie ertappt standen wir vor dem Stufenpodest.

»Geht's da auf den Dachboden?«, fragte ich möglichst ungerührt.

»Jaaa?« Er musterte uns wie eine exotische Edelfäule an einer seiner Trauben. »Ist das so ein Mädchending? Ähnlich dem, zusammen aufs Klo zu gehen? Dachböden erkunden?«

»Ha. Ich interessiere mich eben für Dachböden.«

»Dann viel Spaß.« Er verschwand in dem Zimmer, in das Valerie eben geschaut hatte.

Ich drehte den Schlüssel im Schloss, die Tür ließ sich zu mir hin aufziehen.

Direkt dahinter führte eine schmale Stiege nach oben. Etwa in der Mitte machte sie eine Biegung nach rechts, die Stufen saßen steil hintereinander. Ich ging vor.

Wärme umfing mich, staubige Luft und ein intensiver Duft nach trockenem Holz. Durch mehrere Dachfenster fiel gedämpftes Licht. An der Kopfseite gab es eine runde Öffnung, einem großen Bullauge ähnlich. Darunter stand ein alter Stuhl.

Vor Valerie und mir eröffnete sich ein weitläufiger Raum, begrenzt von den Dachschrägen und gemauerten, unverputzten Wänden.

Ein Bereich war durch aus Holzlatten gefertigte Wände abgetrennt. Dahinter befanden sich ein schiefes Regal sowie das metallene Kopf- und Fußteil eines breiten Bettes. Auf dem Boden lagen ein paar zusammengefaltete Umzugskartons.

Verteilt über die übrige Fläche des Speichers war weiteres Mobiliar abgestellt worden. Graue Decken und vergilbte Betttücher verhüllten die Stücke.

»Schau mal, was dein Onkel da gebunkert hat«, raunte Valerie.

Ich trat an ein rechteckiges Teil heran, neugierig zog ich das Tuch ab, Staubteilchen wirbelten in die Luft. Zum Vorschein kam eine traumhafte Kommode in Kirschholz, die Schubladen zierten messingfarbene Beschläge, an den Rändern befanden sich rautenförmige Ornamente.

»Jugendstil.« Valerie strich über eine der abgerundeten Kanten. »Balthasar scheint die schönen Möbel auf dem Speicher deponiert zu haben.«

Sie entfernte eine Decke, unter der drei dünne Holzbeine hervorragten.

»Holla die Waldfee.«

Ich erblickte einen Nierentisch mit glänzender, schwarz-weißer Glasplatte, punkt- und strichförmige Muster befanden sich darauf, der Rand war in Metall gefasst. Nach dem, was ich über Design aus meinem Studium wusste, war das Teil original. Es war blendend erhalten.

»Womöglich hatte Balthasar keinen Sinn für die Schönheit dieser Stücke«, meinte ich. »Oder die Einrichtung war ihm generell nicht so wichtig.«

Einige Schritte entfernt deckte Valerie sechs Stühle ab, gestapelt in Zweierpaaren. Die dunklen, gerundeten Holzlehnen waren mit feinen Streben versehen und umschlossen halbkreisförmige Sitzflächen. »Thonet-Sessel. Zustand eins a.« Sie grinste. »Es war eine gute Idee, auf den Speicher zu gehen.«

Wir entdeckten einen antiken Waschtisch mit Marmorplatte, einen ledernen Clubsessel, einen mit feinen Intarsien verzierten dreiteiligen Brandschrank, zwei riesige, in Stuckrahmen gefasste Ölgemälde.

»Herr Wientapper und unsere Buchhalterin haben darüber nachgedacht, das Weingut um Gästezimmer und eine Bewirtung zu erweitern.« Ich lehnte mich an den Waschtisch. »Wenn man investieren würde, könnte man sicher was aus dem Anwesen machen.«

»Auf jeden Fall.« Valerie stand neben der Jugendstilkommode, die Arme in die Hüften gestützt. Einen Augenblick später ließ sie sie sinken, schien kurz zu überlegen und zog die oberste der Schubladen auf. Nach einem leisen Laut des Erstaunens nahm sie ein dickes, mit Metallornamenten beschlagenes Buch heraus.

Ich trat heran.

Den dunkelgrünen Deckel zierte ein Lilienmotiv, Valerie

schlug ihn auf. Ein Foto rutschte heraus auf die Kommode, es bestand nicht aus Papier, sondern aus einer ein oder zwei Millimeter dicken Platte. Valerie hielt es hoch, ein junger Mann mit gezwirbeltem Schnäuzer und Uniform war darauf zu sehen. Ich beugte mich vor. »Johann Wilhelm Ehses – 1914«, stand am unteren Rand des Bildes.

»Wer ist das nun wieder?«, fragte Valerie und legte das Buch ab.

»Keine Ahnung.« Meine Hand tastete nach der ersten Seite und blätterte sie um. Danach die nächste und die folgenden. Das Album enthielt zahllose alte Fotos und in Sütterlinschrift verfasste Briefe, ich überflog Feldpostkarten und nachkolorierte Porträts ernst schauender Frauen in hochgeschlossenen Kleidern. Der Name Ehses wiederholte sich, Martha, Franz, Theodor, Louise, Gabriel Ehses. Eine Art Familienchronik.

Valerie hatte sich zu dem runden Fenster an der Kopfseite des Speichers begeben. Sie schob den Stuhl ein Stück zur Seite, reckte sich auf die Zehenspitzen und sah hinaus.

»Die Aussicht ist klasse. Wie aus einem Krähennest am Schiffsmast. Was ist das dort oben für eine Burgruine?«

»Die Überreste der Grevenburg. Ich war gestern Abend mit Adrian da.«

»Wow. Romantisch.«

Vorsichtig legte ich das Buch in die Schublade zurück und schob sie zu. Die übrigen Gefächer waren leer.

Nachdenklich ging ich zu Valerie.

An der Seitenwand neben dem Bullauge stand in einer Nische noch etwas. Die Decke darüber war mit Bären und bunten Bällen übersät. Ein seltsam mulmiges Gefühl krabbelte in meinen Magen. Ich zögerte. Dann fassten meine Fingerspitzen den Stoff und zogen.

Das weiße Kinderbettchen war nicht antik. Es war nicht Jugendstil und nicht aus den fünfziger Jahren. Es hätte sich unauffällig in eine Wohnung voller Ikea-Möbel eingefügt, Achtziger-, Neunziger-Jahre-Stil.

Auf der kleinen Matratze lag ein Plüschhund. Die langen

Schlappohren umrahmten eine Schnauze, auf die mit rotem Garn ein Lächeln gestickt war.

Zaghaft nahm ich ihn auf. Aus seinem Bauch kam eine Schnur mit einer blauen Perle am Ende. Es war der Aufzug einer Spieluhr.

Wuffi, kam es mir unwillkürlich in den Sinn. Einen Augenblick später wirkte das Wort wieder beliebig. Wauwau, Wuffi, Bello.

Ich zog an der Schnur, leise Klänge erfüllten den Raum. Schlaf, Kindlein, schlaf.

Etwas in meinem Gehirn reiste in Lichtgeschwindigkeit viele Jahre zurück. Wie hypnotisiert starrte ich auf die Hundeschnauze. Dann drehte ich langsam den Kopf. Unter Valeries fragendem Blick drückte ich das Tier an meine Brust und schnüffelte an seinen Ohren.

»Äh … du, eigentlich habe ich Hunger.« Valeries Ausdruck wechselte ins Besorgte. Ich stand weiter wie aus der Zeit gefallen da. »Eigentlich knurrt mir schon seit Stunden der Magen. In der Nähe gibt es doch ein Vier-Sterne-Hotel, habe ich im Internet gesehen.«

»Das Moselschlösschen«, sagte ich hohl.

»Lass uns eine Kleinigkeit essen.«

Sanft, aber entschlossen schob sie mich Richtung Treppe. Den Hund nahm ich mit. Ich setzte ihn in meinem Zimmer über die Fotoalben ins Regal.

22

»Tschüss, Süße. Wir appen. Oder ruf mich an. Jederzeit.« Valerie stieg in ihr Sportcoupé. »Für dich lasse ich sogar den Bohrer fallen.«

»Danke. Bist 'ne echte Freundin.«

Sie schloss die Tür, kurz darauf surrte die Seitenscheibe nach unten. »Mach dir nicht so viele Gedanken. Selbst wenn du als kleines Kind tatsächlich öfter in diesem Haus gewesen bist ... Das wäre nicht ungewöhnlich, die Gegend ist nett, und Balthasar war dein Onkel.«

»Stimmt schon. Mich irritiert halt, dass später in unserer Familie nie davon gesprochen wurde.«

»Auch das ist nicht verwunderlich. Wenn es einen schlimmen Streit gab, hat deine Mutter daraufhin die Verbindungen zur Vergangenheit gekappt.«

»Mir geht dieser Traum nach, von dem ich dir vorhin erzählt habe. In dem meine Mutter und Balthasar über Wahrheiten stritten.«

»Ein Traum, Kat.« Der Motor startete mit einem kernigen Sound. »Nichts weiter. Wenn ich mir über meine Träume Gedanken machen würde ...« Valerie schüttelte den Kopf.

»Wahrscheinlich hast du recht. Tschüss. Bis bald.«

»Ja, bis ganz bald. Der Stadtbummel hat mir gefallen. Die Villen, der Fluss, die idyllische Landschaft – voll die Moselboheme.« Sie zwinkerte mir zu.

Im Gegenzug schmatzte ich einen Luftkuss zu ihr hin.

Sportlich parkte sie aus, ihre brilliverzierte Hand reckte sich aus dem Seitenfenster. Dann brauste der Wagen davon.

Ich sah ihm nach, bis er nach rechts abbog und verschwand.

Der Abschied von lieben Menschen machte mich wehmütig. Bedrückt ging ich ins Haus.

In der Diele war es kühler als draußen, ich betrat das geräumige Wohnzimmer.

Ruth saß wie erschlagen in einem der olivgrünen Sessel, die kräftigen Beine von sich gestreckt.

»Wissen Sie, wo Herr Wientapper ist?«, fragte ich.

»Der wird sich mit Lore rumtreiben.«

Ich schüttelte eine Locke aus dem Gesicht. »Rumtreiben« passte so gar nicht zu meinem Nachbarn.

»Und Julius?«

»Der ist vorhin nach Hause. Da gehört er auch hin. Was soll das, bei uns zu übernachten? Der hat doch eine Frau daheim, was sind das alles für Zustände? Wie bei Hempels. Ach was, viel schlimmer.«

Ich lehnte mich an einen schwarzen, hüfthohen Schrank, die Büfettuhr darauf tickte laut.

»Frau Hillenkamp, ich möchte Sie etwas fragen.«

»Seit Balthasars Tod geht es drunter und drüber. Alles durcheinander.« Stöhnend winkte sie ab.

»Ich war auf dem Dachboden.«

»Wo?« Ein entgeisterter Blick traf mich.

»Dort steht ein Kinderbett. Wissen Sie, ob meine Eltern früher häufiger bei Balthasar waren?«

»Ich weiß gar nix.« Ruth zupfte an ihrem kurzärmligen Strickpulli. Die Farbe war die von überreifen Pflaumen. »Und Sie sollten nicht rumschnüffeln. Was geht Sie die Vergangenheit an? Sie kommen her und wirbeln Staub auf. Halten Sie sich doch aus Balthasars Leben raus.«

»Entschuldigung, das hätte ich liebend gern getan. *Er* hat mich an diesen Ort gelotst.«

»Pah. Billige Ausrede.«

Wir schwiegen, verstockt stierte Ruth auf den Teppich. Ich war noch nicht bereit aufzugeben.

»Wissen Sie etwas von der Familie Ehses?«, fragte ich.

»Wie kommen Sie denn da drauf?«

»In einer Kommode befindet sich eine Art Familienchronik.«

Ruth ruckelte ihren fülligen Oberkörper auf dem Sessel zurecht.

»Das waren die ehemaligen Besitzer des Hauses«, antwortete

sie. »Früher eine reiche Weinhändlerfamilie, wie es etliche in der Gegend gegeben hat. Bessere Leute, die den Winzern den Wein abgekauft haben. Damals erlebte die Mosel einen Aufschwung, der Wein ist bis nach England geliefert worden, die Leute haben gute Preise bezahlt. Es kam vor, dass man sich für zehn, fünfzehn Fuder ein Haus kaufen konnte. Nicht wie heute.« Missbilligend zog sie die Nase hoch.

»Wissen Sie mehr über diese Familie?«

Kurz schien Ruth in Gedanken. »Damals, vorm Krieg, hat der einzige Sohn vom Ehses die Tochter vom größten Weingutsbesitzer an der Mittelmosel geheiratet«, erklärte sie schließlich. »Stöck zu Stöck, hat man damals gesagt. Man hat geguckt, dass man die Existenz sichert, die Hochzeit musste was bringen.« Sie rieb Daumen und Zeigefinger aneinander. »Es ging nicht um Liebe oder so was.«

In meinen Ohren klang bei der Liebe Geringschätzung mit. Finden Sie das etwa gut?, hätte ich beinahe gefragt, schwieg aber.

»Die junge Frau nannte man die schöne Louise«, fuhr Ruth fort. »Ein Bild von einem Mädchen. Hat sich umgebracht. Hier im Haus.«

Mich überlief ein Schauer. »Warum das denn?«

»Die wollte ihren Mann nicht, wollte ein anderes Leben. War bestimmt ein romantisches, dummes Ding. Ist schwermütig geworden. Einen Sohn hat sie gekriegt, der war noch klein. Da hat sie sich das Leben genommen.«

»Wie schrecklich.«

Einer von Ruths Gesichtsmuskeln vibrierte. Die Zähne zeigten sich in einem stumpfen Lächeln. »Sie lagen gar nicht so daneben mit der weißen Rieslingfrau.«

Nochmals erschauerte ich. Doch dann dachte ich: Bangemachen gilt nicht.

»Heute würde man zum Psychologen rennen oder sich einfach scheiden lassen. Die schöne Louise hat Gift genommen. Ihr Mann, der Theo, hat sie gefunden.«

»Woher wissen Sie das alles?«

»Das weiß man im Ort. Wenn einem das Haus gehört, sowieso.«

»Gut, dann weiß ich es nun auch. Leben noch Nachfahren der Familie Ehses?«

»Sicher. Die beiden Kinder von dem einzigen Sohn. Die wohnen weiter weg in der Stadt, im Ruhrgebiet oder so. Von ihnen hat Balthasar das Weingut gekauft.«

Puh, dachte ich. Eine Mietwohnung in der Kölner Südstadt ist historisch doch weniger befrachtet.

Direkt neben mir glockte es matt, vor Schreck zuckte ich zusammen. Die Büfettuhr schlug zweimal. Halb sieben. Falls ich jemals dieses Wohnzimmer öfter nutzen würde, wäre das Teil das erste, das rausflog.

»Ich muss los«, sagte ich. »Es war schön, mit Ihnen zu reden.« Im Grunde lag keine Ironie in dem Satz. Die alten Geschichten interessierten mich.

»Ist ja sonst auch keiner da«, brummte Ruth.

Ich ließ sie in ihrem Sessel zurück und eilte nach oben in mein Zimmer.

Die Kleider auf dem Stuhl waren zerknittert vom Draufsitzen. Im Regal lag ein zusammengefaltetes schwarzes Top. Die Jeans blieb an. Ab ins Bad zum Aufhübschen.

Vor dem Spiegel stehend, zogen Bilder des Tages an mir vorbei. Mein Kopf fühlte sich so voll an. In Köln ging ich sonntags ins Kino oder ein paar Bahnen schwimmen, erledigte Haushaltskram oder traf mich mit Valerie auf einen Kaffee. Wenn es besonders gut gelaufen war, auch mit Daniel im Bett.

Hier hingegen war es zwischen Fässern, Flugzeugen und Familiengeheimnissen deutlich abwechslungsreicher zugegangen. Ich wusste noch nicht, was ich davon halten sollte. Ich wusste nur, dass es mir tatsächlich besser ging als in der vergangenen Woche in Köln.

Während ich die Treppe ins Erdgeschoss runterlief, freute ich mich plötzlich heftig darauf, mit Adrian zu reden, einen Wein zu trinken, etwas zu essen, vom Tag zu erzählen und meine Eindrücke zu teilen.

»Gehen Sie weg?«, hörte ich Ruth fragen. Sie stand gouvernantengleich im Rahmen der Wohnzimmertür.

»Adrian hat mich zum Grillen eingeladen.« Meine gute Laune war nicht zu überhören.

»Ausgerechnet«, nuschelte sie. »Herr im Himmel.« Mit gesenktem Kopf wandte sie sich ab.

Ach, zum Grillen, das ist ja nett, ich wünsche Ihnen einen schönen Abend, flötete meine innere Stimme. Meine äußere Hand knallte die Haustür hinter mir ins Schloss.

Adrian bewohnte ein Nebengebäude auf dem Grundstück, auf dem sich auch das Weingut seiner Eltern befand. Er und sie teilten sich seiner Erzählung nach einen großen Garten, das Anwesen lag nur wenige hundert Meter von Balthasars Haus entfernt.

Auf dem Weg an der Mosel entlang wurde ich zunehmend nervös. Zwei Schwäne schwammen auf dem Fluss hintereinander, in einiger Entfernung folgten ein paar Enten. Ich hätte noch einmal auf Toilette gehen sollen. Mist.

Meine Aufregung steigerte sich, mein Zustand glich dem einer zwanzig Jahre Jüngeren. Ein Mädchen vorm ersten Date. Pickel unter Abdeckstift versteckt, BH ausgepolstert, Nagellack von Mama stibitzt, Deo aufgetragen, das drei Minuten später versagte.

Hilfe.

Ich passierte einen Spielplatz, Schaukeln und Klettergerüste standen verlassen da. Auf einer der Bänke saß ein junger Mann, der mit seinem Handy beschäftigt war. Unvermittelt überfiel mich der Impuls, umzudrehen und Adrian eine Nachricht zu schicken, dass ich Migräne habe. Oder Magen-Darm. Mental. Zu viel Schiss.

Ich lief weiter. Im Gehen scannte ich die Hausnummern an den Mauern und neben den Toren, aufsteigende Ziffern, noch ein paar Häuser: 32, 34, 36. Dazwischen lagen, durch die Größe der Grundstücke bedingt, etliche Schritte.

Die 42, ein schmiedeeiserner Zaun mit hohen Spitzen. »Weingut Frank Michels«, stand auf einer Schiefertafel, umrahmt von stilisierten Rebenranken. Das breite Tor stand offen. Ich betrat die Einfahrt, der helle Kies knirschte unter meinen Sohlen.

Rechts befand sich ein großes weißes Haus. An seiner Seite ragte ein erkerartiger Turm auf, vor den Fenstern hingen üppig bepflanzte Blumenkästen, eine Pracht aus Rot und Pink.

Dahinter bewegte sich eine der Gardinen.

Von einer Rasenfläche getrennt lag auf der linken Seite des Grundstücks ein kleines Gebäude mit einer Fachwerkfront.

Adrian stand in Shorts und Polohemd mit dem Rücken zu mir an einem Grill. Er stocherte mit einem Feuerhaken in der Glut. Funken stoben auf.

Ohne dass er mich gesehen hatte, drehte er sich um. Er ließ die Eisenstange ins Gras fallen und kam auf mich zu.

»Hallo, Katharina, schön, dass du da bist.«

Sanft umarmte er mich. Beim Begrüßungskuss auf die Wange drehten wir beide den Kopf in dieselbe Richtung, unsere Nasen stießen aneinander. Verlegen lachte ich auf. Mit einer einladenden Armbewegung wies Adrian zu seinem Haus.

»Komm. Hast du Hunger mitgebracht?«

»Hab ich. Sonst leider nichts. Ich dachte, eine Flasche Wein mitzunehmen, hätte was von den Eulen in Athen.«

»Da hast du recht. Es gibt auch Bier, magst du eins? Bitburger Stubbi, sozusagen das zweite Nationalgetränk der Moselaner.«

»Gern.«

Wir gingen zur Veranda. Meine Nervosität hatte sich gelegt, stattdessen stieg ein Gefühl auf, wie es sich mit dem Ankommen nach einer langen Reise verbindet.

»Setz dich.« Adrian deutete zu den Loungemöbeln auf dem kleinen Freisitz. »Bin gleich wieder da.«

Er verschwand durch die offene Terrassentür im Inneren des Gebäudes. Es war vor nicht allzu langer Zeit renoviert worden, die Holzbalken des Fachwerks trugen eine satte rotbraune Farbe, das Mauerwerk dazwischen war leuchtend weiß. Auf einem Tisch neben den Korbstühlen standen Teller, ein paar Grillsoßen, aufgeschnittenes Baguette und ein grüner Salat.

Ein paar Sekunden war ich unschlüssig. Dann trat ich ins Haus.

Das Wohnzimmer war spärlich, aber geschmackvoll eingerichtet, ein Designersofa, zwei Sessel, eine hohe, geschwungene

Stehlampe. Neben dem gut gefüllten Bücherregal gab es einen offenen Kamin. Ein Foto in einem Silberrahmen stand auf dem Sims.

Die offene Küche schloss sich, nur getrennt durch ein paar Fachwerkbalken, an das Wohnzimmer an. Adrian kam mir mit zwei braunen bauchigen Flaschen entgegen. Dicht vor mir stehend reichte er mir eine.

Nur er und ich, wurde es mir bewusst, allein in diesem Haus.

»Prost.« Sachte stieß er sein Bier an meins. Er hob es zum Mund, die Augen auf mich geheftet. Einen Moment lang konnte ich mich nicht bewegen. Dann trank ich einen Schluck.

Im Prinzip war ich entschlossen, mich zusammenzureißen.

Zumindest solang er es tat.

Ich räusperte mich. »Dein Haus ist schön.« Etwas Anspruchsvolleres fiel mir nicht ein.

»Ja«, sagte er. »Ein schönes Haus.«

Er sah mich an, ruhig und ein wenig versonnen. In einer kaum wahrnehmbaren Bewegung wechselte sein Ausdruck.

»Ich habe es zum größten Teil selbst renoviert, über zwei, drei Jahre. Nach Feierabend und am Wochenende. Ganz früher war es das Haus des Gutsverwalters und seiner Familie.«

»Toll. Ich wollte schon immer einen offenen Kamin.«

Was?

Das hatte hoffentlich nicht geklungen, als wolle ich hier einziehen. »Ist in Kölner Wohnungen halt eher selten«, ergänzte ich rasch, »romantisches Kaminfeuer.«

Lass doch die Romantik raus, mahnte mein innerer Master of Disaster. Die Luft brennt eh schon.

Ich drehte mich um und deutete zu dem gerahmten Foto auf dem Sims. Es schien älter zu sein und zeigte einen kleinen, dunkelhaarigen Jungen. »Bist du das?«

»Nein, mein Bruder. Jonah hieß er. Meine Eltern haben keine Erinnerungsstücke mehr von ihm im Haus. Hier bei mir auf dem Kamin hat er einen Platz.«

Spätestens jetzt fiel es mir verdammt schwer, mich zusammenzureißen.

»Drüben in der Küche hängt außerdem ein Foto von meinem Patenkind«, sagte Adrian. »Seine Eltern sind auch drauf.«

»Deine Ex-Freundin.«

Er nickte.

Schwankend wie eine Fahne im Wind entschloss ich mich, mutig zu sein.

»Gibt es auch eine Nicht-Ex-Freundin?«

Langsam beugte er sich zu mir. »Nein. Aber ich hoffe, es gibt bald eine.«

Ich spürte seinen Atem an meiner Stirn.

»Es ist sonderbar mit dir.« Seine Fingerspitzen berührten meine Wange. »Ich habe das Gefühl, dich schon lange zu kennen.«

»Geht mir ähnlich«, murmelte ich. Plötzlich raste mein Herz, meine Beine drohten nachzugeben. Das Blut wich aus meinem Kopf, Adrians Lippen kamen näher.

»Hey!« Wie ein Peitschenhieb knallte der Ruf durch den Raum. Ich schrak zusammen, wich zurück, verstand nicht.

Dann sah ich Frank Michels. Mit hochrotem Kopf stand er an der Terrassentür.

»Adrian!« Sein Mund klaffte auseinander. »Ich will nicht, dass …« Der Arm gestikulierte wild. »Sie ist eine Erbschleicherin.«

»Bitte was?« Perplex starrte Adrian seinen Vater an.

»Das ist mein Grund und Boden«, polterte Frank Michels. »Da will ich solche Leute nicht haben.«

Adrian sah völlig verständnislos drein. »Was sagst du da? Ist alles in Ordnung mit dir? Hast du … Geht's dir nicht gut?«

»Raus hier!«, schrie Frank Michels und zeigte auf mich. »Sofort!«

»Bist du verrückt geworden?« Adrian ging auf seinen Vater zu. »Das ist mein Haus.«

»Noch ist nichts überschrieben. Die Frau da soll zurück nach Köln, die gehört nicht hierher. Balthasar hat einen Fehler gemacht.«

»Ich glaube, du machst gerade einen«, rief Adrian aufgebracht.

»Du kannst doch nicht so mit meinen Gästen umgehen. Was ist denn mit dir los?«

»Gäste? Von wegen.«

Reglos stand ich am Kamin. Ich will weg, schrie ich innerlich. Es ist so furchtbar.

»Wenn sie geht, gehe ich auch.« Nun war Adrians Ton kühl. »Komm, Katharina.«

»Nein.« Ich hörte meine eigene Stimme wie von fern. »Ich gehe allein.«

»Bitte nicht. Ich komme mit. Ich bringe dich wenigstens noch nach Hause. Ich …«

»Lass gut sein, Adrian. Ich verschwinde, und ihr klärt das zwischen euch.« Meine Worte klangen schal.

Mechanisch setzte ich einen Fuß vor den anderen, senkte den Blick und ging. Frank Michels wich aus und machte mir Platz.

Draußen überquerte ich mit bleischweren Beinen die Rasenfläche, dann hörte ich meine Schritte auf dem Kies schneller werden. Auf der Straße begann ich zu rennen, ich floh, so schnell ich konnte, rannte und rannte. Mein Brustkorb stach, die Lungen brannten.

Bei Balthasars Haus angekommen, raste ich die Treppen hoch bis zum Dachboden. Ich lief über die knarrenden Holzbretter, kauerte mich unter dem Bullauge zusammen und vergrub meinen schmerzenden Kopf zwischen den Armen.

23

Die Flaschen auf dem schmalen Förderband stießen leise klirrend aneinander. Sie wurden zu dem Füllrondell transportiert. Dort bekam jede einen Stutzen in den Hals, Riesling Kräuterhaus trocken floss daraus bis zur exakt voreingestellten Füllhöhe.

Anschließend wurden sie zur nächsten Station befördert und dort automatisch mit einem Schraubverschluss versehen. Das ging schneller, als man gucken konnte. Zack, war der gute Riesling unter Verschluss.

Ich stellte eine leere Flasche nach der anderen vorn auf das Transportband, es war keine sonderlich spannende Arbeit.

Julius überwachte den Füllvorgang, kontrollierte den Zulauf des Rieslings, setzte die vollen, verschlossenen Flaschen in Gitterboxen auf. Im Keller roch es intensiv nach Wein, morgens um halb neun. Nach der letzten Nacht hatte ich große Lust, mich zu übergeben.

»Ich hole den nächsten Wagen leerer Flaschen«, rief Julius mir zu, die Anlage machte einen ziemlichen Lärm. »In der Zeit musst du am Band vorn aufsetzen und hinten abräumen. Die Füllung sollte nicht ins Stocken geraten.«

Oh, er spricht, dachte ich. Bislang hatte ich heute außer ein paar dahingemaulten Wörtern noch nicht viel von ihm gehört. Soweit ich mich erinnerte, war »Guten Morgen« nicht dabei gewesen.

Aber es war ja auch kein guter Morgen.

Ich fühlte mich erschöpft, ausgelaugt und mental im Eimer. Was Rumgeistern anbetraf, hatte ich vergangene Nacht Ruth Konkurrenz gemacht. Allerdings hatte sie vermutlich nicht andauernd auf ihr Handy gestarrt und darauf gewartet, dass ein Mann einen unschönen Vorfall erklärte.

Ich hatte vergeblich gestarrt. Gegen halb zwei hatte ich mich mit einem gezischten »Dann halt nicht« unter meinem Bettzeug vergraben. Leider hatten mich meine Gedanken nicht zur Ruhe kommen lassen. Irgendwas stimmte nicht, hinter dem Auftritt von Frank Michels steckte etwas, das mich betraf, aber mir verborgen war.

»Frauhau Koohoorn.«

Ich schrak zusammen. Julius stand direkt hinter mir und lugte über meine Schulter. »Hast du verstanden, was ich eben gesagt habe? Ich muss kurz raus, um Flaschen zu holen.«

»Ja, klar hab ich verstanden.«

»Du siehst nicht so aus.«

»Was? Wie sehe ich denn aus?« Meine Laune wurde unterirdisch. »Denkst du, ich krieg das nicht hin, paar Flaschen aufzustellen und abzuräumen?«

Julius' Gesicht wich zurück. »Dann ist es ja gut.« Er verschwand aus dem Kellerraum.

Ich angelte leere Flaschen von einer rollbaren Eisenkonstruktion, auf der sie, Hals nach unten, in Lattenaufsätzen hingen. Nacheinander stellte ich drei auf das Band. Am Ende der Anlage lief die rechteckige Edelstahlfläche voll, auf die die fertigen Flaschen hinter der Verschraubungseinheit geschoben wurden. Ich eilte hin, nahm eine nach der anderen herunter und stapelte sie vorsichtig, abwechselnd Hals oder Bauch zu mir gewandt, in die Gitterbox.

Vorn am Förderband ging derweil der Nachschub aus.

Mit ein paar hastigen Griffen zum Lattenaufsatz sorgte ich für neues Leergut auf dem Band. Hinten kam weiterhin eine fertige Flasche nach der nächsten heraus. Die Füllerei schien mir wesentlich schneller vonstattenzugehen, seitdem Julius weg war.

Ich flitzte zur Gitterbox. Trotz der Hektik bloß keinen Kräuterhaus zerschlagen, mahnte ich mich. Das wäre echt unprofessionell.

Nachdem ein bisschen Platz auf der Flaschensammelfläche war, lief ich wieder zum Draufstellen. Dann wieder zum Einsammeln, wieder zum Draufstellen, wieder zum Einsammeln. Wann kam Julius endlich zurück? Ich versuchte, zwei leere Flaschen mehr auf das Förderband zu quetschen, um ein bisschen Zeit zu gewinnen.

Es gab einen Ruck, gefolgt von einem Scheppern. Die Füllmaschine stoppte, die Flaschen hielten leise klirrend an, über dem roten Notausschalter am Elektronikkasten blinkte ein Warnlicht.

Das Problem war, dass weiterhin Wein vom Tank aus über die Pumpe in den Zwischenbehälter der Anlage lief, von dort aber nicht mehr verfüllt wurde. Jemand musste den Zulauf stoppen.

Ich rannte aus dem Keller und die Einfahrt hinauf.

»Julius!«, rief ich laut.

Keine Antwort.

»Juuuliiius!«

»Ja, was ist?«

Er kam hinter der Packhalle hervor, im Schlepptau einen Hubwagen, der eine Palette mit neuen Flaschen transportierte.

»Kommst du mal bitte? Die Anlage hat gestoppt.«

Er runzelte die Stirn. »Einfach so?«

»Keine Ahnung.«

Wortlos eilte er an mir vorbei die Einfahrt runter in den Keller. Ich folgte.

Nach einem inspizierenden Blick stellte er die Weinpumpe ab und drehte an zwei Zulaufventilen. Dann sortierte er drei der leeren Flaschen aus und schob die übrigen zurecht.

»Man darf sie nicht aneinanderschieben«, maulte er. »Einfach nur *draufstellen*. Ist nicht so schwierig, oder?«

»Das Teil läuft viel zu schnell, dafür dass nur eine Person davorsteht«, schimpfte ich. »Ich hab nur zwei Hände.«

»Aber ein Gehirn hast du schon auch?«

»Was soll das denn heißen?«

»Dass es klar ist, dass die Anlage auf Störung schaltet, wenn die Sensoren zu viel Druck messen.« Er machte eine Geste, mit der man Fünfjährigen etwas erklärte.

»Hä?«, blaffte ich. »Bin ich Ingenieurin, oder was? Kannst du den Flaschennachschub nicht so bereitstellen, dass du nicht stundenlang weg bist?«

»Stundenlang? Wenn wir die Anlage auf dein Tempo einstellen würden, wären wir *tagelang* beim Abfüllen. Und wenn sie nicht gestorben sind, stehen sie noch heute im Keller.«

»Hahaha. Zufälligerweise ist das heute mein erster Abfülltermin mit dem großen Meister. Vielleicht muss ich mich erst mal einarbeiten.« Zornig funkelte ich ihn an.

Er hatte die Hände in die Hüften gestützt, seine Kiefer mahlten aufeinander.

»Vielleicht kannst du dein Privatleben so einrichten, dass du morgens ausgeschlafen und bei der Sache bist. Und hier nicht wie ein fahriges, unkonzentriertes Huhn alles zum Stillstand bringst.«

»Huhn?« Ich glaubte, mich verhört zu haben. »*Mein* Privatleben?«

Woher wusste er überhaupt von … gestern Abend? »Ha«, konterte ich. »Das musst du gerade sagen. Dein Privatleben ist ja wohl auch alles andere als in Ordnung.«

Julius' Mund öffnete sich.

Ich war auf hundertachtzig. Schlafmangel, Enttäuschung und eine diffuse Furcht machten alles doppelt schlimm. Bevor ich es verhindern konnte, legte ich nach. »Deine Freundin macht nette Sonntagsausflüge mit anderen Kerlen auf den Flugplatz.« Halt die Klappe, befahl meine innere Stimme. Ich ignorierte sie. »Der Typ sah nicht aus, als sei er ihr Bruder.«

Ah Shit. Kann ich das bitte zurücknehmen?

Zu spät.

Ich sah, wie Julius stockte, er wirkte überrascht. Dann wandelte sich der Ausdruck, er wurde traurig und bedrückt.

Oh nein, dachte ich, ich dumme Nuss.

»Es tut mir leid.« Zaghaft ging ich zwei Schritte auf ihn zu. »Ich wollte das nicht sagen. Bestimmt war es auch nur ein Bekannter. Der wirkte total desinteressiert.«

»Dunkle Haare und Schnäuzer?«

»Äh … ja.«

»Der war nicht desinteressiert.«

»Nicht?«

»Das ist Markus.« Julius' Hand ballte sich zu einer Faust. Jemand füllte Wackelpudding in meine Knie. »Ich hab's gewusst«, knurrte er.

»Du, tu nichts Unüberlegtes, ja?« Beschwichtigend berührte

ich seinen Unterarm. Ich wusste nicht, wie man an der Mosel mit derartigen Rivalitäten umging.

»Unüberlegt?« Verständnislos sah Julius mich an. »Duell im Steilhang, oder was? Ich hole jetzt die leeren Flaschen, stelle die Maschine wieder an, und dann füllen wir weiter. Es sind noch drei Fuder. Heute Mittag will ich fertig sein.«

»Gute Idee.« Ich atmete auf. »Gestern Abend war es bei mir übrigens tatsächlich furchtbar«, fügte ich leise an.

Julius zögerte. »Ruth hat heute in der Früh was von deinem Kurzbesuch bei den Michels und einer unruhigen Nacht erzählt.« Er betrachtete den Kellerboden. »Eigentlich will ich's gar nicht wissen.«

Der Ton des letzten Satzes wirkte sonderbar auf mich. Eher bekümmert als interesselos.

»Wieso?«, fragte ich.

Er zuckte mit den Schultern und drehte sich um. Begleitet vom dumpf knarzenden Geräusch seiner Gummistiefel verschwand er aus dem Keller.

Ein paar Minuten später lief die Füllanlage wieder. Wir arbeiteten ziemlich schweigsam bis kurz vor zwölf durch. Dann war Mittagspause.

Ruth hatte Linseneintopf gemacht. Mit Kopfweh, Rückenweh und Herzweh saß ich vor meinem Teller.

Herr Wientapper hatte den Vormittag über mit Pavel Flaschen etikettiert und verpackt und in Vorbereitung auf die baldige Lese den Erntewagen geschrubbt. Er schien fit wie ein Turnschuh und plauderte munter mit Lore und Ruth. Mir kamen diese Filme in den Sinn, in denen die Hauptperson morgens aufwacht und ein völlig anderes Alter hat.

Bei mir war es »Fünfundsiebzig über Nacht«.

Lustlos aß ich meinen Eintopf, auf Wein zum Essen verzichtete ich. Julius trank ebenfalls nichts.

Bevor es im Keller weiterging, lief ich in mein Zimmer und schaute aufs Handy. Ich hatte es dort liegen lassen, immer erreichbar zu sein, erschien mir mittlerweile unnötig.

Auf dem Display wurden keine Nachrichten angezeigt.

Es gab schöne Klöster. Zum Beispiel für Augustinerinnen, mit Adrian war ich ja über ein ehemaliges geflogen.

Stopp! Man kann auch ohne Männer zufrieden leben, ermahnte ich mich. Neben Klöstern gab es Weingüter, auf denen man sich in Arbeit stürzen und Männer dabei mehr oder weniger vergessen konnte. Und am Ende war ein ausgefülltes Singleleben immer noch besser als eine unglückliche »Stöck-zu-Stöck«-Hochzeit.

Ich ging in den Keller zurück, Julius und ich machten uns wieder an die Arbeit.

Drei Flaschen zerbrachen nacheinander unter den Füllstutzen. Eine volle glitt mir aus der Hand und knallte in die Gitterbox. Dabei zerschlug sie zwei andere. Bei den leeren, die vorn vom Band fielen, gab es nur ein paar große Scherben.

»Eigentlich müsstest du richtig viel Glück haben«, grantelte Julius.

»Auf Sprichwörter kann man sich überhaupt nicht mehr verlassen«, erwiderte ich. »Alles Mist irgendwie.«

»Trautes Heim, Glück allein. Haha.« Er verdrehte die Augen.

»Jeder Topf findet seinen Deckel«, konterte ich. »Dass ich nicht lache.«

»Auf Regen folgt Sonnenschein. Jaja, schön wär's.«

Ich musste grinsen. Vorsichtig hob ich die Scherben vom Boden und warf sie zu den anderen in den Eimer. Als ich mich wieder zu Julius drehte, lächelte er. Ein paar Sekunden standen wir so da. Dann kümmerten wir uns weiter um die Füllanlage.

»Kommt Nina heute Abend aus München zurück?«, fragte ich.

»Ich nehme es an. Allerdings habe ich keine große Lust, sie zu sehen.«

»Kann ich verstehen.« Ich hielt kurz inne. »Gestern Abend bin ich bei Adrian rausgeflogen. Sein Vater hat mich vor die Tür gesetzt.«

»Wie bitte?« Julius' Brauen schnellten nach oben.

»Hochkant, könnte man sagen.«

»Wieso das denn?«

»Weil ich eine Erbschleicherin bin? Allerdings steckt meinem Gefühl nach etwas anderes dahinter.« Ich stellte eine Flasche nach der anderen auf.

»Das verstehe ich nicht«, sagte Julius. »Frank ist normalerweise in Ordnung.«

»Ich verstehe es auch nicht. Lass uns das Thema wechseln.« Die Erinnerung an den Abend bedrückte mich heftig.

»Ist gut.« Julius nickte.

Ohne noch viel zu sprechen, arbeiteten wir weiter. Als nach etwa einer Stunde endlich das dritte Fuder gefüllt war, atmete ich auf. Ich konnte Tageslicht und frische Luft gebrauchen.

»Wenn du magst, kannst du nach oben«, sagte Julius. »Ich mache noch ein bisschen Ordnung.«

»Soll ich dir einen Kaffee bringen? Oder was anderes?«

»Nein, lass nur. Aber danke trotzdem.« Er schmunzelte. »Eigentlich ist Abfüllen mit dir interessanter als mit Pavel. Hier«, er hielt mir den Eimer mit den kaputten Flaschen hin, »den kannst du mit raufnehmen. Kommt ins Altglas.«

»Alles klar.« Ich nahm den Griff aus seiner Hand. Mit einem Haufen Scherben machte ich mich auf den Weg nach oben.

Im Hof kippte ich das Glas klirrend in die dafür vorgesehene Tonne. Dann begab ich mich ins Haus, müde peilte ich die erste Etage an. Ich sehnte mich danach, eine Viertelstunde auszuruhen.

Mit einem herzhaften Gähnen öffnete ich die Tür zu meinem Zimmer. Im nächsten Augenblick sah ich Ruth unter den Rock. Ich erschrak zu Tode.

Sie stand auf der obersten Stufe einer Trittleiter vorm offenen Fenster und wischte an der Scheibe herum.

Gerade so konnte ich einen Aufschrei unterdrücken. Es fehlte noch, dass Ruth vor Schreck aus dem Fenster fiel.

Mürrisch drehte sie mir den Kopf zu.

»Die sind seit vier Monaten nicht mehr geputzt worden.«

»Frau Hillenkamp, das kann ich doch tun. Sie müssen nicht auf diese Leiter klettern und in meinem Zimmer sauber machen.«

»Phh.«

»Bitte. Ich übernehme das. Kommen Sie da runter.«

Ruth zögerte. Schließlich knallte sie den Lappen in den kleinen Eimer auf der Standfläche der Leiter und stieg herunter. »In den anderen Zimmern muss das auch gemacht werden«, sagte sie. »Außer in unserem Schlafzimmer. Die Fenster sind sauber.«

»Wird erledigt.« Ein sehnsüchtiger Seitenblick huschte zu meinem Bett.

Mit skeptischer Miene verließ Ruth den Raum. Ich kletterte auf die Leiter und begann zu wischen. Muss das unbedingt heute sein?, grummelte ich innerlich. Bei vier Monaten kommt es auf einen Tag mehr oder weniger auch nicht an. Meine Laune sank.

Nachdem ich die Scheiben für sauber genug hielt, zog ich mit Leiter und Eimer weiter.

Neben meinem Zimmer gab es einen Raum, der fast leer war. Nur eine Couch und ein Schreibtisch standen darin. Lustlos reinigte ich die beiden Fenster, schleppte meine Ausrüstung auf den Flur und öffnete die nächste Tür.

Hinter ihr war eine Art Ankleide- und Bügelzimmer untergebracht. Hosen, Blusen und Hemden hingen herum, in Körben türmte sich zusammengelegte Wäsche.

Auf dem Bügelbrett ausgebreitet lag ein Männerhemd, vermutlich stammte es von Balthasar. Geistesabwesend strich ich über einen der Ärmel. Bügelte Ruth etwa noch seine Hemden?

Bei dem Gedanken bekam ich einen Kloß in den Hals. Ich trug meinen Eimer ins Bad, tauschte das Putzwasser aus und kehrte ins Wäschezimmer zurück. Seufzend klappte ich die Trittleiter aus und machte mich an die Arbeit.

Der Lappen glitt über das staubige Glas, im Raum roch es nach Lavendel, ich mochte den Duft nicht. Zwischen Kleidung und Wäsche von Ruth und Balthasar fühlte ich mich unwohl. Seit gestern Abend belasteten mich die Schatten der Vergangenheit mehr denn je. In diesem Zimmer schienen sie regelrecht ihre Ärmel nach mir auszustrecken.

Als die Fensterscheibe blinkte, brauchte ich dringend einen Kaffee.

Unten in der Diele angekommen, hörte ich Herrn Wientappers Stimme von der Terrasse her. Ich betrat die Küche, neben der Spüle stand eine Thermoskanne, erfreulicherweise war sie gefüllt. Ich goss duftenden Kaffee in eine Tasse mit Krippen- und Glockenmotiv. Dem geschwungenen Schriftzug nach stammte sie vom Trierer Weihnachtsmarkt.

Nach dem ersten Schluck begab ich mich auf die Terrasse.

Herr Wientapper, Lore und Ruth saßen unter dem aufgespannten Sonnenschirm. Ruth hatte ihre Schuhe ausgezogen, die breiten Füße ruhten auf dem einzigen noch freien Stuhl.

»Setzen Sie sich doch zu uns«, sagte Herr Wientapper.

Etwas umständlich nahm Ruth die Beine herunter. Ich ließ mich auf dem gemusterten Polster nieder.

»Wir haben über die Möglichkeiten gesprochen, den Betrieb weiterzuentwickeln«, erklärte Herr Wientapper im Ton eines versierten Unternehmensberaters.

»Aha.« Ich schlürfte heißen Kaffee. »Lassen Sie mal hören.«

»In Anbetracht des gegebenen Immobilienbestands denken Lore und ich, dass ein Neubau einer modernen Vinothek eine lohnende Investition wäre. Insgesamt ist dieses Projekt wirtschaftlich angeratener als ein Umbau bestehender Gebäudestrukturen.«

Ich schluckte.

»Lore hat Kontakte zu örtlichen Handwerkern und einem Bauunternehmen. Außerdem ist der Lebenspartner ihrer Tochter Architekt, er könnte den Plan und die Statik erstellen sowie die Bauaufsicht übernehmen.«

Ich ging dazwischen. »Ähm, Herr Wientapper …«

»Darüber hinaus können wir Eigenleistung einbringen.« Mein Nachbar strahlte. »Bei einem Kreditrahmen von achtzigtausend bekommen wir was Ordentliches auf die Beine gestellt.«

»Achtzigtausend?«, wiederholte ich matt.

»Bei den zu erwartenden Umsätzen haben wir das in fünf bis sechs Jahren raus, auch wenn aus steuerlichen Gründen das Darlehen natürlich länger läuft. In einem nächsten Schritt sollten wir den Umbau im zweiten Stock des Wohnhauses angehen, dort lassen sich moderne Gästezimmer unterbringen.«

»Das bedeutet einen weiteren Kreditrahmen, oder?«

»Man muss investieren«, antwortete Herr Wientapper. »Wir haben das alles überdacht und durchgerechnet. Anders lässt sich eine Neuaufstellung des Betriebs nicht realisieren.«

»Was halten Sie davon?« Ich wandte mich an Ruth.

Die war merklich überrascht. »Ich? Wer fragt mich denn?«

»Ich frage Sie.«

Laut hustete sie Schlacke aus den Bronchien, bei dem Geräusch stellten sich mir die Härchen auf den Unterarmen auf. »Ich weiß nicht, ob es Balthasar recht wäre, dass man sein Haus so verändert.«

»Liebe Frau Hillenkamp, sicher wäre es Herrn Glück recht, wenn sein Betrieb gut läuft. Ein Generationswechsel bringt immer Veränderungen mit sich, nicht wahr, Fräulein Korn?«

Ich führte die Kaffeetasse an meine Lippen. Das Gebräu war stark, aber ich noch kein Stück munterer. »Sicher. Allerdings muss ich die Dinge gründlich bedenken.«

»Natürlich, derartige Entscheidungen wollen überlegt sein.« Herr Wientapper nickte. »Ohne Ihnen vorgreifen zu wollen, haben wir uns auch ein paar Gedanken zu Kundenakquise und neuen Vertriebskanälen gemacht.«

Etwas in mir sagte Stopp. »Entschuldigen Sie, heute ist kein so guter Tag, um das zu besprechen.«

»Hat wohl was mit gestern Abend zu tun«, nuschelte Ruth.

Ich stand auf. »Es hat was mit meinem Leben zu tun. Und die Entscheidungen darüber treffe ich selbst.«

Schön wär's, dachte ich.

Abgespannt verließ ich die Terrasse, stellte die Tasse in der Küche ab und ging nach oben in mein Zimmer. Ich kippte aufs Bett und wollte meine Ruhe.

Leider drehten sich meine Gedanken wie ein Flaschenfüllrondell. Das Weingut, die Zukunft, Adrian, Köln, die Mosel, der Kreditrahmen. Daniel.

Dabei klang immer noch das Geräusch leise aneinanderklirrender Flaschen in meinen Ohren, den halben Tag hatte es mich begleitet. Mit geschlossenen Augen begann ich, sie zu zählen, wie sie auf ihrem Transportband davonfuhren. Des Winzers Schafe.

Plötzlich hob die Füllanlage in meiner Phantasie ab, sie flog aus dem Keller über das Weingut hinweg in die Ferne. Bevor ich es verhindern konnte, schlief ich ein.

24

Noch benommen ging mein Griff zum Handy. Neunzehn Uhr sechs. Mist. Meinen Schlaf-wach-Rhythmus musste ich demnächst dringend nachjustieren.

Ich hatte den Geschmack von abgestandenem Kaffee im Mund, geschwollene Augen und Hunger. Missmutig schälte ich mich aus dem Bett, in der leisen Hoffnung, dass etwas zu essen meine Stimmung heben könnte.

Über den Flur steuerte ich die Treppe an und nahm die ersten beiden Stufen. Abrupt hielt ich inne.

Irgendetwas stimmte nicht. Ich lauschte. Dann wusste ich es: Das Ticken der großen Standuhr fehlte. Ich wandte mich zu ihr hin, das Pendel stand still.

Einen Augenblick verharrte ich, in dem Gefühl, dass nicht nur die Uhr, sondern auch die Zeit stehen geblieben war. Meine Hand umfasste das Geländer, Schwindel überkam mich. Ich rieb mir über Stirn und Schläfen, atmete tief ein. Schließlich stieg ich die Treppe nach unten.

Die Küchentür stand offen, ich sah hinein, es war niemand da. Auch in Wohn- und Arbeitszimmer war keiner, die Stühle auf der Terrasse waren unbesetzt. Zum ersten Mal hielt sich in diesem Haus niemand in meiner Nähe auf. Alles war ruhig, ich war allein.

Der Hunger trieb mich in die Küche. Ich öffnete den Kühlschrank. Ein paar Spiegeleier wären fein, dachte ich und holte den Karton raus. In einem der unteren Schränke entdeckte ich zwei gusseiserne Pfannen, die kleinere von beiden stellte ich auf den Herd.

Dabei nahm ich eine Bewegung vor dem Fenster wahr. Ich trat heran, Julius lief vom Anbau aus über den Hof.

Er war also noch nicht nach Hause gegangen.

Meine Schneidezähne bissen auf die Unterlippe.

Die Eier im Karton reichten für zwei. Zwei, bei denen es momentan nicht so gut lief.

Julius verschwand aus meinem Sichtfeld. Ich eilte aus der Küche, dann aus dem Haus und ein Stück über den Hof. Die Tür zum Gewölbekeller stand offen.

Während ich die Steintreppe nach unten stieg, dachte ich wieder an die Nacht, in der Herr Wientapper und ich gegen die Fluten gekämpft hatten. Rieslingrettung.

»Julius?«, rief ich.

»Ja? Was ist?«

Er stand an einem der hinteren Holzfässer. Der Spund war aus dem Fassrücken gezogen, Julius reckte eine Art große Glaspipette hinein. Sie füllte sich mit dunkelroter Flüssigkeit.

»Einer unserer wenigen Spätburgunder«, erklärte er. »Magst du probieren?«

»Gern.«

Er ließ den Wein aus der Pipette in ein auf dem Fass abgestelltes Glas laufen und reichte es mir. Ich kostete.

»Hm. Gut. Aber …«

»Aber was?«

»Ich glaube, unser Riesling schmeckt mir besser.«

Ein Grinsen breitete sich über Julius' Gesicht aus. Er nahm mir das Glas ab und probierte selbst. In seinem Mund rollte der Wein umher, nach dem Schlucken schnalzte die Zunge gegen den Gaumen.

»Och, schlecht ist er nicht.«

Nun grinste ich. »Wie könnte er auch?«

»Da hast du recht.« Julius nahm noch einen Schluck. Ich beobachtete ihn dabei, vermutlich wurde in seinem Gehirn ein kompliziertes Aromabewertungsraster aktiviert. In diese Sphären stieg ich wohl nie auf. Musste ich auch nicht, es gab ja ihn.

»Ich wollte Eier braten«, sagte ich. »Möchtest du was mitessen?«

»Das wäre klasse. Mir knurrt der Magen.« Er stellte das Glas ab, griff nach dem Holzspund und verschloss das Fass. »Zu Spiegelei passt der eh nicht.«

»Nein?«

Was passt denn dazu?, fragte ich mich. Leicht oder kräftig,

herb oder fruchtig? Jung oder alt? Als Sommelière war ich kaum zu gebrauchen.

Alt?

Unvermittelt kam mir ein Gedanke.

»Wir könnten zu unserem einfachen Mahl einen besonderen Wein öffnen.« Ich zeigte auf den Durchgang in den benachbarten Kellerraum, mit einer Geste bedeutete ich Julius mitzukommen.

»Vielleicht finden wir keinen, der so alt ist, wie ich mich gerade fühle«, meinte ich, während wir uns der Schatzkammer näherten. »Aber einen, der so alt ist, wie ich bin, finden wir.«

Ich schob das kleine schmiedeeiserne Tor auf und trat ein.

»Lass mal sehen.«

Das Holztäfelchen mit meinem Geburtsjahrgang und meinen Initialen lag unverändert in dem Gefach oberhalb des Bodens. In der Hocke hob ich vorsichtig eine der Flaschen hoch. Sie trug, wie die anderen, kein Etikett, der obere Rand des Flaschenhalses war verschmutzt.

»Der Jahrgang ist wahrscheinlich auf dem Korken eingeprägt«, bemerkte Julius. »Du musst die Flasche ins Licht halten, dann erkennst du es durch das Glas hindurch.«

»Guck du mal.« Ich reichte ihm den Wein. Dann nahm ich weitere Flaschen auf und inspizierte sie. Dabei schimmerte zwischen den Reihen darunter etwas Helles durch.

»Ja, das ist ein Sechsundachtziger«, hörte ich Julius sagen.

»Sehr gut, den nehmen wir mit.« Meine Hand verrückte einige Flaschen des Stapels. Zeitgleich mit dem Bild auf meiner Netzhaut spürte ich einen Druck hinter dem Brustbein, mein Puls beschleunigte sich.

»Was ist das?« Mit spitzen Fingern nahm ich einen vergilbten, gewellten Briefumschlag auf. Als ich ihn umdrehte, las ich meinen Namen.

Wie in Zeitlupe kam ich aus der Hocke hoch, ich hielt den Brief Julius hin. Bange hoffte ich, eine Erklärung in seiner Miene zu finden, doch es lag nur Erstaunen darin.

»Sieht aus, als sei der für dich«, sagte er. »Mach ihn auf.«

Zögernd öffnete ich den Umschlag, das Papier fühlte sich klamm zwischen meinen Fingerkuppen an.

Ich zog ein beschriftetes Blatt heraus. Atemlos begann ich zu lesen:

Katharina,
ich hoffe, du bist es, die diesen Brief liest. Ich bin kein Mann großer Worte, doch einer, dem die Wahrheit wichtig ist. Es gibt nur eine Wahrheit, und du sollst sie erfahren.
Deine Eltern sind tot, ich bin ihnen keine Rechenschaft mehr schuldig, allenfalls mir selbst und dir.
Ob dein Vater noch lebt, wenn du diese Zeilen liest, ist ungewiss. Ich wünsche es dir und ihm auch, selbst wenn es einige Leben durcheinanderbringt.

Was soll das?, hämmerte es hinter meiner Schädeldecke. Mein Vater ist längst tot.

Ich will es nicht wissen, schrie etwas in mir. Doch unweigerlich musste ich weiterlesen.

Deine Mutter hat ihren Mann geliebt, doch er hat sie viel zu oft allein gelassen. Du entstammst einem Seitensprung, einem einmaligen Fehltritt. Dein Vater ist mein bester Freund Frank Michels. Er weiß es.

Die rechtsgerichtete Handschrift verschwamm vor meinen Augen, mir wurde übel.

»Was ist mit dir?« Julius' kräftige Hand fasste mich am Oberarm. »Du bist weiß wie die Wand.«

Kläre die Dinge, las ich weiter, *lebe mit der Wahrheit. Du hast Moselwurzeln, dein Platz im Leben könnte hier sein.*
Dein Onkel Balthasar

Fassungslos ließ ich den Brief sinken. Speichel sammelte sich in meinem Mund, die Ränder meines Gesichtsfelds trübten sich ein.

Der Griff an meinem Oberarm wurde fester. Gleichzeitig flutete Adrenalin in meinen Adern heran.

»So ein Quatsch.« Meine eigene Stimme klang fremd. »Das ist nicht wahr.«

»Was denn, Katharina?«

»Hier«, ich reichte Julius den Brief, »lies selbst.«

Während seine Pupillen über die Schrift zuckten, wandelte sich mein Entsetzen in einen nicht mehr kontrollierbaren Drang wegzulaufen. Er mischte sich mit einer glühenden Wut auf meinen Onkel.

»Ich muss wissen, ob das stimmt.« Energisch drängte ich mich an Julius vorbei.

»Wo willst du hin?«

»Zu meinem angeblichen Vater.«

Wie von Sinnen lief ich los, aus dem Keller, die steinerne Treppe rauf, quer über den Hof bis zur Garage. Mit aller Wucht stemmte ich das Tor auf, es schlug mit einem Knall gegen die Halterungsschienen an der Decke.

Wenige Sekunden später saß ich auf dem alten Fahrrad und trat in die Pedale. Der Weg an der Mosel entlang kam mir unbekannt vor, der Fluss lag schlangengrün da. Ich keuchte, kalter Schweiß brach aus.

Als das Fahrrad knirschend auf den Kies des Hofes der Hausnummer 42 auffuhr, sprang ich ab, scheppernd fiel es zu Boden. Ich rannte auf die Haustür zu, die Blumen in den Kästen erinnerten mich an eine Feuersbrunst.

Mein Daumen drückte auf den Klingelschalter und hob sich nicht mehr.

Erst als die Tür geöffnet wurde, sank meine Hand kraftlos herunter. Franks Frau Esther stand vor mir.

»Ja?«, fragte sie, Befremden lag in ihrem schönen Gesicht. »Was wollen Sie?«

»Ich will zu Frank.«

»Der ist … Was ist denn mit Ihnen los? Was wollen Sie von ihm?«

Ich war kurz davor loszubrüllen. *Ich würde deinen feinen*

Mann gern ein paar Dinge fragen. Doch es kam kein Ton über meine Lippen.

»Wer ist da?«, hörte ich Franks Stimme, einen Augenblick später stand er hinter seiner Frau.

Manchmal weiß man Dinge einfach. Man sieht jemanden an, und man weiß es. Franks Gesichtszüge wirkten auf mich völlig anders als noch gestern. Ich *erkannte* ihn.

Schrecken und Furcht lagen in seinen Augen.

»Sag mir nur, ob es wahr ist«, wisperte ich.

»Was denn?« Esther war völlig verstört. »Ob was wahr ist?«

Fassungslos begriff ich. »Sie weiß es nicht?«, fragte ich Frank.

Sein Mund öffnete sich. Dann schloss er sich wieder und öffnete sich erneut. Ein krächzendes Räuspern erklang. »Ich kam noch nicht dazu, es ihr zu sagen.«

»Wie bitte?«, schrie ich. »Du hattest über dreißig Jahre Zeit.«

»Katharina?«

Ich fuhr herum. Hinter mir stand Adrian. Unter seinen Augen lagen dunkle Schatten, die Wangen wirkten eingefallen.

Mein Halbbruder. In den ich mich womöglich verliebt hätte.

»Du weißt es?«, flüsterte ich.

»Seit gestern Abend.«

»Verdammt«, gellte Esthers Stimme über den Hof. »Worum geht es?«

»Komm rein.« Frank griff sie mit beiden Händen an den Schultern. »Ich … erkläre es dir.«

»Was? Was willst du mir erklären? Für was hattest du über dreißig Jahre Zeit?«

In ihrer Aufgelöstheit lag bereits das Begreifen. Frank schob seine Frau ins Haus.

»Katharina, morgen, bitte. Lass uns morgen … ich kann jetzt nicht … erst einmal muss ich … Bitte versteh.«

Mein Vater schloss die Tür vor mir, sein zerrissenes Gesicht verschwand hinter dem hellen Holz.

Mein Atem stockte, ich bekam keine Luft mehr.

»Komm bitte mit zu mir.« Adrian streckte die Hand vor, ich wich der Berührung aus. »Lass uns reden.«

Gegen das tonnenschwere Gewicht auf meiner Brust versuchte ich, Luft in meine Lungen zu ziehen.

»Worüber reden?«, fragte ich tonlos. Ich hatte keine Worte für das Chaos in meinem Inneren. Stumm schüttelte ich den Kopf.

Der Kies der Einfahrt knirschte unter schnellen Schritten, ich drehte mich um.

Julius näherte sich. Als unsere Blicke sich trafen, verlangsamte er sein Tempo. Ein paar Meter von mir entfernt blieb er stehen.

»Dann stimmt es also«, murmelte er.

Wie aus der Ferne hörte ich meine Stimme. »Bringst du mich nach Hause?«

»Sicher. Wenn du willst.«

Meine Füße konnten sich nicht von der Erde lösen, ich kam nicht weg, wie in einem dieser elenden Träume, in denen man sich nicht von der Stelle rühren kann.

Julius trat heran. Er legte seinen Arm um meinen Rücken und zog mich an sich. Als sich meine Beine bewegten, fühlte es sich an, als ginge er für uns beide.

Dann blieb ich abrupt stehen. Langsam wandte ich mich zu Adrian.

»Woran ist unser Bruder gestorben?«

»Jonah? Er hatte einen schweren Herzfehler. Die Operation war riskant, eine Fünfzig-fünfzig-Chance, haben die Ärzte gesagt. Er hat es nicht geschafft.«

Tränen schossen mir stechend in die Augen, alle Trauer lag auf einmal bei diesem kleinen Jungen.

»Deine Eltern haben sich geliebt«, sagte Adrian gequält. »Sie wollten dich in einer richtigen Familie großziehen. Sagt Frank.«

»Richtige Familie?« Es kam mir wie Hohn vor. Dann verstand ich. »Das heißt, mein Vater wusste es?«

»Frank zufolge ja.«

Ich war nicht nur von meiner Mutter, sondern auch von meinem Vater belogen worden.

»Ich will weg.« Meine Kiefer klapperten aufeinander, heftiges Zittern überfiel mich.

»Fliegst du bald noch mal mit mir?« Adrian sah unendlich verloren aus.

Ich zuckte mit den Schultern.

Über einen quälend langen Weg entlang der Mosel schleppte mich Julius nach Hause.

25

Das Schlimmste war die Lüge. Treibsand unter meinen Füßen, ein ganzes Leben unter falschen Voraussetzungen.

Ich war überzeugt, dass es besser gewesen wäre, meine Eltern hätten mir irgendwann, als ich noch ein Kind gewesen war, mitgeteilt, dass ich zwei Väter hatte. Natürlich gab es nie den richtigen Zeitpunkt. Die Verantwortung, es auch zu einem falschen zu tun, hätten sie übernehmen müssen.

Stattdessen hatten sie sich das Recht auf die Lüge genommen, genauso wie Frank. Zwei Familien hatten auf einer tickenden Zeitbombe gelebt, und Balthasar hatte sie posthum gezündet.

Was ging ihn die Sache überhaupt an? Niemand hatte ihn um die Wahrheit gebeten.

Am Morgen nachdem sie mir ins Gesicht geschlagen war, hatte Frank vor der Haustür des Weinguts Glück gestanden. »Lass es mich bitte erklären.«

»Das wird schwer werden. Komm rein.«

Wir setzten uns an den großen Küchentisch, netterweise verließ Ruth den Raum.

»Es war nur einmal«, war Franks erster Satz gewesen. Vermutlich war ihm nicht klar, dass bei einer derartigen Aussage immer mitschwang: Es hatte nichts zu bedeuten.

Hatte es aber.

»Am Trarbacher Weinfest«, fuhr er fort.

Ein sarkastisches Lachen blieb mir im Halse stecken. Am Weinfest, wann auch sonst?

»Deine Mutter war allein bei Balthasar, sie hat ihn besucht, dein Vater … also ihr Mann, war wieder mal auf Montage. Wir hatten was getrunken …«

Super, dachte ich. Ich bin das Produkt eines Alkoholrauschs.

»Deine Mutter war eine tolle Frau, so hübsch. Wie du. Es ist einfach passiert. Esther und ich hatten schlimme Probleme nach dem Tod des Kleinen, ich habe überhaupt nicht mehr gelebt. An diesem Abend mit deiner Mutter fand ich zum ersten Mal wieder ins Leben zurück.«

»Moment. Das kann ja alles sein. Aber es rechtfertigt nicht, all die Jahre zu schweigen und die Menschen, die man liebt, zu hintergehen.«

»Es ist einfach so gekommen.« Franks Stimme war rau gewesen.

»Wie jetzt? Das klingt, als sei man aus Versehen falsch abgebogen oder so was. Ihr hattet jeden einzelnen Tag vor euch, Tag für Tag. Und ihr habt euch jedes Mal aufs Neue für die Unwahrheit entschieden.«

»Deine Mutter wollte es so. Über ein Jahr lang nach unserer Begegnung wusste ich überhaupt nicht, dass der Abend Folgen gehabt hatte. Dann war sie mit dir bei Balthasar, ich habe dich im Kinderwagen gesehen, du warst vier oder fünf Monate alt. Da habe ich es gewusst. Du sahst aus wie Adrian als kleines Kind.«

Gequält stöhnte ich auf.

»Ich habe deine Mutter zur Rede gestellt, sie bedrängt. Schließlich hat sie mir die Wahrheit gestanden. ›Ich habe die Dinge mit meinem Mann geklärt‹, hat sie gesagt. ›Wir ziehen Katharina als unser Kind groß.‹«

»Warum hast du es Balthasar erzählt?«

»Ich musste mit jemandem reden.«

Bitter hatte ich aufgelacht. »Wie wäre es mit deiner Frau gewesen?«

Frank verbarg sein Gesicht hinter den Händen. »Kannst du dir vorstellen, wie es ihr nach Jonahs Tod ging?«

»Was soll ich darauf antworten?«, hatte ich aufgebracht gerufen. »Natürlich kann ich nicht nachvollziehen, wie man sich nach etwas so Schrecklichem fühlt.«

Frank schwieg. Meine Wut wandelte sich in Ratlosigkeit und Verzweiflung.

»Wie geht es Esther jetzt?«, hatte ich schließlich gefragt.

»Sie ist noch gestern Abend zu ihrer Schwester. Ich hoffe, sie kommt irgendwann zurück.« Er nahm die Hände herunter, seine Augen waren feucht. »Was willst du nun tun?«

»Ich fahre nach Köln. Erst mal brauche ich Abstand, muss versuchen, die Dinge für mich klar zu bekommen.«

»Und das Weingut?«

»Gerade habe ich andere Sorgen.«

Ungelenk wie ein alter Mann war Frank aufgestanden. »Melde dich bitte. Vielleicht können wir doch noch ... ich meine ... ein gutes Verhältnis ...«

»Mal sehen. Ich weiß es noch nicht.«

Stumm hatte er genickt und war gegangen. Als die Tür hinter ihm ins Schloss gefallen war, hatte ich mich so allein wie noch nie in meinem Leben gefühlt. Dann war ich hoch in mein Zimmer gegangen und hatte meine Sachen gepackt.

Nun stand ich auf dem Hof des Weinguts, bereit zum Aufbruch.

»Fräulein Korn, wollen Sie es sich nicht noch mal überlegen?« Herr Wientapper wuchtete mein Gepäck in den Kofferraum meines Wagens.

»Nein, ich fahre nach Köln.«

Bedächtig neigte er den Kopf zur Seite.

»Doch ich kann gut verstehen, dass Sie noch bleiben möchten«, fügte ich an. Seine Worte vom Morgen klangen in meinen Ohren nach. *Es ist so schön, sich wieder lebendig zu fühlen. In Köln werde ich doch gar nicht mehr gebraucht.* Er schmunzelte. »Lore und ich unternehmen gern etwas zusammen.«

»Das ist toll. Machen Sie's gut, wir hören voneinander.«

Ich knallte die Heckklappe zu. Hinter mir näherten sich Gummistiefeltritte.

Ich drehte mich um. Julius.

Ernst kam er heran, auf seinem schwarzen Shirt prangte ein weißer Schriftzug: »Summer of Riesling«.

»Hey«, sagte er. »Geht's los?«

»Ja.«

Die Bilder des gestrigen Abends kehrten zurück. Julius hatte mich nach Hause gebracht, mich festgehalten, bis das Zittern aufhörte, und die halbe Nacht neben mir auf der Couch im Wohnzimmer gesessen.

»Danke noch mal für gestern. Ohne den Mann von der Bergrettung wäre ich verloren gewesen.«

»Keine Ursache.« Er scharrte mit der Spitze des Stiefels auf dem Verbundstein. »Passiert einem nicht alle Tage, dass man ’nen neuen Vater bekommt.«

»Kann man so sagen.«

»Wobei es genau genommen fast jedem passieren könnte. Zumindest theoretisch.« Er hob die Schultern. »Ich meine, du weißt jetzt, wer dein Vater ist, ich glaube zu wissen, wer mein Vater ist.«

»Interessanter Ansatz. Ehrlich gesagt hätte ich es gern beim Glauben belassen.«

Er zupfte sich am Ohrläppchen, in der Vormittagssonne leuchtete die Iris seiner Augen hellgrün. *»Sapere aude.«*

»Genau. Und *in vino veritas*. Wie war das mit den Sprichwörtern?« Ich blinzelte. »Cooles Shirt übrigens.«

»Danke.« Julius’ Mundwinkel bogen sich nach oben. Er schien zu zögern. Dann bewegten sich seine Hände zum unteren Saum des Shirts und zogen ihn hoch. Über seine nackte Brust strippte er das Teil aus, sein Kopf verschwand hinter schwarzem Stoff und tauchte mit verwuscheltem Scheitel wieder auf.

»Hier.« Er streckte mir das Oberteil hin. »Zum Andenken. Steht dir bestimmt auch.« Halb entblößt stand er da, in Jeans und Gummistiefeln, sein Blick hielt meinen fest.

Meine Nase ziepte. Dieses Mal vor Rührung.

»Danke schön. Das ist total lieb. Ich werde es bestimmt tragen.«

»Kannst es auch vorher waschen.«

»Och.«

Verlegen rieb er über seinen Oberarm, der Bizeps spannte sich. »Du bist zwar ’ne Stadtpflanze, aber es hat irgendwie Spaß mit dir gemacht.«

»Ha, wie wir mittlerweile wissen, bin ich zur Hälfte ein Moselgewächs.« Ich stockte und klammerte meine Finger in den schwarzen Stoff. »Mach’s gut. Vielleicht bis bald.«

»Hoffentlich. Tschüss.«

Einen Augenblick blieb ich reglos stehen, fast wie gestern Abend bei Frank und Adrian auf dem Hof. Schließlich gab ich mir einen Ruck und stieg in meinen Wagen.

Als ich vom Grundstück rollte, winkten Herr Wientapper und Julius zum Abschied. Mein Nasenziepen wurde stärker, eine Träne schwappte aus dem Augenwinkel und floss die Wange herunter. Unwillig wischte ich sie weg.

***

Zwei Stunden später schloss ich die Tür zu meiner Wohnung auf. Es war warm darin, und es roch nach Zimt. Ich war zu Hause, an einem sicheren Ort. Das Leben, das ich seit dem Tod meiner Mutter in Köln gelebt hatte, war real gewesen, alles andere kam mir ungewiss vor.

Unentwegt ging mir die Frage im Kopf herum, warum Mama mir das angetan hatte. Wir waren uns doch so nah gewesen.

Ohne Antworten zu bleiben, nicht mit ihr sprechen zu können, war unglaublich quälend. Papa konnte ich auch nicht fragen, noch nicht einmal Balthasar. Wahrscheinlich wäre ich ihm an die Gurgel gegangen. Du hättest die alten Geschichten für dich behalten sollen, fluchte ich innerlich. Nimm sie mit ins Grab, spar dir deine Briefe und Testamente und alles drum herum.

Ich betrat mein Wohnzimmer, ging zum Fenster und riss es auf. Mamas Kakteen standen stumm und stachelig darunter. Die Blüte des dicken Torben hing eingetrocknet am grünen Körper.

In einer plötzlichen Wut griff ich nach dem Topf. Ich rannte damit in die Küche und knallte ihn scheppernd in den Mülleimer. Der Edelstahldeckel schlug zu, ich fegte zum Fensterbrett zurück, schnappte mir die beiden anderen großen Kakteen, brachte sie in die Küche und schmiss sie hinterher.

Anschließend verließ ich panisch die Wohnung, ich hatte das Gefühl zu ersticken.

Ziellos lief ich durch mein Viertel, sah mich dabei in Schaufensterscheiben. Ich sehe zwar so aus wie noch vor ein paar Tagen, aber ich bin es gar nicht mehr, dachte ich. Es fühlte sich gespenstisch an.

Irgendwann klingelte mein Handy. Ich zog es aus der Hosentasche. Es war Adrian. Ich drückte ihn weg. Gerade konnte ich nicht mit ihm sprechen. Ob und wann *er* mir die Wahrheit gesagt hätte, wenn mir nicht Balthasars Brief in die Finger gefallen wäre? Ich verstand, dass er zunächst geschwiegen hatte. Ich verstand auch, dass die neue Situation für ihn ebenfalls nicht einfach war. Aber es überforderte mich, mit ihm darüber zu reden.

Während ich weiterlief, kam ich bei einem türkischen Laden vorbei. Ich ging rein und kaufte ein paar Lebensmittel. Es war gut möglich, dass ich mich die nächsten Tage zu Hause verbarrikadierte.

Mit zwei Tüten bepackt, machte ich mich auf den Rückweg.

Der Zimtduft umfing mich in der Diele meiner Wohnung, unwillkürlich dachte ich an den nach altem Holz.

Weg mit der Erinnerung.

Mein Einkauf wurde in die Küche verfrachtet. Ich füllte ein Glas mit Leitungswasser und trank gierig, die Kühle im Hals tat gut. Dann stand ich unentschlossen da, in dem Bedürfnis, irgendetwas zu tun. Doch ich wusste nicht, was.

Ein Gedanke trieb mich ins Schlafzimmer. Ich stöpselte meinen Laptop vom Ladekabel, nahm ihn vom Schreibtisch und setzte mich damit auf die Couch. Neben mir lag der Plüschhund, den ich aus dem Weingut mitgenommen hatte. Mein »Wuffi« aus Kindertagen. Es musste Leute geben, denen es ähnlich wie mir ging.

Im Internet stieß ich auf ein Forum namens »Kuckuckskinder«. Danach auf Plattformen für Adoptierte auf der Suche nach ihren leiblichen Eltern oder für Menschen, die aus Samenspenden entstanden waren. Schwule und lesbische Paare machten sich Gedanken über den Zeitpunkt, ihrem Kind die Wahrheit zu eröffnen. Erwachsene erfuhren wie ich aus Zufall, dass sie genetisch andere Wurzeln hatten, einer Frau hatte es die Mutter auf dem Sterbebett gestanden.

Misstrauische Väter machten Bluttests, erhielten das Ergebnis und wussten nicht, wie sie damit umgehen sollten.

Im Netz gab es alles, ich vertiefte mich in eine Fülle von Schicksalen, die Leuten den Boden unter den Füßen weggezogen hatten.

Wieder klingelte mein Handy. Es war Valerie. Ich drückte sie weg.

Eine Juristin hatte über die Instanzen hinweg dafür gekämpft, die Informationen zu ihrem leiblichen Vater aus einer Samenspenderkartei zu bekommen. *Sapere aude*, Wage zu wissen, wurde zu einem Recht auf Wissen.

Ich hielt inne. Aber nicht zu einem Zwang zu wissen.

Eine Josefine schilderte, dass ihr Vater insgeheim über Jahre hinweg eine zweite Familie gehabt hatte. Die Frau hatte mit vierzig ihre Halbgeschwister kennengelernt und spontane Antipathie empfunden. Es war bei einem Treffen geblieben.

Ich las weiter und weiter. Es hatte etwas Tröstliches, nicht allein zu sein. Gleichzeitig waren die Abgründe, die sich eröffneten, schaurig.

Wieder läutete mein Handy. Wieder war es Valerie. Ich drückte sie weg und las die Geschichten auf dem Bildschirm meines Laptops.

Das Türklingeln erschreckte mich. Herr Wientapper kann es nicht sein, war mein erster Gedanke. Schade eigentlich. Ich hätte einen Underberg mit ihm getrunken.

Es klingelte nochmals und wieder, jetzt anhaltend. Entnervt schoss ich hoch und wetzte zur Sprechanlage.

»Ja?«, plärrte ich in den Hörer.

»Ich bin's, Valerie. Mach auf.«

Ein mürrischer Laut entfuhr mir, ich drückte auf den Öffner. Kurze Zeit später erschien meine Freundin auf dem Gang.

»Wieso gehst du nicht ans Telefon?«, maulte sie. Direkt anschließend wurden ihre Züge weich. »Entschuldige.« Sie umarmte mich, ich roch ihr blumiges Parfum. »Das ist ein ganz schön harter Brocken. Ich bin für dich da.«

»Was …? Woher …?«, stammelte ich.

»Ich weiß es von Adrian. Er hat mich angerufen.« Valerie ließ mich los und drängte sich an mir vorbei in die Wohnung.

Von Adrian?

»Moment mal«, meinte ich gedehnt. »Woher hat er deine Nummer?«

»Ich hab sie ihm gegeben. Während unseres Segelflugs.«

»Gute Güte.«

Stöhnend schloss ich die Tür und folgte Valerie ins Wohnzimmer. Sie ließ sich auf die Couch fallen, skeptisch beäugte sie den Bildschirm meines Laptops.

»Was siehst du dir denn da an?« Ihr rot lackierter Zeigefinger strich über das Touchpad, die Brauen kniffen sich im Lesen zusammen. »Das zieht dich doch nur noch mehr runter.«

»Tut es nicht.«

»Du musst raus. Unter *normale* Leute.«

»Valerie, ich weiß gerade echt nicht, wo mir der Kopf steht. Mein Vater ist gar nicht mein Vater, und meine Mutter hat mich lebenslang belogen.«

»Blödsinn. Dein Vater war dein Vater. Er hat dich geliebt und sich um dich gekümmert. Zumindest wenn er mal da war. Du hast halt noch einen Erzeuger dazubekommen. Dein Genpool ist ein anderer als gedacht. *So what?* Das ganze Genzeugs wird eh überbewertet.«

»Findest du?«

Sie nickte entschieden. »Was interessiert mich mein Genpool? Meine Figur interessiert mich, mein Gesicht, mein Haar. Ab und zu auch meine Intelligenz. Solange das alles okay ist, können die Gene meinetwegen aus einem Eisloch in Grönland stammen.«

»Hm.«

»Und sei froh, dass du so eine Mutter hattest. Meine nörgelt dauernd an mir rum.«

So einfach ist es nicht, dachte ich und lehnte mich mit verschränkten Armen an den Esstisch. »Mama hätte es mir sagen müssen.«

»Wann bitte schön?«

»Irgendwann.«

»Das hätte sie womöglich, wenn sie nicht so früh gestorben

wäre. Los, komm, wir gehen raus, was trinken. Es macht keinen Sinn, sich in seinen vier Wänden zu vergraben.«

Ich protestierte. Es war, wie immer bei Valerie, zwecklos.

Wenig später saßen wir in einer Eckkneipe vor zwei großen Kölsch.

»Wie läuft's bei dir so?«, fragte ich, um mir weitere Ausführungen zu genetischen Banalitäten zu ersparen.

»Geht so. Raoul ist wieder mit seiner Sibel zusammen.«

»Ach nee. Hat er ihr die Rotweindusche im Restaurant verziehen?«

»Ob sie ihm den vorangegangenen Seitensprung verziehen hat, ist eher die Frage.«

»Verstehe.« Ich trank einen Schluck Bier, dann noch einen. Es schmeckte nach Heimat. »Was machen die Pläne zu deiner eigenen Praxis?«

»Läuft leider auch nicht. Meine Studienkollegin hatte noch einen anderen Interessenten, der bei ihr einsteigen wollte. Sie hat sich für ihn entschieden.«

»Das tut mir leid. Ich drück dir die Daumen, dass sich bald eine neue Gelegenheit ergibt. Du wirst es bestimmt schaffen.«

»Danke, Süße. Aus deiner Erbschaft geht ja leider kein Valerie-Unterstützungsfonds hervor.«

»Leider nicht.« Meine Fingerspitzen glitten über das kühle Bierglas. An dem Wirt vorbei fiel mein Blick auf ein gelbes DIN-A4-Blatt an der Wand hinter der Theke: »Freundliche Servicekraft gesucht«.

Ich blieb an den schiefen schwarzen Buchstaben hängen. Valerie bemerkte es.

»Vergiss es«, sagte sie. »Du bist zurzeit nicht freundlich.«

»Bei fremden Leuten könnte ich mir Mühe geben.«

»Quatsch.«

Ich schwieg. Der Wirt war klein, schmächtig und trug eine Nickelbrille. Als er uns anlächelte, zeigten sich bräunliche Zähne.

»Ist auch mal nett, nur ein Bier zu trinken«, murmelte Valerie und hob ihr Glas. Meine Gedanken waren weiterhin bei dem sonnengelben Zettel an der Wand.

»Du hast recht«, meinte ich nachdenklich. »Es macht keinen Sinn, sich zu Hause zu vergraben. Ich muss was tun.«

Valerie verzog den Mund. »Aber doch nicht kellnern.«

»Vermutlich sind andere Jobangebote, die ich auf die Schnelle bekomme, nicht besser.«

»Na ja. Kann sein.«

Ein Kölsch später hatte ich einen Job.

»Du könntest morgen Abend anfangen«, sagte der Wirt. Er hieß Tobi, wie mein erstickter, erstochener Kater.

Als ich nach Hause kam, ging ich als Erstes in die Küche. Ich klappte den Mülleimerdeckel auf und fischte die Kakteen heraus. Die sandige Erde hatte sich in der Tüte verteilt, zwei der drei Tontöpfe waren zerbrochen. Morgen würde ich ins Gartencenter fahren und neue besorgen.

26

»Zahlen, bitte.«

»Gern.« Das wird aber auch Zeit, dachte ich. Die beiden hatten mehr geknutscht als gegessen, ständig aneinander rumgefummelt und sich wie die Mondkälber angeguckt. Die gehörten nach Hause ins Bett. Außerdem musste trautes Liebesglück derzeit nicht vor meiner Nase zelebriert werden.

Ich zog Kellnerblöckchen und Kuli aus der schwarzen Schürze. »Zusammen, nehme ich an.«

»Nein, getrennt. Ich hatte den Salat mit Putenbrust und den Merlot.« Die Frau öffnete ihr Portemonnaie.

»Was ist mit der großen Flasche Wasser?«, fragte ihr Begleiter.

»Ach ja, genau. Die Hälfte davon zahle ich auch.«

»Ich übernehme die andere Hälfte, das kleine Kölsch und den strammen Max«, erklärte der Mann.

Anders als bei den Bonobos hielt man Essen und Sex getrennt.

Ich notierte zwei Zahlenkolonnen untereinander.

»Dann wären's bei Ihnen neunzehn achtzig«, sagte ich zu der Frau.

Sie gab mir einen Zwanziger. »Stimmt so.«

»Danke schön. Bei Ihnen bitte fünfzehn dreißig.«

»Siebzehn, bitte.«

Ich kassierte die mir hingeschobenen Zehner und gab drei Euro raus. »Danke. Einen schönen Abend noch.«

Die beiden lächelten sich an. »Den werden wir haben«, raunte der Mann.

Behalt's für dich, dachte ich, wandte mich um und steuerte die Theke an.

Es war mein dritter Abend im »Max und Moritz«. Wie auch an den beiden anderen war die Kneipe voll gewesen, ich war praktisch nicht zum Grübeln gekommen.

Seit drei Tagen verließ ich kurz vor achtzehn Uhr meine Wohnung und verbrachte fünf Stunden in einem einigermaßen erträglichen Zustand zwischen Essens- und Getränkebestellungen. Viele Gäste waren nett, oft ergaben sich kurze Plaudereien. Die Abende in der lebhaften Kneipe waren für mich ein Anker in die Normalität. Wenn ich wieder zu Hause war, schlief ich wie gerädert ein. Drei, vier Stunden später wachte ich auf und lag auf meinem Bett bis zum Morgen.

»Katharina, du kannst Feierabend machen.« Tobi tauchte hinter dem Tresen Kölschgläser in die Spülvorrichtung. »Magst du noch was essen, bevor du gehst?«

»Nein, danke. Keinen Hunger.«

Seine Arme bewegten sich beim Spülen auf und ab, die dünnen Strähnen des braunen Haares gerieten durcheinander. Er musterte mich durch seine runden Brillengläser.

»Was trinken? ’nen doppelten Baileys?«

Ich lachte. »Sehe ich so schlecht aus?«

»Wenn du mich so fragst ...« Tobi redete grundsätzlich nicht um die Dinge herum.

»Ist gerade ein bisschen schwierig bei mir.« Ich legte das dicke schwarze Portemonnaie auf die Theke und band meine Schürze ab. »Aber das wird schon wieder.«

Besonnen nickte er. »Dann sehn wir uns morgen Abend um sechs? Vergiss dein Trinkgeld nicht.«

Mit tropfnassen Händen reichte er mir drei Zehner und ein paar Münzen. »Danke schön.« Ich nahm das Geld an und stopfte es in die Hosentasche. »Tschüss. Bis morgen.«

Als ich auf die Straße trat, umfing mich eine empfindliche Kühle. Unverkennbar ging es auf den Herbst zu.

Auf die Weinlese. Den Höhepunkt des Jahres.

Egal. Sie fand ohne mich statt.

Es waren nur wenige hundert Meter bis zu meiner Wohnung. Mich erwarteten Stille, Einsamkeit, ein kurzer Komaschlaf und ein quälendes Gedankenkarussell.

Spontan entschied ich mich zu einem Umweg. Ich beschleunigte meine Schritte, bog rechts statt links ab und lief durch die noch belebten Straßen. Partyvolk war unterwegs, Pärchen, die

Hand in Hand schlenderten, gesetztere Kneipengänger, eine alte Frau, die ihren Dackel Gassi führte.

Ein Bild blitzte vor meinem geistigen Auge auf – plötzlich war ich diese Frau. Ich sah es plastisch vor mir, das war meine Zukunft, ein einsames Leben mit einem überfütterten Hund.

»Nein«, murmelte ich erschrocken. »Nicht so.«

Wie getrieben bog ich in eine Seitenstraße. Vor einer Bar in einiger Entfernung standen ein paar Kerle und rauchten. Helle Businesshemden spannten über trapezförmigen Rücken, Zigarettenspitzen glommen auf, Qualm waberte in den Nachthimmel.

Ich kam näher, verschränkte fröstelnd die Arme vor der Brust.

Das wellige Haar über einem der Hemdkragen erinnerte mich an jemanden aus einem anderen Leben. Die Statur, die Haltung … Daniel?

Ich wollte anhalten, mich umdrehen, schnell weglaufen. Stattdessen setzte sich ein Fuß unaufhaltsam vor den anderen.

Nur noch wenige Meter trennten mich von der Gruppe, ich roch den Rauch, der zu mir hingetragen wurde. Der Mann mit dem welligen Haar zog an einer Zigarette. Gott sei Dank. Daniel rauchte nicht.

Ich konnte einfach vorbeilaufen. Mit weichen Knien und zitternden Händen, die sich gleich wieder beruhigen würden.

»Katharina?« Die Stimme klang unsicher, aber sehr vertraut.

Mir stockte der Atem, mein eigener Herzschlag hämmerte gegen die Brust wie eine Abrissbirne. Ich blieb stehen und starrte.

Daniel.

»Hi«, sagte er. »Das ist ja eine Überraschung.«

Ich öffnete den Mund, kein Laut kam heraus.

»Schön, dich zu sehen.« Er drückte seine Zigarette in einem chromglänzenden Standascher aus.

»Seit wann rauchst du?«, fragte ich tonlos.

Er lachte. »Eigentlich hatte ich vor Jahren aufgehört.« Langsam kam er zu mir heran. »Wie geht es dir?«

Seine meerblauen Augen forschten in meinen, sie waren leicht glasig, ich nahm Alkohol in seinem Atem wahr.

»Geht so«, antwortete ich.

Wieder lachte er, es klang bitter. »Bei mir auch.«

Bartstoppeln wuchsen auf Wangen und Kinn, die obersten Knöpfe des Hemds standen offen, unter den Armen verliefen halbkreisförmige Ränder. »Ich hab mich von Viola getrennt.«

»Was?« Ich schnappte nach Luft. Die nächste Frage drängte unweigerlich aus meinem Mund. »Wieso hast du dich nicht gemeldet?«

Er senkte die Lider. »Kati, ich wusste nicht, ob du ... das noch willst. Ich hatte das Gefühl, zu lang gezögert zu haben. Ich habe mich geschämt, dass ich dich hinter Viola gestellt habe.«

Ich traute meinen Ohren nicht. Es dauerte ein paar Sekunden, dann flatterten in meinem Kopf Schwalben auf und zogen Kreise vor einem hellblauen Sommerhimmel. »Du hättest doch wissen müssen ...«, stammelte ich. »Du musstest doch wissen, dass ich warte.«

Er verlagerte sein Gewicht von einem Bein auf das andere. »Es tut mir leid.«

Der Blick hob sich, er war warm und zärtlich. »Ich hab dich so vermisst.«

Verwirrung, Sehnsucht, überwältigende Freude. Alles auf einmal überflutete mich, machte mich fassungslos und gleichzeitig unglaublich glücklich. Es gab eine zweite Chance.

Meine Hand bewegte sich ein kleines Stück nach vorn. Daniel griff sie und hielt sie fest. Sein Kopf näherte sich, er legte seine Stirn auf meine Schulter. Bilder der Leidenschaft flashten in meinem Hirn auf, ich sog seinen Duft ein.

»Ich möchte bei dir bleiben«, flüsterte er dicht an meinem Ohr. Er hob den Kopf und strich sachte über meine Wange. Seine Augen wurden feucht. In seinen Zügen spiegelte sich mein eigenes Sehnen.

Stumm nickte ich.

»Ich muss schnell noch zahlen«, sagte er. »Wartest du auf mich?«

»Ja.«

Er löste sich von mir. »Nicht weglaufen.«

Sicher nicht, dachte ich, während er in der Bar verschwand.

Ich strich mein Haar zurecht, mein Pulli roch nach Küche, ich war ungeschminkt, es war unwichtig. Wir hatten uns wiedergefunden.

Schneller als erwartet kam Daniel zurück.

»Gehen wir zu dir?« Er legte seine Arme um mich und hielt mich fest.

»Ja.«

Unsere Finger verschränkten sich ineinander, Hand in Hand liefen wir los.

»Ich dachte, du seist an der Mosel«, sagte er. »Sonst hätte ich mich vielleicht doch getraut, dich anzurufen. Vor einer Weile habe ich deine Freundin getroffen, sie meinte, es ginge dir gut.«

Ich hatte es geahnt, Valerie und ihr vermeintlicher Freundschaftsdienst.

»Es läuft nicht so super mit dem Weingut«, erwiderte ich. »Auch sonst ist mein Leben gerade etwas durcheinander.«

»Meins auch.« Er drückte meine Hand. »Aber irgendwie wusste ich immer, dass Viola und ich nicht wirklich zusammenpassen.«

»Doch kein *power couple*?«

»Ach, geschäftlich lief's durchaus gut. Allerdings ist sie schon sehr dominant.« Er blieb stehen, ein Schmunzeln lag auf seinem schönen Mund. »Privat mag ich es lieber etwas sanfter. Du weißt auch, was du willst, aber du erreichst es mit anderen Mitteln.«

Seine Lippen berührten meine. Mitten auf dem Gehweg versank ich in dem Kuss. Daniel küsste wie kein anderer, zärtlich und fordernd, behutsam und voller Lust. Er gab sich völlig hin und war trotzdem aufmerksamer als alle Männer, die ich bislang getroffen hatte.

Ich konnte kaum begreifen, dass zwischen meinem Abend im »Max und Moritz« und diesem Kuss nur ein paar Minuten lagen. Es lagen Galaxien dazwischen.

Wir liefen weiter, Arm in Arm, die Schritte im selben Rhythmus gesetzt.

Als ich die Haustür aufschloss, schob sich Daniels Hand unter meinen Pullover. Im Flur drängte er mich neben den Briefkästen an die Wand. Seine Begierde war fühlbar, er keuchte an meiner Wange.

»Lass uns nach oben.« Ich zog ihn zur Treppe.

Bei meiner Wohnung angelangt, hatte ich meinen Pulli nicht mehr an, Daniels Hemd stand offen, sein Gürtel ebenfalls.

Ich trat die Eingangstür hinter uns zu, wir torkelten küssend ins Schlafzimmer und fielen aufs Bett.

Es war magisch. Während wir uns liebten, hätte ich alles für Daniel sausen lassen, alles aufgegeben. In tiefer Vertrautheit und heller Aufregung verschmolz ich mit ihm.

»Ich will nur dich«, flüsterte er. »Das ist so, seit ich dich kenne. Wieso habe ich das nicht früher kapiert?«

Ich konnte die Tränen nicht zurückhalten.

Später lagen wir nebeneinander, ich schmiegte mich an seine Seite, er strich über mein Haar. Ich war so unglaublich froh, ihn getroffen zu haben, so erleichtert, dass er sich getrennt hatte. Neben dem Glück verspürte ich Genugtuung.

Viola war abserviert worden.

»Wie hat Viola die Trennung aufgenommen?«, frage ich leise. »Ich hätte ihr zugetraut, dass sie Schluss macht.«

»Es war schon hart für sie.« Daniels Fuß rieb sanft an meinem Schienbein entlang. »Eine Affäre hätte sie mir verziehen, doch mir ging es um Grundsätzliches in unserer Beziehung.« Die warmen Lippen liebkosten meine Schläfe. »Es ist ein solches Glück, dass wir uns heute Abend begegnet sind.«

»Das ist es. Schicksalhaftes Glück.« Während ich sprach, fühlte sich meine Zunge rau an, ich räusperte mich.

Hinter meiner Stirn summte etwas, hoch und durchdringend. Ein Zahnarztbohrer setzte in einer meiner Gehirnwindungen an. Ich rutschte an Daniels Flanke ein wenig nach oben.

Woher kam dieses merkwürdige Gefühl? Daniels Nähe? Seine Stimme? Das, was er gesagt hatte?

Schlagartig wusste ich es.

Eine Affäre hätte sie mir verziehen.

Es war die Betonung des ersten Wortes gewesen. *Eine* Affäre hätte sie mir verziehen.

Entgeistert richtete ich mich auf. »Hattest du etwa mehrere?«

»Hm?« Die halb geschlossenen Lider öffneten sich. »Was meinst du?«

»Mehrere Affären. Mit mir und mit anderen Frauen.«

»Unsinn. Wie kommst du denn darauf?« Die geschwungenen Lippen verkniffen sich, Muskeln spannten sich an. »Was machst du morgen Abend? Ich würde dich gern zum Essen einladen.«

Das Begreifen sickerte in mein Gehirn. Trübe, ätzende Gifttropfen, die ein zartes Pflänzchen töteten.

Daniels Worte, der Themenwechsel, das verschlossene Gesicht. Ich kannte ihn noch nicht sehr lange, doch ich kannte ihn gut genug.

»Du hattest noch andere Frauen«, sagte ich dumpf. »Auch während der Zeit mit mir. Diese Marion Vollbrecht zum Beispiel.«

Unruhig bewegte Daniel den Oberkörper. »Kati, bitte, das bildest du dir ein. Ich glaube, du bist chronisch eifersüchtig.«

Er wiederum kannte mich offenbar nicht. Abrupt rückte ich von ihm ab.

»Es stimmt, Viola hätte dir eine Affäre verziehen. Ihr Selbstbewusstsein verkraftet das. Von einem notorischen Fremdgeher allerdings hatte sie die Nase voll.«

»Was heißt notorischer Fremdgeher, was denkst du von mir?«

»Ich habe es gespürt an dem Abend, an dem du mit dieser Marion in der Bar warst. Ich habe es nur nicht wahrhaben wollen.« Meine Hände krallten sich in die Bettdecke, ich verhüllte meine Nacktheit. »Sag mir bitte wenigstens die Wahrheit.«

Daniel schwieg.

»Bitte«, flehte ich.

Gequält sah er mich an. »Es hatte nie etwas zu bedeuten. Bis ich dich getroffen habe. Du bist die Einzige, für die ich etwas empfinde.«

Tosender Hagel zerschlug alles Glück, jemand stieß mich von einem Felsvorsprung herunter.

»Geh«, sagte ich. »Am besten schnell.«

27

»Hallo, Katharina. Ich bin froh, dass du anrufst.«

»Hi.« Ich stockte. »Es hat ein bisschen gedauert, bis ich es konnte.«

»Kann ich verstehen. Wie geht's dir?«

»So mittel.« Mit aufgestütztem Kopf saß ich an meinem Esstisch, das Handy umklammernd. »Nicht gut, ehrlich gesagt. Und dir? Und deinen Eltern?«

Adrian schwieg, sekundenlang war es still in der Leitung. »Für meine Mutter ist es hart. Sie ist immer noch bei ihrer Schwester. Mein Vater und sie haben aber wieder miteinander geredet.«

»Das ist gut.«

»Ich hoffe, es wird wieder mit den beiden. Für mich ist die Situation natürlich auch nicht einfach. Wie kommst du … klar damit?«

»Ehrliche Antwort?«

»Ich wollte von dir nie etwas anderes.«

Mittlerweile hatte ich es ganz gut hinbekommen, Adrian nicht mehr als *Mann* toll zu finden. Seine Stimme am Telefon drohte mich um Tage zurückzuwerfen.

»Neben allem anderen fand ich es nicht leicht, von faszinierendem Mann auf Bruder umzuwechseln«, sagte ich leise.

Sein Lachen klang an mein Ohr. »Frag mich mal. Was meine Schwester angeht, arbeite ich immer noch dran. Natürlich habe ich mit dir ein Familienmitglied dazugewonnen, das ist klasse. Aber danach hatte ich eigentlich nicht gesucht. Wenn ich die Wahl hätte …«

»Die haben wir nicht«, unterbrach ich ihn. »Mir war das nie so bewusst wie zurzeit.«

»Denkst du, die ganze Sache hat auch ihr Gutes?«

Ich hob die Schultern, obwohl es niemand sah. »Auch wenn ich plötzlich so etwas wie Familie habe, fühlt es sich nicht wirklich gut an. Es wirkt fremd und einfach unehrlich.«

»Vielleicht kann noch ein besseres Gefühl entstehen, vielleicht braucht es Zeit.«

»Kann sein.«

»Wir können Weihnachten zusammen feiern.« Adrian gab sich einen heiteren Ton. »Wie in einer richtigen Familie. Wir haben uns doch beide immer Geschwister gewünscht.«

»Haha.«

Die Vorstellung, mit Frank, Esther und Adrian unter einer geschmückten Tanne zu sitzen und sich Geschenke zu überreichen, überzeugte mich nicht so richtig.

»Einerseits möchte ich dich gern sehen«, sagte Adrian gedämpft. »Andererseits habe ich Angst vor dem, was ich dabei empfinden könnte.«

»Geht mir ähnlich.«

»Kommst du an die Mosel zurück?«

»Derzeit nicht. Ich habe hier einen Job in einer Kneipe angenommen. Tagsüber schreibe ich Bewerbungen und suche eine neue Stelle, auch über Köln hinaus.«

»Verstehe.« Adrian zögerte. »Katharina, ich denke, wir sollten uns bald wiedersehen. Ich glaube auch, dass mein Vater dich sehen will. Ich habe lang mit ihm gesprochen. Er sagte, es sei ihm anfangs sehr schwergefallen, keinen Kontakt zu dir zu haben. Notgedrungen hat er akzeptiert, dass deine Eltern es nicht wollten, und natürlich kam er so auch drum herum, meiner Mutter den Seitensprung zu gestehen. Dass du in Traben-Trarbach getauft wirst, hat er sich ausbedungen. Wahrscheinlich war das für ihn so etwas wie ein symbolischer Akt, der Anker seiner Tochter an die Mosel. Balthasar hat außerdem darauf gedrängt, dass deine Eltern öfter mit dir bei ihm zu Besuch waren. So hat Frank dich manchmal sehen können. Aber er sagte, er habe irgendwann einen Knoten in sein Herz gemacht und die Dinge auf sich beruhen lassen.«

»Hm.«

»Dann bist du plötzlich als Balthasars Erbin aufgetaucht. Wenig später hat er mitbekommen, dass ausgerechnet wir beide uns …« Adrian stockte.

Sag es nicht, hätte ich am liebsten ins Handy gerufen.
»Nähergekommen sind.«

»Das ist wohl passiert, weil wir uns irgendwie sehr vertraut waren«, beeilte ich mich zu erklären. »Im Nachhinein ist das völlig logisch. Sozusagen allein schon aus genetischen Gründen.« Ich hörte mir selbst zu und verdrehte innerlich die Augen.

»Ich will dich nicht verlieren.« Er sprach eindringlich. »Wir haben uns doch gerade erst gefunden. Ich will, dass wir im Leben des anderen bleiben.«

Mein Blick heftete sich an die umgetopften Kakteen. Ihre Wurzeln hatten jetzt mehr Platz, ich hoffte, dass sie weiterwuchsen. »Ja«, sagte ich leise.

»Das ist gut.« Adrian lachte auf. »Glaub mir, ich habe eine Menge blöder Eigenschaften, frag meine Ex-Freundinnen. Lauter Dinge, die man bei einem Bruder tolerieren kann, aber bei einem Partner kaum.«

»Netter Versuch.«

»Mmhh. Okay.«

»Meldest du dich wieder?«, fragte ich.

»Klar. Oder du. Wenn dir danach ist. Jederzeit. Auch wenn dir nicht danach ist. Vielleicht gerade dann.«

Ein Lächeln flog über meine Lippen. »Verstanden. Bis bald.«

»Bis bald.«

Nachdem ich aufgelegt hatte, saß ich eine Weile reglos da. Schließlich ging ich ins Schlafzimmer, setzte mich wieder an den Schreibtisch vor meinen Laptop und starrte auf das Bewerbungsanschreiben.

»Sehr geehrter Herr Heinzberg, mit Bezug auf Ihre Ausschreibung vom ...«

Die Buchstaben schwammen seitlich aus meinem Blickfeld, ich konnte mich null konzentrieren.

Meine Gedanken drifteten zur Grevenburg, zur Aussicht über Traben-Trarbach, zum Segelflug mit Adrian, zu den Steilhängen und meinem Bild von der Landschaft im Herbst. Ich dachte an die Mosel mit ihren vielen Mäandern. Wenn sie an einem Berg nicht weitergekommen war, hatte sie ihn umflossen, sich ihren

Weg an anderer Stelle gebahnt, und dennoch änderte sie insgesamt nicht ihre Richtung.

Ich öffnete den Internetbrowser. Zweihundertachtzig Kilometern Luftlinie von der Quelle bis zur Mündung standen fünfhundertvierundvierzig Flusskilometer gegenüber, fast das Doppelte. Die Mosel hatte keine Mühen gescheut.

Nachdenklich betrachtete ich die Fotos auf dem Bildschirm. Ich bekam Lust, mit Balthasars altem Alfa, der auf dem Weingut in der Garage stand, den Fluss entlangzufahren. Allein, ohne Seidentuch und Grace-Kelly-Sonnenbrille.

Abrupt durchschnitt die Türklingel meine Gedanken. Ich erwartete niemanden.

»Hallo?«, fragte ich kurz darauf in den Hörer der Sprechanlage.

Es klopfte direkt vor mir. »Ich bin's.«

Meine Hand riss die Tür auf. »Herr Wientapper. Wie schön, dass Sie wieder da sind.« Ich freute mich riesig.

»Guten Tag, Fräulein Korn. Gucken Sie mal, ich habe Ihnen ein Fläschchen mitgebracht, mit den besten Grüßen vom Weingut Glück.« Er streckte mir eine kleine dunkelgrüne Flasche entgegen. »Eiswein. Ganz was Besonderes, das gab's bei Balthasar in den letzten fünfzehn Jahren nur einmal.«

»Danke. Kommen Sie rein. Mögen Sie einen Tee oder einen Kaffee?«

»Etwas Kühles wäre fein. Ein Wasser, wenn Sie haben.« Herr Wientapper trat ein. Seine Haut war leicht gebräunt, die Haltung gerade. Ich nahm ein frisches Rasierwasser wahr.

Mit dem Eiswein begab ich mich in die Küche und kam mit Mineralwasser und zwei Gläsern zurück. Herr Wientapper saß am Esstisch.

»Heute fehlt mir gar keine Zutat zum Kochen.« Er kicherte. »Haben Sie's bemerkt?«

Ich goss die Gläser ein. »Allerdings. Sie sehen wirklich gut aus, erholt und um Jahre jünger.«

»Das macht das Landleben.«

»Na ja, bei mir hat es sich etwas anders ausgewirkt.« Ich trank einen Schluck Wasser.

Mein Nachbar musterte mich abwägend.

»Dennoch sollten Sie nicht mit der Mosel brechen. Das Erbe birgt trotz allem eine Verantwortung, die Sie nicht einfach …«

»Bitte, Herr Wientapper«, unterbrach ich ihn, »gerade möchte ich nicht darüber sprechen.«

Er nickte. »Wie geht es Ihnen? Was machen Sie? Sind Sie womöglich auf der Suche nach einer neuen Anstellung?«

»Ja. Tagsüber schreibe ich Bewerbungen und abends kellnere ich in einer Kneipe namens ›Max und Moritz‹. Das ist in Ordnung, eine Weile werde ich über die Runden kommen.«

»Kellnern ist auf Dauer doch nichts für eine gut ausgebildete Frau wie Sie.« Er zog die Stirn kraus und trank etwas Sprudel.

»Daher die Bewerbungen. Ich würde auch einen Job in einer anderen Stadt annehmen. Im Prinzip überall.«

Augenscheinlich verstärkte sich Herrn Wientappers Skepsis. Er räusperte sich.

»Wir vermissen Sie, Fräulein Korn.«

»Wir?«

»Alle auf dem Weingut.«

Fragend hob ich die Brauen.

»Sogar Ruth.«

»Also bitte. Das glauben Sie doch selbst nicht.«

»Doch. Gestern noch hat sie gesagt, es sei so ruhig.«

Ich musste lachen. »Ja, so schön ruhig.«

»Fräulein Korn, bitte überlegen Sie es sich noch einmal.«

Eindringlich fixierte er mich. Es war mir unangenehm. Zurzeit brauchte ich niemanden, der mich zu beeinflussen versuchte.

»Ich müsste die Bewerbungsunterlagen, die ich gerade zusammenstelle, heute noch absenden. Und um achtzehn Uhr beginnt schon mein Dienst in der Kneipe. Das heißt …«

»Ich verstehe.« Herr Wientapper erhob sich. »Danke für das Wasser.« Mit gesenktem Haarkranz verließ er den Raum.

»Tschüss. Bis demnächst«, rief ich ihm hinterher.

Meine Wohnungstür fiel ins Schloss.

Es tat mir so leid, dass von meiner Entscheidung andere Menschen betroffen waren. Es wäre besser gewesen, ich hätte einen verlassenen Hof auf einer einsamen Hallig geerbt.

Eine Stunde später klammerte ich mich im »Max und Moritz« an meinem Tablett fest, um nicht in einem Strudel aus Zweifeln und Traurigkeit weggespült zu werden.

***

Am nächsten Nachmittag stand Herr Wientapper wieder vor meiner Tür.

»Ich trinke gern einen Tee mit Ihnen«, sagte ich. »Aber wir sprechen nicht über das Weingut.«

»In Ordnung.« Er kam rein.

»Dieses Jahr könnte es einen Jahrhundertwein geben«, meinte er, als er den Teebeutel aus seiner Tasse zog.

»Herr Wientapper!«

»Ich spreche nur über den Jahrgang im Allgemeinen.«

»Pfh.«

»Julius ist sehr optimistisch.«

»Ha. Julius ist keinesfalls allgemein.«

»Da haben Sie recht.« Er schmunzelte. Statt Cordhosen und kariertem Hemd trug er heute Jeans und ein dunkelblaues Poloshirt.

Ich rührte mit meinem Teelöffel in der Tasse herum, obwohl ich gar keinen Zucker genommen hatte. »Wie geht es Julius?«

»Er macht seine Arbeit. Sorgfältig und engagiert wie immer.« Herr Wientapper betrachtete seine Hände und zog einen kleinen Hautfetzen von der Innenseite ab. »In letzter Zeit hat er öfter im Weingut übernachtet. Es hat wohl damit zu tun, dass seine Freundin demnächst nach München zieht.«

Kaum sichtbar nickte ich. Ich dachte an Julius' eigenwilligen Humor, an unsere Fahrt mit der Monorack-Bahn, seinen herausfordernden Blick. Daran, wie er mich an jenem Abend von Adrian nach Hause gebracht hatte.

»Fräulein Korn, Sie brauchen eine Aufgabe«, sagte Herr Wientapper.

»Die habe ich.«

»Essen und Bier servieren?«

»Warum nicht?«

Entschieden schüttelte er den Kopf. »Ihre Aufgabe liegt woanders.«

Er war hartnäckiger, als ich gedacht hatte. Die Zeiten des geknickten Underberg-Trinkers waren passé.

»Herr Wientapper, ich habe fast alles verloren, was man verlieren kann«, erklärte ich betont ruhig, obwohl mein Adrenalinspiegel stieg.

»Sie sind gesund«, sagte er.

Mental nicht mehr lang, dachte ich und stand auf. »Vielleicht ist es möglich, dass ich Ihnen den Betrieb für einen Euro verkaufe, und Sie können dann dort weitermachen.«

»Nein. Das ist wie eine Schenkung.«

»Okay, wie viel Geld haben Sie? Ein paar tausend Euro ist auf jeden Fall nicht schenken, sondern verkaufen.«

In einer energischen Bewegung erhob sich Herr Wientapper. »Darum geht es nicht.«

»Worum geht es dann?«

»Das wissen Sie.«

Ich blies Luft aus. »Sie sind ein ganz schön harter Zahn. Ich glaube, ich möchte mich jetzt lieber wieder …«

»Jaja, die Bewerbungen, habe verstanden. Ich gehe schon. Danke für den Tee.«

Stur wie eine knorzige Steilhangrebe, dachte ich, als die Wohnungstür hinter ihm zufiel.

Ich setzte mich vor meinen Laptop.

»Sehr geehrte Frau Dr. Gebhardt, bezugnehmend auf die Stellenausschreibung Ihrer Agentur …« Lustlos hämmerten meine Fingerkuppen auf die Tastatur ein.

»In meiner vorherigen Tätigkeit war ich als Marketingexpertin im Key-Account-Bereich jahrelang erfolgreich tätig und … und … kann Flaschen etikettieren, Fässer reinigen sowie Füllanlagen bedienen. Ich habe Erfahrungen beim Ausbau von Rot- und Weißwein, insbesondere mit Blick auf den Moselriesling …«

Aargh, Shit. Mein Zeigefinger drückte auf die Backspace-Taste, die Buchstaben verschwanden vom Bildschirm.

Entnervt stand ich auf.

Auf dem Stuhl neben dem Kleiderschrank lag Julius' schwarzes Shirt. Ich griff danach. Bevor ich wusste, was ich tat, vergrub ich meine Nase darin. Es war noch nicht gewaschen, der Duft erinnerte mich an den von sonnenbeschienener Haut.

Ich zog mein Oberteil aus und streifte den »Summer of Riesling« über. Es kam mir wie etwas vor, bei dem man nicht beobachtet werden wollte. Fast verstohlen betrachtete ich mich im Spiegel an der Schranktür. Das Hemd war zu groß, aber eigentlich gefiel es mir.

Die Türklingel erschreckte mich wie ein Besucher, der ins Zimmer platzt.

Herr Wientapper zum Zweiten?, dachte ich. Das T-Shirt wäre Wasser auf seine Mühlen. Ich zog es aus, warf es auf den Stuhl, peste im Unterhemd zur Wohnungstür und riss sie auf.

Der Flur war leer.

»Hallo?«, murrte ich in die Sprechanlage.

»Ich bin's«, erklang Valeries Stimme. »Mach auf.«

Um diese Zeit? Ich drückte den Öffner und wartete. Meine Freundin kam die Treppen hoch, ihr Blick lief über mein spärliches Outfit.

»Störe ich dich bei irgendwas?«

»Was machst du hier? Wieso bist du nicht in der Praxis?«

Wortlos ging sie an mir vorbei in die Wohnung. Im Wohnzimmer angekommen, kramte sie in ihrer Handtasche und streckte mir ein Buch entgegen. »Bitte schön.«

Ich las den Titel. »Wenn dein Leben zusammenbricht. Wege aus der Krise«.

»Vielleicht nützt es was.«

»Bestimmt.« Ich nahm das Buch an und legte es zur Seite. »Danke trotzdem.«

»Ich hab gekündigt.« Valerie ließ sich auf einen Stuhl am Esstisch fallen.

»Bitte was?«

»Der Alte hat vor einer Patientin meine Arbeit als Stümperei und Minimalversorgung bezeichnet. Das muss ich mir nicht bieten lassen.«

»Magst du das Buch als Erste lesen?«

»Lass die Scherze. Zusammengebrochen ist bei mir nichts.«

Valerie sah auch nicht danach aus. Sie trug ein pinkfarbenes Seidentop, hatte ihr Haar zu einem Amazonenzopf hochgebunden und strahlte wie das blühende Leben.

»Und jetzt?«, fragte ich.

»Ich finde ruck, zuck was Neues.« Sie schürzte die vollen Lippen. »Lass uns raus, unter Leute. Was trinken gehen.«

»Valerie, ich bin jeden Abend in einer Kneipe.«

»Ach, stimmt. Dann komme ich nachher einfach mit. Auch wenn der Laden männermäßig eine Mondlandschaft ist.«

»Tu das. Magst du was trinken? Wasser, Saft?«

»Hast du einen kühlen Prosecco? Zur Feier des Tages.«

Ich rollte die Augen und ging zum Kühlschrank.

Valerie trank drei Gläser und ließ sich ordentlich über ihren Ex-Chef aus. Mein Bewerbungsschreiben an Frau Dr. Gebhardt wurde nicht mehr fertig.

Anderthalb Stunden später servierte ich Kölsch in meiner schwarzen, zu groß geratenen Rieslingmontur. Tobi verkaufte deutlich mehr Weißwein als gewöhnlich.

»Kannst du morgen was mit Sekt anziehen? Ich hab da noch vier Kartons im Keller, die wegmüssen«, meinte er.

Von ihrem Platz an der Theke aus stupste Valerie ihn am Arm. »Katharina weiß, wo es Nachschub gibt.«

28

Die Tage vergingen. Mittlerweile zählte ich sie »nach Mosel«. Tag acht, Tag neun, Tag zehn nach Mosel.

Tagsüber kümmerte ich mich um die Jobsuche, außerdem hatte ich einen kleinen Auftrag von Lederer, dem Schokoladenhersteller mit den halben Engeln, bekommen. Derzeit war ich der Ansicht, dass man, wenn überhaupt, besser allein flog statt zu zweit. Im Paarflug war die Bruchlandung vorprogrammiert.

Herr Wientapper war an die Mosel zurückgekehrt, auch wegen Lore Stein. Ich freute mich für ihn. Gleichzeitig vermisste ich seine Besuche bei mir mehr, als ich erwartet hatte.

Es war Abend, wie gewöhnlich kellnerte ich im »Max und Moritz«. Tobi war in Ordnung, ich mochte ihn. Er war ruhig und freundlich, hielt nichts von neugierigen Fragen und kam gut mit den nötigen Wörtern hin.

»Katharina, die Schnitzel sind für Tisch fünf.« Tobi deutete auf zwei gut beladene Teller, die in der Durchreiche zur Küche standen.

»Alles klar.« Ich brachte die Gerichte zu einem kleinen runden Tisch inmitten des Gastraums.

»Bitte schön, zweimal das Wiener mit Pommes und Salat.«

»Danke. Ich hätte gern noch ein dunkles Weizen.« Einer der beiden Männer streckte mir sein leeres Glas hin.

»Für mich auch.« Das Bier seines Kumpels war noch fast unberührt. Er setzte es an und trank, der Adamsapfel hüpfte im Schlucken. Ich stand daneben, er gluckste und gluckste.

»Keine Eile«, meinte ich. »Das Glas kann ich mitnehmen, wenn ich das neue bringe.«

»Ermpf«, machte der Mann beim Trinken, meiner Interpretation nach bedeutete das »Ich hab's gleich«. Ich wartete.

Schräg hinter mir hörte ich die Kneipentür zufallen.

Kurz darauf traute ich meinen Ohren nicht.

»Haben Sie Riesling feinherb?«

Ich fuhr herum. Zwei traubengrüne Augen unter einem drahtigen Seitenscheitel sahen mich herausfordernd an.

»Julius«, beinahe hätte ich das Weizenglas fallen lassen, »was machst du denn hier?«

»Eigentlich hatte ich vor, Wein zu trinken. Allerdings ist bei euch womöglich Bier die bessere Wahl?«

»Definitiv.«

»Dann ein kleines Kölsch, bitte.«

»Da.« Der Mann von Tisch fünf reckte mir sein leeres Glas entgegen, dabei leckte er mit der Zunge über die Oberlippe.

»Super, danke.« Geistesabwesend nahm ich den Halb-Liter-Pott an, in meinem Bauch breitete sich ein Kribbeln aus.

»Komm mit zur Theke.« Ich berührte Julius am Ärmel seiner Kapuzenjacke.

»Ein Kölsch für unseren Gast von der Mosel«, bestellte ich bei Tobi, meine Wangen wurden warm. »Außerdem zwei dunkle Weizen für Tisch fünf.« Das Flattern in der Magengegend nahm zu. Es musste etwas mit Aufregung und Freude zu tun haben.

Julius setzte sich auf einen der freien Barhocker. Ich griente ihn an. »Das Weingut Glück fährt offenbar schweres Geschütz auf.«

»Wieso? Ich bin rein privat da.«

»Wer's glaubt.«

Tobi stellte Julius das Bier hin, ich brachte die Weizen zu den anderen Gästen. Der Nachbartisch wollte bezahlen, ein anderer die Bestellung aufgeben. Ich lief hin und her.

»Woher weißt du, dass ich hier arbeite?«, fragte ich Julius, als ich kurz Zeit hatte, mich neben ihn an die Theke zu stellen.

»Von deinem Nachbarn.«

»Geht's ihm gut?«

»Seinem Aussehen nach würde ich sagen, es könnte kaum besser sein.« Julius streifte die Kapuzenjacke ab. »Riesling? Glück!«, stand auf dem weißen Shirt über einer von Kleeblättern umrahmten Flasche. Nicht nur mein Werberinnenherz war angetan.

»Wie geht es den anderen? Ruth, Lore, Pavel?«

»Ruth trauert natürlich immer noch. Aber sonst ist so weit alles in Ordnung.«

»Schön.«

Mit dem hellen Ton der Küchenglocke erschienen zwei stramme Max in der Durchreiche. Ich brachte sie zu ihrem Bestimmungsort, danach kassierte ich einen weiteren Tisch ab.

Als ich zur Theke zurückkam, sprachen Julius und Tobi über Wein.

»Gut, in meiner Kneipe geht hauptsächlich Bier. Aber mir fallen drei, vier Gastronomen aus meinem Bekanntenkreis ein, die sicher einen guten Moselriesling in ihr Sortiment aufnehmen würden. Du sagst, ihr seid ein VDP-Weingut?«

»Ja, ich kann gern einen Karton zur Verkostung zusammenstellen.«

»Julius ist einer der besten Kellermeister an der Mosel«, erklärte ich Tobi mit einem Augenzwinkern. »Hat man mir zumindest berichtet.«

»Und Katharina scheint ein großer Rieslingfan zu sein«, sagte der zu Julius. »Sie trägt es sogar auf ihrem Shirt.«

Halb erstaunt, halb belustigt guckte Julius mich an.

»Jep. Ein bisschen Abwechslung zum Kölsch kann nicht schaden«, meinte ich.

An Tisch drei winkte ein älterer Mann. »Zahlen, bitte.«

Ich kassierte, brachte benutztes Geschirr in die Küche und frische Getränke zu den anderen Gästen.

Julius beobachtete mich bei der Arbeit. Unter seinen Blicken wurde ich ein bisschen nervös. Warum ist er da?, überlegte ich. Während meiner kurzen Pausen an der Theke kam das Gespräch nicht mehr darauf.

Um halb zehn durfte ich Feierabend machen.

»Wenn die Küche durch ist, kriege ich den Rest allein hin«, sagte Tobi. »Kümmer dich um deinen Besuch.«

»Super, danke.« Ich band die Schürze ab. »Morgen Abend dann wieder wie gewohnt.«

Wenig später verließen Julius und ich die Kneipe. Keine fünfzig Meter entfernt kehrten wir in die nächste ein. Das »Bierzimmer« war ein uriges Lokal, in dem ich in der Zeit nach meinem Umzug in dieses Viertel häufiger gewesen war.

»Du bist nach Köln und nicht nach München gefahren?«, bemerkte ich, als wir nebeneinander am Tresen saßen.

Im Grunde fehlte meiner Frage das Warum.

»Ist mir zu bierlastig in München«, sagte Julius.

»Ach so.«

Rita, die Wirtin, stellte zwei Kölsch vor uns hin. Ich hob mein Glas. »Zum Glück ist Köln anders.«

Julius stieß mit mir an. »Mehr oder weniger. Prost.«

Durstig trank ich, das Bier verschwand wie von selbst.

»Herr Wientapper meinte, dass es dieses Jahr einen Jahrhundertwein geben könnte«, sagte ich nach ein paar Schlucken. Dabei war mir nicht ganz klar, warum *ich* dieses Thema anschnitt.

»Wenn alles gut läuft, kann nach dem heißen Sommer schon was Ordentliches draus werden.« Er machte eine kreisende Handbewegung. »Du hast also die Chance, bei der Lese eines Jahrhundertweins dabei zu sein.«

»Na ja.«

»Ein traumhafter Herbsttag«, versonnen sprach er weiter, »eine Bahnfahrt den Hang hoch und zu Mittag Ruths Gräwes, frisch serviert aus dem Thermotopf.«

»Mal sehen. Bitte versuch nicht, mich zu überreden.«

»Überreden? Wie kommst du darauf? Das ist nur ein Angebot.« Er sah mir direkt in die Augen. »Überreden wollte ich noch nicht einmal Nina.«

Mit gesenkten Lidern drehte ich mein Glas auf dem Bierdeckel hin und her.

»Ich kann natürlich verstehen, dass die Mosel zurzeit für dich schwieriges Terrain ist«, bemerkte Julius nach einer Weile. »Die Trauben können allerdings nichts dafür.«

»Um die Trauben können sich andere ohnehin besser kümmern.«

»Ach komm, wenn du ehrlich bist, magst du sie schon.« Er stupste mich in die Seite.

Womöglich sind sie wirklich ein bisschen wie seine Kinder, überlegte ich und schwieg.

Wir leerten unsere Biere, Julius bestellte zwei weitere. Wieder prosteten wir uns zu.

»Wie fühlt es sich mittlerweile an, sich beinahe in seinen Bruder verknallt zu haben?«

Ich verschluckte mich fast. Mit einem herben Räuspern klärte ich meine Stimme. »Wenn ich so drüber nachdenke … im Prinzip weniger enttäuschend, als sich in einen Arsch verknallt zu haben.« Unsanft landete mein Glas auf dem Deckel. »Ich habe Daniel wiedergetroffen, den Mann meiner Ex-Chefin.«

»Getroffen ist die umschreibende Bezeichnung, nehme ich an.«

»Genau. Sozusagen der Euphemismus. Leider habe ich erst danach klargesehen.«

»Besser spät als nie.«

»Kann sein. Derzeit habe ich jedenfalls von Männern echt die Nase voll.«

»Ich von Frauen auch.« Gedankenverloren fixierte er irgendeinen Punkt an der gegenüberliegenden Wand. »Ich dachte immer, Nina sei anders. Wahrscheinlich habe ich Zielstrebigkeit mit Klarheit verwechselt.«

»Wow, das ist philosophisch. Ich habe Sex mit Liebe verwechselt.«

Ein breites Grinsen erhellte Julius' Gesicht. »Das ist normal. Apropos: Hast du heute Abend schon was gegessen? Genau genommen schuldest du mir noch ein paar Spiegeleier.«

Ich überging die in mir aufkommende Frage, was ihn bei der Verwechslung von Liebe und Sex aufs Essen gebracht hatte.

»In dieser Kneipe gibt's eine Topcurrywurst«, sagte ich. »Geht das auch?«

»Fürs Erste ja.«

Wir bestellten bei Rita. Die nächste Runde Kölsch folgte dichtauf.

Wenig später saßen wir vor Wurst mit scharfer Soße und einer großen Portion Kartoffelecken.

»Echt lecker.« Julius kaute herzhaft. »Das mit den Eiern steht aber auch noch.«

»Bitte was?«

Wir lachten.

»Du weißt schon, wie ich's meine.«

»Ich kann morgen zum Frühstück welche braten.« In Anbetracht der Tatsache, dass Julius bereits zu viel getrunken hatte und irgendwo übernachten musste, wagte ich diesen Vorstoß. »Kaffee und Marmelade gibt's auch. Allerdings ist die nicht so gut wie Ruths selbst gemachte.«

Er schmunzelte, pikte ein Wurststück auf und steckte es in den Mund. »Ich hab Isomatte und Schlafsack im Auto. In dem Benz kann ich ganz gut pennen.«

»Was?«

»Warum nicht? Das haben wir immer gemacht, wenn wir draußen in freier Wildbahn gefeiert haben oder auf einem Open-Air-Konzert waren.«

»Also bitte, mit achtzehn machst du das vielleicht. Aber heute doch nicht mehr.«

»Nein?«

»In meinem Wohnzimmer steht ein sehr bequemes Sofa. Eine zweite Bettdecke gibt's auch, alles easy. Du musst dir nicht deinen Rücken im Auto verrenken.« Fast hätte ich »so kurz vor der Weinlese« hinzugefügt, verschluckte es aber.

»Klasse, danke.« Er tauchte eine dicke Kartoffelecke in die Soße. Statt sie zu essen, schaute er sie versonnen an.

»Ich habe in letzter Zeit viel nachgedacht«, sagte er. »Seitdem Balthasar tot ist und vor allem, seitdem Nina sich umorientiert hat.«

»Worüber?«

»Es würde mich sehr reizen, ganz neu anzufangen. Ich bin noch jung genug, und ich bin ungebunden.«

»Joah. Das kenne ich. Wie sähe dieser Neuanfang aus?«

»Was mit Wein würde ich schon gern weitermachen. Das ist einfach mein Ding, davon verstehe ich was.«

»Klar.« Ich nickte.

»Aber nicht mehr hier.«

»Sondern?«

»In Neuseeland.«

»Waaas?«, rief ich vor Schreck durch die Kneipe. Die anderen Gäste sahen zu uns rüber.

»Wie bitte?«, fragte ich leiser hinterher, ich konnte es nicht fassen. »Am anderen Ende der Welt?«

Julius zuckte mit den Schultern. »Das Land muss traumhaft sein. Die betreiben seit etwa vierzig Jahren Weinbau dort, haben riesige Flächen, andere Rebsorten, einen anderen Ausbau. Das wären neue Herausforderungen für mich. Die Branche in Neuseeland wächst, Leute mit Know-how werden gesucht.«

»Jaja, das mag alles sein«, haspelte ich. »Aber was wird dann aus Balthasars Weingut?«

»Das fragst *du* mich? Du willst es doch nicht haben.«

»So ganz direkt habe ich das nicht gesagt.«

»Ja, was jetzt?« Seine Stirn kräuselte sich.

»Ich bin einfach unsicher. Erst mal brauchte ich Abstand von allem, von dem Betrieb, den Leuten an der Mosel. Ich meine, weißt du, wie ich mich fühle?«

»Nee, wie sollte ich?«

»Pfh.« Ich trank mein Bier leer. »Noch eins, bitte«, rief ich zu Rita hinüber.

»Zwei, bitte.« Julius kippte den Rest seines Kölschs runter. »Katharina, irgendwann heißt es hopp oder top.«

»Das weiß ich selbst.«

»Dann ist es ja gut.«

»Bist du deshalb da? Wegen der Entscheidung für oder gegen den Betrieb?«, fragte ich aufgebracht.

»Nein. Weil ich wissen wollte, wie's dir geht. Und wie du so lebst.«

»Und weißt du's jetzt?« Meine Gabel rammte sich in ein Wurststück, als sei das Schwein noch nicht tot. Ich ahnte, dass mich weniger Julius' Antwort aufregte als das, was er davor gesagt hatte.

Neuseeland.

Schweigend mampften wir weiter, Rita stellte die Biere vor uns hin.

»Natürlich würde ich die Mosel vermissen«, brummte Julius nach einer Weile. »Es ist schon einzigartig dort. Die Gegend, die Menschen.«

»Die Weinfeste, die dunklen Geheimnisse, der Hagel«, ergänzte ich sarkastisch.

»Ha.« Seine Miene hellte sich auf, er zwinkerte mir zu. »Wusstest du, dass es an der Mosel Strichgewitter gibt?«

»Bitte was?«

»Falls jemand betrunken ins Wasser fällt, was bei den vielen Bächen und Staubecken häufiger vorkommt, sagt er, dass ihn ein Strichgewitter durchnässt habe. Ein furchtbarer Regenschauer, nur über seinem Kopf.«

»Ist ja toll. Hast du schon mal eins erlebt?«

»Einmal. Da war ich noch jung und bin beim Zelten ins Berieselungsbecken gefallen.«

»Heute Abend musst du wohl nicht damit rechnen. Der Rhein ist zu weit entfernt.«

Während ich sprach, kam mir ein Gedanke, es war Zeit für einen Tapetenwechsel. Ich wischte meine Finger an der Serviette ab und schob den Teller von mir weg. »Es könnte allerdings sein, dass du trotzdem ein bisschen nass wirst.«

»Tatsächlich?«

»Vom Schwitzen. Hast du Lust, tanzen zu gehen?«

»Klar.« Julius' Lachfalten kniffen sich zusammen. »Mit dir immer.«

***

Im Club flackerte buntes Licht um uns herum, die Red Hot Chili Peppers dröhnten in ohrenbetäubender Lautstärke aus den Boxen, es war heiß auf der Tanzfläche. Julius groovte, was das Zeug hielt, bewegte die Arme in der Luft, schwang die Hüften, rockte ab. Ich verbog mich, steppte und zappelte, wild und losgelöst. Ich hatte vergessen, wie viel Spaß das machte.

Ein paar Hip-Hop-Nummern folgten, Stroboskoplicht pulste über uns hinweg, zerhackte unsere Bewegungen, wir tanzten, als gäbe es kein Morgen.

Nach einer Bierpause an einem Stehtisch, während der man sein eigenes Wort nicht verstand, ging es weiter. Ich war nass geschwitzt, Julius' Seitenscheitel hatte sich in eine steile Tolle verwandelt, das Shirt klebte am Oberkörper.

Ein Song endete, ein Gitarrenakkord, den ich sofort erkannte, schloss sich an. Metallica, »Nothing else matters«.

Ausgerechnet.

Bevor ich wusste, wie mir geschah, zog Julius mich heran. Ich klebte förmlich an ihm, es fühlte sich überraschend gut an.

Wir bewegten uns im Takt, er hielt mich fest, ich schaltete mein kölschumnebeltes Gehirn aus. Alles andere wäre kompliziert geworden.

Nach dem Song ließ er mich los. Ich lächelte gegen die aufkommende Verlegenheit an. Wir verließen die Tanzfläche.

»Magst du noch was trinken?«, fragte er laut und dicht an meinem Ohr.

»Lieber nicht.« Ich habe keine Ahnung, was ich stattdessen mag, dachte ich.

»Eigentlich möchte ich morgen ziemlich früh aufbrechen«, meinte er. »Es gibt eine Menge zu tun. Du weißt es ja.«

»Oh, klar. Natürlich.«

Auf *meinem* Weingut? Während ich in meiner Wohnung sitze und in blöden Anschreiben Kreativdirektoren wo reinkrieche.

»Lass uns nach Hause«, sagte ich.

»Jep.«

Draußen atmete ich durch, die kühle Luft tat gut.

Julius schlenderte auf dem Gehweg neben mir her. »Das war ein feiner Abend.«

»Das war es.« Mein Kopf fühlte sich nach vielen Tagen erstmals wieder frei an. Ich war angetrunken und ausgepowert.

Im Gehen schwankte ich leicht nach rechts und stieß Julius an. Kurzerhand griff er nach meinem Arm und hakte mich bei sich unter. Mit einem Mal wurde mir klar, wie sehr mir dieses

Zupackende gefiel, es hatte etwas Einfaches, Klares, Fürsorgliches.

»Ich hole noch meine Zahnbürste und ein frisches Shirt für morgen aus dem Auto«, sagte er, nachdem wir ein Stück gegangen waren. »Es steht ganz in der Nähe vom ›Max und Moritz‹.«

Wir liefen zwei Häuserblocks weiter. Aus der Entfernung sah ich den alten Benz in einer knappen Parklücke am Straßenrand. Mich überkam der Impuls, einzusteigen und wegzufahren.

Julius schloss auf, er nahm einen schwarzen Rucksack vom Beifahrersitz. Währenddessen strichen meine Fingerspitzen über das glatte Metall des Kotflügels. Ich dachte an ein 8er Coupé in Sunset Orange metallic. Es war das Ding mit dem Schein und dem Sein. Auf Erstes hatte ich keine Lust mehr.

29

»Möchtest du vor mir ins Bad?« Julius setzte sich auf die mit Bettzeug beladene Couch, wie selbstverständlich zog er seine Jeans aus. Ich wollte nicht hingucken.

»Guter Plan. Dann mache ich das mal.«

Ohne Umschweife begab ich mich ins Badezimmer. Es irritierte mich, dass Julius völlig gelassen war. Andererseits hatte es einen gewissen Reiz.

Über die wahren Hintergründe seines Besuchs rätselte ich noch immer. Wir hatten geredet, getrunken, getanzt. Er war extra nach Köln gefahren, um mich zu sehen. Doch warum genau?

Während die Zahnbürste in meinem Mund brummte, starrte ich mein Spiegelbild an.

Neuseeland?

Ich spuckte weißen Schaum aus, wusch mein Gesicht mit kaltem Wasser, trocknete es ab und bürstete mein Haar.

Irgendwann heißt es hopp oder top.

Klar, dachte ich. Aber nicht heute Abend.

Ich wandte mich vom Spiegel ab und ging zur Tür. Energisch drückte ich die Klinke nach unten, sodass das Geräusch bei Julius ankommen musste. Das Licht ließ ich brennen, auf Strümpfen tappte ich über den Flur. Am Eingang zum Wohnzimmer hielt ich an.

Julius stand am Fenster und sah hinaus.

»Bad ist frei.« Meine Stimme war zu hoch.

Er drehte sich um. »Super. Danke.« Langsam kam er auf mich zu.

»Dann schlaf gut.« Nun war sie zu tief.

»Du auch.«

Wir standen einander gegenüber. Ich sollte jetzt verschwinden, dachte ich. »Ähm, wird das gehen auf der Couch? Ich meine, kannst du da schlafen?«

»Klar. Das ist sehr bequem.« Er lächelte. »Ein besseres Nachtlager, als ich erwartet hatte.«

»Besser als im Auto schon.« Wäre es irgendwo noch besser? Meine Güte, halt die Klappe und geh. »Dann geh ich mal. Gute Nacht.«

»Nacht. Ich freue mich aufs Frühstück.«

Herr im Himmel, die Eier. Ich spürte das Blut in meine Wangen schießen. Und Julius stand da und sah mich einfach an.

»Hm, ja. Meine Kochkünste sind zwar nicht besonders, aber ein passables Frühstück kriege ich hin.«

Vermutlich glich mein Grinsen dem eines angetrunkenen Tapirs.

Endlich drehte ich mich um und peilte mein Schlafzimmer an.

Nachdem ich die Tür geschlossen hatte, stöhnte ich auf und rieb mir mit der flachen Hand durchs Gesicht. Ich zog Jeans und Pulli aus, angelte ein frisches Schlafshirt aus dem Schrank und verkroch mich in meinem Bett.

Im Dämmerlicht der hereinleuchtenden Straßenlaternen guckte ich an die Decke. Ich war hellwach. Außerdem hatte ich plötzlich großen Durst.

Ein Glas kühles Wasser wäre ein Traum.

Du stehst nicht mehr auf, befahl ich mir. Das muss jetzt ohne gehen. »Schluck Spucke«, hatte mein Papa früher manchmal gesagt. Mit der Erinnerung daran fiel mir auf, wie klar mein Vater in meinen Gedanken mein Vater war.

Von der Küche her klirrte es.

Julius. Ihm ist was runtergefallen.

Der ist alt genug, bleib bloß liegen.

Wie von selbst kippten meine Beine aus dem Bett, die Fußsohlen berührten den Boden. Ich stand auf.

Die Hand öffnete die Tür, langsam und doch viel zu entschieden, die Füße setzten sich voreinander.

Quasi per Autopilot begab ich mich zur Küche.

»Sorry.« Julius kam aus der Hocke hoch, er hielt ein in drei Teile zerbrochenes Glas. »Ich wollte noch einen Schluck Wasser trinken.«

»Tonne fürs Altglas steht auf dem Hof«, sagte ich. »Sind schon ein paar Weinflaschen drin.«

Er legte die Scherben auf die Spüle.

Wenn herausfordernde Augen plötzlich ganz sanft und warm gucken, macht man sich besser aus dem Staub.

Ich ignorierte meine innere Stimme. Es war ohnehin zu spät. Julius stand direkt vor mir, seine Hände berührten meine Schultern.

Es überkam mich einfach. Mein Körper geriet außer Kontrolle, die Stimme im Tower verstummte. Bevor ich es wusste, wussten es hundert Millionen Moleküle in mir. In einer plötzlichen Vorwärtsbewegung pressten sich meine Lippen auf die von Julius.

Er stockte leicht, wie aus Verwunderung, dann erwiderte er den Kuss, drückte mich an sich und hielt mich fest.

Meine Hände wanderten über seinen Rücken, unter sein Shirt, die Haut war glatt und warm. Zwei Münder wurden fordernder, es gab kein Halten mehr. Die Entscheidung war gefallen. Der Lotse im Tower stand auf, setzte die Kopfhörer ab und machte Feierabend.

Julius hob mich hoch, trug mich ins Schlafzimmer, ich landete auf dem Bett, er auf mir. Hände, die überall waren, Atem, der von Küssen geraubt wurde, ein Konfettiregen aus Endorphinen.

Ein Lippenpaar, das sich abrupt entfernte.

»Was ist das denn?«

Die Frage wand sich durch meinen Gehörgang ins Gehirn und wurde dort nur unwillig verarbeitet. Zögerlich öffneten sich meine Lider.

Zwischen Daumen und Zeigefinger hielt Julius das »Summer of Riesling«-Shirt hoch.

»Hast du etwa darin geschlafen?«

Hatte ich? Natürlich hatte ich. Seit drei Nächten.

»Nee, ach wo. Das lag im Bett rum, weil …«

»Du hast darin geschlafen.« Das Grinsen zog sich von einem Ohr bis zum anderen. Julius' Finger bohrte sich in meine Seite. Sein Mund kam wieder näher. »Hätte ich dir gar nicht zugetraut«, hauchte er.

»Ich mir auch ni…« Halb erstickten die Worte im Kuss.

Das könnte was werden, war so ungefähr das Letzte, was ich dachte. Dann war ich ausschließlich mit Fühlen beschäftigt.

Mitunter erreichte ich einen Schwebezustand zwischen Präsenz und Abwesenheit, in dem ich womöglich tibetischen Mönchen Konkurrenz machen konnte. Ich steuerte geradewegs darauf zu, mein ganzer Körper verwandelte sich in ein seliges Lächeln.

Eine gekeuchte Frage katapultierte mich schlagartig in den Emergency-Modus.

»Weißt du eigentlich, dass wir verwandt sind?«

Ich zuckte zurück. Mir blieb die Luft weg. Déjà-vu.

Das durfte nicht wahr sein. Ein Moselfluch, Wurzeln, die sich überallhin verzweigten. Weinfestgroßfamilien. Horror.

Verstört krallte ich mich an der Bettdecke fest.

Julius stützte den Kopf auf, seelenruhig musterte er mich. Ich forschte in seiner Miene und glaubte, Belustigung darin zu erkennen.

»Der Vater deines biologischen Vaters ist der Cousin meines Opas.« Entspannt lehnte er sich auf die Kissen zurück. »Gewesen, muss man sagen. Leider. Mein Opa war toll.«

Der Blick wurde wieder herausfordernd, die Lachfältchen kerbten sich in die Haut. »Los, küss mich, Urgroß-groß-Irgendwas.«

Pfeifend sog ich Luft ein, ich hatte Lust, ihn zu schütteln. Bevor ich es tat, zog er mich zu sich.

Das, was dann kam, war noch besser als erwartet.

***

Als ich aufwachte, war ich allein.

Ich tastete zur Bettseite neben mir, die Matratze war warm unter der Decke. Von draußen drangen die üblichen Geräusche des Morgens in mein Zimmer, sonst hörte ich nichts.

Er musste früh los, dachte ich. Wollte mich nicht wecken.

Eine Weile blieb ich einfach so liegen. Bilder und Gefühle der letzten Nacht stiegen auf. Leidenschaft, Geborgenheit.

Jemand, der authentisch schien.

Jemand, der weg war.

Das Alleinsein machte mich unsicher. Aus der Intensität der Nacht war ich auf mich zurückgeworfen.

Ich sollte Sex nicht mit Liebe verwechseln, dachte ich. Nicht schon wieder.

Bekümmert schälte ich mich aus dem Bett. Auf dem Flur nahm ich ein surrendes Geräusch wahr, es kam aus der Küche. Ich trat ein.

Die Kaffeemaschine war angeschaltet und heizte nach. Eine benutzte Tasse sah ich nicht. Wahrscheinlich hat er sie direkt abgespült, dachte ich.

Ich nahm die Milch aus dem Kühlschrank und goss mir ein Glas ein.

Er wird sich melden. Oder ich melde mich. Ich weiß ja, wo er ist.

Bald in Neuseeland?

Der Gedanke versetzte mir einen Stich. Mein Weingut lag an der Mosel. Ohne Julius konnte ich es erst recht nicht führen.

Ein gedämpftes Geräusch ließ mich aufhorchen. Im Schloss der Wohnungstür drehte sich ein Schlüssel.

Mein Herzschlag pochte bis zum Hals. Einen Atemzug später erschien Julius in der Küche.

»Guten Morgen.« Er legte eine Brötchentüte auf den Tisch. »Ich war beim Bäcker. Hast du gut geschlafen?«

Der Morgen nach einer gemeinsamen Nacht musste im Prinzip nur drei Sekunden dauern. In dieser Zeit wusste man, was sie bedeutete. Mitunter waren die Beteiligten unterschiedlicher Ansicht darüber, doch auch das spürte man innerhalb kürzester Zeit. Eindeutig waren Satzanfänge wie »Du, das mit letzter Nacht …«

Julius kam heran. »Du …« Er stand vor mir, ich nahm seinen Duft wahr. »Das mit letzter Nacht … hatte ich wirklich nicht erwartet.«

Seinen Gesichtsausdruck konnte ich nicht deuten. War es gut gewesen? Schlecht? Nett, aber?

»Ich auch nicht«, erwiderte ich, mein Shirt über den Po ziehend. »Also, ich meine … es ist halt … passiert?«

»Du hast geschnarcht.«

»Waaas?«

»Jep. Aber ich könnte mich dran gewöhnen.«

»Das hat mir noch keiner gesagt!«

»Was genau?«

»Das mit dem Schnarchen.«

»Tja. Wahrscheinlich haben die anderen Kerle alle gepennt.«

»Du nicht?«

»Nee. Ich musste dich angucken.« Er umarmte mich und küsste meinen Hals. »Wollen wir frühstücken?«

Perplex nickte ich.

»Moment, ich hab noch was im Rucksack.« Julius verschwand aus der Küche. Wenig später kehrte er zurück und stellte ein Marmeladenglas auf den Tisch. Der rot-weiße Blechdeckel kam mir bekannt vor.

»Ruth hat mir ein Glas Kirschmarmelade für dich mitgegeben.«

Der Morgen hatte wirklich Überraschendes im Gepäck.

»Das ist nicht dein Ernst. Ruth für mich?«

»Ja. Mit schönen Grüßen. Das ist bei Ruth schon recht viel.«

Ich war gerührt. »Wie nett von ihr.« Meine Nase begann zu ziepen. Sicherheitshalber verfiel ich in Aktivität und räumte Lebensmittel aus dem Kühlschrank.

Julius deckte den Tisch. Wir bewegten uns in meiner kleinen Küche aneinander vorbei. Eigentlich will ich ihn küssen, dachte ich.

»Fährst du nachher mit an die Mosel?«

Erschrocken hielt ich in meinem Tun inne.

Mit entspannten Zügen stand Julius mir gegenüber, gelassen und abwartend.

In mir ploppte ein Gefühlschaos auf, Gedanken an die letzte Nacht, an meinen Erzeuger, das Weingut, die Mosel schossen wild durcheinander.

Kaum sichtbar schüttelte ich den Kopf.

»Macht nichts«, sagte Julius. »Dann komme ich wieder nach Köln.« Er lächelte. »So lang, bis du kommst.«

»Das will ich sehen.« Ich warf mich ihm entgegen und küsste ihn.

Vier Wochen später

Sämtliche Knochen taten mir weh, auch die, von denen ich nicht wusste, dass ich sie hatte. Mein Muskelkater war ein ausgewachsener Sibirischer Tiger. Die ganze Schinderei im Fitnessstudio hatte mich erschreckend wenig vorbereitet auf eine Weinlese im *Steilhang*.

Trotzdem ging es mir phantastisch.

Julius hatte Ernst gemacht. Fünf Tage nach seinem ersten Besuch bei mir in Köln war er wiedergekommen, drei Tage später erneut.

Beim vierten Mal war ich am nächsten Morgen mit nach Traben-Trarbach gefahren. Kurz darauf hatte ich Balthasars Erbe angenommen. Ich hatte keine Ahnung, worauf ich mich einließ. Aber ich ließ mich ein.

»Katharina, du kannst mir geben Bütte.« Eine prankenähnliche Hand reckte sich aus der Nachbarzeile.

»Danke, Igor.« Ich hievte den hinter den Weinbergspfahl geklemmten Eimer hoch und reichte ihn unserem Saisonarbeiter.

Bis zum Rand mit goldgelben Rieslingtrauben gefüllt, hatte die Bütte Gewicht. Bislang war mir noch keine umgefallen und den Hang runtergerollt. Es lief hervorragend.

Igor leerte die Trauben in eine große Butte, die einige Zeilen entfernt auf einem Gestell stand, das mit drei Eisenspitzen in die Erde gerammt war. Dann gab er mir den Eimer zurück.

Wir ernteten in einem Steilhang ohne Transportbahn, er lag in der Gemarkung des Nachbarortes Enkirch. Die Winzer nannten die Lage »Laid«, sicher waren etliche schon versucht gewesen, das A durch ein E zu ersetzen.

Die Bepflanzung war uralt. Faserige, knorrige Reben, sogenannte »wurzelechte«, brachten Trauben hervor, von denen Julius so schwärmte, dass ich fast eifersüchtig wurde.

Abwechselnd mit Igor und unserem anderen polnischen Erntehelfer Tomasz schnallte er sich die gefüllten Butten an zwei derben Lederriemen auf den Rücken und trug sie zum Erntewagen. Der stand am Traktor angekoppelt in einem schmalen Wirtschaftsweg unterhalb des Wingerts.

Mittlerweile waren wir mit der Lese im oberen Drittel der Parzelle angekommen. Die Wege nach unten und wieder herauf wurden immer weiter und beschwerlicher.

Es gab bereits einige Dinge, die ich an Julius bewunderte. Hinzugekommen waren seine Energie und eine unglaubliche Kondition. Während der Ernte arbeitete er bis spätabends an der Weinkelter und im Keller. Irgendwann gegen Mitternacht kam er bester Laune ins Bett, nahm mir das Buch, das ich las, aus der Hand, grinste mich an und meinte: »Na, Süße, wie wär's mit ›Fifty Shapes of Grapes‹?«

Ich sagte selten Nein.

Morgens um fünf klingelte der Wecker. Julius küsste mich zärtlich, stand auf und begann mit seiner Arbeit.

Etwa eine Stunde später quälte ich mich aus den Federn und machte mich zwischen Küche und Keller nützlich. Am Abend saß ich geschafft vor dem Laptop und entwarf ein Marketingkonzept und eine neue Internetseite für den Betrieb. Ich hatte mir das alles nicht so anstrengend vorgestellt. Und nicht so schön.

Gemeinsam etwas zu schaffen und voranzubringen, richtete meinen Blick in die Zukunft statt in die Vergangenheit.

Eine Brücke dazwischen war mein biologischer Vater.

Ich hatte ein langes Gespräch mit Frank gehabt. Es hatte mich gerührt, wie schwärmerisch er von meiner Mutter sprach. Ich hatte sie bildlich vor mir gesehen. Der Schmerz über den Betrug trat zunehmend hinter den, nicht mehr mit ihr reden zu können, zurück. Ein Teil von mir konnte sie und ihre Entscheidung verstehen. Der andere haderte noch immer. Es brauchte wohl Zeit.

Mit einem leisen Seufzen streckte ich meinen Rücken durch und sog die milde Herbstluft ein. Der Nebel über dem Moseltal hatte sich gelichtet, die Mittagssonne strahlte wärmend von einem Aquamarinhimmel.

In der Zeile neben mir zog Herr Wientapper, den ich nun Ernst nannte, ein Taschentuch hervor und wischte sich Schweißtropfen von der Stirn.

»Traumhaft«, sagte er. »Das ist wirklich ein Wetterchen zum Heldenzeugen.«

Julius kam von den Stöcken neben der Butte heran. Er schnappte sich Ernsts halb vollen Eimer, im Vorbeigehen berührte er mich an der Hüfte. »Liebling, wie wär's?«

»Er hat ›Helden‹ gesagt«, raunte ich. »Plural. Ich dachte, du willst nur eins.«

»Schaun wir mal.« Schmunzelnd leerte er den Eimer und brachte ihn zu Ernst zurück.

»Meinen kannst du auch nehmen.« Lore pflückte in der Zeile neben ihrem Freund. Sie trug ein rot gemustertes Tuch um ihr Haar und eine eng sitzende Jeans. Gelenkig wand sie sich in der Dreißig-Grad-Steigung hinter ihrem Weinstock vor und reichte Julius ihr Büttchen. Ernst und sie verbrachten hin und wieder ein paar Tage in Köln, er hatte seine Zelte dort noch nicht ganz abgebrochen. Aber an der Mosel fühlte er sich »viel zufriedener«.

Auf der Suche nach festem Halt scharrte ich mit den Boots Schiefergestein zur Seite, es rutschte klackernd den Hang hinab. Dann machte ich mich wieder an die Arbeit.

Während ich goldgelbe Trauben von den Reben schnitt, ertönten oberhalb des Weinbergs Motorgeräusche. Ein Blick auf die Uhr ließ mich Ruths Eintreffen vermuten. Auch im Weinberg wurde pünktlich gegessen.

Der VW-Transporter des Betriebs fuhr an, er schaukelte auf dem unebenen Weg. Kurz darauf verstummte der Motor.

»Die Stärkung naht.« Ernst wandte sich zu mir und strahlte. »Ich bin gespannt, was es Leckeres gibt.«

Bevor wir heute Morgen aufgebrochen waren, hatte Ruth mir gegenüber »Gedämmerte mit grünen Bohnen« angekündigt.

Bei ihrer Aussprache hatte ich mich vergewissern müssen, dass sie nichts von »Gedärm-er-te« gesagt hatte.

»Gestampfte Kartoffeln nennt man bei uns Gedämmerte«, hatte sie launisch erklärt. »Kind, du musst noch viel lernen.«

Lautstark schlug eine Autotür zu.

»Essen!«, hallte fast zeitgleich Ruths resolute Stimme über den Hang und vermutlich bis zu einigen anderen Lesetrupps in benachbarten Weinbergen. »Kommt, sonst wird's kalt.«

Ich legte meine Schere in der Bütte ab, überprüfte deren sicheren Stand und begann den Aufstieg. Ernst und Lore kraxelten neben mir nach oben, sie waren nicht langsamer als ich.

Es war geplant, den Erntewagen nach dem Mittagsessen vom Weg unterhalb des Wingerts auf den oberhalb zu fahren. Das letzte Viertel der Höhe etwa trug man die vollen Bütten einzeln nach oben. Sich vorher mit Gedämmerte oder was auch immer zu stärken, war nicht verkehrt.

Ruth lud einen Klapptisch aus dem VW, ein paar zusammengefaltete Anglerhocker und zwei leere Weinkisten als Sitzgelegenheiten.

Derweil platzierte Ernst den mitgebrachten Wasserkanister auf der gegenüberliegenden Bruchsteinmauer. Er öffnete den kleinen Hahn und wusch sich als Erster die Hände. Je mehr sie von der Süße der Trauben klebten, desto besser.

Sie klebten heftig.

Neben ihm stand Julius. Er schaufelte sich einen Schwall Wasser ins Gesicht und rieb sich das kühle Nass über den Nacken. Ich näherte mich, er roch nach Most und salziger Haut. Am liebsten wäre ich über ihn hergefallen.

»Du, finden wir heute noch irgendwann Zeit …«

»Auf jeden Fall«, unterbrach er mich.

»Tse, tse.« Ich schürzte die Lippen und deutete ein Kopfschütteln an. »Zeit, um uns den Entwurf für die Vinothek anzusehen, den Fabian mir gestern gemailt hat?«

»Lass uns das doch heute Abend gemeinsam machen. Mit den anderen zusammen.«

»Gute Idee.« Ich drückte ihm einen Kuss auf die nasse Wange. »Dann können wir morgen mit Fabian über die Details sprechen. Er kommt ja mit Charlotte zur Lese. Lore freut sich schon riesig.«

»Ich mich auch«, sagte Julius. »Bei diesem Wetter können wir jede helfende Hand gebrauchen. Je mehr Trauben wir ohne Regen einbringen, desto besser.«

Unter Mithilfe von Lore und Ernst war mittlerweile der Klapptisch mit Geschirr und zwei Töpfen beladen worden.

Ruth teilte aus, Igor nahm den ersten Teller an. Die Kombination von Beige und Verkochtgrün darauf war mit einer drallen Mettwurst gekrönt. Das Gericht sah nicht eben nach Haute Cuisine aus, aber es duftete appetitlich bis zu mir herüber.

Der nächste Teller ging an Ernst.

»Danke schön. Das sieht ausgezeichnet aus.« Er tauchte seine Gabel in den Kartoffelbrei und kostete. »Mmhh, wirklich ganz lecker.«

»Sicher«, erwiderte Ruth. Während sie einen weiteren Teller belud, wandte sie sich an mich.

»Bleibt es dabei, dass dein Bruder und deine Freundin heute Abend zum Essen kommen?«

Einen Bruder zu haben, war für mich immer noch neu. Oft fühlte ich mich einen Wimpernschlag lang nicht gemeint, wenn jemand »dein Bruder« sagte. Doch so allmählich gewöhnte ich mich daran.

»Ja, Valerie und Adrian kommen gegen acht«, antwortete ich.

»Ach, übrigens …« Ruth reichte Tomasz den vollen Teller und kramte anschließend in ihrer Westentasche. Zutage förderte sie mein Handy. »Das hast du auf dem Küchentisch liegen lassen.«

Leicht erstaunt nahm ich es an. »Danke. Eigentlich hätte es dort bleiben können.«

Während der Lese ließ ich das Telefon meist zu Hause. Es gab keine wirklich wichtigen Anrufe mehr, wenn ich mit Julius und den anderen im Wingert stand.

»Du hast einen Anruf verpasst«, erklärte Ruth. »Mindestens einen. Von deiner Freundin, soweit ich weiß.«

Immerhin interessierte sich jemand anderes für meine Anrufe, wenn ich es schon nicht tat.

»Rangegangen bist du nicht zufällig?«

»Pfh«, machte Ruth.

Ich sah auf das Display. Valerie hatte dreimal versucht, mich zu erreichen, eine schriftliche Nachricht gab es nicht.

Mein Finger glitt über den kleinen Bildschirm. Ich schlenderte ein paar Schritte zu der Bruchsteinmauer am Wegesrand und rief sie zurück.

»Hi, Kat«, meldete sie sich schon nach einem Rufton. »Ich bin eben von der Autobahn abgefahren.«

»Kommst du früher?« Mit der flachen Hand beschattete ich meine Augen und betrachtete den glitzernden Fluss unter mir.

»Ja, es gibt Neuigkeiten. Ich kann mir kurzfristig eine Praxis in Bullay ansehen, nicht weit von euch entfernt. Eine ältere Kollegin sucht eine Teilhaberin mit der Option, in ein oder zwei Jahren ganz zu übernehmen.«

»Du willst herziehen?« Vor Erstaunen war meine Stimme ziemlich laut, fragend sah Julius zu mir rüber.

»Na ja, eine eigene Praxis ist mein Ziel. Also warum nicht an der Mosel?«

Neben diesem beruflichen Grund gab es seit Neuestem auch einen privaten. Wenn zwei Menschen, die man sehr mag, plötzlich einander mögen, ist das einerseits erfreulich und irgendwie auch logisch. Doch es gab auch ein Andererseits.

»Valerie, ich weiß, dass Adrian in dir nicht nur einen Flirt sieht. Es könnte ihm ernst mit dir sein. Tu ihm nicht weh.«

»Süße, würde ich an die Mosel kommen, wenn es mir nicht ernst wäre?«

Ich streifte mit meinem Schuh an ein paar hohen Grashalmen entlang. »Wohl eher nicht. Aber auch in dieser Gegend gibt es attraktive Barmänner, Jungwinzer oder ... Patienten. Ich kenne dich nur als Bienchen, das von einem zum anderen fliegt.«

»Kat, ich bin Mitte dreißig, ich brauche endlich einen anständigen Kerl. Einen von den Guten. Dein Bruder ist so einer.«

»Ich weiß. Deshalb mache ich mir ja Gedanken.«

»Jetzt chill mal. Das wird was mit Adrian und mir, wirst sehen. Ich melde mich nach der Praxisbesichtigung wieder bei dir. Dann kann ich euch noch ein, zwei Stündchen beim Pflücken helfen. Ich hab meine *Hunters* dabei.«

Unwillkürlich musste ich grinsen. »Bei der Steigung hier rutschst du rückwärts aus deinen Designergummistiefeln raus.«

»Klingt verlockend. Bis später.«

»Bis dann.« Ich legte auf.

Nachdenklich begab ich mich zu den anderen zurück.

»Valerie ist schon auf dem Weg an die Mosel. Es kann sein, dass wir demnächst eine hervorragende Zahnärztin mit eigener Praxis in unserer Nähe haben.«

»Ach was?« Julius' Brauen hoben sich. »Ist es ihr tatsächlich ernst mit Adrian?«

»Sieht so aus. Mit ihrer Praxis ist es ihr auf jeden Fall ernst. Und dieses Ziel zu erreichen, ist in unserer Gegend sicher einfacher als in der Großstadt.«

»Hast du noch mehr Freundinnen?«, nuschelte Ruth im Ton einer Gegeißelten. Sie füllte den letzten leeren Teller mit Kartoffeln und Bohnen, wie einen Grenzwall legte sie die Mettwurst dazwischen.

»Danke schön.« Hungrig nahm ich das Essen an.

»Heute Abend wollte ich was Neues ausprobieren«, ließ Ruth verlauten. »Pfifferlingcremesüppchen und gebeizten Lachs mit Rieslingschaum. Ich habe mir die Rezepte besorgt. So langsam muss ich mich um die Speisekarte für die Vinothek kümmern, wir müssen doch wissen, was wir da anbieten wollen.«

Julius lachte auf. »Ruth, es gibt noch nicht einmal die Baugenehmigung.«

»Ach was.« Unwirsch winkte sie ab. »Man muss sich frühzeitig Gedanken machen. Außerdem will ich die Gerichte auch paarmal gekocht haben, bevor ich sie für die Gäste mache.«

»Du hast völlig recht«, pflichtete ich ihr bei und schob eine voll beladene Gabel in den Mund. Es schmeckte wie immer ausgezeichnet. Ich freute mich schon auf Ruths neue Rezepte und die Übungsphase.

Während ich weiteraß, waren Julius' Augen auf mich gerichtet. Meinem Eindruck nach leuchteten sie im Herbst in einem noch intensiveren Grün.

»Weißt du, dass es Tradition ist, bei einem Neubau eine Flasche Wein ins Fundament einzumauern?«, fragte er.

»Wirklich? Nein, das wusste ich nicht. Es ist eine schöne Tradition.«

Er zwinkerte mir zu. »Ich denke, wir sollten eine aus deinem Geburtsjahrgang nehmen.«

Einen Moment lang überlegte ich. »Nein.« Ich schüttelte den Kopf. »Lieber eine von diesem Jahr. Ich habe das Gefühl, mein eigentliches Leben fängt jetzt erst an.«

Hannah Corvey

HEIDELBERGER GOLD

Broschur, 240 Seiten

ISBN 978-3-95451-570-7

»Ein neues Ermittlerpaar hat Hannah Corvey in die Kriminalromanliteratur mit ihrem gelungenen Debüt ›Heidelberger Gold‹ eingeführt. Ein Debütkrimi, dem man nicht anmerkt, dass es der erste ist, den Hannah Corvey geschrieben hat.« SWR Fernsehen

Hannah Corvey
HEIDELBERGER WASSER
Broschur, 272 Seiten
ISBN 978-3-7408-0045-1

»Ein sprachlich und inhaltlich ausgefeilter Roman über menschliche Abgründe, der durch einen spannenden Plot und psychologischen Tiefgang glänzt.« Die Stadtredaktion